D1437130

Volg mijn lied

Voor Kristian,
mijn kleine zangvogel.
Mogen je liederen altijd de trouw van God verkondigen.

Kim Vogel Sawyer

Volg mijn lied

Roman

Vertaald door Lia van Aken

 Voorhoeve

© Uitgeverij Voorhoeve – Utrecht, 2012
Postbus 13288, 3507 LG Utrecht
www.kok.nl

Oorspronkelijk verschenen onder de titel *Song of My Heart* bij Bethany House, een
onderdeel van Baker Publishing Group, Grand Rapids, Michigan, 49516, USA.
© Kim Vogel Sawyer, 2012

Vertaling Lia van Aken
Omslagontwerp Hendriks Grafische vormgeving
ISBN 978 90 297 1761 8
ISBN e-book 978 90 297 1762 5
NUR 302

Ik zal de blijken van goedertierenheid van de Heere eeuwig bezingen,
van generatie op generatie Uw trouw met mijn mond bekendmaken.

Psalm 89:1

1

Sadie Wagner slaakte een kreet van verrukking. Uit het ontluikende bosje vlakbij schoot met verontwaardigd gefladder van grijs geveerde vleugels een kuifmees op. Op een gewone middag zou Sadie het spijtig vinden om een vogel te verjagen die zo'n charmant lied ten beste gaf, maar vandaag was ze te opgewonden voor spijt. Met één hand nam ze haar versleten katoenen rokken op, klemde de brief van haar neef Sid in de andere en vloog naar huis.

Ze stormde naar binnen, liet de deur openstaan om de frisse lentegeur naar binnen te laten en riep: 'Mama! Mama!'

Haar jongere zusje Effie draaide zich om van de gootsteen, met een druipende doek in haar hand. Haar bruine ogen waren groot van bezorgdheid. 'Wat is er, Sadie?'

Sadie zwaaide met de brief. 'Goed nieuws! Kom!' Ze pakte Effies natte hand en trok haar zusje mee door de deur naar de kleine slaapkamer van papa en mama. Hun voeten roffelden een staccato ritme op de grenen vloerplanken, in hetzelfde snelle tempo als Sadies polsslag. Ze liet Effie los en viel op haar knieën naast papa's bed. Zoals altijd wekte de aanblik van zijn strakke, van pijn doortrokken gezicht een wee gevoel in haar borst. Maar de kans die in de brief werd geboden, zou stellig papa's last voor een deel verlichten.

Mama zat naast papa's bed op een stoel, met een halflege kom aardappel-uiensoep in haar handen, en wierp Sadie een on-geruste blik toe. De zorgenrimpels in mama's voorhoofd had-den haar oud gemaakt. Ze zette de kom opzij en raakte Sadies zwoegende schouder aan. 'Lieve help, kind, waarom ben je zo opgewonden?'

Sadie giechelde vrolijk. Ze hield de brief omhoog, om aan haar beide ouders te laten zien. 'Kijk dan! Van Sid. Weten jul-lie nog dat hij beloofd had te schrijven als hij zich eenmaal in Kansas gevestigd had? Hij is er nu... helemaal geïnstalleerd... en...' Ze zweeg even om op adem te komen. Het rennen door de tuin had haar meer lucht gekost dan ze had gemerkt.

Effie stond te springen op haar plek en wrong haar handen. 'Wat schrijft hij, Sadie?'

'Hij schrijft dat er een baan voor me is in Goldtree!'

Mama's mond viel open. Papa snakte naar adem. Effie sloeg haar handen voor haar mond en staarde Sadie geschokt aan.

Sadies verwarde blik schoot van het ene familielid naar het andere. Waarom keken ze eerder radeloos dan opgetogen? Za-gen zij Sids brief niet als een verhoring van hun gebeden, zo-als zij? Wekenlang hadden ze God om een baan gevraagd. Ze wachtte tot iemand iets zei, maar ze zaten verbluft te zwijgen.

Sadie slaakte een gefrustreerde zucht. 'Hebben jullie niet ge-hoord wat ik zei? Een baan!' Ze draaide de brief om en keek glimlachend naar de hanenpoten van haar neef. 'Als winkeljuf-frouw in Baxters' Markthal. Voor' – ze tuurde om Sids hand-schrift te ontcijferen – 'de gezusters Melva en Shelva Baxter.' Ze glimlachte naar haar moeder. '*Eerlijk* werk, mama.' Anders dan de banen die in Dalton beschikbaar waren. 'Met een eerlijk loon.'

Mama antwoordde nog steeds niet, dus richtte Sadie haar aandacht op papa. 'Sid schrijft dat de eigenaressen een jonge vrouw in dienst willen nemen, omdat het dames zijn. Ik krijg een kamer en maaltijden boven op het maandelijkse salaris, dus ik zal bijna alles naar huis kunnen sturen.' Met opzet vermeed ze te melden wat Sid nog meer schreef – het deel van zijn brief dat haar hart deed opspringen van verlangen. Het kon egoïstisch lijken om erop te wijzen. 'God heeft mijn gebeden verhoord, snappen jullie het niet?' *Al mijn gebeden…*

Mama's ogen stroomden vol tranen. Ze knipperde ze weg en stak haar hand uit naar de brief. 'Maar in Kansas, Sadie? Het is zo ver weg.'

In haar opwinding had Sadie niet over de afstand nagedacht. Haar opgetogenheid wankelde. Maar toen trok ze haar schouders recht. 'Het is niet voor altijd. Alleen maar tot papa hersteld is van het ongeluk en weer kan werken.' Wat de dokter ook zei, papa *zou* een keer beter worden. Ze pakte mama's hand en sprak zacht en sussend, zoals ze een van haar kleine broertjes zou troosten als hij wakker werd uit een nare droom. 'Hier in Dalton is niets, mama. En er zal toch iemand moeten werken…'

Mama beet zorgelijk op haar onderlip. Er welde medelijden op in Sadies borst. Mama wilde zo graag voor iedereen zorgen – voor papa, de kinderen, het huis. Ze wist dat mama degene wilde zijn die in de behoeften van hun grote gezin voorzag. Maar huizen schoonmaken – de enige fatsoenlijke baan die beschikbaar was voor een vrouw van haar leeftijd – bracht niet genoeg geld in het laatje. Als mama en Sadie allebei konden schoonmaken, dan was er misschien genoeg, maar er moest iemand voor papa en de jongste kinderen zorgen. Deze baan in Kansas zou al hun problemen oplossen, als mama en papa haar maar lieten gaan.

Papa schraapte zijn keel. Hij tilde een magere, dooraderde hand op en plukte de brief van mama's schoot. 'Sadie en Effie, laat mama en mij even alleen. We moeten het bespreken.'

Sadie wilde vragen of ze bij de discussie mocht blijven, maar papa's bruine ogen, flets geworden in de weken van pijn en zorgen, smeekten haar geen tegenwerpingen te maken. Ze wilde de lieve man geen verdriet doen. Ze knikte en stond op. 'Natuurlijk, papa.' Ze gaf hem een kus op de grijze stoppels op zijn wang, pakte de afgedankte soepkom en lepel, en nam Effie mee terug naar de voorkamer van het huis.

'Doe de deur dicht,' riep mama hen na.

Effie deed het en draaide zich toen met een ruk om naar Sadie. 'Wat denk je dat ze zullen zeggen? Denk je dat ze je laten gaan?' Haar fluisterstem beefde van opwinding.

Sadie liep naar de gootsteen en hervatte de taak die Effie had laten liggen. Het afwaswater was koud geworden, maar er was nog maar weinig vaat over. Ze besloot geen kostbare kolen te verspillen om meer water te verhitten. Ze schrobde papa's kom stevig en antwoordde: 'Ik zie niet in hoe ze kunnen weigeren. Iemand zal voor het gezin moeten zorgen en als oudste lijkt het me logisch dat ik dat ben.'

Effie pruilde. 'Ik kan ook best helpen, hoor. Ik ben al dertien.'

'Je wordt pas over vier maanden dertien,' zei Sadie, 'en je bent nog een schoolmeisje.'

'Maar de zomer komt eraan.' Effie gooide haar hoofd in haar nek zodat haar bruine vlechten zwaaiden. 'Nog maar twee weken, dan ben ik de hele dag thuis. Ik kan tenminste in de zomer helpen.'

'Wat voor soort werk denk je dan te vinden?' Het was niet Sadies bedoeling om kattig te doen, maar ze kon Effie niet aanmoedigen om een baan te nemen. Haar zusje wilde te snel volwassen worden. Kind zijn was kostbaar; dat moest Effie niet wegwuiven. Sadie verzachtte haar toon. 'Bovendien heb je dan al werk genoeg. Mama heeft je hier nodig om te helpen met de jongens.'

De vier donkerharige traptreetjes – Matthew, Mark, Luke en John – hielden mama altijd druk bezig. Nu papa aan zijn bed gekluisterd was en bijna voortdurende zorg nodig had, viel de verantwoordelijkheid voor de jongens vaak aan Sadie en Effie toe.

Effie zuchtte en kwam schoorvoetend naast Sadie staan. Ze pakte een doek, maar in plaats van de vaat af te drogen, veegde ze met de gebleekte doek over haar rok. 'Ik word het moe om huishoudelijk werk te doen en achter onze broertjes aan te zitten.' Effies toon kreeg een spoor van opstandigheid. 'Soms kan ik haast niet wachten tot ze allemaal groot zijn en ik kan doen wat ik wil, in plaats van koken en schoonmaken en voor de jongens zorgen.'

Sadie trok één wenkbrauw op. 'Ik ken geen enkele vrouw die maar doet wat ze wil.' Sadie werd met haar tweeëntwintig jaar als een vrouw beschouwd, maar ze had toch niet de vrijheid gevonden om te doen wat ze het liefste wilde.

Effie hield haar hoofd schuin en keek Sadie nadenkend aan. 'Wil je echt graag in een markthal werken?'

Sadie perste haar lippen op elkaar. Als ze eerlijk was, leek het haar niet erg aantrekkelijk om in een markthal te werken. Maar na alles wat papa voor haar had gedaan – hij had haar een veilig thuis gegeven en hield van haar alsof ze zijn eigen kind was – wilde ze hem niet in de steek laten nu hij haar nodig had. 'Het is eerlijk werk. Ik heb er geen bezwaar tegen.'

'Als je een jongen was,' peinsde Effie, 'zou je in de mijnen kunnen werken, net als papa heeft gedaan. Dan zou je niet weg hoeven.'

'God heeft me niet als jongen gemaakt,' antwoordde Sadie met een licht gevoel van spijt. Papa hield van haar – dat wist ze zonder enige twijfel, al was ze geen jongen en was ze eigenlijk niet van hem – maar als ze een jongen was, waren de arbeidsmogelijkheden eindeloos geweest. Dan kon ze de kost verdienen voor het gezin en ieders zorgen verlichten.

Ze drukte Effie de schone kom in handen. 'Laat je handen eens wapperen.' Ze stak haar hand uit naar de lepels en voegde eraan toe: 'Trouwens, je weet dat papa altijd heeft gezegd dat hij voor zijn kinderen iets beters wilde dan de mijnen. Hij droomt van een studie voor Matt, Mark, Luke en John. Dus zelfs als ik een jongen was, zou hij niet willen dat ik…'

'Sadie?' Mama's stem klonk van achter de dichte slaapkamerdeur.

Effie pakte Sadie bij de arm. 'Denk je dat ze al besloten hebben?'

Voorzichtig maakte Sadie zich uit Effies greep los en droogde haar handen af aan haar schort. Haar hart bonsde tegen haar ribben, zowel gretig als ongerust. 'Ik zal er zo wel achter komen.'

Effie hapte naar adem. Ze propte de theedoek op in haar handen. 'Zal ik meegaan?'

Sadie verborg haar glimlach. Effie had er een hekel aan om ergens buiten te worden gelaten. 'Mama riep alleen om mij.' Ze pakte Effie bij de schouder en draaide haar naar de voordeur. 'Ga even bij de jongens kijken... hoeveel grond ze klaar hebben gemaakt voor mama's tuinzaad.' Als ze haar broertjes goed kende, hadden ze meer gespeeld dan gewerkt, maar ze kon geen ziertje kritiek opbrengen. Ze was stapel op het hele sproetige stelletje.

Effie pruilde teleurgesteld.

Sadie gaf een klein rukje aan een van de donkere vlechten van haar zus. 'Als ze je nodig hebben, geef ik wel een gil.' Ze wachtte tot Effie de kamer uit was en snelde naar de slaapkamer van haar ouders. Ze dwong zichzelf om kalm te blijven en zond een snel gebed op. *God, ik wil boven alles Uw wil, dus als ze nee zeggen, laat het me dan aanvaarden.* Maar terwijl ze de woorden in stilte uitsprak, besefte ze hoe intens ze ernaar hunkerde om naar Kansas te reizen. Om de baan aan te nemen. En de droom die in haar hart woonde te laten uitkomen.

Ze deed de deur open en stapte naar binnen. Ze vouwde haar handen en keek onderzoekend naar de gezichten van haar ouders. Hun vermoeide en bezwaarde uitdrukking toonde geen spoor van wat ze besloten hadden. Mama wees zwijgend naar het voeteneind en Sadie ging vlug zitten.

'Sadie-kind...'

Meteen sprongen de tranen in Sadies ogen bij het geluid van papa's zwakke, hese stem die zo verschilde van de luidruchtige, bulderende stem die hij had voor de inzinking die bijna zijn dood was geworden.

'Het is heel moeilijk voor ons om je zo ver weg te laten gaan.' Papa slaakte een diepe zucht. Mama bette haar ogen en papa pakte haar hand voordat hij verderging. 'Maar nadat we de brief hebben gelezen en samen gebeden hebben, denken we…'

Sadie hield haar adem in.

'… dat deze baan een ware gebedsverhoring is.'

'B-bedoelen jullie dat ik toestemming krijg om te gaan?' Sadie durfde het nauwelijks te geloven.

Papa sloot zijn ogen een moment. Toen hij ze weer opendeed, straalden de fluwelen diepten zo van liefde dat Sadie opsprong van het ijzeren voeteneind en plaatsnam bij zijn heup, waar ze zijn hand kon pakken. Hij zei: 'We geven toestemming… en danken je voor je bereidheid om ons gezin te helpen.' Hij trok een grimas. 'Ik vind het vreselijk om zo bij je in de schuld te staan…'

Sadie bracht papa's hand naar haar lippen en drukte een kus op zijn knokkels. 'Daar kunt u niets aan doen, papa. U moet uzelf niets verwijten.'

'Een man moet zelf de kost kunnen verdienen voor zijn gezin.' Hij ademde diep in en blies uit. 'Zodra ik weer op ben, is het niet meer nodig dat je werkt om ons te onderhouden. Dan kun je je loon houden. Maar voorlopig zijn we dankbaar dat je bereid bent om te helpen, en dankbaar dat er een baan beschikbaar is.'

Sadie schudde verdwaasd haar hoofd. Ze ging naar Kansas! Ze ging geld verdienen waarmee ze haar familie kon helpen. En – haar hart wilde een hoge vlucht nemen – eindelijk zou ze haar verlangen om op een toneel te zingen in vervulling kunnen laten gaan. Ze ging zo op in haar gedachten dat mama's zachte stem haar bijna ontging.

'Je bent nu een vrouw… het wordt tijd om je eigen leven te beginnen.'

Sadie ontmoette mama's blik. Tranen glinsterden in haar moeders ogen en hoewel haar lippen beefden, schonk ze haar een tedere glimlach.

'Je hebt een gave, Sadie. Het wordt tijd om die te delen.' Mama tilde de brief op en wees naar de laatste alinea – de alinea die ze uit zelfbescherming veronachtzaamd had voor het geval dat ze nee zeiden. 'Toen je vader en ik dit zagen...' Ze las Sids boodschap hardop voor. '*Er wordt hier in Goldtree een nieuw concertgebouw geopend. De beheerder is op zoek naar een zangeres. Ik vertelde hem over jou en hoe goed je bent. Hij wil met je praten over optreden.*'

Sadie was dolblij met Sids vertrouwen in haar kunnen. Hadden mama en papa niet altijd gezegd dat ze een stem had als een zangvogel? Ze hadden haar aangemoedigd haar talent ook te gebruiken, omdat God niet wilde dat Zijn kinderen hun gaven verspilden.

Mama liet de brief zakken. 'We mogen niet zelfzuchtig zijn en je hier houden omdat het ons verdrietig maakt om gescheiden te zijn. Een baan *en* de kans om te zingen. God opent een deur, en we willen dat je daar recht door naar binnen marcheert.'

Sadie kwam haastig om het bed heen en gooide zich in mama's armen. Ze klampte zich vast aan haar moeders hals en fluisterde: 'Ik zal u trots maken, mama.' Stralend keek ze papa aan. 'En u ook.' Ze werd overspoeld door herinneringen aan hoe deze man haar welkom had geheten in zijn hart en haar altijd als een eigen kind had behandeld, ook nadat mama en hij eigen kroost hadden gekregen. 'Ik zal alles onthouden wat u me geleerd hebt, papa. Ik zal hard werken voor mijn baas. Ik zal elke dag in mijn bijbel lezen en bidden.' Ze slikte een brok in haar keel weg. 'En ik zal mijn best doen om Jezus te volgen, zoals jullie ook altijd doen.'

Papa stak zijn hand uit en Sadie greep hem vast. Ze hield haar andere arm om mama heen geslagen en verbond hun drieën met elkaar. Papa glimlachte... een droevig, weemoedig lachje. 'Je hebt me altijd trots gemaakt, Sadie-kind.' Hij gaf een kneepje in haar hand. 'Doe nu je ogen dicht. Ik wil bidden.'

Sadie boog haar hoofd en sloot haar ogen in gebed, zoals ze duizenden keren eerder had gedaan. Ze luisterde terwijl papa God dankte voor Zijn zorgen en Hem vroeg Sadie op reis veilig te bewaren voor alle kwaad. Terwijl hij bad, werd Sadie in warmte gehuld, een gevoel van veiligheid en vrede. Wat zou ze haar papa missen als ze wegging.

Tranen prikten in haar neus en ze snufte. De kansen die haar wachtten in Goldtree waren een gebedsverhoring, maar voor het eerst dacht Sadie erover na hoe moeilijk het zou zijn om haar kleine huisje in Dalton en de dierbaren die onder het cederhouten dak woonden de rug toe te keren.

2

Goldtree, Kansas
Eind mei 1895

Thaddeus McKane schoof de grendel op zijn plaats om de wagenbak vast te zetten en gaf een flinke klap op het hout. 'Dat was 'm, Sid. Bedankt.'

De jonge man op de hoge zitting van de wagen tikte ten antwoord aan de rand van zijn hoed en liet de leidsels neerkomen op de geelbruine paardenruggen. Met krakende wielen rolde de wagen weg. Thad bleef midden in de stoffige straat naast zijn stapel bezittingen achter. Een armzalig bergje, constateerde hij. Voor een man van achtentwintig jaar bezat hij niet veel wat hij zijn eigendom kon noemen. Maar het maakte het wel een stuk makkelijker om van plaats naar plaats te verhuizen. *Maar ik zou niet boos zijn, God, als het U eindelijk behaagde om me eens ergens vastigheid te laten krijgen.*

Hij keek met samengeknepen ogen de straat op en neer en nam zijn nieuwe woonplaats in zich op. Bedrijven waren er nauwelijks, vooral vergeleken met Kansas City, maar bewonderend merkte hij het nette uiterlijk op van de huizen en gebouwen. Witgeschilderde houten huizen glansden in de middagzon, met kleurige plekken groen, geel, rood en blauw sierwerk dat de gebouwen iets feestelijks gaf. De mensen waren kennelijk trots op hun stadje. Dat beviel Thad wel.

Achter hem kwam een vermoeide oude knol aan klepperen, die een gammel licht karretje met vier wielen trok. Thad pakte het handvat van zijn versleten reistas en trok hem met een zwaai uit de weg van de wielen. De man op de bok staarde Thad aan, zijn sombere gezicht stond nieuwsgierig, maar niet onvriendelijk. Thad tikte aan zijn splinternieuwe cowboyhoed. De man knikte aarzelend en keek voor zich.

Thad lachte. Meneer Hanaman had hem gewaarschuwd dat de mensen tijd nodig zouden hebben om aan hem te wennen en kennelijk had hij gelijk. Maar Thad wilde niet klagen. Hij zou gewoon doen wat de Bijbel hem opdroeg – anderen behandelen zoals hij zelf graag behandeld wilde worden – en dan draaiden ze wel bij.

Hij richtte zijn aandacht weer op het stadje, op zoek naar het bankgebouw. In de brief van de burgemeester van het stadje werd hem opgedragen na zijn aankomst in Goldtree rechtstreeks naar de bank te gaan… maar niet al te opvallend. Thad had zich over die vreemde waarschuwing verwonderd, maar omdat het niets voor hem was om een aanwijzing in de wind te slaan, had hij de jongeman die hem naar de stad had gebracht, opgedragen hem bij de markthal af te zetten en niet bij de bank. Hanamans redenen zou hij gauw genoeg begrijpen.

Hij zette de reistas boven op zijn houten hutkoffer, pakte de leren handvatten van de koffer en zette zich schrap om zijn bezittingen op te tillen.

'Jongeman!' onderbrak hem een snerpende stem.

Thad gluurde over de reistas heen en kreeg een lange, broodmagere vrouw op de veranda van de markthal in het oog. Het dak van de veranda wierp een schaduw over haar bovenlijf, maar zelfs in de schaduw glansden haar haren wit als sneeuw op een zonnige middag. Ze droeg het zo strak achterover gekamd dat haar borstelige wenkbrauwen een beetje hoog zaten. 'Ja, mevrouw?'

Ze keek fronsend naar zijn hutkoffer en tas alsof het afval was dat haar straat bevuilde. 'Had je die dingen ergens naartoe willen sjouwen?'

Thad krabde op zijn hoofd. Vond ze soms dat hij ze midden op straat moest laten staan? 'Eh… ja, mevrouw.'

De vrouw rolde met haar ogen. 'Jongelui. Waarom bezitten ze geen gezond verstand?'

Een grijns trok aan Thads mondhoeken. Het was een hele tijd geleden dat iemand hem jong had genoemd. Ondanks haar gemopper, vatte Thad onmiddellijk sympathie voor haar op. Ze had pit.

Ze richtte haar fronsende blik weer op hem en schudde haar hoofd. 'Goeie manier om je rug te verrekken, kisten heen en weer te zeulen.' Ze wees met een knokige vinger naar de hoek van het gebouw. 'Achter staat een kruiwagen. Let wel, hij is niet van mij… maar van Asa. Maar je mag hem gerust gebruiken. Dat zal het je wat makkelijker maken.'

Thad glimlachte. 'Dank u wel, mevrouw.'

'Als je maar zorgt dat je hem meteen terugbrengt als je klaar bent.' Ze tikte op haar voorhoofd boven haar rechteroog. 'Ik vergeet nooit een gezicht en ik weet wie ik Asa achterna moet sturen als hij niet terugkomt.'

Thad had geen idee wie Asa was, maar op grond van de manier waarop de vrouw zijn naam trok als een wapen, stelde Thad vast dat hij de man beter niet kwaad kon maken. 'U kunt Asa verzekeren dat ik hem meteen terugbreng, mevrouw. Ik beloof het.'

Ze balde haar handen op haar heupen. 'Daar reken ik op.' Ze draaide zich met een ruk om, haar grijze rokken zwierden, en ging op weg naar de deur. Haar mopperende stem was nog te horen. 'Jongelui… moeten nog een hoop gezond verstand leren, naar mijn idee…'

Grinnikend draafde Thad door de smalle steeg tussen de markthal en wat te oordelen naar de lekkere geuren die door de open deur naar buiten zweefden een restaurant moest zijn. Naast de achterstoep van de markthal stond een houten kruiwagen ondersteboven. Fluitend vervoerde hij zijn hutkoffer en tas naar de bank, een statig stenen bouwwerk dat op de hoek van Goldtree Avenue en Main Street stond. Na even nadenken liet hij de kruiwagen met zijn bezittingen erin vlak voor de bewerkte houten dubbele deuren geparkeerd staan. De straten waren leeg – was het elke woensdagmiddag zo stil in Goldtree? – en er dreigde geen spoor van moeilijkheden.

Hij nam even de tijd om zo veel mogelijk reisstof van zijn broek te vegen en knoopte de bovenste knoop van zijn beste overhemd dicht. De strakke boord maakte diep ademhalen ongemakkelijk, maar voor een kort gesprekje redde hij het wel. Hij zette zijn hoed af en streek met zijn hand zijn donkere haar zo goed mogelijk op zijn plaats zonder kam of spiegel. Tevreden dat hij alles gedaan had wat hij kon om zich presentabel te maken, stapte hij over de drempel van de ingang, waarboven in zeskantige blauwe tegels op een achtergrond van geel en wit *1874* stond.

Achter een rij van vier ijzeren tralies zat een keurig geklede man naar Thad te kijken. Hij trok de geknoopte das onder zijn kin recht en zei: 'Goedemiddag.' Zijn stem klonk krakerig, alsof hij hem een tijd niet had gebruikt. 'Kan ik u helpen?'

Thad kloste naar de smalle balie en hield zijn hoofd scheef om tussen de tralies door te kijken. 'Ja, meneer. Ik moest hier spreken met…'

'McKane!'

Een gezette heer met peper-en-zoutkleurig haar en een dikke grijze snor kwam met grote passen op Thad af, de hand uitgestoken. Hij bracht de fruitige geur van pommade mee. Vergeleken met zijn driedelige pak en zwarte zijden das voelde Thad zich niet weinig slordig, maar hij stak zijn hand uit. 'Meneer Hanaman?'

De man knikte, zijn brede glimlach was bijna onzichtbaar onder zijn snor. Thad hield zijn eigen snor keurig bij boven zijn lip, maar de dikke, donkere bakkebaarden liet hij wat breder uitgroeien op zijn wang. Daar had hij zijn redenen voor.

De bankier keek Thad stralend aan. 'Dat klopt… ik ben Roscoe Hanaman. Fijn dat u eindelijk gearriveerd bent in ons mooie stadje.' Hij liet Thads hand los en deed een stap naar achteren om Thad van top tot teen op te nemen. 'U ziet er net zo sterk en bekwaam uit als uw oom beweerde.'

Thad voelde zich een paard op de veemarkt. Hij deed zijn best om niet in elkaar te kruipen.

Hanaman legde een hand op Thads schouder en verplaatste zijn glimlach naar de kasbediende, die nog steeds achter de tralies zat te koekeloeren als een aap die Thad een keer in een circuskooi had gezien. 'Rupert Waller, mag ik je voorstellen aan Thaddeus McKane, de nieuwste inwoner van Goldtree. Ik hoop hem over te halen om als voorman in dienst te komen op mijn ranch.'

Thad keek de man geschrokken aan. 'Ik dacht…'

Hanamans joviale lach overstemde Thads protest. 'Nou, Mc-Kane, kom maar mee naar mijn kantoor.' Hij duwde Thad over de glanzende marmeren vloer. 'Dan kunnen we nader kennismaken.' Hij ging Thad voor naar zijn betimmerde kantoor en sloot de deur met een besliste klik. Even leken zijn schouders af te zakken, maar toen haalde hij diep adem en trok ze weer naar achteren. Hij wees met zijn duim naar de hal van de bank. 'Je vraagt je natuurlijk af hoe het zit met mijn opmerking tegen Waller over dat voorman zijn.'

Thad knikte. 'Dat kunt u wel zeggen.' Hij schoof zijn hand in zijn broekzak en liet zijn gewicht op één heup rusten. Als Hanaman soms iets onethisch in gedachten had, ging hij regelrecht terug naar Kansas City, al waren deze man en zijn oom oude vrienden.

'Ga daar even zitten,' zei Hanaman, wijzend naar een houten stoel die naar zijn omvangrijke bureau toegedraaid stond. Hij liet zijn zware gestalte neer in een met leer beklede draaistoel achter het bureau en wachtte tot Thad had plaatsgenomen in de gladde houten stoel. Toen plantte hij zijn ellebogen op het bureau en keek Thad ernstig aan. 'Neem me mijn kleine onwaarheid niet kwalijk…'

Thad fronste. Bestond er zoiets als een *kleine* onwaarheid? Volgens de Bijbel was liegen gewoon ronduit verkeerd.

'… maar we moeten een zekere geheimhouding betrachten betreffende het ware doel van je komst.'

Thads frons werd dieper. 'Mijn oom vertelde me dat u een politieman zocht. Aangezien ik een tijdje als hulpsheriff heb gewerkt in Clay County, dacht hij dat ik bekwaam was om u te helpen. Maar ik moet eerlijk zijn, meneer Hanaman… ik begin me wel af te vragen of ik niet had moeten komen. Ik wil niet betrokken raken bij achterbakse zaakjes.'

Hanaman wuifde verwoed met beide handen. 'Nee, nee, het klopt wat uw oom heeft gezegd! We hebben inderdaad een politieman nodig. Maar…' Hij keek naar de deur, als om zich ervan te verzekeren dat niemand zijn oor tegen de andere kant gedrukt hield. Op veel zachtere toon vervolgde hij: 'De stad mag niet weten *waarom*.'

Thad schudde zijn hoofd, geheel in verwarring.

'Laat me uitpraten.' Met gevouwen handen boog Hanaman zich naar voren en hield Thad geboeid met zijn ernstige toon. 'Goldtree is een fijn stadje, vol met godvrezende, eerlijke mensen. Met zijn glooiende heuvels bedekt met grazige weiden, overvloedige watervoorraad en gematigde seizoenen heeft het alle juiste eigenschappen om uit te groeien tot een succesvolle grote stad.'

Thad legde een vinger over zijn lippen om een glimlach te verbergen. Een beter verkoopverhaal had hij nog nooit gehoord.

'Als burgemeester van Goldtree wil ik mijn stadje volledig tot zijn recht zien komen.'

Thad vermoedde dat een instroom van mensen naar Goldtree de heer Hanaman de bankier ook geen kwaad zou doen.

'Het is noodzakelijk dat de schitterende reputatie van het stadje niet ontsierd wordt door negatieve zaken. Begrijpt u wat ik bedoel, meneer McKane?'

'Thad, alstublieft,' zei Thad automatisch. Toen lachte hij spijtig. 'Nee, meneer. Eerlijk gezegd kan ik u niet volgen.'

Hanamans wenkbrauwen vormden een felle V. 'Je noemde achterbakse zaakjes… ik vermoed, Thad, dat er iemand sterke drank produceert en verspreidt.'

Thad zakte onderuit in zijn stoel. Toen zijn oom had aangegeven dat het stadje een politieman in dienst wilde nemen, had hij nooit verwacht ingeschakeld te worden bij iets zo immoreels – en persoonlijks. 'Maar sterke drank is bij de wet verboden in Kansas… we zijn een drooggelegde staat.'

'Een wet werkt alleen als mensen zich eraan houden.'

Thad erkende de droevige waarheid van die opmerking. Hij spreidde zijn armen wijd. 'Dus waarom er een buitenstaander bijgehaald? U bent de burgemeester. Als u vermoedt dat dit gaande is, waarom schrijft u dan geen gemeentevergadering uit en…'

Hanaman kwam half overeind uit zijn stoel. 'We mogen het niet aan de stad vertellen! O, lieve deugd, nee, dat zou het ergste zijn!'

Thad trok rimpels in zijn voorhoofd.

Hanaman slaakte een enorme zucht en liet zich weer in zijn stoel ploffen. De veren zeiden protesterend *ploink*. 'Alsjeblieft, je moet begrijpen dat dit een heel delicate kwestie is. Ik heb circulaires laten drukken om te versturen naar iedere stad van belang in de oostelijke staten, om hardwerkende, deugdzame mensen uit te nodigen om te overwegen Goldtree tot hun nieuwe thuis te maken. Als dit bekend wordt… ach, dan wordt het mijn ondergang!'

De man streek met zijn hand over zijn zwaar ingevette haar en boog zich weer naar Thad toe. 'Ik heb goede hoop dat Goldtree in plaats van Clay Centre provinciehoofdstad kan worden.'

Thad trok één wenkbrauw op. 'Ook als het geen spoorwegstad is?'

Hanaman wuifde Thads opmerking weg. 'Maar waarom zouden onze medebewoners van Kansas de gemeente Five Creeks gunstig gezind zijn als er illegale zaakjes plaatsvinden in een van de gemeenschappen? Nee, nee, het ware doel van je komst hier in Goldtree blijft tussen jou, mij en de vier andere mannen die in de gemeenteraad zitten.'

Thad kauwde op de binnenkant van zijn lip en overwoog deze informatie. Mocht hij willens en wetens deelnemen aan misleiding? *God, help me hieruit. Geef me iets van dat gevoel dat die mevrouw op de veranda van de markthal zei dat ik nodig had.*

Hanaman zuchtte en wreef met zijn duim over een donkere inktvlek die het gewreven bureaublad ontsierde. 'Je oom heeft me verzekerd dat je een eerlijke man bent, die de Bijbel volgt en bereid is om aan de goede kant van het recht te strijden. Ik dacht dat je het belang ervan in zou zien om deze bende op te rollen voordat ze echte schade aanrichten bij de burgers van Goldtree en onze omringende gemeenschappen. Maar als je…'

Voordat ze echte schade aanrichten… Hanamans woorden weerklonken in Thads hoofd. Hij sprong op. 'Ik doe het.'

Hanamans mond viel open. Hij kwam wankelend overeind. 'Ja? Neem je de baan?'

'Ik neem de baan.'

De man slaakte een juichkreet die niet in overeenstemming was met zijn waardigheid. Toen nam hij zichzelf weer in de hand. 'En je houdt je aan je zwijgbelofte?'

Thad sloeg zijn armen over elkaar. 'Ik vind het vervelend om mensen in de waan te laten dat ik bij u op de ranch werk. Ze moeten eerlijk te horen krijgen dat ik hier ben om de orde te handhaven. De bijzonderheden hoeven ze niet te weten – ik vind het best om de wetsovertreders te besluipen en ze voor het gerecht te brengen – maar ik ben niet bereid ronduit te liegen tegen de inwoners van Goldtree.'

Hanaman tuitte zijn lippen, zodat zijn dikke snor zenuwachtig bewoog. Thad wachtte rustig af tot de man zijn besluit genomen had. Ten slotte stak Hanaman zijn hand uit en Thad drukte die stevig.

'Goed, Thaddeus McKane. Of liever, *sheriff* McKane.' Hij glimlachte, zijn zware kinnen trilden. 'Nu het stadje steeds groter wordt en vaak bezocht wordt door cowboys die vee naar de markt drijven, is het alleen maar logisch dat we baat hebben bij een politieman in volledige dienst. Daar zullen de inwoners niet aan twijfelen.'

Hij kwam met doelbewuste stappen achter zijn bureau vandaan. 'Ik roep vanavond een vergadering bijeen van de voltallige gemeenteraad. Jij bent natuurlijk ook uitgenodigd. Dan kunnen we alle bijzonderheden van je nieuwe baan bespreken. Er is een besloten ruimte op de eerste verdieping van de bank… neem de buitentrap, want de bank zelf zal op slot zitten. We komen om, laten we zeggen, acht uur bij elkaar. Dan heb je genoeg tijd om je te installeren…' Zijn blik dwaalde weer over Thad heen. '… en op te knappen. Heb je nog vragen?'

'Eentje maar.' Thad wiebelde heen en weer op zijn versleten laarzen. 'Waar moet ik me installeren?'

'Tja, dat is een noodzakelijk detail, nietwaar sheriff?'

Sheriff. Aan die titel zou hij moeten wennen, maar de klank beviel Thad wel. Voorlopig. Tot hij de kans kreeg om hem in te ruilen voor dominee. Hij kreeg een knoop in zijn maag.

'Ik had me aanvankelijk voorgesteld dat je de slaapbarak op mijn ranch voor de duur van je dienst hier je thuis zou kunnen noemen, maar nu…' Hij wreef over zijn kin en kneep zijn ogen samen. Toen knipte hij met zijn vingers. 'Ik bezit het gebouw naast de markthal. De hele bovenverdieping wordt gehuurd door een drogist als woonverblijf, evenals de halve benedenverdieping, die dient als zijn zaak. De andere helft van de benedenverdieping staat op het moment leeg, dus die kan dienen als jouw kantoor. En wat woonruimte betreft…'

'Als ik wat timmerhout kan krijgen, kan ik een deel van de ruimte beschikbaar maken als slaapkamer. Ik ben handig met hamer en spijkers.' Thad haalde zijn schouders op. 'Ik hoef niks bijzonders… gewoon een slaapplek en een wastafel. Ik ben geen keukenprins, dus ik zal de maaltijden gebruiken in het plaatselijke eethuis… tenminste, als jullie dat hebben.'

'Jazeker hebben we dat!' Hanaman klopte op zijn corpulente buik. 'En het is goed ook. Ga daar maar lekker eten en laat het op de onkostenrekening zetten. De raadsheren en ik zorgen wel dat Cora betaald krijgt.' Hij tuitte zijn lippen en fronste zijn wenkbrauwen. 'Maar ik denk dat het verstandig is als we een klein huisje voor je zoeken om te huren. Een slaapkamer achter in een winkel lijkt me niet bepaald…'

Thad wilde het niet te comfortabel krijgen. Hij had plannen die verder gingen dan Goldtree. 'Ik zal waarschijnlijk een flink deel van de dag op straat doorbrengen, om mensen te leren kennen en dingen uit te vissen. Dus ik kan met weinig toe.' Hij krabde op zijn hoofd. 'Maar ik heb misschien wel een soort gevangeniscel nodig.'

Hanaman balde zijn hand tot een vuist en liet hem daverend neerkomen op de hoek van zijn bureau. 'Er zit een kelder onder het gebouw… niet veel bijzonders, gewoon een schuilkelder voor het geval er een wervelwind onze kant op komt. Maar die kan gebruikt worden als bewaringscel.'

'Dat is goed genoeg,' zei Thad.

'Prima! Prima! Alles valt prachtig op zijn plaats.' Hanaman viste een sleutel uit zijn bureaulade en drukte die Thad in de hand. Toen sloeg hij zijn arm om Thads schouder en voerde hem mee terug naar de hal. 'Het gebouw is schuin tegenover de bank in de straat. Als ik me goed herinner, heeft de vorige huurder een paar spullen achtergelaten. Maak gerust gebruik van alles wat je vindt, of gooi het door de achterdeur naar buiten, dan laat ik het door iemand ophalen. Op het plaatsje achter het gebouw is een pomp, evenals een – *ahum* – buiten-wc. Alles wat je verder nodig hebt, haal je maar bij Baxters' markthal en laat het op mijn rekening zetten.'

's Mans vrijgevigheid kende geen grenzen. Kennelijk wilde hij echt graag dat de boeven gepakt werden. Thad zette zijn hoed op zijn hoofd. 'Heel hartelijk dank, meneer Hanaman.'

'Roscoe,' verbeterde de man joviaal met zijn bulderende stem. 'We zullen nauw samenwerken, dus we kunnen elkaar evengoed bij de voornaam noemen.' Hij kuierde mee naast Thad en ze stapten naar buiten in de middagzon. 'Ga je installeren in je nieuwe kantoor, ga een hapje eten bij Cora' – hij wees naar het witte gebouw met rode versiering verderop in de straat waarvan Thad had vermoed dat het een restaurant was – 'en zorg dat je om acht uur terug bent. De andere raadsleden zullen trots zijn om kennis met je te maken.'

Toen stierf zijn vriendelijke gezichtsuitdrukking zonder waarschuwing weg om plaats te maken voor een zorgelijke blik. 'Nogmaals bedankt, Thad. Ik weet dat ik heel wat op je bordje leg, maar na wat je oom me vertelde' – hij wendde zijn blik af alsof hij zich schaamde om Thad in de ogen te kijken – 'over je vader, was ik er zeker van dat jij de man was die we nodig hebben om de boel recht te zetten in Goldtree.'

Thad kreeg het zo benauwd dat het pijn deed om adem te halen. Wist de burgemeester van zijn vader af? Wist de rest van het stadje het ook?

Zo snel als hij ernstig geworden was, zo snel klaarde Hanaman weer op. Hij gaf Thad een klap op zijn schouder. 'Nou, ga maar. Doe alsof je thuis bent. En laat mij de eerste zijn om te zeggen: welkom in Goldtree.'

3

Thad duwde de kruiwagen door de straat naar het gebouw dat hij de komende weken zijn thuis zou noemen. Of maanden, afhankelijk van hoe het liep. Het was een lang en smal gebouw, met een valse voorgevel, en beschilderd met witte en gele versiering. Twee deuren met doorkijkvierkantjes in de bovenste helft kwamen uit op de straat. De rechterdeur vertoonde een boog van goudgeschilderde letters boven het raam: *Spencer Thornton, Drogist.* Dus Thad stak zijn sleutel in het slot van de linkerdeur. Het hout was uitgezet en hij moest zijn schouder tegen de deur planten om hem open te forceren, maar dat maakte hem niet uit. Dat kwam met een paar halen van een schaaf wel goed.

Toen Thad de hutkoffer en de reistas op de brede planken van de vloer liet vallen, stegen er stofwolkjes omhoog. Hij niesde twee keer en tuurde toen om zich heen in de halfdonkere kamer. Eén hoek was gevuld met een berg door de muizen aangevreten dekens, en tegen de achterste muur leunde een metalen bedframe. Achterin zag hij een paar grijze vormen verscholen zitten, maar in het karige licht kon hij niet vaststellen wat het waren. Maar als hij de luiken aan de noordkant eenmaal geopend had en het raam aan de voorkant eens flink had geboend, werd het vast een stuk lichter.

Hij wilde zijn nieuwe ruimte verkennen, maar de dame van de markthal had gezegd dat hij de kruiwagen meteen terug moest brengen. Asa had hem nodig. Dus deed hij de deur achter zich op slot en reed de lege houten kar naar het buurhuis van de markthal. Voordat hij hem mee kon nemen naar achteren en terugzetten op zijn plek naast de achterdeur, kwam dezelfde dame die hem eerder had aangesproken naar buiten vliegen op de houten stoep en zwaaide met haar benige handen boven haar hoofd.

'Jij daar! Jij!'

Thad bleef geschrokken stilstaan. 'Ik?'

'Ja, jij! Wat denk je dat je aan het doen bent?'

Van zijn stuk gebracht door haar beschuldigende toon wees hij naar de kruiwagen. 'Ik zet deze terug.'

Ze plantte haar vuisten op haar magere heupen en keek hem woest en dreigend genoeg aan om een gat in zijn hoofd te boren. 'En wat ben je precies aan het doen met Asa's kruiwagen?'

Was het mens seniel? Thad rukte zijn hoed af en krabde zijn hoofd. 'Tja, mevrouw, u zei dat ik hem moest gebruiken.'

'Ik… wat?' Ze schoot rechtop. 'Zo! Dus je bent niet alleen een dief, maar ook een leugenaar!'

'Maar, mevrouw…'

'Dief! Dief!' De schrille stem van de vrouw schalde over straat. 'Ik zeg jullie dat hij een dief is!'

Mensen staken hun hoofd uit de nabijgelegen winkels en wierpen Thad afkeurende blikken toe. Zijn gezicht brandde. 'Mevrouw, weet u het niet meer? Een klein poosje geleden maar, kwam ik…'

Een tweede, net zo schelle stem explodeerde vanuit de markthal. 'Melva, wat is dat voor kattengejank?' Een lange, magere vrouw met sneeuwwit haar in een knot stormde naar buiten over het pad en kwam naast de vrouw staan die Thad van diefstal beschuldigde.

Thad knipperde een paar keer met zijn ogen – het zonlicht speelde hem parten en liet hem dingen zien die er niet waren – maar toen hij weer keek, zag hij nog steeds dubbel. 'U bent met z'n *tweeën*.' Eindelijk viel het hem op dat de vrouw die tegen hem geschreeuwd had een bruine jurk aan had, en de andere droeg grijs. Maar in alle andere opzichten – tot op hun gelijke norse blik aan toe – waren ze identiek.

De in het grijs geklede vrouw snoof. 'Ja, we zijn met z'n tweeën. En ik kan je nu meteen wel vertellen dat *zij* de hysterische is.' Ze draaide zich met een ruk om naar haar zus. 'Ik heb die jongeman toestemming gegeven Asa's kruiwagen te lenen, Zus. De knaap probeerde met een hutkoffer te zeulen! Goed om het in je rug te krijgen.' Haar blik schoot naar de kruiwagen. 'En hij heeft hem teruggebracht, zoals hij beloofd had.' Ze wuifde naar de hoek. 'Ga je gang, jongeman, let maar niet op Melva.' Ze pakte haar zus bij de elleboog en nam haar mee terug naar binnen. Hun gezamenlijke stemmen bleven tekeergaan, maar nu schreeuwden ze in elk geval tegen elkaar in plaats van naar hem.

Thad stoof tussen de twee gebouwen weg, verlangend om te ontsnappen aan de nieuwsgierige blikken van zijn nieuwe buren. Wat een manier om zich aan het stadje te presenteren! Hij keerde de kruiwagen ondersteboven op het geplette gras, precies waar hij hem had gevonden. In plaats van terug te keren naar de straat, draafde hij achter de gebouwen langs naar zijn nieuwe huis terug.

Hij wachtte even voordat hij zichzelf binnenliet. De ligging van het gebouw op het kruispunt van de twee hoofdstraten van het stadje maakte het een volmaakte plek voor een sheriffkantoor. Hij zat dicht bij alle bedrijven als iemand hem met spoed nodig had – hij vermoedde dat de vrouw die Melva heette haar portie aandacht ruimschoots op zou eisen – en als hij op de stoep stond, kon hij makkelijk een groot deel van de stad overzien. Niet dat hij van plan was veel stil te staan. Hij moest een illegale onderneming blootleggen en ontmantelen.

Maar eerst moest hij zich installeren en opknappen om de vergadering met meneer Hanaman en de raadsleden niet mis te lopen.

Binnen ontgrendelde hij de luiken aan de noordkant en

vouwde ze terug. Kantachtige spinnenwebben, bezaaid met dode insecten, sierden de hoeken van de ramen. Met een grimas pakte hij een vod van de berg in de hoek en sloeg ermee naar de kleverige draden. Het opwaaiende stof deed hem niezen, dus hij wachtte met de rest van het werk tot hij een emmer water had gevonden.

Nu de luiken open waren, vielen er banen afnemend zonlicht schuin over de vloer en onthulden een commode met een ontbrekende lade, een tafel vol krassen en twee stoelen – waarvan bij de ene de poten los zaten – en een kist met een gedeukte koffiepot, drie niet bij elkaar passende tinnen bekers, vier lepels, twee vorken en een lantaarn met een gebarsten, maar bruikbare lampenkap. Thad dankte God voor de goede zorgen. Hij zou alles met veel genoegen gebruiken.

Zijn neus bleef kriebelen, dus hij opende de deuren aan de voor- en achterkant om de bedompte lucht te verdrijven. Maar de wind nam niets van het opgestapelde stof mee naar buiten; hij had een bezem nodig. Die verkochten ze vast wel in de markthal, maar hij had weinig zin om Melva en haar identieke zus weer tegen te komen. 'In elk geval niet voordat ik een lekkere maaltijd in mijn maag heb,' mompelde hij tegen de lege kamer. Als reactie op zijn stelling begon zijn maag te rommelen.

Hij keek naar de voordeur, bedenkend dat meneer Hanaman had gezegd dat hij zijn maaltijden in rekening mocht brengen. Het ontbijt had al veel te lang geleden slechts bestaan uit koude broodjes en wat gedroogd rundvlees. 'Ja, na een warme maaltijd zal ik me een heel stuk beter voelen.' Maar voordat hij het eethuis betrad, moest hij zich opfrissen. Dan was hij klaar voor de bespreking.

In zijn reistas zaten schone overhemden en broeken, maar waar kon hij zich verkleden? Hij kon de luiken weer dichtdoen, maar er hingen geen gordijnen voor het raam aan de voorkant. Na even nadenken, nam hij een van de afgedankte dekens mee naar buiten en schudde hem goed uit. Er kwam een flinke berg stof vanaf. Door de punten van de dekens in kieren tussen de brede houten latten die de muren vormden te proppen, schiep hij een driehoekige, geïmproviseerde kleedruimte. Maar voordat hij zich verkleedde, bracht hij een bezoek aan de pomp op het plaatsje en gaf zijn gezicht en handen een grondige wasbeurt.

Schoon en fris gekleed, voelde Thad zich klaar om naar het eethuis te gaan en een maaltijd te bestellen. Hij hoopte dat markthal-Melva hem niet achterna kwam zetten met een koekenpan. Thad maakte gebruik van zijn grote passen en snelde langs de ramen van de markthal. Maar alleen omdat hij honger had.

Sadie nam de hand van de koetsier aan en liet zich uit het rijtuig helpen. Een ogenblik wankelde ze, haar benen weigerden haar overeind te houden. Het was een korte rit met de postkoets geweest – slechts drie uur van het treinstation in Clay Centre naar het stadje Macyville – maar het rijtuig had zo gehobbeld dat alle spieren in haar lijf pijn deden van de inspanning om op de houten zitplaats te blijven zitten. Ze ademde de schone lucht een paar keer diep in, opgelucht dat de tot rust gekomen wielen geen stofwolken meer opwierpen.

'Dank u wel, meneer.' Weer tot leven gekomen haalde ze haar hand uit de steunende greep van de koetsier en zette haar hoed recht, die door het horten en stoten van zijn plaats was geraakt.

De koetsier tikte aan zijn met zweet bevlekte hoed en schonk haar een brede lach. 'Graag gedaan, juffrouw. Ik zal uw bagage pakken.' Hij klauterde op de platte bovenkant van de koets, enigszins grommend van inspanning nadat hij zich omhoog gehesen had via de ijzeren staven die als ladder dienden. 'Zei u dat iemand u op kwam halen? Ik laat u niet graag stranden, maar ik moet me aan mijn rooster houden.'

Al had ze de man pas een paar uur eerder ontmoet, hij was de enige die ze kende in Kansas, en ze had weinig zin om hem te zien vertrekken. 'Mijn neef zou me ophalen.' Sadie stak haar hand uit om haar reistas van de man aan te pakken. Ze hoopte dat hij niet van haar verwachtte dat ze haar hutkoffers op dezelfde manier aannam. Die zouden zeker op haar hoofd terechtkomen en haar pletten. Ze was tamelijk sterk voor een meisje, maar de hutkoffers waren zwaar.

Boven op Sadies hele garderobe had mama erop gestaan twee met de hand gemaakte quilts mee te sturen, ingelijste foto's van de familie, evenals enkele andere aandenkens, allemaal met de bedoeling om heimwee op afstand te houden. Sadie had de hele reis buikpijn gehad. Misschien verminderde het pijnlijke, eenzame verlangen naar haar familie als ze haar spullen van thuis in haar nieuwe woning om zich heen had staan.

Aan haar familie denkend, kwam ze op Sid. Waar was hij? Hij had beloofd er te zijn. Ze legde haar hand boven haar ogen – het randje van haar lievelingshoedje met bloemetjes deed weinig om haar gezicht af te schermen tegen de felle zon – en speurde de straat af. Geen spoor van haar neef.

'Hup! Aanpakken!'

Sadie gaf een gil en sprong naar achteren toen de koetsier een van haar hutkoffers over de rand duwde en op de grond liet vallen. Hij landde met een daverende klap, maar tot Sadies opluchting schoot hij niet open. Ze hoopte dat de spullen die erin zaten niet beschadigd waren. De man stond klaar om de tweede koffer dezelfde behandeling te geven.

'Koetsier! Wacht even!' De gezaghebbende uitroep bracht de handen van de koetsier tot rust.

Sadie draaide zich om naar de vertrouwde stem, en opluchting en blijdschap overspoelden haar. Haar neef kwam midden over straat aanrijden in een licht, vierwielig karretje. Ze glimlachte om Sids luie pose, steunend met de ellebogen op zijn knieën en de teugels losjes in zijn handen. Kennelijk was hij

niet veranderd in Kansas. Als kind was Sid al zorgeloos en on-
gedwongen; dat was een van de dingen die Sadie het leukst aan
hem vond.

Sid zette zijn karretje naast de postkoets. Hij trok de rem aan
en sprong over de zitting in de bak. 'Geef maar aan mij, baas, en
nu een beetje voorzichtig. Er kunnen wel breekbare spullen in
die hutkoffers zitten, hoor.' Hoewel Sid maar half zo oud was als
de koetsier, volgde de man zijn aanwijzingen zonder aarzeling
op.

Tot Sadies opluchting ging de tweede koffer veilig van hand
tot hand en Sid zette hem met een zacht plof in de wagenbak
neer. Toen sprong hij over de lage zijkant en tilde de koffer op
die de koetsier had laten vallen. Hij keek de man onschuldig
aan. 'Ik neem aan dat de postkoetsmaatschappij aansprakelijk is
voor beschadigde goederen als juffrouw Wagner ontdekt dat er
kapotte dingen in zitten?'

De man krabde zijn stoppelkin. 'Weet ik niet. Er heeft nog
nooit iemand geklaagd.'

Sid trok een wenkbrauw op. 'Huh? Is dat zo?' Hij beende
naar de achterkant van het karretje en liet de koffer in de open
bak glijden. Hij plaatste haar reistas ernaast, zo voorzichtig als
iemand een baby in een wiegje legt. Toen haar bezittingen in
veiligheid waren, breidde hij zijn armen uit en bood Sadie een
glimlach. 'Je hebt het gehaald!'

Sadie vloog hem in de armen. 'Ik heb het gehaald!' Giechelend maakte ze zich los. 'En waarschijnlijk ruik ik muf.'

Sid grinnikte, de kuiltjes in zijn wangen kwamen stiekem
tevoorschijn uit hun schuilplaats. 'Niet erger dan ouwe Rudy
hier.' Hij gaf het paard dat tussen de strengen stond een klapje
op de romp.

Sadie gaf hem een speelse stomp tegen zijn arm, zoals ze tientallen keren had gedaan toen ze kinderen waren. Zij en Sid, die
weinig in leeftijd scheelden, hadden altijd een makkelijke relatie
gehad en leken eerder broer en zus dan neef en nicht. Niet dat

ze echt bloedverwanten waren. Maar papa's hele familie had haar net zo bereidwillig in de armen gesloten als papa.

De postkoetskoetsier klom weer op zijn zitplaats en hief de teugels. Voordat hij ze kon laten neerkomen, riep Sid op vriendelijke toon: 'Als juffrouw Wagners spullen beschadigd zijn, stuur ik wel een telegram naar het hoofdkantoor.' De koetsier snoof en liet de teugels neerkomen. Het rijtuig schoot naar voren en rolde weg door de straat, met stofwolken in zijn kielzog.

Sadie wuifde met haar hand voor haar gezicht om het stof op te doen klaren en stak toen haar hand door Sids elleboog. 'Ik heb zo'n zin om aan mijn nieuwe baan te beginnen' – en geld naar huis te kunnen sturen naar papa en mama – 'maar de reis heeft me meer afgemat dan ik gedacht had. Hoe kan iemand zo moe worden van in een trein zitten?'

Sid draaide haar om naar het karretje. 'Dat zal wel minder de reis zijn geweest dan dat je afscheid moest nemen.' Hij pakte haar om haar middel en tilde haar aan boord.

Ze nam plaats op de verste kant van de houten zitplaats en huiverde. Zijn opmerking kwam al te dicht bij de waarheid. Weer voelde ze het verdriet.

Met een zwaai kwam hij naast haar zitten en lachte haar vrolijk toe terwijl hij de rem losmaakte en met de teugels kletste. 'Dus… je moeder deed er niet moeilijk over dat je helemaal naar Kansas ging? Ik dacht eerlijk gezegd dat oom Len en tante Esther je dicht bij huis wilden houden.'

Sadie zuchtte. 'Het was geen kwestie van willen, Sid, maar van moeten. Mijn ouders hebben het geld nodig dat ik kan verdienen.' Ze dacht aan het afscheid op het station in Dalton en haar keel deed pijn van ingehouden tranen. Papa was aan zijn bed gekluisterd en had haar niet kunnen uitzwaaien, maar mama en alle kinderen waren gekomen, al was het een schooldag. Sadie zou het nooit vergeten; het beeld van mama die door haar tranen heen lachte. Een pijnlijker afscheid had ze nooit doorstaan. Maar de baan was een zegen en ze wilde blij zijn met de kans om haar familie te helpen. 'Fijn dat je ons hebt laten weten van de baan. Het is een echte gebedsverhoring.'

Sid keek voor zich uit en Sadie deed hetzelfde, het landschap in zich opnemend. Het landschap deed haar denken aan Indiana, behalve dat daar minder bomen waren. Kleine heuvels bedekt met groen gras en versierd met groepjes kreupelbos strekten zich uit in beide richtingen. Ze prentte het beeld in haar hoofd, om het later in een brief voor haar familie te kunnen beschrijven. Ze had beloofd elke week te schrijven, maar waarschijnlijk deed ze het elke dag. In elk geval tot ze gewend was.

'Ik zal niet ontkennen dat er een beetje zelfzucht bij kwam kijken om je hierheen te halen,' zei Sid. Hij klonk verlegen.

Sadie keek hem nieuwsgierig aan. 'Zelfzucht?'

'Ja, zeker. Ik zit hier als enige, zonder familie om me heen…' Weer kreeg ze de lach met de kuiltjes en haar hart sprong op. 'Fijn om mijn lievelingsnicht in de buurt te hebben.'

Sadie leunde even tegen zijn schouder en ging weer rechtop zitten. Ze draaide zich naar hem toe en schonk hem haar volle aandacht. 'Vertel eens over Goldtree. Ik weet alleen dat er een markthal is waar ik ga werken als bediende en een concertgebouw waar ik misschien kan zingen.' Gretig verlangen welde in haar op. Zou ze een keer in de maand optreden? Een keer in de week? Misschien vaker? Jarenlang had ze ervan gedroomd het publiek te vermaken met haar lied. Nu zou de droom uitkomen. Ze wiebelde heen en weer op haar plaats. Kon Sid het paard niet een beetje laten opschieten?

Sid lachte. 'Het is nogal klein, zoals stadjes nu eenmaal zijn, maar de burgemeester hoopt dat het groeit. De man die het concertgebouw gaat openen – hij heet Asa Baxter en hij is degene voor wie ik werk, ik haal goederen van de spoorweg en bezorg spullen aan mensen in nabijgelegen stadjes – denkt dat hij er handel mee naar Goldtree haalt. Misschien zelfs nieuwe kolonisten. Dus hij popelt om een goede zangeres op het toneel te zetten. Ik heb hem verteld dat je steengoed bent.'

Sadie vouwde haar handen in haar schoot, licht in haar hoofd van verrukking. 'Hoe vaak is de concertzaal open?'

'Hoe vaak?' Sid speelde met de rand van zijn strohoed. 'Nou, het begint net op gang te komen, Sadie. Maar nu jij hier bent, zal meneer Baxter wel regelmatig gaan adverteren met een programma. Ik zei al, hij wil graag nieuwe mensen binnenhalen, en de hele gemeenteraad keurt het goed.'

Sadie keek weer voor zich uit, zette haar handen op haar knieën en stak haar kin naar voren. 'Ik zal mijn best doen om zijn klanten te plezieren. En ik zal ook hard werken in de markthal. Ze zullen er geen spijt van krijgen dat ze me aangenomen hebben. Dat beloof ik.'

Sid grijnsde. 'Ik denk niet dat het iemand zal spijten dat je gekomen bent. Ik denk dat het allemaal heel goed zal werken voor ons allemaal.'

4

Langzaam hield Sid de teugels in om Rudy stil te laten houden
voor de markthal van de Baxters. Het was niet makkelijk om
Rudy met zulke vriendelijke bewegingen te laten stilhouden;
het oude paard reageerde beter op een ferme ruk. Maar hij kon
niet hard aan de teugels trekken zonder Sadie te storen. Ze was
in slaap gevallen tegen zijn schouder, haar hoed zal helemaal
scheef en er viel een lok zonlichtkleurig haar over haar wang.
Ze zag er heel lief uit.

Hij hield zijn rechterarm, die als kussen diende, zo stil mogelijk, trok de rem aan met zijn linkerhand en bracht hem daarna
omhoog om haar gezicht te strelen met zijn vingertoppen. Haar
huid voelde zacht als zijde en wekte een hunkering in het midden van zijn borst. Hij keek toe hoe ze langzaam wakker werd.
Haar wimpers fladderden en toen ging haar mond open in een
ondamesachtige geeuw. Toen de geeuw afgelopen was, ging ze
rechtop zitten en keek versuft om zich heen.

'O. Het is donker.'

Sid lachte om haar opmerking. Tijdens de rit was de schemering ingevallen. Met zoveel bomen aan de westkant van de
stad – het gerucht ging dat de stichters in de herfst waren gearriveerd, toen de populieren op z'n mooist waren, en plechtig beloofd hadden dat de bomen voor de volgende geslachten
zouden blijven staan – leek het alsof de avond in Goldtree eerder viel dan elders.

'Het is pas een uur na etenstijd,' zei Sid, terwijl hij van zijn
plaats klom en toen omhoog reikte om Sadie te helpen. 'Heb je

honger? Cora's eethuis is hier vlak naast en zij bedient wel tot half acht. Er is tijd genoeg om een hapje te eten.'

Sadie schudde haar hoofd, de lok haar zwierde langs haar wang. Ze stopte hem achter haar oor voordat Sid het voor haar kon doen. 'Ik ben te moe om te kauwen.' Ze lachte, een zacht, treurig geluid, waarop Sid glimlachte als antwoord. 'Ik denk dat ik me liever ga installeren, als je het niet erg vindt.'

'Dan neem ik je mee achterom en laat de zoemer gaan zodat de dames Baxter ons erin laten.'

Slaperig keek Sadie naar de wagenbak. 'En mijn spullen?'

'Ik zal ze halen. Zit daar maar niet over in.' Sid voerde Sadie mee naar de achterkant van de markthal, met lichte passen omdat zij naast hem liep. Was hij maar moedig genoeg om haar te vertellen dat hij alles voor haar zou doen. Sinds de broer van zijn pa met Sadies ma was getrouwd en zijn nieuwe vrouw en stiefdochter had meegebracht op visite, was Sid steeds gefascineerd geweest door Sadie. Met zijn negen jaar was hij op slag halsoverkop verliefd geworden. Met haren glanzend en goud als stralen zonlicht die door de wolken heen barsten en ogen zo blauw als een diep meer, was ze een mooi klein meisje geweest.

En ze was uitgegroeid tot een mooie vrouw.

Sid stond stil op de achterstoep en gaf een stevige draai aan de koperen sleutel. De zoemer ging over en maakte de markthaleigenaressen opmerkzaam op hun aanwezigheid. Sadie stond op haar voeten te zwaaien van de slaap. Hij sloeg zijn arm om haar middel en ze leunde met een vermoeide glimlach tegen hem aan. Hij moest de aandrang onderdrukken om een kus op haar voorhoofd te drukken. Als hij haar nu kuste, schrikte hij haar waarschijnlijk af.

Aan de andere kant van de deur klonken voetstappen, toen ging het gordijn dat het raam afschermde omhoog. Sid zwaaide zonder iets te zeggen tegen een van de tweeling – zelfs na drie maanden in het stadje kon hij hen nog niet uit elkaar houden.

Het gordijn viel weer op zijn plaats, de deur zwaaide wijd open en de vrouw begroette hen op luide, vrolijke toon: 'Kom binnen, kom binnen!'

Sadie deinsde geschrokken achteruit door die harde stem. Sid was te weten gekomen dat de tweelingzussen altijd schreeuwden, of ze nu vrolijk, verdrietig, boos of onverschillig waren. Hij vermoedde dat het aan hun slechte gehoor lag. Sadie zou moeten wennen aan hun neiging om te schreeuwen. Hij gaf haar een zacht duwtje in haar rug en ze strompelde over de drempel. Sid volgde haar.

'Juffrouw Baxter, dit is...' begon Sid.

De vrouw pakte Sadies hand en schudde die. 'Dit moet onze nieuwe bediende zijn, Sadie Wagner, als ik me goed herinner,' loeide ze. Ze torende boven Sadie uit – geen vrouw in de stad kwam qua lengte in de buurt van de Baxter-tweeling. 'Je ziet eruit alsof je een zware reis hebt gehad, jongedame. Ik geloof dat we de badkuip voor je moeten vullen.'

Sid hapte naar adem. Hij zat er niet op te wachten dat juffrouw Baxter beelden in zijn hoofd wekte. Hij trok zich terug door de open deur en gebaarde naar de voorkant van de winkel. 'Ik ga Sadies spullen pakken. Ze heeft een tas en twee hutkoffers. Is meneer Baxter er? Ik kan zijn hulp goed gebruiken.'

Juffrouw Baxter schudde haar hoofd. 'Weet je wat... ren maar naar de hoek en klop bij sheriff McKane aan de deur. Weet je nog dat hij zondagmorgen in de kerk opstond en plechtig beloofde dat hij gekomen was om te helpen?' Een sluwe glimlach speelde om haar dunne lippen. 'Nou, laat hij maar wat doen voor de kost. In Goldtree is heus geen misdaad om hem bezig te houden.'

Ze sloeg haar knokige arm om Sadies schouders. 'Ik breng dit grietje naar haar kamer... eerste deur rechts als je de trap opgaat, Sid. Kom maar gewoon binnen.'

Sadie wierp een paniekerige blik over haar schouder terwijl juffrouw Baxter haar meevoerde naar de omheinde trap vlak achter de deur. Sid gaf Sadie een bemoedigende knipoog voordat hij zich op zijn hakken omdraaide en op een holletje naar het hoekgebouw ging waar Thaddeus McKane zijn zaakje had opgezet. Hij verwonderde zich over het plotselinge besluit van de burgemeester om een politieman aan te nemen. Zoals juffrouw Baxter had gezegd, was Goldtree een slaperig stadje, hoewel hij had horen zeggen dat het er tamelijk rumoerig aan toe kon gaan wanneer de veedrijvers erdoorheen kwamen. Toch leek het vreemd om een fulltime sheriff in te huren terwijl de cowboys maar een of twee keer per jaar op bezoek kwamen.

Sid bonsde een paar keer met zijn vuist op de deurpost en gluurde toen door het glazen raam. McKane kwam achter een tafel vandaan die onder een van de op het noorden uitkijkende ramen was gezet en kwam bedrijvig aanlopen. Hij deed de deur open en begroette Sid met een lachje, met zijn gezicht naar de straat alsof hij moeilijkheden zocht. 'Hallo. Sid was het toch?'

Sid knikte, onder de indruk dat de man zijn naam nog wist. Hij moest op zondag in de congregationalistenkerk meer dan vijftig mensen hebben ontmoet. Natuurlijk, ze waren samen van Macyville naar Goldtree gereden toen Sid hem van de postkoets had gehaald. Sid deed meer vervoer dan wie ook in het stadje. 'Dat klopt. Juffrouw Baxter stuurde me… ze vroeg of u bereid bent te helpen een paar hutkoffers te zeulen. De nieuwe winkeljuffrouw van de markthal is aangekomen.' Er fladderde iets in zijn borst als hij alleen maar over Sadie sprak. Haar had hij het liefst vervoerd van alles en iedereen.

'Ja, hoor, ik kom eraan.' Sheriff McKane plukte zijn cowboyhoed van een haak naast de deur en drukte hem op zijn kortgeknipte haar. Als hij geen baardstoppels op zijn wangen had gehad, zou Sid gedacht hebben dat hij zo uit een kappersstoel kwam. Hij had nog nooit een man met zo'n net kapsel gezien.

'De spullen zitten in de kar,' zei Sid toen hij en McKane naast elkaar naar de wachtende wagen kuierden. 'We moeten haar spullen achterom dragen en naar boven.'

De sheriff wreef met zijn hand over de afgeronde bovenkant van Sadies grootste hutkoffer en lachte zacht. 'Ik ben niet tegen hard werken, maar ik ben de afgelopen dagen voornamelijk bezig geweest een muur te bouwen om mijn werkgedeelte te scheiden van mijn woongedeelte. Mijn armen zijn nog een beetje moe van het zwaaien met de hamer.' Hij liep naar de stoep. 'Waarom rijd je de kar niet om naar achteren, dan zie ik je daar.' Het ging op weg door de smalle steeg tussen de markthal en het eethuis zonder Sids instemming af te wachten.

Sid zette zijn stekels op. Hoewel het een goed idee was – het was een stuk makkelijker dan de koffers van de voorkant van de markthal naar achteren te dragen en dan de trap op – maar het stak hem dat de sheriff de leiding genomen had. Hij klom op de bok en liet de teugels harder neerkomen dan noodzakelijk was. Rudy schoot naar voren en de wagen kreeg een harde schok waardoor Sids voeten een eindje van de vloer kwamen. 'Rudy, schei uit!' mopperde hij nog terwijl hij zich realiseerde dat het niet de schuld van het paard was.

Sheriff McKane stond zoals beloofd te wachten op de achterstoep, met een van de gezusters Baxter die de wacht over hem hield. Sid slikte een lachje in. Hij kende een paar mensen in de stad over wie de sheriff niet de baas kon spelen. Hij leidde Rudy zo dicht mogelijk bij de deur, sprong van de wagen en trof de sheriff op tijd aan de achterkant om één kant van de grootste koffer te grijpen.

'Deze kant op, deze kant op,' wees juffrouw Baxter, wapperend met haar handen zoals een hen haar kuikens opjaagt. 'Pas op de trap… niet struikelen. Jullie stoten mijn gipsmuren helemaal aan stukken als jullie die koffer laten vallen.' Hen aldus toesprekend, ging ze hen voor naar boven en de bocht om.

'Eerste kamer aan de rechterkant,' adviseerde Sid tussen het hijgen door. De sheriff was achteruit voorgegaan, zodat Sid het grootste deel van het gewicht van de koffer had gedragen. Bij de tweede koffer zorgde hij wel dat ze het andersom deden.

McKane keek over zijn schouder en wurmde om zich om te draaien toen hij bij de deuropening was, waardoor lantaarnlicht de gang in stroomde.

'Voorzichtig neerzetten!' gilde de juffrouw Baxter die achter hen aankwam. 'Maak geen krassen op de houten vloer!'

De andere juffrouw Baxter, die met Sadie nog aan haar arm naast het bed stond, voegde eraan toe: 'Voorzichtig, jongens, voorzichtig.'

Sid en de sheriff bukten eensgezind en slaagden erin de hutkoffer plat neer te zetten zonder dat de hoeken de gevlekte, maar niet gewreven witte grenen vloerplanken schaafden. Sid wilde naar de deur lopen, maar de sheriff nam de tijd om tegen zijn hoed te tikken voor Sadie.

'Avond, juffrouw. Ik ben Thaddeus McKane, de sheriff van het stadje. Welkom in Goldtree.'

Sid knarsetandde. De sheriff was – wat? – nog geen week in de stad? Maar ineens was hij degene die nieuwkomers begroette?

Sadies lippen trilden in een verlegen glimlachje. 'H-hallo, sheriff. Ik ben Sadie Wagner. Het is fijn om hier te zijn.'

De sheriff knikte traag en stopte een hand in zijn broekzak. 'Juffrouw Wagner, ik heb begrepen dat u als bediende gaat werken in de markthal bij juffrouw Melva en juffrouw Shelva.' Zijn blik flitste van de ene tweelingzus naar de andere toen hij hun namen noemde. Was hij er nu al achter wie wie was? Sids wrok tegen de man nam nog een beetje toe.

'Dat klopt.' Sadie bleef stokstijf stilstaan terwijl de tweelingzus naast haar – juffrouw Shelva, als de sheriff gelijk had – haar een paar zachte klapjes op haar schouder gaf. 'Ik ben zo blij dat ze bereid waren me de baan te geven.'

'Het zijn beste mensen,' zei McKane. 'Ze zullen vast en zeker heel goed voor u zorgen.'

Beide vrouwen giechelden onderdrukt, met vlekkerig roze wangen. Sid weerstond de aandrang om met zijn ogen te rollen. Kennelijk waren de oude vrijsters verkikkerd op de sheriff.

'Maar als u iets nodig hebt… wat het ook is,' vervolgde McKane, terwijl hij zijn hand uit zijn zak haalde en Sadie toestak alsof hij haar een geschenk aanbood, 'dan komt u maar naar mijn kantoor. Het is vlak om de hoek, het gebouw ten noorden van de markthal. Ik ben hier tot uw dienst.'

Sadie mompelde een beleefd bedankje en boog haar hoofd. Sid schraapte zijn keel. Luid. De anderen draaiden zich naar hem toe. Hij schraapte met de neus van zijn laars over de vloer, wat hem een afkeurend geluid opleverde van de Baxter-tweelingzus die het dichtst bij hem stond. 'Moeten we die andere koffier niet gaan halen? Juffrouw Sadie heeft een lange dag gehad. Ze heeft haar rust nodig.'

'Reken maar.' McKane tikte nog eens aan zijn hoed en liep met grote passen naar de deur. Sid kloste achter hem aan, met juffrouw Melva op zijn hielen, die hun van advies diende over de beste manier om de koffer te dragen zonder hun rug te verrekken. Nadat ze de tweede hutkoffer bezorgd hadden, verzekerde Sid de sheriff dat hij de reistas zelf wel aan kon, en de man stak zijn hand op om gedag te zeggen voordat hij op weg ging naar zijn kantoor.

Sid keek hem na, geïrriteerd zonder precies te weten waarom. Een sheriff *hoorde* een leidingnemende houding te hebben. Een sheriff *hoorde* mensen welkom te heten in Goldtree. McKane had niets verkeerd gedaan. Maar toch was Sid geïrriteerd.

Toen hij de reistas de trap op zeulde, herkende hij eindelijk de bron van zijn irritatie. *Hij* wilde degene zijn die Sadie zich thuis liet voelen. *Hij* wilde haar helpen met wat ze nodig had. Hij wilde dat ze afhankelijk was van *hem*. Dus misschien, heel misschien, moest ze ophouden hem te zien als haar geadopteerde neef en hem beginnen te zien als…

Hij kwam bij de deur. Sadie zat op het voeteneind van het bed, een open hutkoffer aan haar voeten en haar haarborstel in de hand, haar goudgele lokken over haar schouders glad te borstelen. Zijn mond werd droog.

'Daar komt je reistas,' kondigde juffrouw Shelva aan toen ze Sid zag. 'Breng maar gauw hier en dan ga je ervandoor.'

Juffrouw Melva voegde eraan toe: 'Onze nieuwe bediende is volkomen afgemat. We stoppen haar in bed zodra het bad vol...'

Juffrouw Shelva krijste: 'Zus, het is niet beleefd om tegen een man over baden te praten!' Ze wapperde met beide handen naar Sid. 'Ga maar gauw. Morgen mag je bij juffrouw Sadie komen kijken.' Ze deed de deur voor zijn neus dicht. Achter de deur klonk geschuifel en hij stelde zich voor dat het stel oude vrijsters zich op Sadie stortte als kraaien op een hoop maïskorrels.

Hij kloste de trap af, bij elke stap over zijn schouder kijkend. Hij betreurde het dat hij Sadie niet welterusten kon zeggen. Ze zag er zo knap uit met haar haren los. Hij sprong met een zwaai in het karretje, nam de teugels op en hief zijn gezicht naar de avondlucht, waar een paar dappere sterren knipoogden tegen een nikkelkleurige achtergrond. Jarenlang had hij bij het zien van de sterren een wens gedaan over Sadie. En nu zouden die wensen stellig uitkomen.

Hij had een baan voor haar gevonden waarmee ze haar familie kon ondersteunen totdat oom Len weer aan het werk kon. Hij had de deur voor haar opengezet om te zingen op toneel – iets waar ze al zo lang als hij zich herinnerde van droomde. En hij had haar hier in Kansas, weg van alle andere mensen die ze kende, dus nu zou ze op hem – alleen op hem – rekenen voor gezelschap. Na alles wat hij voor haar had gedaan, stond ze bij hem in het krijt. Niet dat hij wilde dat ze uit dankbaarheid van hem hield. Maar dankbaarheid was een begin.

Hij gaf een tikje met de teugels. 'Goed, Rudy, naar de stal voor de nacht. En morgenvroeg ga ik Sadie ophalen om haar op een ontbijt te trakteren.' Hij klikte met zijn tong tegen zijn tanden om het dier aan te drijven. Wat hem betreft kon het niet snel genoeg ochtend zijn.

5

Bonk! Bonk! Bonk!

Wat was dat? Sadie schoot rechtop in bed en keek verward de in grijze schaduwen gehulde kamer rond. Waar was ze?

Bonk! Bonk! 'Sadie? Ben je wakker?' Een doordringende kreet klonk door de gesloten deur.

Opeens wist Sadie alles weer. Ze was in Goldtree, in haar kamer in de markthal, en een van de gezusters Baxter wilde erin.

'Ik heb je ontbijt voor je, Sadie!' blèrde de vrouw aan de andere kant van de deur.

Sadie kromp in elkaar door de schelle stem. Ze had aangenamere geluiden gehoord als papa spijkers uit oude planken trok. Ze gooide het beddengoed opzij, zwaaide haar blote voeten naar de grond en trippelde naar de deur. Ze deed hem open en kreeg haast een stomp op haar neus van juffrouw Baxter, die haar vuist al had geheven voor een nieuwe roffel.

Er verscheen een brede lach op het magere gezicht van de vrouw. 'Ben je wakker?'

Sadie wreef in haar slaperige ogen. 'Ja, mevrouw.'

Juffrouw Baxter stak Sadie een blad toe. 'Ik wilde niet dat je ontbijt koud werd. Mijn zus en ik hebben al gegeten. Zus is naar beneden om de winkel open te doen en ik moet haar gaan helpen, maar we verwachten je vandaag niet beneden te zien. Ga je spullen maar opbergen, zie dat je je installeert, dan kun je morgenvroeg beginnen met je werk.'

Sadie nam het blad aan, bijna wankelend onder het gewicht. Ze staarde verbijsterd naar het welgevulde bord. Gebakken eieren naast een plak roze ham, knapperig gebakken aardappels en een torenhoge stapel geroosterd brood druipend van de boter. Verwachtten ze echt dat ze dat allemaal opat? En zou ze elke ochtend zo abrupt gewekt worden?

'Heb je alles gehoord wat ik zei, Sadie?' bulderde juffrouw Baxter.

Sadie knikte. Natuurlijk had ze het gehoord. Ze had nog nooit zulke lawaaiige vrouwen meegemaakt. Toen het paar na het bad van gisteravond haar kamer uitgegaan was, hadden haar oren nog een uur getuit. 'Ja, mevrouw, ik heb u gehoord. Ik stel het op prijs om me vandaag te kunnen installeren, en ik zal zorgen dat ik klaar ben om morgenvroeg aan het werk te gaan.'

'Mooi. Je wordt wel meteen in het diepe gegooid als je op zaterdag begint, maar dat is de beste manier om het te leren, niet? En daarna volgt een dag van rust, dus dan ben je maandag weer fris.' Ze straalde. 'Je komst naar Goldtree verloopt bijna volmaakt, Sadie. Gods hand rust op je.'

Sadies frustratie nam af toen de vrouw Gods hand noemde. Zoiets had papa ook kunnen zeggen.

De vrouw draaide zich om en beende naar de trap. Over haar schouder riep ze: 'Als je klaar bent met dat eten, dan zet je het blad en de vaat maar in de gootsteen. Volg de gang naar het westen, dan loop je zo de keuken in. En ga dan je kamer inruimen. Rond lunchtijd komt Zus of ik bij je kijken. Een fijne morgen, Sadie!'

Juffrouw Baxter verdween uit het zicht en het werd stil, als de stilte na een storm. Sadie duwde de deur dicht met haar heup en zonk met het blad op haar schoot neer op de rand van het bed. Toen ze haar ogen dichtdeed om te bidden voor haar eten, werd ze zo hard door heimwee overvallen dat ze begon te beven.

Ze zette het blad opzij en liep naar het raam. Ze trok het kanten gordijn opzij en keek uit op een ander huis met buitenmuren van overnaadse planken dat heel dicht naast de markthal stond. Voor de ramen hingen katoenen gordijnen die geen blik naar binnen gunden, maar de eenvoudige gordijnen waren dezelfde die bij haar thuis voor de ramen hingen. Sadie stelde zich een gezin voor dat om de tafel kommen maïspap met bruine suiker of stroop zat te eten en met elkaar lachte – zoals haar broertjes, zusje en moeder op ditzelfde moment in Dalton waarschijnlijk deden.

Haar ogen stroomden vol tranen, die haar blik vertroebelden. Ze liet het gordijn weer op zijn plaats vallen en keerde terug naar het bed. Het bord met eten lokte. Juffrouw Baxter was zo vriendelijk geweest om het klaar te maken; Sadie kon op z'n minst haar best doen om te eten.

Ze werd onderbroken door een klop op de deur… veel zachter dan die haar in haar slaap had gestoord. Haar nieuwe werkgeefsters hadden haar zeker toch nodig. Ze liep bedrijvig naar de deur en zwaaide hem open. 'Ja?'

In de gang stond Sid, compleet met lach en kuiltjes in zijn wangen. 'Sorry dat ik je zo vroeg stoor, maar de gezusters Baxter zeiden dat je wakker was. Ik moet zo naar mijn werk, en…' Hij stak haar een in papier gewikkeld pakketje toe. 'Ik heb een ontbijtje voor je gehaald. Een vruchtentaartje van Cora.'

Ineens drong het tot Sadie door dat ze nog in haar nachtkleding was. Hoewel de zware katoenen pon haar van hals tot tenen bedekte, sloeg ze automatisch een arm voor haar borst en nam het taartje verlegen lachend aan met haar vrije hand. 'Dank je wel dat je aan me gedacht hebt, maar zoals je ziet, is mijn ontbijt al opgediend.' Ze wees met haar kin naar het blad op het bed. 'Genoeg eten voor ons allebei.'

Ze snelde naar het voeteneind en legde het taartje op het blad. Toen griste ze haar badjas van het bed, stak vlug haar armen erin en wist niet hoe gauw ze de ceintuur vast moest binden. Sid zat boos naar het blad met eten te kijken.

Hij wees ernaar. 'Wie heeft je dat allemaal gebracht?'

Verbaasd door zijn verbolgen toon bleef Sadie aan het voeteneind van het bed staan, zonder naar hem toe te komen. 'Juffrouw Baxter.' Ze lachte gedwongen toen zijn gezicht opklaarde. 'Ik wou dat ik wist welke. Gisteravond noemden ze elkaar de hele tijd "Zus", zodat ik nog geen idee had wie Melva is en wie Shelva. Hoe houd jij ze uit elkaar?'

Sid haalde zijn schouders op. 'Niet. Ze lijken als twee druppels water op elkaar. Dus ik noem ze gewoon allebei juffrouw Baxter.' Er vonkte een ondeugend lichtje in zijn ogen. 'Wacht maar tot je hun broer Asa ontmoet.'

De eigenaar van het concertgebouw! Sadies hart sloeg een slag over. Ze kwam om het bed heen. 'Zie ik hem vandaag?'

'Weet ik niet. Misschien. Hij heeft het nogal druk, altijd bezig.' Sids blik dwaalde naar het ontbijtblad. 'Meende je het toen je zei dat er genoeg eten was voor ons allebei?'

Sadie pakte het blad op en hield het Sid voor. 'Natuurlijk. Ga je gang.'

Sid nam de ham en legde die tussen twee plakken geroosterd brood. 'Ik heb al ontbeten, maar dit is een lekkere lunch.'

Sadie zuchtte opgelucht dat het eten niet verspild werd. 'Neem maar wat je wilt.'

'Dit is prima.' Sid haalde een zakdoek uit zijn zak en wond die om zijn brood heen. Hij wierp een blik naar de trap, waar de gesmoorde stemmen van de Baxter-tweeling en gekletter en gebonk hoorbaar waren. 'Ga je vandaag aan het werk?'

'Nee. Ze zeiden dat ik vandaag kon gebruiken om me in te richten. Morgen begin ik.' Ze keek naar haar hutkoffers en dacht aan mama's handen die alles zorgvuldig hadden ingepakt. En voelde een nieuwe golf golf van eenzaamheid. Ze wendde zich weer tot Sid en keek hem smekend aan. 'Kun je straks langskomen, misschien rond lunchtijd?' Als de gezusters Baxter dan net zo overvloedig gekookt hadden als vanochtend, had ze meer dan genoeg om te delen. 'Gewoon om… te praten?'

Sid trok een spijtig gezicht. 'Het spijt me, Sadie, maar ik moet vandaag een vracht naar Macyville brengen. Als er aan de andere kant niemand is om me te helpen uitladen, ben ik misschien pas vlak voor het avondeten terug.' Hij stak zijn hand uit en streek langs de mouw van haar badjas – een lichte, broederlijke aanraking die Sadies heimwee een beetje verlichtte. 'Maar ik kom vanavond langs. Dan kunnen we een wandelingetje maken door de stad en kan ik je alles laten zien voordat je morgen aan het werk gaat. Goed?'

Vanavond? Een lege dag strekte zich voor haar uit. Sadie dwong zichzelf tot een lachje, maar de teleurstelling drukte zwaar in haar borst. 'Natuurlijk. Ik verheug me erop. Maar nu laat ik je gaan… ik wil niet dat je te laat op je werk komt.'

Sid liep langzaam naar de gang, zwaaiend met zijn broodje. 'Nogmaals bedankt voor mijn lunch. Ga je maar installeren, ik kom je halen zodra ik weer in de stad ben.' Hij zweeg even en zijn gezichtsuitdrukking werd zachter, zijn ogen lichtten op op een manier die Sadie nog niet eerder had gezien. 'Ik ben blij dat je er bent, Sadie. *Heel* blij.'

Sadie sloeg haar armen om zich heen. 'Ik ben ook blij dat jij er bent, Sid.' Anders zou ze helemaal alleen zijn.

Hij knipoogde, draaide zich op zijn hakken om en snelde weg. Ze deed de deur dicht en liet zich met een zucht tegen het stevige hout zakken. Haar hutkoffers wachtten aan het voeteneind van het bed, open en nog steeds gevuld met haar bezittingen.

Vastberaden duwde ze zich af tegen de deur en beende naar het ontbijtblad toe. 'Kom, Sadie, dit is nu thuis. Dus eet je ontbijt op, kleed je aan en maak dat deze kamer *voelt* als thuis.'

Halverwege de ochtend had Sadie enkele eenzame tranen vergoten, maar ze had haar spullen zo ingericht dat de kamer zo veel mogelijk de sfeer van thuis kreeg. Eén ding was nog over; de ingelijste foto van haar familie, twee weken voor papa's ongeluk genomen. Ze keek naar de foto en de tranen prikten bij de aanblik van een hoog opgerichte papa, met mama trots naast zich aan één kant, Sadie aan de andere kant en de jongere kinderen voor hen gerangschikt vanaf Effie tot kleine John. Gekleed in hun zondagse kleren, de spuuglokken van de jongens netjes gladgekamd met olie en Effies donkere krulhaar in een staart met een knoeperd van een lint, vormden ze een mooi plaatje – een plaatje dat Sadie deed denken aan gelukkiger tijden.

'Ik mis jullie,' fluisterde ze. Ze knipperde tegen haar tranen en klemde haar kaken op elkaar. Geen tranen meer! Ze keek de kamer rond, op zoek naar de beste plek voor dit bijzondere aandenken. Ze besloot het op de hoek van het nachtkastje te zetten, zodat ze de foto elke ochtend bij het ontwaken meteen zou zien. Ze schikte hem op het houten blad naast haar bijbel en ging in het midden van de kamer staan om haar werk te bewonderen.

Het witte gietijzeren bed zag er voornaam uit met mama's Jacobsladderquilt in marineblauw, cranberry en crème. '*Je krijgt er fijne dromen van, kind,*' had mama gezegd toen ze hem opvouwde en onder in de koffer legde. Sadie duwde de herinnering weg voordat die nieuwe tranen tevoorschijn bracht. De tweede quilt – een lapjesdeken in alle kleuren van de regenboog – hing over het voeteneind voor het geval de nachten koud werden. Ze streelde de felgekleurde vierkantjes terwijl ze de rest van de kamer rondkeek.

Tegenover het bed stonden de deuren van de kleerkast open zodat haar jurken te zien waren – waaronder de nieuwe, modieuze kaneelkleurige keper met vleermuismouwen en een jabot van roomkleurige kant, een jurk die ze van papa beslist had moeten kopen om te zingen op het toneel van de concertzaal. Ze liep naar de kleerkast en streek over een mouw, voelde met haar duim aan de gevlochten garnering waarmee de manchet was versierd. Ze wenste dat papa in het publiek kon zitten als ze voor het eerst optrad in Goldtree.

Vastbesloten zich niet door weemoedigheid te laten meeslepen, concentreerde ze zich op haar kleine verzameling hoeden op de bovenste plank van de kleerkast. Ze verschoof de groenfluwelen zodat hij precies op één lijn lag met de hoedjes aan weerskanten ervan. De strohoed met de ring van zijden madeliefjes was geplet tijdens de reis in de hutkoffer, maar Sadie had drie paar sokken in de bol gestopt in de hoop dat hij zijn oude vorm terugkreeg.

Ze duwde de deuren van de kleerkast dicht en draaide zich om. Haar blik viel op de ingelijste foto's van al haar broers en haar zusje die bij elkaar stonden op de hoek van de schrijftafel onder het raam aan de noordkant. Haar voorraad schrijfpapier, pen en een inktpot lagen op de andere hoek, klaar voor gebruik. Ze beet op haar onderlip. Gisteravond was ze zo moe geweest dat ze geen brief aan haar familie had geschreven. Maar – ze wierp een blik op de kleine koperen klok op het bureau – het was pas over een uur lunchtijd. Ze kon het nu wel doen.

Neuriënd ging ze zitten, nam de pen op en een leeg vel papier, en begon te schrijven. Het eerste vel schreef ze aan beide kanten vol met de belevenissen van de reis. Op het tweede vel deelde ze haar indrukken van haar nieuwe werkgeefsters. Ze giechelde een paar keer terwijl ze verhaalde over haar eerste avond met de tweeling en vol humor beschreef hoe ze Sadie beslist hadden willen helpen met haar bad en vervolgens over haar hoofd instructies naar elkaar hadden geschreeuwd alsof zij er niet bij was. Ze beschreef haar kamer en voegde eraan toe: *Het is vreemd om een kamer helemaal alleen voor mezelf te hebben, maar ook wel prettig. Geen schoenen van Effie die voor het bed liggen en waar ik op weg naar de buiten-wc over kan struikelen.* Gniffelend stelde ze zich Effies verontwaardigde reactie voor.

Halverwege het derde blad klonken waarschuwende voetstappen en ze zette zich schrap voor…

Bonk! Bonk! Bonk!

Ze legde de pen opzij en snelde naar de deur. Een van de gezusters Baxter stond in de gang. 'Zus zei dat een van ons rond lunchtijd bij je zou kijken, dus hier ben ik.'

Sadie wenste dat de vrouw zich voorstelde. Ze kon natuurlijk

Sids voorbeeld volgen en hen allebei aanspreken met juffrouw Baxter, maar het zou prettig zijn om te weten wie wie was.

De vrouw speelde met de band van haar lange schort en gluurde langs Sadie heen. 'Ben je helemaal ingericht?' Zonder antwoord af te wachten, drong ze langs Sadie heen en beende naar het bureau. Sadie volgde haar en keek toe hoe de vrouw alle zorgvuldig geschikte foto's opnam om ze van dichtbij te bekijken. 'Zijn dat je broers en zusje?'

Sadie knikte, alweer met een brok in haar keel. 'Ja, mevrouw. Dit zijn Effie, Matthew, Mark, Luke en John.' Ze wees hen elk om de beurt aan en haar hart verkrampte van verlangen om hen in het echt te zien.

'Keurige jongelui.' Juffrouw Baxter tikte met een benige vinger op de bovenrand van Lukes lijstje. 'Zus en ik zijn nooit getrouwd. Noch Asa. Dus er is al heel wat jaren geen jeugd in onze familie.' Ze keek Sadie onderzoekend aan. 'Mis je ze?'

Sadie slikte. 'Ja, mevrouw. Ik mis ze.'

Onverwacht sloeg de vrouw haar arm om Sadies schouders en gaf haar een paar fikse klappen. 'Nou, Zus en ik zullen voor je bidden. God geeft ons troost voor alle pijn, hoor.' Abrupt liet ze haar arm vallen en beende naar de deur. 'Ik ga de lunch klaarmaken terwijl Zus op de winkel let. Bonensoep en broodjes goed?'

Sadie knikte.

'We eten hier meestal eenvoudig,' zei de vrouw. Ze sloeg haar armen over elkaar en keek Sadie streng aan alsof ze haar uitdaagde om te klagen.

'Eenvoudig is goed. Mag ik u helpen?'

Juffrouw Baxter schudde haar hoofd. 'Je loon is inclusief kost en inwoning. Koken of schoonmaken horen daar niet bij.' Ze snoof zacht. 'Althans, behalve schoonmaken in de winkel. Dus maak jij die brief daar nou maar af...'

Sadies gezicht werd warm. Had juffrouw Baxter gezien wat ze had geschreven over haar eerste avond en het badvoorval?

'… dan geef ik wel een gil als de lunch klaar is.' Ze stormde met pompende armen weg.

Sadie deed opgelucht de deur dicht. Juffrouw Baxter was verre van verlegen; als ze haar naam had zien staan, had ze vast wel iets gezegd. Maar Sadie moest de brief afmaken en op de post doen. Ze ging weer aan tafel zitten en voltooide de brief, ondertekende met een reeks kruisjes en wenste dat ze die kusjes persoonlijk kon uitdelen. Ze vouwde de vellen op en stopte ze in een envelop, die ze in haar vloeiende handschrift adresseerde. Na de lunch zou ze op zoek gaan naar het postkantoor. En als Sid terugkwam, ging ze het hele stadje verkennen en een kijkje nemen in het concertgebouw.

Haar hart bonsde. Ze klemde de brief tegen haar borst. 'Ik zal mijn beste beentje voorzetten, papa en mama. Ik zal zorgen dat jullie trots op me zijn, dat beloof ik.'

6

Thad stapte het eethuis uit en slaakte een voldane zucht. Roscoe Hanaman had verkondigd dat Cora een goede kokkin was, en Thad kon het niet tegenspreken. Tot nu had elke maaltijd in het gezellige restaurantje Thads smaakpapillen gestreeld en zijn buik naar tevredenheid gevuld. Hij klopte nadenkend op zijn maag. Er viel nog geen verschil te bespeuren, maar hij moest wel oppassen. Als hij zich zowel tussen de middag als 's avonds te goed bleef doen aan Cora's pasteien, groeide hij uit zijn broek.

Op dat moment kwamen er twee mannen het eethuis uit kuieren, die kreunend aan hun broekband trokken. Thad knikte ter begroeting, zijn glimlach verbergend. Ze sjokten over de stoep, hun zwaaiende gang getuigde van hun ongemak. Thad lachte. Tja, die pastei voelde je wel zitten. Maar hij kon het zich niet permitteren om dik te worden. Dan werd hij traag en een trage politieman was een nutteloze politieman.

Hij trok de rand van zijn cowboyhoed wat lager op zijn voorhoofd en slenterde de stoep op. Hij zou tot het eind van Main Street lopen en dan teruggaan langs de andere kant – de middagroutine die hij had ingesteld om zich te laten zien en beschikbaar te zijn. In de afgelopen week waren de mensen vriendschappelijk geworden en keken op van hun werk om te wuiven als hij langsliep. Soms kwamen ze zelfs naar buiten om een praatje te maken.

Hun aanvaarding vergrootte Thads vertrouwen dat hij het stadje van dienst kon zijn. Tot nu toe hadden zijn diensten natuurlijk eerder op het klusvlak gelegen, maar dat deerde hem niet. Elke keer als hij de helpende hand toestak, bouwde hij aan relaties. Als de mensen hem vertrouwden, zouden ze zich voor hem openstellen, wat het waarschijnlijker maakte dat hij uiteindelijk op die illegale stokerij zou stuiten waarvan de burgemeester het bestaan in Goldtree vermoedde.

Zonder waarschuwing bulderde een stem in Thads herinnering: '*Thad? Geef antwoord, jongen! Waar heb je mijn fles verstopt? Als ik je te pakken krijg, dan zal ik je…*' Hij kromp in elkaar.

'Middag, sheriff.'

Thad schrok op en besefte dat er twee vrouwen voor hem op de stoep stonden. Hij tikte aan zijn hoed. 'Middag, dames.'

Glimlachend gingen ze de markthal binnen. Hun vriendelijke begroeting wiste de laatste sporen van de onaangename herinnering uit. *Dank U, God.* Hij begon door te lopen, maar uit de deur van de markthal kwam een jonge vrouw naar buiten stormen. 'Ho, daar!' riep hij terwijl hij een wankele stap naar achteren deed om niet omver te worden gelopen.

Ze bleef stilstaan en sloeg haar hand voor haar mond. Grote blauwe ogen staarden hem vol ontzetting aan onder de rand van een scheve strohoed die helemaal versierd was met madeliefjes. Ondanks zijn schrik kon Thad een lach niet inhouden. Toen hij de jongedame had ontmoet – ze had gezegd dat ze Sadie Wagner heette – nadat hij gisteravond haar hutkoffers had helpen afleveren, had hij haar knap gevonden, maar bedeesd. Het was niet bij hem opgekomen dat ze naar buiten kon komen vliegen als een boze kat die losgelaten wordt uit een kist.

Ze liet haar hand vallen en drukte hem tegen het onversierde lijfje van haar gele bloemetjesjurk. 'N-neem me alstublieft niet kwalijk, sheriff. Ik zag u niet.' Ze hield een envelop omhoog. 'Ik wilde mijn brief op de post doen voordat de postkoets aankomt. Juffrouw Baxter en… juffrouw Baxter zeiden dat hij meestal om half twee bij het postkantoor is, dus…' Haar stem stierf weg alsof ze geen puf meer had.

'Geen nood.' Thad probeerde zijn blik op haar gezicht gevestigd te houden, maar hij werd afgeleid door de lokjes haar die opgetild werden door de geurige lentebries en over haar schouders dansten. Hij had nog nooit zulk goudblond haar gezien. Het paste bijna bij de hartjes van de madeliefjes op haar hoed. Met inspanning maakte hij zijn aandacht los van de verrukkelijke krulletjes. 'U bent nieuw in de stad, weet u wel waar het postkantoor is?'

'Juffrouw Baxter en… juffrouw Baxter…' Juffrouw Wagner schudde haar hoofd even en trok rimpels in haar voorhoofd. 'Elke keer als ik hun naam zeg, heb ik het gevoel dat ik stotter.'

'Noem ze dan juffrouw Melva en juffrouw Shelva, net als ik,' opperde Thad.

Haar voorhoofd bleef verstoord fronsen. 'Dat zou ik wel doen, als ik kon doorgronden wie Melva was en wie Shelva.' Ze wierp een snelle blik over haar schouder en zuchtte. 'Ze lijken zo sprekend op elkaar…'

Thad streek zijn snor glad, in de hoop dat ze zijn geamuseerde grijns niet zou zien. Had ze enig idee hoe charmant ze eruitzag met haar misvormde hoed en zonneschijnkleurige lokjes haar langs haar slanke hals? 'Ja, ze lijken inderdaad op elkaar.' Hij dempte samenzweerderig zijn stem. 'Maar wilt u weten hoe je ze uit elkaar kunt houden?'

Ze knikte, zodat de blaadjes van de madeliefjes trilden.

'Ze hebben allebei een moedervlek bij hun mondhoek. Maar die van juffrouw Melva zit links en die van juffrouw Shelva zit rechts.'

Juffrouw Wagners blauwe ogen lichtten op. 'Echt waar?'

Thad lachte. 'Ja. Zo houd ik ze uit elkaar.' Hij haalde zijn schouders op. 'Als je ze recht aankijkt, moet je het natuurlijk omdraaien, wat even nadenken kost, maar als je het kunt onthouden is het wel de oplossing.'

'Ja, die moedervlekken waren me natuurlijk wel opgevallen – ze zijn heel duidelijk zichtbaar – maar niet dat ze omgekeerd zaten.' Ze deed haar ogen dicht en tikte tegen haar bovenlip, eerst rechts en toen links, knikkend bij zichzelf.

Thad keek gebiologeerd toe.

Ze deed haar ogen wijd open en schonk hem een prachtige glimlach. 'Dank u! Nu hoef ik niet meer te struikelen over "juffrouw Baxter en juffrouw Baxter".'

'Graag gedaan.' Hij moest weer eens verder, maar wilde nog niet bij haar weg. Ze was een genoegen om naar te kijken. Hij stak zijn elleboog uit. 'Laat me u naar het postkantoor begeleiden. Dan kunt u daarna weer aan het werk.'

Ze pakte zijn arm. Hij liep met haar door de straat… langzaam, de te korte afstand rekkend. De rok van haar bloemetjesjurk zwaaide tegen zijn broekspijp. Hij deed geen poging om afstand te houden.

'Dank u voor uw hulp, maar ik hoef niet aan het werk. Vandaag tenminste niet.' Ze had een zangerige stem met een muzikale klank. 'Juffrouw Shelva en juffrouw Melva zeiden dat ik morgen begin met werken. Vandaag maak ik kennis met het stadje.'

Thads hart maakte een vrolijke solo terwijl zich een ideetje vormde. 'Nou, wat zegt u hier dan van? U doet uw brief op de post en dan gaat u met mij mee op mijn ronde. Ik zal alles aanwijzen wat ik tot nu toe ontdekt heb in Goldtree. Binnen de kortste keren voelt u zich thuis.'

Ze keek verrast naar hem op. 'Hebt u tijd om mij het stadje te laten zien?'

Hij hoestte om een lach te verbergen. Ze was nieuw en besefte niet hoe weinig tijd dat zou kosten. 'Ik heb tijd en het zal me een genoegen zijn.' Hij opende de hordeur en gebaarde dat ze het postkantoor kon betreden. 'Ga uw brief posten. Ik wacht hier buiten.'

Thad beende heen en weer en tuurde op en neer door de straat. Hij stopte zijn handen in zijn zakken. Deed of hij de wolken bewonderde. Knikte naar een mannelijke voorbijganger en tikte aan zijn hoed voor de dames. Floot een liedje zonder melodie. Sloeg zijn ogen neer en tikte met zijn teen tegen een kwastgat in een plank van de stoep.

Binnen het postkantoor hoorde hij een lichte, parelende lach. Thad wierp een blik naar de opzichtig versierde hordeur. Zijn borst trok samen van jaloezie. Wat had de postdirecteur gezegd om juffrouw Wagner aan het lachen te maken? En hoeveel tijd kostte het trouwens om een postzegel van twee cent te kopen en op een envelop te plakken?

Eindelijk verscheen juffrouw Wagner, met lege handen en een glimlach.

'Meneer Rahn heeft me een postbus toegewezen… het nummer is 143. Het is een heel aardige man met een geweldig gevoel voor humor.'

Thad had kennisgemaakt met meneer Rahn – tijdens de vergadering met de gemeenteraad op zijn eerste avond in Goldtree. Maar de man had de hele avond geen spoor van een glimlach vertoond, laat staan iets grappigs gezegd.

Ze zuchtte diep. 'Nu ik mijn eigen postbus heb, voel ik me pas echt een inwoner van Goldtree.' Even vervaagde haar glimlach, maar toen vouwde ze haar handen samen en wierp hem een lieve blik toe. 'Nu ben ik klaar om het stadje te zien.' Ze keek rond en scheen haar omgeving in te drinken. 'Het is een heerlijke dag voor een wandeling.'

De heerlijkste dag van mijn leven, dacht Thad, maar hij sprak het niet uit. Had hij zich ooit zo aangetrokken gevoeld tot een vrouw?

Haar blik bleef op hem rusten. 'Weet u zeker dat ik u niet van uw werk houd?'

'Op dit moment is mijn enige taak,' zei hij, terwijl hij haar zijn arm weer bood en wenste dat hij iets lolligs kon bedenken om te zeggen, zodat hij getrakteerd werd op haar parelende lach, 'om u te helpen zich op uw gemak te voelen in Goldtree. Dus kom maar mee, juffrouw Wagner.' Hij zette een veel langzamer tempo in dan anders om zijn ronde te maken. De

witgeschilderde congregationalistenkerk stond naast het postkantoor, uitkijkend op Main Street. Thad knikte ernaar. 'Ik ben
afgelopen zondag naar de dienst geweest. Maar overmorgen ga
ik naar een van de andere kerken.'

'Hebt u niet genoten van de dienst?' Haar hand lag licht over
de kromming van zijn arm en haar stappen pasten volmaakt bij
de zijne.

'O, jawel, heel erg. Dominee Wise is een goede predikant.
Maar als sheriff moet ik mijn aandacht een beetje verdelen en
in alle kerken gezien worden.'

Op de hoek sloegen ze af in westelijke richting naar Wa-
shington Street. Juffrouw Wagner vroeg: 'Hoeveel kerken zijn er
in Goldtree?'

'Drie. De congregationalistische, de methodistische, en de
episcopaalse.' Hij vertraagde zijn pas en wees naar een groot,
met een ijzeren hek omheind terrein dat zich een halve straat
achter de congregationalistenkerk uitstrekte. 'Maar alle drie begraven ze hun doden op één gemeenschappelijke begraafplaats.'

Juffrouw Wagner huiverde en ze klemde haar vingers strakker om zijn arm. 'Het zal wel aardig zijn dat ze niet de noodzaak voelen om zich te scheiden in de dood, maar...' Ze begon
vlugger te lopen en Thad kon niet anders dan haar voorbeeld
volgen. 'Ik vind begraafplaatsen vreugdeloze plekken.'

Hij hoorde de droefheid in haar stem en wenste dat hij een
andere route had gekozen. Maar nu was het te laat. Hij trok
haar hand tegen zijn ribben en nam haar zo snel mogelijk mee
langs het grote kerkhof. Maar hij kon het niet laten een vraag
te stellen. 'U weet toch wel dat een begraafplaats slechts een
rustplaats is voor het omhulsel van een mens? Dat de ziel daar
niet is?'

'Natuurlijk weet ik dat.' Ze klonk een beetje scherp, wat hem
verbaasde. Ze knipperde een paar keer met haar ogen, zodat hij
zich afvroeg of de scherpe toon bedoeld was om een andere
emotie af te dekken. 'Maar de grafsteen is een herinnering dat

de mens niet langer hier… op aarde is. En dat maakt me verdrietig.'

Thad dacht over haar antwoord na. Hij had nooit veel tijd doorgebracht aan het graf van zijn moeder, en hij besefte dat dat om dezelfde reden was die zij noemde. Ze hadden de achterkant van het kerkhof bereikt en hij minderde met opzet vaart tot hij haar stil liet houden voor de episcopaalse kerk. Misschien vond ze hem voortvarend, gezien het feit dat ze elkaar net hadden leren kennen, maar nieuwsgierigheid won het van fatsoen. Met een lichte beweging van zijn elleboog vroeg hij: 'Wie is er niet langer bij u?'

Juffrouw Wagner boog haar hoofd en toonde hem de scheve bovenkant van haar strohoed. 'Mijn vader.' Ze keek naar hem op, in haar ogen stonden zowel droefheid als een vreemde opstandigheid. 'Ik heb hem amper gekend. Hij stierf toen ik vier was. Maar ik mis hem nog steeds.'

'Tja, natuurlijk mis je hem.' Thad miste zijn moeder, al was ze bij zijn geboorte gestorven. Hij miste het om te weten hoe het voelde om een moeder te hebben. Maar pa miste hij niet. Hij hoopte dat God hem zijn duistere gedachten vergaf, maar het was beter om eerlijk te zijn dan erom te liegen. Zijn vader had Thad geen enkele reden gegeven om hem te missen. 'Kende uw vader God?' Hij kreeg een knoop in zijn maag toen hij bedacht wat het antwoord op die vraag was als het zijn vader betrof.

Juffrouw Wagner knikte, de madeliefjes wuifden beamend met hun blaadjes. 'Ja, mama zei dat hij Jezus kende.'

'Dan is hij in de hemel.' Thad boog zijn hoofd. 'En zult u daar op een dag ook zijn?'

Een zachte glimlach tilde haar mondhoeken op. 'Jezus is mijn Verlosser, dus ik ga later naar de hemel. En mama zegt dat mijn vader me welkom thuis zal heten.'

Thad stelde zich voor dat zijn moeder aan de paarlen poorten op hem stond te wachten. Het idee beviel hem wel. Zodra hij zijn Verlosser had bedankt voor het uitwissen van al zijn zonden, zou hij haar eindelijk leren kennen. 'Nou, denk er maar aan dat uw vader vreugdevol en in vrede in de hemel woont in plaats van onder een oude grijze grafsteen, dat vrolijkt u wel op.' Haar glimlach werd breder en verwarmde hem nog meer dan de zon die straalde aan de hemel. Hij zette zijn voeten in beweging. 'Kom, we gaan,' stelde hij voor, 'anders is de dag zo om.'

Hij nam haar helemaal mee naar de rand van de stad, waar het rode schoolgebouw met de klokkentoren de stadsgrens van Goldtree vormde. Vorige week was de vakantie begonnen en de school zag er leeg uit zonder kinderen, dus ze bleven niet stilstaan. Ze zochten hun weg naar het zuiden op Main Street, waar Thad de zaadhandel aanwees, de smederij, de bank en de methodistenkerk. 'De enige kerk in de stad met een toren,' merkte ze op. Ze kwamen op de hoek waar zijn kantoor zich bevond, tegen de drogisterij aangeklemd, en Thad stond even stil.

'Dit hier is mijn kantoor.' Hij lachte. 'En mijn huis.'

Ze vormde haar handen tot een kommetje en gluurde door het raam. 'Woont u hier ook? Het is heel klein.' Ze keek hem aan. 'Maar aangezien u alleen woont, is het wel doeltreffend.'

Haar opmerking bevatte geen kritiek, maar Thad wenste toch dat hij een voornaam huis had in plaats van één kleine kamer achter een winkel. Welke vrouw zou overwegen zo'n krap huisje te delen? En wat bezielde hem eigenlijk om daarover na te denken? Hij schudde zichzelf in gedachten door elkaar. 'Laten we de rest van het stadje gaan bekijken.'

Hij nam haar mee over de stoep en wees haar het gemeenschapscentrum en het kleine, grasrijke park aan de overkant van de straat waar de stadsbewoners 's zomers gingen picknicken. Het verandadak van de markthal doemde voor hen op, dus ze stonden stil en Thad spreidde zijn armen wijd. 'Behalve Cora's eethuis en de barbier, iets voorbij de markthal, is dat het hele stadje.' Hij haalde zijn schouders op. 'Nou ja, de winkels althans.'

Juffrouw Wagners gezicht betrok. 'Maar dat kan niet waar zijn.'

Hij lachte. 'Het is een klein stadje, juffrouw Wagner, maar ik hoor dat het groeiende is.'

Ze snelde naar de rand van de stoep en keek vertwijfeld van links naar rechts.

Hij kwam naast haar staan. 'Wat is er?'

'Mijn neef Sid… hij schreef me… en hij zei dat er een concertgebouw was in Goldtree. D-daarom ben ik gekomen. Om te zingen. In het concertgebouw.'

Thad krabde zijn kin. 'Concertgebouw?' Ook hij keek heen en weer in de straat. Had hij iets over het hoofd gezien? Zijn ogen vonden het gemeenschapscentrum naast het postkantoor. 'Misschien bedoelde Sid dat u kon zingen op gezelligheidsbijeenkomsten. De burgemeester vertelde dat het hele stadje bij elkaar komt op feestdagen, na de oogst en met feesten als bruiloften of geboortes.'

Juffrouw Wagner schudde haar hoofd en wrong haar handen. 'Nee, Sid noemde speciaal een concertgebouw. Hij zei dat zijn werkgever een goede zangeres nodig had.'

Thads wenkbrauwen schoten omhoog. 'Asa Baxter?'

'Dat klopt.'

Thad streek met één vinger zijn snor glad. 'Het zou kunnen. Ik heb wel gehoord dat Asa een bestelling heeft gedaan voor een lading timmerhout uit de molen in Concordia. Misschien is hij van plan hier in Goldtree een concertgebouw neer te zetten.'

Juffrouw Wagner beet zorgelijk op haar onderlip. Hij kon zich niet indenken waarom dat concertgebouw zo belangrijk voor haar was. Maar hij wenste dat hij haar gerust kon stellen. Hij besloot tot het eerste dat in hem opkwam. 'Maar als u graag wilt zingen, de congregationalistenkerk heeft een koor. Ik weet zeker dat ze het fijn zouden vinden als u zich bij hen aansluit.'

'O, zeker. Ik wil graag zingen in het koor.' Maar ze bleef bedroefd kijken.

Thad schraapte zijn keel. 'Nou, juffrouw Wagner, ik moest maar weer eens naar kantoor.' Was de middag maar niet zo minnetjes geëindigd. 'Als u nog iets nodig hebt – koffers verplaatsen, vragen beantwoorden – dan komt u wel, hè?' Met ingehouden adem wachtte hij haar antwoord af. Hij wilde haar weer zien. En nog een keer.

'Jazeker.' Ze stak haar hand uit en hij drukte hem. Vergeleken met zijn grote klauw zagen haar vingers er teer en broos uit. Hij paste op om niet te hard te knijpen. 'Dank u wel voor de rondleiding door de stad, sheriff. Ik stel het erg op prijs.'

Hij deed zijn mond open om te zeggen dat hij erg genoten had van de middag en om haar te vragen hem Thad te noemen. Maar voordat hij iets kon zeggen, werden ze onderbroken door een humeurige stem.

'Sadie, wat doe je daar?'

7

Sid sprong uit de wagen en stampte de stoep op zonder een poging te doen zijn ergernis te verbergen. Hij had zich uit de naad gewerkt om de wagen in recordtijd uit te laden en de paarden sneller op te jagen dan verstandig was om op tijd terug te kunnen zijn en een flink deel van de dag met Sadie te kunnen doorbrengen. Alleen om bij aankomst van de Baxter-tweeling te horen te krijgen dat ze aan de boemel was in de stad. Hij was een uur lang op zoek geweest en nu vond hij haar eindelijk… hand in hand met de sheriff!

Sadie draaide zich om naar Sid. Ze trok haar hand los uit die van McKane, wat Sid prima uitkwam. Sadie deed een stap naar hem toe. 'Sid! Wat ben je vroeg terug.'

Hij deed zijn best om niet kwaad te kijken, maar dat kostte al zijn beheersing. 'Ja. Flink opgeschoten, zodat we tijd genoeg hadden om voor etenstijd het stadje te verkennen.' Hij wierp een vernietigende blik in de richting van de sheriff. Waarom hoepelde die man niet op? 'Ik moet de paarden nog wegzetten… ik had de wagen mee om je te zoeken.' Hoewel het aardig bedoeld was, klonk zijn toon beschuldigend. 'Maar zodra dat klaar is, kunnen we die wandeling maken die ik je had beloofd.'

Sadie werd rood. 'O, Sid, wat spijt me dat. Sheriff McKane' – over haar schouder glimlachte ze snel naar de man die als een schildwacht nog geen meter achter haar stond – 'heeft me al een rondleiding gegeven. Ik…' Ze boog haar hoofd. 'Ik was vergeten dat jij van plan was om me mee te nemen.'

Sid knarsetandde. Ze was hem *vergeten*? Hij, degene die haar naar de stad had gehaald? Hij ramde zijn gebalde vuisten in zijn broekzakken. Merkwaardig hoe snel zijn drift oplaaide. Hij kon zich niet herinneren ooit driftbuien te hebben gehad. Maar hij had natuurlijk ook nog nooit om Sadies aandacht hoeven strijden. Hij haalde diep adem en dwong zich om een luchtige toon aan te slaan. 'Nou ja, we kunnen toch in elk geval samen gaan eten?'

'Natuurlijk.'

Sheriff McKane deed een stap naar voren. 'Ik heb juffrouw Wagner de noordkant van de stad laten zien. Misschien wil ze naar de zuidkant wandelen… en dan naar First Street, zodat ze weet waar ze de dokter en de wasvrouw kan vinden.'

Sid zette zijn stekels op. Waarom meende de sheriff dat hij Sid opdrachten moest geven?

Sadie keek met een hoopvolle glimlach op naar Sid. 'Ik zou graag willen weten waar de dokter woont.' Ze zag er zo lief uit dat de scherpe kantjes van Sids woede verdwenen. 'Maar kunnen we met de wagen gaan?' Ze lachte luchtig en legde haar vingertoppen tegen elkaar onder haar kin. 'Mijn voeten zijn moe van het wandelen met sheriff McKane.'

Sid moest de paarden en de wagen terugbrengen naar Asa's stal – hij mocht ze nergens anders voor gebruiken dan voor werk – maar hij wilde Sadies verzoek niet weigeren.

'Tuurlijk. Kom, we gaan.' Hij pakte haar elleboog en duwde haar naar de wagen. Hij pakte haar om haar middel, tilde haar op de bok en klauterde achter haar naar boven, bijna op haar rokken trappend.

'Sid!' Ze plofte op haar plaats en keek hem vol verwarring aan. 'Vanwaar die haast?' Ze schoof een eindje op, schikte haar rokken onder zich en voelde aan haar hoed.

Sid liet de teugels op de paardenruggen neerkomen. 'Ik dacht dat je zo graag wilde zien waar de dokter woont.'

Ze snoof. 'Zo graag nou ook weer niet.' Ze draaide zich om op haar plaats en stootte hem aan met haar elleboog toen ze zwaaide. 'Dag, sheriff McKane! Nogmaals bedankt voor de rondleiding.'

'Vort!' Sid kletste met de teugels en de paarden schoten gehoorzaam vooruit.

Sadie greep de verhoogde rand van de zitting met beide handen vast. 'Sid Wagner!'

Hij sloeg geen acht op haar verontwaardigde uitroep. 'Onderweg zal ik je laten zien waar ik woon. Ik heb een klein huisje op Second Street, niet ver van de zakenwijk van de stad.' Hij reed dwars over de eerste twee kruispunten zonder op te letten of er misschien een andere wagen uit een van de zijstraten kwam. Roekeloos misschien, maar hij wilde zo veel mogelijk afstand scheppen tussen hem en sheriff McKane.

Toen de paarden de kruising van Main Street en Cottonwood Street bereikten, stuurde hij het span in oostelijke richting. Na één straat leidde hij de paarden weer naar het zuiden. Het koetswerk van de wagen kraakte protesterend in de scherpe bocht. 'Dit is het woongedeelte van Goldtree. Geen bijzondere huizen… er wonen voornamelijk gewone, hardwerkende mensen in het stadje. Behalve de bankier natuurlijk, en de dokter.' Asa Baxter had ook een groot, mooi huis, maar aangezien dat ver buiten de stad stond, noemde hij het niet.

Hij wees. 'Zie je dat grote huis met een veranda zowel boven als beneden en al die ramen? Dat is het huis van de dokter. Zijn praktijk is de deur aan de zuidkant. En hij doet altijd open, dag en nacht, dus als je hem nodig hebt, is hij beschikbaar.'

Sadie antwoordde niet. Ze hield de zitting nog steeds vast alsof ze bang was uit de wagen te stuiteren. Als hij wilde dat ze het bij hem naar haar zin had, kon hij zich maar beter gedragen. Bovendien hadden ze de sheriff achter zich gelaten. Het was niet meer nodig om haast te maken. Hij hield de teugels in en de paarden minderden vaart tot een rustig drafje. Ze haalde diep adem. Langzaam legde ze haar handen op haar schoot en vlocht haar vingers door elkaar, alsof ze zich ergens aan vast moest houden. Hij wenste dat ze hem vasthield zoals ze de hand van de sheriff had vastgehouden.

Hij klemde zijn handen tot vuisten. 'Wil je zien waar ik woon?'

Geen antwoord.

Sid keek haar kant op. 'Sadie?'

Hoewel ze geen antwoord gaf, knikte ze. Haar lippen waren op elkaar geperst en ze keek recht voor zich uit. Sid kende de tekenen van ergernis en hij wist dat hij die veroorzaakt had. Maar zij had hem ook geïrriteerd. Waarom had ze niet op hem kunnen wachten?

Hij concentreerde zich op de paarden om die vraag binnen te houden. 'Kom op, Rudy en Hec, kalm aan nu.' Hij trok aan de teugels en stuurde de dieren in oostelijke richting, om voor zijn huis stil te houden. 'Hier woon ik.'

Sadie boog zich licht naar voren om langs hem heen te kijken, maar hij kon niet aan haar gezicht zien wat ze dacht. Hij wist dat het niet veel was – gewoon een klein huis met overnaadse planken, een vierkante stoep in plaats van een veranda en drie lukraak gesitueerde kamers. Het was niet eens echt van hem. Hij huurde het maar van zijn baas. Asa had gezegd dat hij de betaalde huur na zes maanden als afbetaling kon beschouwen als hij van plan was om het huis te kopen. Maar dat hing er vanaf hoe het met Sadie liep. Hij wilde iets veel mooiers als hij een bruid mee naar huis bracht.

'Ik huur het van Asa Baxter,' zei Sid, die keek of haar gezicht al sporen van verzachting liet zien. 'Hij bezit een stuk of zes huizen in het stadje, die hij verhuurt.' Asa had een hoop vingers in de pap; huisbaas, vervoerder, markthaleigenaar en boer. Als je een man die druiven en hop oogstte boer kon noemen. Sid slikte en waagde het een visje uit te gooien over zijn hoop voor de toekomst. 'Het is wel klein, maar voor mij is het nu prima. Maar… later… wil ik iets groters. En mooiers.'

Sadie ging rechtop zitten en keek Sid aandachtig aan. 'Het is een mooi huis, Sid. Maar wil je me nu naar het concertgebouw brengen? Dat wil ik heel graag zien.'

Sid schoot rechtop van schrik. 'Het c–concertgebouw?'

Ze fronste haar wenkbrauwen. 'Ja. De concertzaal. Waar je me over schreef in je brief.'

'O, natuurlijk, waar ik over schreef in de brief…'

Sadie gaf een stomp tegen zijn arm. Hard. 'Sid, heb je tegen me gelogen? Want dan…'

Hij stak afwerend een hand op. 'Nee, Sadie, echt! Asa Baxter wil met je praten over zingen. Vanmorgen zei hij dat hij vanavond naar de markthal komt om met je te praten en je stem te horen.'

Ze hapte naar adem. 'Vanavond? Een auditie?'

Sid knikte, dankbaar dat haar boze blik verdwenen was. 'Ja, hoor. En als het hem bevalt wat hij hoort, dan kun je volgende week al beginnen met zingen… en betaald krijgen.'

Sadie zette grote ogen op en trok een gretig gezicht. Hij ging er zo in op hoe mooi ze was – haar gezicht straalde en kleine lokjes goudblond haar zwierden langs haar rozige wangen – dat hij toen ze sprak niet verstond wat ze zei. Hij hapte naar adem. 'Wat?'

Ze perste haar lippen even op elkaar. 'Sid, waar is het concertgebouw? Sheriff McKane zei dat hij geen concertgebouw kende in het stadje. En hij heeft de straten van Goldtree van voor tot achter en van links naar rechts doorgelopen.'

McKane weer. Sid snoof. 'Nou, dat is zijn probleem. Hij is op straat gebleven.'

'Wat?'

Sid was niet van plan uit te leggen wat hij bedoelde. Hij zou haar afschrikken voordat ze de kans kreeg de waarheid te zien. 'Ik zal het je tonen. Ik denk dat Asa geen bezwaar heeft, want hij wilde er toch zelf vanavond met je naartoe.' Hij zwiepte met de teugels. 'Vooruit, Rudy en Hec.'

Sadie schudde in verwarring haar hoofd toen Sid de wagen

voor de markthal liet stilhouden en de rem aantrok. 'Sid, wat…'

'Houd nou es even je mond, dan zal ik het je laten zien.' Hij klom naar beneden en hielp haar toen naar de grond. Hij vocht tegen de aandrang haar hand vast te blijven houden. Als ze de concertzaal zag, wilde ze misschien rechtsomkeert maken en op de loop gaan. Maar dat kon ze niet, bracht hij zichzelf onder het oog. Ze had het werk nodig. Hij liet haar los en gebaarde naar de deuren van de markthal. 'Deze kant op.'

De tweeling keek op – een van achter de toonbank, de ander van achter de tafel met japonstoffen – toen Sid Sadie meevoerde naar de opslagruimte achter in de winkel. De tweelingzus achter de toonbank riep: 'Asa was hier daarstraks, Sid, op zoek naar jou.'

De andere voegde eraan toe: 'We moesten tegen je zeggen dat je hier moest blijven als je kwam.'

Sid knikte hen toe.

De tweelingzus bij de japonstoffen smakte een rol stof op zijn plaats en krijste: 'Waar ga je nu weer heen?'

Sid deed of hij haar niet hoorde en legde zijn hand tegen het smalle deel van Sadies rug om haar snel mee te nemen achter het gordijn dat de deuropening vormde. De ruimte was een doolhof van kisten en tonnen, maar hij leidde haar naar een deuropening in de achterste hoek, met een vergrendelde deur van houten planken in plaats van een gordijn. Hij haalde de sleutel van een spijker die in de deurpost was geslagen en ontsloot de deur, om een donkere trap te onthullen.

Sadie gluurde in de ruimte en deinsde terug. 'Dat is een kelder.'

'Ik weet dat het er van bovenaf uitziet als een kelder, maar vertrouw me. Ga maar naar beneden.'

Ze kwam niet in beweging. 'Het is *donker* daar beneden, Sid.'

Hij zuchtte. 'Ik zal de lantaarn pakken.' Een lantaarn en een doosje lucifers lagen op een plank. Hij stak de pit aan en pakte Sadie bij de arm. 'Kom. Nu kunnen we goed zien.'

Sadie huiverde, maar daalde naast hem de houten trap af. Hun voetstappen galmden griezelig op in het smalle trappenhuis. Bijna onderaan maakte de trap een bocht en een lange, aarden gang opende zich. Het was er bedompt en de lucht voelde klam. Sadie sloeg haar armen om zich heen. 'Ik vind het niet prettig hier beneden. Het is eng.'

Dat had Sid ook gevonden toen Asa hem voor het eerst mee naar beneden had genomen. Maar hij wist dat Sadie net zo verrast zou zijn als hij als ze eindelijk het hoofdgedeelte van het souterrain bereikten. Hij hield de lantaarn een eindje voor hen uit en leidde Sadie door de gang en om een scherpe bocht die uitkwam op een nieuwe deur, van stevig eiken met een sierlijk patroon van blaadjes en krullen in het hout gesneden. Sadie wierp hem een nieuwsgierige blik toe terwijl hij de deur opendeed, en toen stokte haar adem...

Het licht van de lantaarn weerkaatste in de gepoetste tinnen vierkanten waarmee de muren en het plafond waren bedekt van een kleine ruimte, die Asa de foyer had genoemd. Het licht was haast verblindend na het donker van de aarden gang. Ze snelde een paar passen vooruit en keek omhoog naar een kristallen kroonluchter. Ze strekte één hand omhoog en raakte de onderste punt aan van een glinsterend prisma. 'O! Wat prachtig!'

En ze had nog niets gezien.

Met een glimlach gebaarde Sid naar een stel bewerkte dubbele deuren aan de andere kant van de ruimte. 'Deze kant op.'

Sadie aarzelde niet, ze draafde naast hem mee met haar handen gevouwen voor zich. Hij draaide de koperen knop aan de rechterdeur om en duwde. De scharnieren lieten een zacht gekerm horen toen de deur openzwaaide. Hij hief de lantaarn in de ruimte en Sadie stak haar hoofd naar binnen.

'O, lieve…' Er klonk verwondering in haar stem. Ze stapte de grotachtige ruimte binnen, zo langzaam voortbewegend over de geverfde betonnen vloer dat ze leek te zweven. Hij keek toe hoe ze de rijen zitplaatsen onderzocht en met haar vingers over de bovenrand van een rood fluwelen kussen streek. Haar blik dwaalde langs de zijmuren en ze telde de koperen gaslampen die bevestigd waren tegen een achtergrond van behang van goudfluweel.

Hij liep haastig naar voren, de gloed van de lantaarn wees de weg. 'Kijk hier, Sadie.' Hij wachtte tot ze bij hem was, toen pakte hij haar hand en trok haar tussen twee zuilen van gebeitst eiken mee op een verhoogd podium. Hun voetstappen weerkaatsten op de tot hoogglans gewreven eiken vloerplanken. Sadie draaide langzaam een rondje, haar ogen dwaalden over de weelderige fluwelen gordijnen die achter op het toneel van plafond tot vloer vielen, de glanzende piano in de hoek en de kroonluchters boven hun hoofd.

Uiteindelijk keek ze hem aan. Hij las ontzag en verwarring in haar gezichtsuitdrukking. 'Sid... is *dit* de concertzaal?'

8

Asa Baxter zat met rechte schouders in het rijkelijk met kwast-
jes versierde zadel op zijn zwarte Percheron-hengst, het hoofd
hoog geheven. Hij liet het dier midden door de hoofdstraat
van Goldtree draven. Zoals altijd bleven de mensen op de stoep
staan om het paard te bewonderen. Asa gunde de toeschouwers
geen blik, maar vanbinnen glunderde hij. Niemand in Goldtree
– of waar dan ook in Kansas, vermoedde hij – had een paard dat
kon tippen aan zijn Percival.

Bij de markthal hield hij zijn paard in en keek kwaad naar de
wagen met de hoge zijkanten die op straat stond. Rudy en Hec,
twee van zijn werkpaarden, stonden te luieren in de strengen.
Wat deed die wagen hier in plaats van in zijn schuur, waar hij
hoorde? Sid wist dat hij de wagen en de paarden weg moest
zetten zodra hij terugkwam van een bezorging. Die jongen
moest eens flink onderhouden worden. Asa trok zijn cowboyhoed recht en zette zijn borst uit bij de gedachte aan de schrob-
bering die hij ging uitdelen. Maar eerst moest hij van zijn paard.

Op zijn ranch zette hij Percival altijd naast een hek, zodat hij
naar beneden kon klimmen zonder zich te bezeren. Maar voor
de markthal was geen hek. Alleen een lange weg naar de grond.

Hij haalde diep adem en zwaaide zijn been over de glanzende
romp van het paard.

De kracht waarmee zijn zool de grond raakten, maakte een
grommend geluid los uit zijn keel. Zijn andere voet zat nog
gevangen in de stijgbeugel en hield hem vast als een muis met
zijn staart in een val. Het was een heel gedoe om zijn laars los

te werken uit de zilveren stijgbeugel, omdat zijn knie al bijna onder zijn kin zat. Percival was een groot paard en Asa was niet lang. Asa hoopte dat de bewoners van het stadje hun werkzaamheden weer opgevat hadden en geen getuige waren van zijn klunzige vertoning. Het laatste waar hij behoefte aan had, was te moeten luisteren naar kleinerend onderdrukt gegiechel. Daar had hij meer dan genoeg van gehad in zijn leven.

Zijn voet schoot los en hij verloor zijn evenwicht. Steun zoekend greep hij een van de dikke kwasten van zwart leer die aan het zadel bungelden. Hij had het zadel gekocht vanwege de sierlijke schoonheid. De kwasten in hun stoere zilveren houders trokken altijd de aandacht. Prachtig om naar te kijken. En ze waren meer dan eens handig van pas gekomen.

'Ho, paard, hooo,' mompelde Asa tegen Percival. Het grote paard zette zijn hoeven stevig neer tot Asa grond onder beide voeten had. Toen hij zijn evenwicht hervonden had, trok Asa met veel vertoon zijn zijden das recht, liep om naar het hoofd van het paard en maakte een lus van de teugels door een ijzeren ring, die aangebracht was in een kalkstenen zuil naast de stoep.

Hij streek met zijn handen op en neer over de zachte, glanzende hals van het paard. 'Braaf, Percival.' Percival bewoog zijn hoofd op en neer en hinnikte zacht als antwoord. Met een klap op Percivals brede schouder hees Asa zich op de stoep en zette met zijn gewone zwaaiende gang koers naar de markthaldeuren. Zodra hij over de drempel stapte, keek Melva om een uitstalling van werklaarzen heen met een brede lach op haar gezicht.

'Asa, we dachten dat je terugging naar je ranch. Heb je besloten om toch bij ons te blijven eten?' Ze sloeg haar lange armen om zijn nek, zijn hoed raakte los. Met zijn gezicht begraven in de overvloedige ruches die haar platte borst verborgen, kon hij geen antwoord geven.

Aan de andere kant van de ruimte klonk Shelva's doordringende stem. 'Sid is in de opslagruimte.'

Melva liet hem los uit haar wurggreep en keek stralend op

Asa neer. Na vijfenvijftig jaar opkijken naar zijn zussen, moest hij eraan gewend zijn. Maar nog steeds verafschuwde hij de wending van het lot die zijn zussen net als hun vader lang en mager had gemaakt, en hem kort en dik als hun moeder. Bulletje en de Bonenstaken – zo noemden de kinderen van het stadje hen.

Melva zei: 'De nieuwe winkeljuffrouw is bij hem, dus…'

'… dan kun je kennis met haar maken,' vulde Shelva aan.

Het stel was zo met elkaars leven vervlochten dat ze zonder hulp van de ander nog geen volledige zin konden afleveren. Asa draaide zich om en zette koers in de richting van de opslagruimte.

'Asa, kom je bij ons eten?' riep Melva hem na.

'Geroosterde kip met worteltjes, piepers en uien,' voegde Shelva eraan toe. 'Je lievelingskostje!'

Asa wuifde met zijn hand boven zijn hoofd en stormde door de deuropening. Ze waren net een stel kakelende kippen. Maar hij zou blijven en met hen mee-eten. Dat bespaarde hem de kosten van een maaltijd bij Cora of de moeite om thuis iets voor zichzelf te koken. In de opslagruimte stond hij stil en zijn dreigende blik dwaalde van de ene hoek naar de andere. Was Sid 'm stiekem gesmeerd zonder dat Melva en Shelva hem hadden gezien? Nee, de wagen stond nog buiten, dus hij moest hier ergens zijn.

'Sid? Waar zit je in vredesnaam, jongen?' zei Asa zacht. Zo zacht dat het niet hoorbaar was achter het gordijn in de deuropening achter hem. Zoals hij altijd sprak, zodat de mensen zich naar hem toe moesten buigen om hem te verstaan.

Niemand antwoordde. Asa wilde zijn vraag herhalen, maar toen zag hij de kelderdeur op een kier staan. Melva en Shelva gingen nooit naar beneden – ze waren altijd verschrikkelijk bang voor het ondergrondse – dus Sid moest hem open hebben laten staan toen hij de nieuwe winkeljuffrouw mee naar beneden nam om haar de zangruimte te laten zien. Er speelde een lachje om Asa's mond en hij drukte zijn vinger tegen zijn lippen om hem te smoren. Hij hoorde boos te zijn op Sid… hij mocht nog niet lachen. Maar hij moest een brede lach klaar hebben voor de nieuwe winkeljuffrouw als ze zo getalenteerd bleek als Sid had verklaard.

Zo snel als zijn korte beentjes hem toestonden, vloog Asa de trap af. Hij stampte met de hakken van zijn laarzen – speciaal een paar centimeter hoger gemaakt dan gewone hakken – om Sid en de jonge bediende opzettelijk te waarschuwen voor zijn komst. Toen hij de grote, ingerichte ruimte die ontworpen was voor zangoptredens binnenkwam, keken ze allebei in zijn richting. Hij drong een nieuwe glimlach terug. Wat heerlijk om in het middelpunt van de belangstelling te staan.

Zonder acht te slaan op Sid, liep hij recht op de kleine, blonde onbekende af. Sid had gezegd dat zijn nichtje aantrekkelijk was en de jongen had de waarheid gesproken. Zelfs in een eenvoudige katoenen jurk met een raar gevormd strohoedje op haar hoofd, was het een aardig meisje om te zien. Als Asa dertig jaar jonger was geweest – en dertig centimeter langer – zou hij overwegen haar het hof te maken. Maar aangezien dat niet mogelijk was, wilde hij graag weten of ze net zo mooi zong als ze eruitzag.

'Asa Baxter,' zei hij bij wijze van introductie. 'En jij moet Sadie Wagner zijn, net uit Indiana.'

Een lichte glimlach tilde haar mondhoeken op. Verlegen. Onschuldig. Nee, de inwoners van Goldtree zouden geen reden vinden om te klagen over haar uiterlijk. Ze stak een slanke hand uit naar Asa. Op het moment dat hij die pakte, zei ze: 'Heel fijn u te ontmoeten, meneer Baxter. Ik hoop dat u het niet erg vindt dat Sid mij de… eh… concertzaal heeft laten zien. Ik was er heel benieuwd naar.'

Asa lachte zo joviaal mogelijk maar hij kon Sid wel wurgen. Hij had de jongen toch verteld dat hij het meisje de zaal wilde laten zien? 'Helemaal niet, helemaal niet.' Hij deed een paar stappen en breidde zijn armen wijd uit, gebarend door de voorname ruimte. 'En wat vindt u ervan? Mooi, hè?'

Juffrouw Wagner knikte, maar Asa proefde aarzeling.

Hij wendde zich weer tot haar. 'Bent u van gedachten veranderd over het zingen?' Haar blauwe ogen werden groot. Wild schudde ze haar hoofd. Dat wees op gretigheid en Asa slikte een nieuwe lach in. 'Nou, waarom zingt u niet een kleinigheid voor me nu we toch allemaal beneden zijn?'

Hij slenterde naar de piano en pakte de kruk. 'Sid, houd dat ding es vast.'

Sid snelde naar Asa toe en knielde neer om de kruk vast te pakken. Een ander had misschien tegengestribbeld, maar Sid was zo verstandig om aanwijzingen op te volgen. Misschien moest hij de jongen niet te hard vallen over de wagen.

Asa legde zijn hand op Sids schouder en stapte op de kruk. Hij wankelde een beetje, maar hield zijn evenwicht en haalde een lucifer uit zijn borstzak. Met één hand draaide hij aan het knopje om de gasstroom op gang te brengen en met de andere streek hij de lucifer af aan zijn duimnagel – een kunstje waar hij op geoefend had tot hij het kon zonder zijn vingers te branden – en stopte het aangestoken eind in de dichtstbijzijnde glazen bol.

De kroonluchter kwam flakkerend tot leven en wierp een stralende gloed die de helft van het toneel verlichtte. Asa sprong naar beneden. 'Zet die kruk weg, Sid.' Hij wenkte het meisje. 'Kom eens hier, juffrouw Wagner, in het licht.' Hij wachtte tot ze vlak onder de kroonluchter stond. De gele gloed verlichtte haar haar en gaf haar de verschijning van een engel. Wat uiterlijk betreft kon ze er prima mee door. Hij hoopte van harte dat ze kon zingen.

'Ik ga daar op de eerste rij zitten. Zingt u maar welk lied u wilt.' Asa stampte van het toneel af en wurmde zijn bolle lijf in een van de stoelen. Sid was in de schaduw op de kruk blijven zitten in plaats van een gestoffeerde zitplaats te nemen. Dat vond Asa prima. Nu zong het meisje voor hem en voor hem alleen.

Ze haakte haar vingers in elkaar en boog haar armen, bracht haar handen op heuphoogte. Ze hief haar gezicht en deed haar mond open. 'Soms groet een licht van vreugde,' begon ze, met heldere en zuivere klank. Het lied kabbelde voort en Asa luisterde gebiologeerd, niet alleen door de schoonheid van de melodie, maar ook door de lieflijke manier waarop die gebracht werd. Hij hield zijn adem in, bang dat het geringste geluid het effect van het lied kon bederven. Toen ze afsloot met een zedige buiging van haar hoofd, blies hij zijn adem in één keer uit.

Hij sprong op en klapte zo hard dat zijn handpalmen prikten. Hij schoof naar de rand van het toneel en reikte naar haar handen. Hij zette zijn normale zachte stem opzij en bulderde: 'Prachtig, juffrouw Wagner. Dat was echt schitterend. En wat was het precies wat u zong?'

'Het is een lied uit het liedboek dat we in onze kerk in Dalton gebruikten. Het was geschreven door William Cowper en het is een van mijn vaders lievelingsliederen.'

Asa pakte de handen van het meisje vast. 'Prachtig, prachtig,' herhaalde hij, niet in staat de woorden te vinden die hij zocht om haar optreden te beschrijven. 'Kerkliederen zijn prima, vooral als er dames in het publiek zitten. Maar mannen zien graag wat levendigers. Dus ik wil graag dat u meer zingt dan alleen kerkmuziek. Kent u ook nog andere liedjes?'

'Een paar.' Ze keek over haar schouder naar Sid. Alsof zij een magneet was en hij een spijker, kwam hij meteen aanrennen. 'Thuis in Dalton,' ging ze verder, 'liet mama me naar het plaatselijke concertgebouw gaan. Ik denk dat ik enkele liederen die ik daar heb gehoord wel kan nazingen.'

'Mooi, mooi.' Asa gaf haar handen een laatste kneepje en sloeg zijn armen over elkaar. 'Hebt u nog vragen?'

Ze wierp nog een vreemde blik in Sids richting. Ze beet op haar onderlip, boog haar hoofd en sloeg haar blauwe ogen naar hem op. 'Mag ik vragen... waarom u uw concertzaal hier beneden hebt?' Ze keek rond. 'Hij is echt erg mooi... een van de aardigste ruimtes die ik ooit heb gezien...'

Asa grijnsde zelfvoldaan. Wat zou ze dan wel niet onder de indruk zijn van de ruimte die nog verder naar achteren lag, de ruimte die alleen toegankelijk was door de tunnel vanaf zijn ranch. Zodra hij klaar was met het aftimmeren van de muren zou hij die tunnel in gebruik nemen.

'... maar het blijft een... een kelder. Er zijn niet eens ramen om wat zonlicht binnen te laten.'

Asa barstte in hartelijk lachen uit. 'Ik merk wel, juffrouw Wagner, dat u net zo intelligent bent als mooi, dat u deze plaats als een kelder herkent.'

Weer boog ze haar hoofd en beet op haar lippen.

'Hebt u zonlicht nodig om te zingen?'

Omdat ze haar hoofd gebogen hield, kon hij haar gezicht niet zien. Maar hij hoorde haar zachte antwoord. 'Vogels zingen mooier in het zonlicht.'

Asa stak de gek met haar. 'U hebt toch geen snavel, juffrouw Wagner?'

Ze keek hem aan. 'Nee, meneer. Het verbaast me alleen dat u zoveel moeite hebt gedaan om een concertzaal te bouwen... onder de grond.'

Asa stopte zijn duimen in de scheve zakjes van zijn vest en liet zijn blik door de ruimte dwalen, vol bewondering voor zijn eigen handwerk. 'Kijk, juffrouw Wagner, het kost geld om een fatsoenlijk concertgebouw neer te zetten. Ik wil er eentje maken van stenen blokken... nog mooier dan het bankgebouw dat Hanaman heeft opgetrokken. Maar vooralsnog...' Hij schraapte met de zool van zijn laars over de geverfde vloer, in de hoop dat hij een schaapachtige aanblik bood. 'Heb ik er het geld niet voor.'

Hij keek verlegen naar haar op. 'Het was een stuk goedkoper om iets op te zetten in een gebouw dat al mijn eigendom is.

Als ik hier eenmaal een publiek begin te trekken, en geld binnenhaal, bouw ik binnen de kortste keren een mooi gebouw met marmeren vloeren en misschien zelfs een balkon, zodat de mensen boven kunnen zitten om neer te kijken op de optredende artiesten.'

Haar ogen gingen dicht en Asa wist dat ze zichzelf voor zich zag op het toneel dat hij net had beschreven. Nu hij haar eenmaal betrokken had bij zijn plannen, voegde hij eraan toe: 'Het hoeft niet langer te duren dan een jaar... misschien twee.' Ja, twee jaar op z'n hoogst. Maar hij was niet van plan het geld te gebruiken voor een concertgebouw in een gat als Goldtree, Kansas.

Ze deed haar ogen open en gaapte hem aan. 'Twee jaar?'

Haar ontzette toon baarde Asa zorgen. Hij mocht haar nu niet kwijtraken. 'Maar dit toneel staat aanstaande vrijdagavond over een week tot uw beschikking.' Tenminste, als het hem lukte om de buiteningang achter de winkel klaar te krijgen zoals hij van plan was. De zussen zouden zeuren over het lawaai, maar ze zouden nog erger zeuren als hij de mensen door de markthal en de opslagruimte liet stampen om in de concertzaal te komen. Hij ging verder: 'Aangenomen dat u van plan bent hem te gebruiken.'

Juffrouw Wagner wierp nog een aarzelende blik op de kelder. 'Ik... ik wil graag de kans krijgen om te zingen...'

'Dan geven we u die kans.' Asa deed een stap naar achteren en nam haar weloverwogen van top tot teen op. 'Die hoed laat u natuurlijk af. Uw haar laat u loshangen. En u trekt een mooie jurk aan als u optreedt. Ik wil graag op vrijdag- en zaterdagavond voorstellingen geven, maar we zullen zien hoe uw stem het houdt.' Heel terloops flapte hij eruit: 'Het loon is drie dollar per optreden.'

Het meisje hapte naar adem. 'D-drie dollar?'

Hij begreep de betekenis van haar verbaasde gezicht, maar hij sloeg zijn armen over elkaar en stak zijn kin naar voren alsof hij geen tegenspraak duldde. 'Daar moet ik streng in zijn. U bent een nieuwe artieste, ik neem een risico. Over het loon wordt niet onderhandeld.'

Juffrouw Wagner sloeg haar handen tegen haar wangen. 'Drie dollar is... is meer dan genoeg, meneer Baxter!'

Asa wendde zijn gezicht af zodat ze zijn tevreden grijns niet kon zien. Hij wist wel dat ze als was in zijn handen zou zijn als hij het geld bood. Sid had gezegd dat ze haar familie moest ondersteunen. Hoe kon ze de kans weigeren om tot wel zes dollar per week te verdienen? En als ze zijn geld eenmaal aangepakt had – meer geld dan ze ergens anders kon verdienen – had hij haar in zijn zak. Precies waar hij haar hebben wilde.

Asa keek haar weer aan en gaf haar een vrijpostige knipoog. Hij haakte zijn duimen aan de scheve voorzakken van zijn vest. 'Spannend, juffrouw Wagner, uw eerste baan als zangeres?'

'O, ja.' Ze liet haar handen zakken en liet haar rode wangen zien.

Asa lachte en feliciteerde zichzelf. Een stem als een engel, een lief gezichtje en onschuldig – kijk aan, juffrouw Sadie Wagner was volmaakt. Niemand zou ergens anders op letten als zij op dat toneel stond en de ruimte vulde met haar zang. Ja, helemaal volmaakt.

9

Sadie ging Sid voor naar de benedenverdieping van de markthal. Vanuit het kristal, fluweel en geverniste hout van de 'zangzaal' zoals meneer Baxter het noemde, door de aarden gang naar de rommelige opslagruimte, was een overgang van de ene wereld in de andere. Het effect was duizelingwekkend.

Toen ze met Sid door het gordijn de markthal betraden, draaiden de tweelingzussen, die net hun werkschorten aan een haak hingen, zich eensgezind om. Hun magere armen kwamen precies tegelijk naar beneden en ze zetten precies tegelijk hun vuisten op hun smalle heupen. Met hun handen in hun zij en precies dezelfde boze uitdrukking op hun gezicht deden ze Sadie denken aan een paar standbeelden dat ze een keer aan weerszijden van een tuinhek had zien staan. Ze beet op haar lippen om niet te giechelen.

'Waar is Asa?' vroeg juffrouw Shelva.

'We moeten weten of we drie of vier borden op tafel moeten zetten,' voegde juffrouw Melva eraan toe.

Sid boog zich langs Sadie heen en antwoordde. 'Hij zei dat hij iets na moest kijken in de kelder. Hij is over een paar minuten boven.'

De tweeling keek elkaar aan en klakte met hun tong – drie keer, precies op de maat met elkaar. Juffrouw Shelva zuchtte. 'Hij brengt de laatste tijd wel veel tijd door in die kelder.'

'Kan nooit goed voor zijn longen zijn,' klaagde juffrouw Melva.

Sadie kon zich voorstellen hoeveel tijd het had gekost om

die prachtige ruimte te bouwen. Hoewel de aarden gang vochtig en bedompt was, voelde het in de zaal droog aan en er hing
geen luchtje. Als meneer Baxter zulke buitensporige middelen
aanwendde voor een concertzaal in een kelder, moest de zaal
die hij bovengronds wilde bouwen wel een en al pracht en
praal worden. En zij mocht daar op het toneel staan. Ze knelde
haar armen om zich heen om de verwondering binnen te houden.

Sadie knikte naar de open doorgang en vroeg: 'Juffrouw Melva en juffrouw Shelva, zijn jullie wel eens beneden geweest?'

De wenkbrauwen van de tweeling schoten omhoog. In koor
zeiden ze: 'Natuurlijk niet!' Ze keken elkaar aan en Melva gaf
Shelva met een handgebaar het woord. 'Zus en ik gaan nooit
naar dat hol. Als Asa het nodig vindt om daar beneden spullen
op te slaan, brengt-ie ze zelf maar naar beneden en naar boven.'

'Wij houden niet van afgesloten ruimtes,' droeg Melva bij.

Ze hadden de uitgestrekte oppervlakte onder de markthal
dus nooit gezien, stelde Sadie vast, anders hadden ze wel een
andere mening over de kelder gehad. Ze deed haar mond open
om te vertellen wat ze had gezien, maar Sid legde zijn hand om
haar bovenarm en kneep zachtjes.

'Sadie, laten we nu naar het eethuis gaan. Een hapje eten.'

De tweeling dribbelde een eindje naar voren. 'Eethuis?' viel
juffrouw Melva uit. 'Maar, Sadie...'

Juffrouw Shelva onderbrak: 'We hebben een speciaal wel-
komstetentje voor je klaargemaakt.'

'We hebben Asa ook uitgenodigd, dan kunnen jullie samen
over het zingen praten,' zei juffrouw Melva.

'Je gaat toch niet naar het eethuis?' Juffrouw Shelva keek ui-
terst beledigd.

Sadie wierp Sid een hulpeloze blik toe. Ze vond het vreselijk
om hem in de steek te laten nadat ze die lange wandeling met
de sheriff had gemaakt. Ze had niet aan Sid durven toegeven
hoe ze van het gezelschap van de sheriff had genoten. Haar

neef had het niet gezegd, maar ze wist dat hij boos was omdat iemand anders haar het stadje had laten zien. En nu wilde weer iemand anders haar op een maaltijd trakteren. Wat moest ze doen?

Sid haalde zijn schouders op. 'Ga dan maar bij de Baxters eten. Ik moet trouwens toch die paarden wegzetten.' Zijn schouders zakten. Hij zag er zo verslagen uit, dat Sadie verdrietig werd. 'Ik... kom je morgen halen voor het avondeten, goed? Dan vieren we het einde van je eerste werkdag.'

Sadie knikte en keek hem aan met een blik waarvan ze hoopte dat hij begreep dat het haar speet. Hij knikte snel en liep met grote stappen de winkel uit. Zodra de deur achter hem was dichtgeslagen, draaide juffrouw Melva zich met een ruk om naar juffrouw Shelva.

'Zus, we zijn onbeleefd geweest. We hadden Sid ook te eten moeten vragen.'

Juffrouw Shelva perste haar lippen op elkaar. 'Je weet dat we Asa al gevraagd hebben, en één miezerig kippetje is niet genoeg om met meer dan vier van te eten.'

Juffrouw Melva giechelde gesmoord. 'Zeker niet als een van de vier Asa is.'

Sadie zag hun kleine, bolle broer voor zich en onderdrukte een lach. Hoe konden ouders zulke verschillend uitziende kinderen voortbrengen? Ze voelde een steek van pijn toen haar te binnen schoot dat een vrouw van de kerk in Dalton mama hetzelfde had gevraagd met een blik op Sadie naast haar jongere zus en broertjes. Sadies blonde haar was altijd opgevallen tussen de donkere hoofdjes van haar halfbroertjes en –zusje. Was Asa ook een halfbroer van de tweeling? Ze wilde het niet vragen – te opdringerig en onbeleefd – maar ze kon het niet laten om erover na te denken.

'Nou, Sadie...' Juffrouw Melva sloeg een arm om Sadies schouders en duwde haar in de richting van de trap. 'Laten wij maar naar boven gaan terwijl Zus Asa uit de...'

'Ik ga niet naar beneden!' krijste juffrouw Shelva.

'… kelder haalt,' ging juffrouw Melva verder alsof haar zus geen geluid had gemaakt. 'Ik ga de tafel dekken, dan kun je me vertellen wat je van ons kleine stadje Goldtree vindt.'

Juffrouw Melva stond erop dat Sadie in de hoek ging zitten en uit de buurt bleef terwijl zij borden, bestek en stevige mokken voor het sterke brouwsel waar zij en haar zus kennelijk een voorkeur voor hadden, op de inklapbare tafel in het midden van de kleine keuken smakte. Puffend van inspanning rende ze rond. Sadie werd al moe als ze naar haar keek. Zouden juffrouw Melva en juffrouw Shelva verwachten dat zij in zo'n uitbundig tempo werkte? Als dat zo was, dan zou ze het doen; papa en mama zouden teleurgesteld zijn als ze niet voldeed aan de verlangens van haar werkgevers. En als ze haar dagen zo bedrijvig doorbracht, was ze haar loon zeker waard!

Toen juffrouw Melva de goudbruine kip uit de oven haalde, kondigden kletterende voetstappen de komst van juffrouw Shelva en meneer Baxter aan. Juffrouw Shelva duwde meneer Baxter rechtstreeks naar de tafel en rukte een stoel naar achteren. 'Ga zitten, Asa. Lekker op je gemak. Zus en ik hebben het eten zo klaar.'

'Het is al bijna klaar allemaal,' zei juffrouw Melva. 'Je hoeft alleen even koffie te pakken, Zus.'

Juffrouw Shelva zag Sadie in de hoek zitten. 'Kom hier, Sadie. Je bent geen muurbloem, je hoeft je niet te verstoppen.' Sadie nam plaats in de stoel tegenover meneer Baxter en probeerde zich zo klein mogelijk te maken terwijl de zussen het eten verder afmaakten, onderwijl op hoge toon grappend en plagend.

Eindelijk ploften ze in de twee overgebleven stoelen en vouwden prompt hun handen. Eensgezind commandeerden ze: 'Asa, bidden voor het eten.'

Sadie boog haar hoofd. Ze nam aan dat Asa een gebed uitsprak, maar ze wist het niet zeker. Zijn zachte stem en gemompelde woorden klonken meer als bijengezoem. Maar hij eindigde met een flink: 'Amen.' Hij strekte zijn handen uit naar de schaal. 'Laat mij die vogel snijden. Het ziet er heerlijk uit, zussen.'

Juffrouw Shelva overhandigde Asa een voorsnijmes. Asa stond op en spreidde zijn ellebogen hoog, terwijl hij het mes hanteerde als een harpoen.

Terwijl haar broer de prachtig gebruinde kip in stukken sneed, vroeg juffrouw Shelva: 'En heeft Sadie nog iets voor je gezongen, Asa?'

Juffrouw Melva bulderde: 'Mag ze je zangeres worden?'

'Ze heeft gezongen en ik heb haar aangenomen.' Vergeleken met de daverende stemmen van zijn zussen, vielen meneer Baxters woorden als zachte regendruppels. Breed grijnzend liet hij een stuk kip van de punt van het mes op Sadies bord vallen. 'Alstublieft, juffrouw Wagner. Eet smakelijk.'

Sadie wachtte tot hij zijn zussen elk een vleugel had opgediend en de hele borst op zijn eigen bord had gelegd voordat ze haar vork oppakte. Ondanks Asa's armzalige snijwerk smaakte de kip heerlijk, goed gekruid met salie en andere kruiden die Sadie niet onmiddellijk herkende. Ze mocht mama dan missen, maar als juffrouw Melva en juffrouw Shelva haar op zulke maaltijden onthaalden als waar ze vandaag van had gesmuld, dan hoefde ze mama's lekkere kookkunst niet te missen.

'Juffrouw Wagner?' zei meneer Baxter vanuit zijn mondhoek terwijl hij zat te kauwen. 'Vóór het openingsoptreden moet u een repertoire van liederen opstellen en aan mij laten zien, zodat ik weet wat u zult zingen.' Hij propte nog een hap in zijn mond.

Sadie slikte en legde haar vork neer voordat ze antwoord gaf. Ze wilde mama en papa niet te schande maken door niet op haar manieren te letten, hoe haar tafelgenoten ook op hun eten aanvielen. 'Hoelang moet het programma zijn?'

'O…' Hij trok rimpels in zijn voorhoofd. 'Laten we beginnen met een uur. Misschien uitbouwen tot twee, als u kunt.'

Hoewel Sadie sinds ze een kleine meisje was in haar kerkkoor en voor schoolprogramma's had gezongen, had ze nog nooit een heel uur helemaal in haar eentje gevuld. Haar hart begon te bonzen van angst. 'Ik ken minstens vierentwintig kerkliederen uit mijn hoofd, evenals enkele vaderlandse wijsjes. Zouden... zouden die geschikt zijn als... repertoire?' Ze proefde de klank van het chique woord. Echte zangeressen hadden een repertoire.

Meneer Baxter pulkte met zijn vinger een stukje vlees los tussen zijn voortanden. 'Nou ja, zoals ik al zei, kerkliederen en zo zijn best om mee te beginnen, maar uiteindelijk moeten we wat meer hebben.' Hij keek haar met half dichtgeknepen ogen aan. 'Kent u toevallig *The Foggy, Foggy Dew* of *Oh No, John*?'

Sadie zocht in haar geheugen. Geen van beide klonk bekend. Ze schudde haar hoofd.

Meneer Baxter zuchtte. 'Nou, dan ga ik maar wat bladmuziek voor u bestellen.' Hij ramde de tanden van zijn vork in de berg geroosterde groenten op zijn bord. 'Geen zorgen, hoor. We hebben nog tijd. U begint met liedjes die u al kent en we voegen er gewoon steeds nieuwe aan toe totdat we een programma hebben samengesteld dat zich kan meten met wat een grote stad te bieden heeft.'

Juffrouw Melva en juffrouw Shelva keken Sadie stralend aan. 'Wacht maar af, Sadie,' zei juffrouw Shelva.

Juffrouw Melva klopte op Sadies pols. 'Onze broer zal je nog beroemd maken.'

Roscoe Hanaman boog zich over het tafeltje en dempte zijn stem. 'Ik zeg je, sheriff, als je die illegale drankstokers niet gauw vindt, zullen ze Goldtree te gronde richten.'

Thad veinsde grote belangstelling voor het afsnijden van een hapje van zijn gebakken biefstuk. Hij wenste dat hij in vrede kon eten. Het eten was lekker, maar het gezelschap onverteer-baar. 'Ik ben pas een week in de stad, Roscoe.' Hij wierp hem over de tafel heen een onbezorgde blik toe in de hoop de bur-gemeester tevreden te stellen. 'Rome is niet op één dag ge-bouwd, zoals ze zeggen.'

'Misschien niet.' Hanaman gebruikte zijn vork om zijn sper-zieboontjes in kleine stukjes te hakken. 'Maar ik durf te wedden dat het heel wat sneller instortte dan dat het opgetrokken werd.' Hij smakte zijn vork op tafel en zakte onderuit in zijn stoel, Thad fixerend met een bezorgde blik. 'Goldtree is gesticht door mijn vader en twee van zijn beste vrienden. Ze hadden hoge verwachtingen van deze gemeenschap en ik ben niet van plan dromen te niet te doen. Maar geen enkele stad staat sterk als het kwaad erdoorheen waait.' Hij wees naar Thad, met gefronste wenkbrauwen. 'Je moet die criminelen vinden, en gauw ook.'

Thad legde zijn vork en mes opzij om de man zijn volledige aandacht te schenken. Een halfvol eethuis was niet de beste plek voor een gesprek onder vier ogen, maar de burgemeester was ermee begonnen. Thad zou het afmaken. Met kalme stem zei hij: 'Wat u moet begrijpen, is dat je geen vossen vangt door in het wild rond te lopen. Vossen zijn sluw. Ze zijn altijd op de uitkijk. Een vos moet je op zijn gemak stellen, alsof hij niets te vrezen heeft, en dan kun je de val uitzetten. Dat kan even tijd kosten.'

Hanaman fronste, maar maakte geen tegenwerpingen.

Thad nam een hap kool voordat hij verderging. 'Het zou schelen als u enig idee had wie er verantwoordelijk is.'

Hanaman snoof. 'Als ik dat wist, had ik jou niet nodig. Dan had ik de daders zelf wel per spoor de stad uit kunnen zetten.'

Toch verwachtte Hanaman – die bekend was met het stadje, de inwoners en de gewoonten – dat een nieuwkomer binnen een week de bende opspoorde en oprolde. 'Burgemeester, ik geef u mijn plechtige belofte dat ik mijn best zal doen om die mannen op te sporen en een eind te maken aan die onderneming.' Een al te vertrouwde band sloot om zijn borst en belemmerde zijn ademhaling. 'Van wat ik tot nu toe heb gezien, zijn de meeste mannen hier in Goldtree huisvaders.'

Midden in de week was hij naar een huis geroepen door een jongen van wie de vader door de deur naar binnen was gestrompeld en in elkaar gezakt. Toen Thad de man met koud water had gewekt, had die beweerd dat hij te veel van de slangenolie van een reizende medicijnman had genomen. Thad had de fles in beslag genomen, zodat het voorval zich niet kon herhalen. De bezorgde blik op het gezicht van de jongen spookte nog steeds door zijn hoofd. 'Ik weet welk leed veroorzaakt wordt als een man zijn loon verkwanselt aan drank. Ik ben niet van zins om langs de kant te staan toekijken hoe mannen hun gezinnen verwoesten zonder iets te doen om te helpen.'

En als hij deze onderneming opgerold had, zou hij zijn penning inleveren, zijn loon innen en zich richten op een andere manier van helpen. Eindelijk zou hij zijn opleiding kunnen betalen om predikant te worden. Hoe sneller hij de criminelen in Goldtree vond, hoe sneller hij eindelijk de smet die zijn vader zijn familienaam had toegebracht kon uitwissen. Maar de goede burgemeester van Goldtree besefte niet dat ook Thad een goede reden had om de illegale stokers te vinden.

Hanaman slaakte een diepe zucht. Hij steunde met zijn ellebogen op tafel en haakte zijn handen in elkaar. 'Het is niet dat ik denk dat je een steek laat vallen, McKane. Ik weet dat je je best doet.' Hij trok een grimas. 'Ik denk alleen aan het geld dat uitgegeven is aan die circulaires. Die wil ik op tijd laten uitdelen zodat de mensen in de winter kunnen inpakken en hier volgende lente naartoe kunnen komen. Man, ik sta voor paal als ik nieuwe mensen naar een stad haal die platgelopen wordt door dronkaards!'

Hoewel Thad het idee van illegale praktijken ergens in of in de buurt van Goldtree echt wel ernstig nam, had hij toch geen spoor van bewijs boven tafel gekregen dat het stadje platgelopen werd door illegale stokers. Het stadje leek over het algemeen bevolkt door keurige, godvrezende mensen. Hanamans hysterie leek overdreven, maar Thad bleef alert. Als er in Goldtree iemand was die mensen aanspoorde om zich in het verderf te storten, dan zou hij die vinden. Hij klemde zijn kaken op elkaar. *Zo waar God mijn getuige is, ik zal hem vinden.*

10

Zaterdag halverwege de ochtend was Sadie er na aan toe om naar boven te rennen, haar tassen in te pakken en de koetsier van de eerste passerende wagen over te halen haar naar het treinstation te brengen. De methode die de gezusters Baxter hanteerden om haar 'wegwijs te maken', zoals de dames het aan het ontbijt uitdrukt hadden, bestond uit krijsen: 'Kom hier en kijk wat ik aan het doen ben, zodat je weet hoe het moet!' Ze was zo vaak heen en weer gerend dat ze een blaar op de hiel van haar rechtervoet had, en haar keurige haarknot was losgeraakt uit de spelden en hing op haar linkerschouder. Na een hele dag spelen met haar vier wilde kleine broertjes was ze minder uitgeput. En de dag was nog niet half om.

'Zie je, Sadie?' Juffrouw Melva ramde ingeblikte waren in rijen op grenenhouten planken. 'Je moet ze drie hoog opstapelen, vier diep en zes overdwars. Dan maak je het best gebruik van de plankruimte. Zie je wel?'

Sadie knikte vermoeid. 'Ja, mevrouw. Ik zie het.'

'Sadie!' bulderde juffrouw Shelva vanaf de andere kant van de grote winkel. 'Weet je nog hoe je aankopen moet optellen en bijhouden in het rekeningenboek?'

Sadie ging op haar tenen staan en gluurde over de planken heen. 'Ja, mevrouw, ik weet het nog.'

'Ga de sheriff dan helpen! Ik moet dit meel afmeten voor mevrouw Rahn.'

Sadies wangen werden warm. Wanneer was de sheriff de markthal binnengekomen? Haar eerste bevel van die ochtend was geweest om alle klanten die door de deur kwamen te begroeten zodat ze zich thuis voelden. Op de een of andere manier had ze de binnenkomst van sheriff McKane gemist. Ze probeerde haar haar glad te strijken terwijl ze over de brede planken van de vloer rende en achter de toonbank stapte. Eén kronkelige zwarte speld viel via haar schouder op het houten blad en landde op de rug van zijn gebruinde hand. Sadie wilde hem pakken en voelde zijn vingers. Geschrokken trok ze haar hand terug. 'Neem me niet kwalijk.'

Hij kneep de speld tussen twee lange, stompe vingers en gaf hem aan Sadie terug. 'Alstublieft.' Hij hield zijn hoofd schuin en keek onderzoekend naar haar haar. 'Het lijkt erop dat de dag zwaar voor u begonnen is.'

Het vriendelijke begrip in zijn toon verlichtte Sadies gespannen zenuwen. Ze zakte in elkaar tegen de toonbank. 'Het was nogal een…' Ze zocht een woord dat het beschreef zonder te klinken als een klacht. 'Dolle ochtend.'

Hij keek rond. Een stuk of zes klanten snuffelden de gangpaden af of keken bij de stoffentafel. Op de achtergrond vlogen juffrouw Melva en juffrouw Shelva van hot naar her, met zwaaiende armen en ratelende monden. Grijnzend draaide hij zich weer om naar Sadie. 'Het lijkt me dat niet de ochtend dol was, maar dat sommige mensen een beetje over hun toeren zijn.'

Zijn neutrale beschrijving – gematigd, maar juist – in combinatie met zijn plagende grijns ontlokte Sadie een lach. Ze hoestte om de lach te verhullen – ze mocht niet de draak steken met haar werkgevers – maar hem hield ze niet voor de gek. Zijn ogen twinkelden en hij leunde met één elleboog op de toonbank om zijn gezicht dichter bij het hare te brengen.

'Weet u, juffrouw Wagner, dat de dames Baxter het leuk vinden om rond te rennen als een stel ganzen zonder vleugels dat nagezeten wordt door een vos, wil niet zeggen dat u het ook hoeft te doen. Ik vermoed dat hard werken u niet vreemd is. Heb ik gelijk?'

Hoewel het als trots geduid kon worden, zei Sadie: 'Ik ben de oudste van zes kinderen. Ik ben al vele jaren mijn moeders rechterhand en ik heb er altijd van genoten haar te helpen het huis netjes te houden, in de tuin te werken en de kleintjes bezig te houden.'

'O, ja?' Haar antwoord leek hem te bevallen. Toen schudde hij licht zijn hoofd. 'Dan weet u dus hoe je dingen voor elkaar kunt krijgen zonder…'

Juffrouw Melva suisde langs, haar schort wapperend als een laken in de wind.

Sheriff McKane keek haar na tot het gordijn van de opslagruimte achter haar op zijn plaats was gevallen. '… jezelf uit te putten.'

Sadie dacht over zijn opmerking na. Mama had het altijd druk gehad, maar ze had nooit als een razende haar werk gedaan.

'Nou, dan,' zei de sheriff terwijl hij zich oprichtte, 'zolang u uw werk af krijgt, hoeft u zich niet uit te sloven. Denk daaraan.'

Ze had waardering voor zijn onbevangenheid en gezonde verstand. 'Dank u, sheriff. Ik zal het onthouden.'

'En nog iets wat u mag onthouden…' Hij boog zich weer naar haar toe, zijn snor wiebelde. 'Mijn naam.'

Sadie deinsde verrast achteruit. 'W-at?'

Zijn vriendelijke groene ogen hielden haar blik vast. 'Wilt u overwegen me Thad te noemen in plaats van sheriff McKane? U en ik zijn allebei pas in de stad en het lijkt me leuk om vrienden te worden. Hebt u bezwaar?'

Sadie dacht over zijn verzoek na. Mama had haar geleerd dat een dame een heer nooit anders noemde dan bij zijn achternaam. Maar mama noemde de mannen die bij papa werkten, evenals de mannen van de kerk – echtgenoten van de vrouwen die ze als haar vriendinnen beschouwde – bij hun voornaam. Misschien golden voor vrienden andere regels.

Afgezien van Sid had ze geen vrienden in Goldtree. De

gedachte bevriend te zijn met de sheriff gaf haar een warm en prettig gevoel vanbinnen. Vooral omdat ze wist dat hij een christen was – dat had hij duidelijk gemaakt toen ze gisteren samen aan de wandel waren. Mama zou het vast en zeker niet afkeuren.

Ze knikte snel toen ze haar besluit genomen had. 'Dank je. Ik wil je graag... Thad noemen.' De naam voelde juist op haar tong. Ze voegde eraan toe: 'En jij mag me Sadie noemen.'

Er brak een brede lach door op zijn gezicht, zodat een waaiertje van rimpels zich uitspreidde bij zijn buitenste ooghoeken. 'Afgesproken. En nu, Sadie, zou je mijn aankopen willen optellen zodat ik weer aan het werk kan?'

Juffrouw Melva stormde de opslagruimte uit en zwaaide met iets stijfs en wits boven haar hoofd. 'Zus, ik heb dat korset gevonden in de maat die je wilde!'

Sadie en Thad wisselden een blik die uitmondde in een proestlach. Hij streek met zijn hand over zijn snor en Sadie boog haar hoofd om zich te bedwingen. Vrienden of niet, ze was aan het werk en moest zich professioneel gedragen. Ze rekende uit wat hij moest betalen en schreef het bedrag in het zwarte grootboek dat juffrouw Shelva haar had laten zien. Toen stapelde ze de aankopen op in een kratje dat hij had meegebracht.

Ze schoof het kratje over de toonbank. 'Alsjeblieft, sher... Thad.'

Hij tikte aan de rand van zijn hoed en knikte. 'Dank je. Fijne dag, Sadie.' In zijn ogen straalde een ondeugend lichtje. 'Niet overwerkt raken, hè?'

Giechelend keek ze hem na toen hij de deur uit stevende, zijn ontspannen manier van doen was een groot contrast met de zenuwachtige drukte van de Baxters. Met haar blik gericht op de deuropening waar Thad doorheen was verdwenen, liet ze haar gedachten een ogenblik dwalen. Wat een aardige man. Mama en papa zouden hem aardig vinden, daar was ze zeker van. Ze wenste dat ze hen aan elkaar kon voorstellen – het zou veel voor haar ouders betekenen om kennis te maken met de man die haar vriend wilde zijn.

Een nieuwe gedachte schoot door haar hoofd en ze gaf gefrustreerd een klap op de toonbank. Waarom had ze de sheriff niet gevraagd naar de concertzaal te komen voor haar eerste optreden? Het zou fijn zijn als er een paar bekende gezichten in het publiek zaten. Sid zou natuurlijk komen, maar toch…

'Sadie!'

Sadies hart schoot in haar keel. Ze schoot rechtop en draaide zich met een ruk om. 'Ja?'

Juffrouw Shelva wenkte Sadie naar de hoek waar de confectiekleding hing.

'Kom eraan!' Ze tilde haar rok op en begon te rennen, maar toen dacht ze aan Thads advies. Ze liet haar rok vallen, haalde diep adem en liep snel, maar zonder onnodige haast naar haar werkgeefster toe. 'Ja, mevrouw. Wat kan ik voor u doen?'

Om half zeven draaide Sid de koperen sleutel voor de zoemer aan de achterdeur van de markthal om en stapte van de stoep, met zijn ogen op de deur gericht wachtend op Sadies komst. Hij streek met zijn hand over de voorkant van zijn overhemd om te voelen of het nog netjes ingestopt zat. Na het werk had hij zich verkleed, en een van zijn zondagse overhemden en een gestrikte das aangetrokken, maar zijn jasje had hij thuis gelaten. Het was niet nodig op deze heerlijke avond aan het begin van de zomer en hij wilde er niet te formeel uitzien. Hij had geen verkering met Sadie. Althans, nog niet. Maar hij hoopte dat zijn schone kleren en gladgeschoren wangen, die hij met pimentalotion had besproeid, haar konden bekoren.

Achter de deur klonken voetstappen, gevolgd door het kraken van de deurknop, en Sadie stapte op de stoep. Voordat hij naar zijn werk ging, had hij door het raam gegluurd en een glimp opgevangen van haar groengeruite jurk, bedekt met een lang katoenen schort. Ze zag er keurig netjes en officieel uit – zoals het hoort bij een winkeljuffrouw. Hij nam haar van top tot teen op in het avondlicht en was diep teleurgesteld. Ze had haar schort af gedaan, maar geen andere jurk aangetrokken.

Ze veegde met haar hand over haar voorhoofd om een verdwaalde lok haar op zijn plaats te duwen. 'Hallo, Sid. Klaar om te gaan eten?' Ze stapte van de stoep en pakte zijn elleboog vast. 'Misschien moet je me knijpen om me wakker te houden. Ik sta bijna rechtop te slapen.'

Hij wierp een snelle blik op haar haar. 'Heb je een dutje gedaan nadat de winkel dicht ging?'

Ze keek hem eigenaardig aan. 'Daar heb ik geen tijd voor gehad. We hebben om zes uur de deuren gesloten, maar toen moest ik nog vegen. Ik was net op mijn kamer toen ik de zoemer hoorde.'

Dat verklaarde alles. Ze had kennelijk niet in een spiegel gekeken. De Sadie die hij kende, zou zich niet in het openbaar vertonen met haar haar in de war en een verfomfaaide jurk. Hij raakte zijn das aan. 'Als je je even op wilt knappen – je weet wel, je haar kammen of zo – dan kan ik wel even wachten.'

Ze trok haar neus op. 'Kunnen we niet gewoon gaan? Ik heb honger.' Ze gaf een rukje aan zijn arm en duwde hem om de hoek van de markthal. 'Juffrouw Melva had de hele middag een pan met ham en bonen op het vuur staan sudderen. De geur dreef de trap af en ik werd er bijna dol van. Ik hoop dat de kok in het eethuis ook ham en bonen heeft gemaakt. Met maïsbrood.'

Ze stapten de stoep op, waar ze andere stadsbewoners tegenkwamen die op weg waren naar het eethuis. Sid kromp in elkaar. Zaterdagavond. Heel veel mensen gingen op zaterdagavond van Cora's kookkunst genieten. Alle tafels zouden bezet zijn. Als Sadie later op haar kamer kwam en een blik wierp op haar verfomfaaide uiterlijk, zou ze zich schamen om morgen een voet in de kerk te zetten.

Hij trok haar terug in de schaduw tussen de markthal en het eethuis. 'Hoor es, Sadie, misschien wil je…'

'Jullie daar… wie is daar?'

Sid en Sadie sprongen op van schrik op de strenge, mannelijke stem. Instinctief sloeg Sid zijn arm om Sadies middel. Haar haar kriebelde aan zijn kin. 'Sid Wagner.'

'En Sadie Wagner,' voegde Sadie eraan toe.

Er stapte een man in de smalle steeg, herkenbaar aan zijn cowboyhoed, hoewel zijn gezicht was verborgen in de schaduw. Toen hij bij hen was, zette de sheriff de hoed van zijn hoofd. 'Wat doen jullie tweeën daar? Ik dacht dat jullie wilden inbreken in de markthal!'

Sid zette zijn stekels op; bijna iedereen die hij kende, gebruikte deze doorsteek naar de achterkant van de markthal. Ging de nieuwe sheriff de halve stad daarom van inbraak beschuldigen? En mocht iemand niet een ogenblikje privacy?

Sadie lachte. 'Wees maar niet ongerust, Thad.'

Sid wendde zijn gezicht met een ruk naar haar toe. *Thad?*

'We zijn op weg naar het eethuis voor het avondeten.'

'Nou, laten we dan zien dat jullie een tafeltje krijgen.' Sheriff McKane draaide zich om en liep weg naar de stoep.

Sid zette zijn hakken in het zand. Dus nu ging de sheriff ook al mensen hun plaats wijzen om te eten?

Sadie wilde achter hem aan lopen, maar keek toen om naar Sid. Ze fronste en liep vlug terug. 'Kom.' Ze pakte zijn hand en trok hem mee naar de stoep, waar de sheriff stond te wachten. Glimlachend keek ze naar hem op. 'Was jij ook op weg naar het eethuis?'

'Ja. Ik eet altijd bij Cora, want ik heb geen keuken.'

Sadie trok rimpels in haar voorhoofd. 'Wat doe je dan op zondag? Cora is 's zondags gesloten.'

De man haalde zijn schouders op; een traag, zorgeloos gebaar. 'Nou, afgelopen zondag vroegen de burgemeester en zijn vrouw me na de kerk mee. Maar ik kan me altijd redden met scheepsbeschuit.'

Sid rolde bijna met zijn ogen toen hij Sadies meelevende gezicht zag. Waarom bekommerde ze zich eigenlijk zo om de sheriff en zijn maag? Hij stootte haar aan. 'Laten we naar binnen gaan, Sadie. Ik dacht dat je honger had.'

Ze wierp hem een donkere blik toe, die hij verkoos te negeren. Met zijn hand op haar rug duwde hij haar door de deur. De sheriff volgde hem op zijn hielen. Ze werden ontvangen met verrukkelijke aroma's. En lawaai. Stadsbewoners kletsten en lachten, er werd met bestek op borden gekletterd. Sid keek speurend rond, op zoek naar een lege tafel. Hij had het eethuis nog nooit zo vol gezien.

Sadie wees. 'Kijk... aan dat tafeltje in de hoek zit niemand.' Ze fronste haar fijne wenkbrauwen. 'Maar dat is het enige lege tafeltje.'

'Dan kunnen we het maar beter nemen.' Sid wilde die kant op gaan, maar ze hield hem tegen. Ze keek op naar de sheriff.

'Thad, het ziet ernaar uit dat je bij ons zult moeten zitten.'

11

Zing voor de Heere een nieuw lied, want Hij heeft wonderen gedaan...
Sadie zat met haar bijbel opengeslagen bij de achtennegentigste psalm met de dominee mee te lezen. Zijn tekstkeuze bezorgde haar een rilling over de rug. Dit was stellig Gods manier om te bevestigen dat ze het juiste had gedaan door naar Goldtree te komen. Naast haar zat Sid rechtop en aandachtig, maar de strenge frons die hij gisteravond onder het eten had aangenomen, zat vastgeplakt op zijn gezicht. Hoe kon hij zo fronsen in de kerk terwijl een dominee voorlas uit de Heilige Schrift?

Ze keek over haar schouder, op zoek naar de sheriff, die de avond had gered door ondanks Sids humeurige zwijgen een vriendelijk gesprek gaande te houden. Hoewel ze niet verwachtte hem te zien – hij had gezegd dat hij vanmorgen naar een andere kerk zou gaan – ervoer ze toch een steek van teleurstelling. In heel korte tijd had ze waardering gekregen voor zijn vrolijke opvattingen en zijn vlotte lach. Maar hoe ze ook van Thads gezelschap genoot, Sid scheen een hekel aan hem te hebben. Ze wenste dat ze kon begrijpen waarom. De twee mannen scheelden niet veel in leeftijd. Konden ze geen vrienden zijn?

Ze keek weer voor zich en luisterde naar de eenvoudige, maar openhartige boodschap van de dominee over het belang van een blijmoedig gelaat. Ze betrapte zich erop dat ze knikte bij bepaalde zinnen en rimpels in haar voorhoofd trok terwijl ze andere wegstopte om later over na te denken. Mama had haar opgedragen een kerkelijk thuis te kiezen waar ze geestelijk gevoed werd, en tegen de tijd dat de dominee zijn laatste overwegingen deelde, meende ze de juiste plaats voor groei al gevonden te hebben.

Dominee Wise legde zijn grote, zware bijbel opzij en bulderde vanaf de kansel: 'Wij hebben vandaag het genoegen van een bezoekster; een splinternieuwe inwoonster van Goldtree. Juffrouw Sadie Wagner, wilt u alstublieft opstaan?'

Sadies wangen werden heet, maar gehoorzaam stond ze op onder de nieuwsgierige blikken van enkele tientallen gemeenteleden.

'Sommigen van u hebben juffrouw Wagner wellicht gisteren ontmoet in de markthal, waar ze winkeljuffrouw is bij juffrouw Melva en juffrouw Shelva Baxter. Maar als u zich nog niet hebt voorgesteld,' droeg de dominee vriendelijk op, 'neem dan vandaag de tijd om haar te begroeten en haar te helpen zich thuis te voelen.' Hij hief zijn handen. 'Laten we allen opstaan voor onze eindzegen.'

Op het moment dat het laatste amen wegstierf, dromden de mensen om Sadie heen. Ze schudde handen, lachte en sloeg een stuk of twaalf uitnodigingen voor het zondagse diner af, omdat ze al plannen had gemaakt. Toen de menigte eindelijk het veld ruimde, liet ze haar hand door de kromming van Sids arm glijden en ze wandelden in oostelijke richting op weg naar zijn huis.

'Goldtree is een heel aardig stadje,' zei Sadie, zwaaiend naar een gezin dat langsreed in hun wagen.

Sid antwoordde niet.

Sadie zei behulpzaam: 'Ik snap wel waarom het je hier bevalt.'

Hij bleef zwijgend voor zich uit kijken.

'Iedereen is zo vriendelijk.'

Een grom ontsnapte aan zijn lippen.

Het genoegen van de kerkdienst van die ochtend en het hartelijke welkom van de gemeenschap verdwenen. Sadie vergat de vermaning van de dominee om een vrolijk gezicht te zetten. Ze bleef stilstaan en gaf een fikse ruk aan de arm van haar neef zodat hij ook moest stoppen.

Sid keek haar boos aan, met geïrriteerd fronsende wenkbrauwen. 'Wat mankeert je?'

Ze klemde haar bijbel met één hand tegen haar borst, zette de andere op haar heup en keek hem woedend aan. 'Wat mankeert *jou*? Het is zondag… de Dag des Heeren! De zon schijnt, we hebben net een bezielende preek gehoord, en jij gedraagt je als een echte brombeer.'

Hij wendde zijn gezicht af en stak koppig zijn kin naar voren. 'Sid!'

Zijn kaakspieren trokken, maar hij wilde haar nog steeds niet aankijken.

Niet één keer in hun hele kindertijd had ze zulk onbehouwen gedrag bij haar lievelingsneef gezien. Ze ergerde zich en snoof ontevreden. 'Best. Wees dan maar zwijgzaam en stijfkoppig, als je wilt. Maar dat doe je dan maar alleen.' Ze draaide zich abrupt om en zette één grote stap in de richting van Main Street.

Hij pakte haar arm. 'Maar we zouden samen lunchen. Ik heb brood en kaas en een hele perziktaart die ik van een buurvrouw heb gekocht.'

Sadie was dol op perziktaart. Het water liep haar in de mond als ze eraan dacht hoe haar vork door de krokante korst in zoete, vochtige perziken zonk. Maar toen keek ze naar Sids stormachtige gezicht. Haar honger verdween op slag. Ze trok haar arm los uit zijn greep. 'Je eet maar alleen. Ik heb geen zin in je gezelschap als je niet wilt praten of lachen of doen zoals de Sid die ik me uit Indiana herinner.' Nog maar twee dagen geleden was ze zo blij geweest om hem te zien. Nu wilde ze alleen maar bij hem wegvluchten. Tranen prikten in haar ogen.

Op veel vriendelijker toon herhaalde ze haar eerste vraag. 'Wat mankeert jou?'

Hij schudde zijn hoofd, met neergeslagen ogen. 'Niks.'

Sadie zuchtte. 'Ik geloof je niet, maar ik ben niet in de stemming om je je zin te geven. Dus ga maar naar huis, Sid. Als je klaar bent om te praten, weet je waar je me kunt vinden.' Ze stampte weg naar Main Street. Hij riep haar naam, maar kwam niet achter haar aan, dus hield ze haar hoofd gebogen en liep door. Hopelijk hadden juffrouw Melva en juffrouw Shelva nog wat kliekjes van hun middagmaal over die ze wel wilden delen.

Ze ging de hoek om en liep snel langs de barbier en Cora's eethuis, verlangend om de markthal te bereiken. Net toen ze de kloof tussen de markthal en het eethuis wilde overbruggen, hoorde ze een mannenstem haar naam noemen. Opgevrolijkt keek ze om, in de hoop Sid achter zich aan te zien komen met een glimlach en een verontschuldiging. Maar niemand volgde haar.

'Sadie!'

De stem riep weer, vanaf de andere kant. Daar kwam de sheriff met grote passen op haar af. Zijn brede, vriendelijke grijns stak af bij Sids zure gezicht. Moeiteloos beantwoordde Sadie zijn lach. 'Hallo, Thad.'

Hij leunde met zijn schouder tegen een verandapost, een nonchalante pose die Sadie volkomen op haar gemak stelde. 'Heb je genoten van de dienst bij dominee Wise?'

'O, ja. Heel erg. Je had gelijk… hij kan mooi preken.' Ze klemde haar bijbel met beide armen tegen zich aan om haar handen iets te doen te geven. 'En heb jij genoten in de episcopaalse kerk?'

Even perste hij zijn lippen op elkaar. 'Ik ben blij dat ik gegaan ben. Altijd goed om een godsdienstoefening te houden met gelijkgestemden. Maar ik denk dat de manier waarop dominee Wise het evangelie brengt me iets beter bevalt.' Hij verzette zijn voeten, zijn laarzen schoven over de planken onder hun voeten. 'Als ik afwisselend de diensten bezoek, krijg ik regelmatig een proefje van dominee Wise' lessen mee. Het zou aardig zijn om me ergens bij aan te sluiten, maar ik denk dat het voor mij een beter idee is om me in alle kerken te laten zien.'

Sadie knikte, maar zij had al besloten naar de congregationa-listenkerk te blijven gaan.

'Nou…' Hij zette zich af tegen de post en bracht zijn hand omhoog om zijn cowboyhoed recht te zetten. De meeste mannen in het stadje droegen een cowboyhoed, maar om de een of andere reden stond de hoed de sheriff beter dan alle anderen. 'Ik kan je beter naar binnen laten gaan om een hapje te eten. Je begint het vast koud te krijgen.'

Sadie zuchtte. 'Ik hoop dat er nog wat voor me over is. Ik had tegen juffrouw Melva en juffrouw Shelva gezegd dat ze me niet hoefden te verwachten, dus misschien hebben ze onderhand alles op.'

Hij fronste nadenkend zijn wenkbrauwen. 'Je zou toch bij Sid gaan eten? Hij nodigde je gisteren uit toen we het eethuis verlieten. Dus wat is er gebeurd? Heeft hij de rosbief laten aanbranden?'

Sadie had zich opgelaten gevoeld toen Sid haar waar de sheriff bij zat te eten had gevraagd, zonder de sheriff in de uitnodiging te betrekken. Haar verwarring kwam terug toen ze bekende: 'We hebben een beetje… ruzie gehad en ik heb geweigerd bij hem te eten. Dus nu zal ik mijn eigen lunch moeten opscharrelen.'

Thad wees met zijn duim naar zijn kantoor. 'Je bent van harte welkom om bij mij te eten. Gewoon crackers, kaas en wat ham uit een blik. O, en perziken uit blik.' Er verscheen een jongensachtige lach op zijn gebruinde gezicht. 'Ik ben verzot op perziken… altijd al geweest.'

Sadies hart sloeg een slag over. 'Weet je zeker dat je genoeg hebt?'

'Nee. Hoeveel eet je?'

Sadie kon een verraste lach niet binnenhouden. Het lukte hem om zo'n ernstig gezicht te zetten terwijl hij de plagende vraag stelde. 'Wat perziken betreft, maak ik me schuldig aan vraatzucht.'

'Hm. Dan kan ik beter twee blikken openmaken.'

Ze lachte weer, gecharmeerd door zijn antwoord. Toen dacht ze weer aan haar manieren. Met haar hoofd schuin vroeg ze: 'Maar weet je zeker dat het goed is? Dat ik bij jou eet… alleen…?'

Hij werd ernstig. 'Ik zou beslist niets willen doen wat als ongepast kan worden beschouwd. En je hebt gelijk… alleen eten in mijn kantoor is geen goed idee.'

Sadie knikte teleurgesteld. Ze genoot van zijn gezelschap. Hij maakte haar aan het lachen. Hij deed haar sterk denken aan papa – papa van voor het ongeluk: sterk, vastberaden, geneigd tot goedhartig plagen. En knap bovendien.

Hij knipte met zijn vingers. 'Ik heb een idee. Het is zulk mooi weer. We gaan picknicken op de stoep, vlak onder de neus van het stadje. Niemand kan toch klagen als we buiten zijn waar iedereen ons kan zien?'

Meteen klaarde ze op. 'Een picknick klinkt erg leuk.'

'Mooi!' Hij stak zijn elleboog uit. 'Kom. Ik gooi een oude deken op de stoep. Onder het eten mag je me vertellen over de preek van dominee Wise. Ik heb zo'n idee dat hij iets gezegd heeft wat het herhalen waard is.'

Helemaal opgevrolijkt vergezelde Sadie de sheriff over straat.

Thad spreidde de muffe oude deken uit op het gras in het parkje aan de overkant van de straat tegenover zijn kantoor. Met de zon vlak boven hun hoofd en geen veranda-afdak dat voor schaduw zorgde, had hij voorgesteld dat ze onder de enkele kornoelje naast het gemeenschapscentrum gingen zitten. Tot zijn verrukking had Sadie toegestemd. Ze stond met de krat met eten in haar armen te wachten tot hij de deken precies goed had geschikt. Hij lachte van oor tot oor. Wat een genoegen, een eenvoudige lunch met deze aardige jonge vrouw.

Toen de deken zo glad mogelijk lag, stak hij zijn handen uit naar de krat. 'Laat mij die nemen. Ga maar lekker zitten, dan zal ik alles uitstallen.'

'Ik kan helpen,' zei ze, neerknielend op de deken.

'Nee, jij bent vandaag mijn gast. Ga zitten en laat mij voor alles zorgen.'

'Goed dan. Dank je wel.'

Haar erkentelijke glimlach bezorgde hem kriebels vanbinnen. Druk begon hij de krat uit te pakken. De gedeukte tinnen borden waarmee hij zich best kon redden, leken niet goed genoeg voor Sadie, maar ze trok niet eens een gezicht toen hij op de deken tegenover haar neerknielde en ze klaarzette.

Terwijl hij de krat leeghaalde, hief ze haar blik naar de lucht en slaakte een klein zuchtje. 'Wat prachtig. Is het altijd zulk mooi weer in Kansas?'

Thad lachte. 'Nee, niet altijd. Kansas kan heel onvoorspelbaar zijn.' Hij trok het deksel van de ham open en stak een vork in het malse roze vlees. 'Soms duurt de koelte van de lente wel tot juni. Andere keren is het heet en droog. Tot nu toe is het droog geweest dit jaar, maar niet zo warm.' Ook hij keek naar de lucht en zag de bolle wolken die boven hun hoofd zweefden. De boomtakken zwaaiden in de zachte bries. Zijn neus bespeurde de geuren van aarde, gras en nog iets, wat hem deed denken aan citroenen. Sadies eau de toilette misschien? 'Maar je hebt gelijk dat het aangenaam is.' Hij bewonderde haar tere kaaklijn terwijl zij naar de blauwe lucht bleef kijken. 'Heel aangenaam...'

Ze betrapte hem op zijn blik en haar wangen werden roze. Ze begon met een grassprietje te spelen en gunde hem een blik op de kruin van haar kleine vilthoedje. Hij zag liever haar gezicht. Dus hij liet het blik met crackers midden op de deken neerploffen en zei: 'Ik zal bidden, dan kunnen we eten.'

Hij hield zijn gebed kort en eenvoudig, en maakte een gebaar dat zij het eerst haar bord mocht vullen. Ze deed het zonder aarzeling, en haar ongeremdheid vertederde hem. De paar keer dat hij een vrouw mee uit eten had genomen, was het hem opvallen dat vrouwen kieskeurig aan hun voedsel pulkten, alsof eten iets was wat je moest verduren in plaats van genieten. Maar Sadie stapelde ham en kaas op crackers en at met smaak. Ze lette wel op haar manieren – ze praatte niet met volle mond en nam niet al te grote happen – maar ze had het naar haar zin. Toen ze een blik perziken oppakte en een roze-oranje punt aan haar vork spietste en meteen naar haar mond bracht, kon Thad wel juichen. Eindelijk een meisje dat *echt* kon zijn in plaats van gekunsteld.

Een sterke windvlaag blies een paar stukjes bruin gras in Sadies schoot. Ze veegde ze onbekommerd weg voordat ze haar hand uitstak naar een nieuwe cracker. 'De wind doet me aan thuis denken,' zei ze. 'Toen ik vertrok, had mama net haar tuin ingezaaid. Ik hoop dat ze regen hebben gehad, zodat het zaad kan opkomen.'

Thad sneed nog een plak kaas af met zijn zakmes en propte het in zijn mond. Hij kauwde en slikte. 'Houd je van tuinieren?'

Haar gezicht lichtte op. 'O, ja. Ik vind het prachtig om te zien hoe de kleine spruitjes door de aarde opschieten en hoe de blaadjes zich dan ontvouwen. En het is natuurlijk prettig om te weten dat de planten mijn familie het voedsel verschaffen dat we nodig hebben om de winter door te komen.'

'Je zei dat je uit een grote familie komt?' Thad duwde zijn bord weg en strekte zich uit op zijn zij, leunend op zijn elleboog. Die luie houding maakte zijn bedoeling duidelijk om nog een poosje te blijven, maar Sadie leek geen bezwaar te hebben. Ze lachte naar hem als antwoord op zijn vraag.

'Eén zusje en vier broertjes – vier drukke broers.' Ze zuchtte en keek even omhoog naar de boom. 'Ik mis hen. En mijn ouders.'

'Dus jullie hebben een hechte band met elkaar.' Het was geen vraag, maar een constatering. Ze zuchtte en haar mondhoeken zakten even naar beneden, zodat hij wist hoe eenzaam ze zich voelde, weg van haar familie.

'Heel erg,' beaamde ze. Ze richtte haar blik weer op hem en zei: 'En jij? Heb jij een hechte band met je familie?' Had Thad ooit echt deel uitgemaakt van een familie? Hij was samen met zijn pa, twee mensen die onder hetzelfde dak woonden. Maar familie betekende dat mensen om elkaar gaven, voor elkaar zorgden en er vreugde in schepten samen te zijn. Maar dat wilde hij allemaal niet tegen Sadie zeggen. 'Ik ben nog maar alleen,' zei hij bij wijze van antwoord, het aan haar overlatend om haar eigen conclusies te trekken.

Haar hartvormige gezichtje betrok van medelijden. 'Wat erg. Het is zwaar om alleen te zijn.' Weer een zucht ontsnapte aan haar lippen, maar niet zo luchtig als de vorige. Ze duwde kruimeltjes over haar bord met haar vingertop.

'Jij kunt het weten,' zei Thad, 'want jij bent eigenlijk ook alleen, zo ver van Indiana.' De wind blies de punt van de deken over zijn bord. Thad streek hem weer glad en hield hem met zijn elleboog naar beneden. 'Maar je bent gekomen om te zingen. Dus zingen is belangrijk voor je?'

Haar weemoedige blik dwaalde naar de boomtakken boven hun hoofd, waar een vogel tsjirpte. 'Ik heb altijd van zingen gehouden. Dus toen Sid schreef dat ik in de markthal kon komen werken en ook zingen in de concertzaal van Goldtree, mocht ik van mama en papa gaan... om het talent te gebruiken dat God me had gegeven.' De vogel vloog weg en Sadie keek naar Thad. 'Ik weet dat ik voorbestemd ben om hier te zijn. Mijn ouders en ik hebben steeds gebeden dat ik een fatsoenlijke baan mocht vinden en God heeft ons gebed verhoord. Maar het is heel moeilijk om zo ver weg te zijn van papa, mama, Effie en de jongens.'

Thad hield zijn stem luchtig, al had zijn hart plotseling besloten een hevig *boem-boem* in zijn borst te roffelen. 'Hoop je in de toekomst zelf een groot gezin te krijgen?'

'Natuurlijk! Groot en lawaaierig.' Ze lachte, het klonk of er een beekje over de rotsen kabbelde. 'Ik kan me geen ander soort gezin voorstellen.' Ze stak haar hand uit naar het perzikblik en spietste de laatste schijf van de bodem. Ze stopte hem in haar mond met een argeloze glimlach waarvan Thad het hart in de keel schoot.

Langzaam ging Thad rechtop zetten, met bevende ledematen. Hij was nooit een man van bevliegingen geweest, maar op dat moment voelde hij zich alsof iemand hem over de rand van een klif had geduwd en hij in de wolken scheerde. Op dat moment verloor hij zijn hart aan juffrouw Sadie Wagner. En hij had geen idee hoe hij het terug kon krijgen.

12

'Asa, we hebben al een achterdeur. Waarom moet je in vredesnaam nog een tweede maken?'

Asa slaakte een diepe zucht en hield zijn adem vast om zijn
gekwelde zenuwen te laten kalmeren door de extra zuurstof.
Waarom had de Almachtige hem geen broers gegeven in plaats
van zanikende, zeurende, verstikkende zussen? Toen hij weer
iets kon zeggen zonder te snauwen, keek hij zijn zus aan. 'Ik
heb je al verteld, Melva, als de mensen naar de zangzaal moeten
kunnen gaan zonder helemaal door de markthal te lopen, dan
zullen we hier achter nog een deur moeten hebben.'

Melva perste haar dunne lippen strak op elkaar. 'Nou, Zus
en ik worden onderhand getikt van al dat hameren. Eerst al
wekenlang dat getimmer beneden en nu al die herrie achter
ons. Als we hieruit komen zonder dat ons haar is uitgevallen en
onze tanden groen zijn geworden, zal het een wonder wezen,
dat staat vast.'

Asa stond zichzelf een ogenblik toe zijn zussen voor zich te
zien met een kaal hoofd en groene tanden. Hij moest erom
lachen. Maar hij weerde alle humor uit zijn toon toen hij antwoord gaf op Melva's tirade. 'Ik heb nog nooit gehoord dat iemand groene tanden had gekregen van een beetje bouwlawaai.
Ga naar binnen en laat me doorwerken. Ik heb voor vrijdag nog
een hele hoop te doen.'

Melva snoof luid, maar ze stormde naar de deur. Vlak voordat
ze naar binnen stapte, bedacht Asa iets en hij riep: 'Zus!' Ze bleef
stilstaan en keek hem woedend aan, maar hij lette niet op haar

verzengende blik. 'Stuur de winkeljuffrouw eens even naar me toe.'

Melva's dikke wenkbrauwen gingen omhoog. 'Ga je haar met een hamer laten zwaaien?'

Hij verwaardigde zich geen antwoord op die belachelijke vraag. 'Stuur haar nou maar.'

Luid haar adem uitblazend, stampte Melva weg. Even later draafde juffrouw Wagner de achtertuin in. 'Ja, meneer Baxter?'

Asa deed zijn best om het meisje niet van top tot teen op te nemen, maar de verleiding was groot voor een man. 'Ik wilde je even laten weten dat ik flink reclame heb gemaakt in het stadje voor het programma. Een heleboel mensen staan te springen om vrijdag naar de opening van de concertzaal te komen.'

Het meisje werd rood en ze klemde haar handen in elkaar in haar schort. 'Echt waar?'

Asa lachte. Haar frisse gretigheid beviel hem telkens weer. 'O, reken maar. Heb je een beetje geoefend?'

'Ja, meneer! Elke avond na het eten heb ik mijn… repertoire doorgenomen.' Haar wangen werden nog roder. 'Ik heb genoeg liedjes om een heel uur te vullen.' Ze trok rimpels in haar voorhoofd. 'Is… is dat genoeg?'

Asa knikte lomp. 'Voorlopig wel.' Maar het zou heel wat langer moeten worden voordat hij het tweede deel van zijn bedrijf in volle gang kon zetten. 'Je moet je in het begin niet te veel vermoeien, dus houd het voor de eerste paar weken maar op een uur. Maar het moet meer worden. Als we tenslotte willen dat de mensen blijven komen, dan zullen we ze elke keer wat meer moeten geven.'

Juffrouw Wagner knikte nadenkend.

'Ik heb een stuk of vijftien wijsjes besteld. Zodra ze binnen zijn, kun je beginnen ze in je repertoire te verwerken.' Hij vond het leuk om te zien hoe dromerig ze begon te kijken als hij het woord *repertoire* gebruikte. Dus hij zei het nog een keer. 'Ja, dat repertoire moet worden uitgebouwd.'

'Ja, meneer. Ik zal het doen.'

Hij vond het ook prettig dat ze hem 'meneer' noemde. Hij zette zijn borst uit. 'Nou, ik moet nu deze deur afmaken, dus ga maar weer naar binnen. Misschien kunnen we vanavond na het eten naar de zangzaal gaan, dan kun je op het toneel oefenen. Zou je dat leuk vinden?'

'Ja, meneer!'

Asa lachte. Een oprechte lach. Hij schrok ervan. Ineens onzeker wees hij met de hamer naar de andere deur. 'Ga maar.'

Het meisje lachte naar hem voordat ze door de deur glipte. Asa keek haar na, de hamer vergeten in zijn hand. Hij kon zich de laatste keer niet heugen dat hij spontaan gelachen had. Vaak gniffelde hij zo'n beetje. Dat was soms nodig. Maar deze lach was zonder erover na te denken uit zijn keel omhoog geborreld. Hij schudde zijn hoofd en probeerde zijn verwarring te bedwingen. Het meisje had een merkwaardig effect op hem. Hij moest oppassen.

'Hallo, Asa.'

De joviale stem kwam van achter Asa en opnieuw schrok hij op. Hij draaide zich met een ruk om en ontwaarde Roscoe Hanaman vlak achter zich, met zijn duimen in de zakken van zijn brokaten vest gehaakt. Asa liep rood aan. Had de man hem zien dromen over juffrouw Wagner?

'Ha, Roscoe. Wat doe je hier?' Asa hoopte dat hij niet zo verbolgen klonk als hij zich voelde. Het was niet handig om een vijand te krijgen in de burgemeester.

Roscoe zette een gepoetste zwarte schoen op de rand van de hoge houten verandavloer. 'Ik kwam langs op weg naar een kop koffie bij Cora en ik hoorde gehamer. Zoals de laatste dagen zo vaak. Dus ik dacht, ik ga eens even kijken wat je aan het maken bent.' Zijn blik dwaalde over de nieuwe deurpost van fris wit eikenhout.

Asa zwaaide met de hamer en nam een nonchalante pose in. 'Het is maar een deur, zoals je ziet.' Maar niet zomaar een deur

– een deur met een halfrond raampje erboven, met een veranda van twee bij twee ervoor met een dak, uitgehouwen zuilen en een getraliede reling. Een prachtige ingang. 'Die is nodig zodat de mensen rechtstreeks naar de concertzaal kunnen.' Hij trok een grimas. 'Het is niks om de mensen door de markthal en de opslagruimte binnen te laten. Onwaardig. En met een aparte deur kunnen mijn zussen de markthal 's avonds op slot doen.' Weer een reden minder voor gezeur.

'Goed bedacht, Asa. Goed bedacht.' Hanaman knikte met zijn grijzende hoofd.

Asa glimlachte en deed alsof hij blij was met zijn goedkeuring. Maar hij zat er niet op te wachten. Hij wist al dat het goed bedacht was. 'Vrijdagavond houden we onze eerste show.' Nog drie dagen en zijn lang gekoesterde plannen konden eindelijk in werking worden gezet. 'Ben je van plan om te komen? Juffrouw Wagner kan echt goed zingen.'

'De vrouw en ik zouden het niet willen missen,' zei Roscoe. 'Miriam is dolblij dat de cultuur eindelijk gearriveerd is in Goldtree. Maar…' Hanamans ronde gezicht vertrok. 'Ze vraagt zich af, net als zo'n beetje de rest van het stadje, waarom je het gemeenschapscentrum niet gebruikt voor die optredens.'

'En iedereen op harde banken zonder rugleuning laten zitten?' Asa legde zoveel geschoktheid in zijn stem als hij kon opbrengen. 'Dat kan misschien voor een gemeentevergadering of een kort programma, maar juffrouw Wagner heeft een hele verzameling liederen in petto. De mensen willen lekker zitten en genieten van elke minuut van de voorstelling.'

Hanamans snor wiebelde. 'Je bent een goede verkoper, Asa. Je hebt mijn interesse gewekt.'

Asa kreeg kippenvel toen er een idee door zijn hoofd schoot. De steun van de burgemeester en de bankier was precies het duwtje in de rug dat hij nodig had om zich ervan te verzekeren dat alle inwoners van Goldtree hun geld in zijn brandkast staken. Zijn hart begon te bonzen alsof hij net een hardloopwedstrijd had gelopen. 'Wil je…' Hij klonk ademloos. Hij zoog een grote hap lucht naar binnen en begon opnieuw. 'Wil je een proefvoorstelling? Vanavond na het eten laat ik juffrouw Wagner oefenen op het toneel. Kom ook naar beneden, bekijk de zangzaal en luister mee.' Een sluwe grijns speelde om Asa's mondhoeken. 'Ik denk dat het je zal bevallen wat je ziet en hoort.'

Roscoe deed een stap naar achteren en lachte breed. 'Tjonge, dank je wel, Asa. Misschien doe ik dat wel.' Hij zwaaide en kuierde weg om de hoek van het gebouw.

Asa haalde een spijker uit zijn broekzak en zette die in positie tegen het gladde eiken, maar liet de hamer niet neerkomen. Er was nog iemand in de stad die hij aan zijn kant nodig had. Iemand die nog meer macht had dan Hanaman. Zijn ogen dwaalden over de onvoltooide deurpost. Er was zoveel te doen – een verandadak, zuilen, een reling – en treetjes zodat oude dames zich niet op de veranda hoefden te hijsen. Maar hij had nog twee dagen. Als hij hard werkte en Sid ook aan de klus zette, lukte het wel. Deze boodschap was belangrijker.

Hij liet de hamer met een bons op de houten vloer vallen en zette het op een onbeholpen holletje om het gebouw heen.

Sadie stond tussen de kleurig gebeitste pilaren, de neuzen van haar schoenen precies op het kleine merktekentje dat meneer Baxter had gemaakt, zodat ze vanaf alle rijen zitplaatsen te zien was. Hij had de kroonluchters en alle muurkandelabers aangestoken, zodat de hele ruimte baadde in een gele gloed, die de kristallen die aan de weelderige kroonluchters bengelden, veranderde in schitterende diamanten. Ze had niet begrepen dat er meer mensen bij haar repetitie aanwezig zouden zijn dan meneer Baxter. Haar maag trilde en ze drukte haar vervlochten handen steviger tegen haar middel terwijl ze over het drietal mannen op de eerste rij heen keek.

'Wanneer je er klaar voor bent, juffrouw Wagner,' riep meneer Baxter vanaf zijn plekje tussen de burgemeester en Thad McKane.

Sadie slikte en zond een zwijgend gebed op om kracht. Als ze deze repetitie doorstond – een oefening die nu aanvoelde als een optreden – dan was dat een teken dat ze klaar was voor een groot publiek. Ze haalde diep adem, sloot haar ogen om zich volledig op de muziek te concentreren, en begon. '*Eeuwige Vader, sterke God, Wiens arm de golven bindt…*'

Hoewel het haar bedoeling was geweest om het relatief nieuwe lied in het midden van het repertoire te voegen, besloot ze het eerst voor dit kleine publiek te zingen. Ze voelde dat het hen beter zou bevallen dan haar aanvankelijke keuze *Blijf bij mij, Heer*. Terwijl ze alle vier de coupletten zong, won haar stem aan kracht en groeide haar zelfvertrouwen. De vreugde van het zingen deed haar boven zichzelf uitstijgen. Ze vergat de drie paar ogen die op haar gericht waren, vergat haar zenuwen, vergat alles behalve de verrukking van het vertolken van een lied.

Bij de slotzin vertraagde ze haar tempo, liet het volume groeien en klom een octaaf hoger dan de componist het had opgeschreven. '*Zo prijzen steeds weer Uwe hand, het blijde lied van zee en land!*' De woorden weerkaatsten tegen de dakspanten. Ze hield de laatste noot aan en liet haar natuurlijke vibrato vrijuit klinken. Zodra ze eindigde met een zedige buiging van haar hoofd, barstte het applaus los. Ze sperde haar ogen open, overspoeld door blijdschap. Zowel de burgemeester als Thad was opgesprongen en beiden klapten enthousiast hun handpalmen tegen elkaar.

De burgemeester vloog naar voren en pakte haar hand in de zijne. 'Kind, wat schitterend. Het mooiste zangoptreden dat ik ooit heb gehoord!' Met haar hand nog in de zijne, draaide hij zich om naar meneer Baxter. 'Asa, geniaal om dat meisje naar Goldtree te halen. Tjonge, met haar talent trekken we mensen uit alle omringende gemeenschappen. Goldtree wordt binnenkort uitgeroepen tot het culturele centrum van Clay County. Geniaal, werkelijk geniaal.'

Meneer Baxter zette zijn borst uit en lachte zelfvoldaan. 'Dus de zang van juffrouw Wagner bevalt u wel?'

'Bevallen?' Burgemeester Hanaman trok zijn wenkbrauwen zo hoog op dat ze de grens van zijn strak achterovergekamde haar raakten. 'Ik vind het in één woord geweldig.'

Meneer Baxter wierp een blik in Thads richting. 'En u, sheriff? Vindt u dat dit meisje talent heeft?'

Sadie hield haar adem in. Thads uitbundige klappen sprak van zijn goedkeuring, maar ze wilde zijn lof *horen*. Langzaam kwam hij naar voren, alsof hij door een zee van maïspap waadde, met zijn ogen vast op haar gericht. Sadies hart begon nog sneller te bonzen terwijl hij de afstand tussen hen overbrugde. Hij raakte haar niet aan, zoals de burgemeester. In plaats daarvan haakte hij zijn vingers in de zakken van zijn bruine broek, met zulke langzame bewegingen dat ze het zich verbeeld kon hebben. En toen deed hij zijn mond open om te spreken.

'Heel mooi, juffrouw Sadie. Je zingt erg mooi.'

Eenvoudige woorden. Maar uitgesproken met zoveel oprechtheid en bewondering dat Sadies hart fladderde als een vlinder op een zomerbries. Ze keek hem stralend aan en lachte van pure verrukking. 'D-dank je, sheriff.'

Meneer Hanaman hief Sadies hand en drukte er een kus op. 'Juffrouw Wagner, ik zou de hele avond naar uw zang kunnen luisteren. Maar ik denk dat ik mijn tijd beter kan besteden om de goede inwoners van Goldtree attent te maken op de heerlijke verrassing die hen aanstaande vrijdagavond wacht.' Hij kuste nog eens haar knokkels, zijn snor prikte tegen haar huid. Toen liet hij haar los en stormde naar de dubbele deuren achter in de ruimte. 'Asa, geniaal... werkelijk geniaal...' Zijn voetstappen stierven weg.

Meneer Baxter plantte zijn handen op de armleuningen van zijn stoel en duwde zich overeind. Hij liep zijwaarts naar het toneel en bleef naast Thad staan, die nog steeds zo vol vervoering naar Sadie stond te kijken dat het haar verwonderde dat ze niet smolt van verrukking. De man schraapte zijn keel en Thad en Sadie sprongen op van schrik.

'Dus, sheriff, u blijft luisteren naar de rest van juffrouw Wagners repetitie?'

Thad schudde spijtig zijn hoofd. 'Ik zou het graag willen. Zoals meneer Hanaman zei: "Ik zou de hele avond kunnen luisteren." Maar ik moet mijn avondrondes gaan maken.'

Sadie was teleurgesteld. Ze vroeg: 'Maar je komt vrijdagavond toch wel? Voor het hele optreden?'

Zijn snor trilde toen hij charmant lachte. 'Daar kun je op rekenen, juffrouw Sadie. Ik zou het niet willen missen.'

'Mooi! Mooi!' Meneer Baxter mepte Thad met een vlezige hand op zijn rug. Hij lachte, een vreemde opborreling van humor die bijna rauw klonk. 'Het belooft een mooie voorstelling te worden, en ik reken erop dat het hele stadje komt. Dan loopt er op straat ook niemand kattenkwaad uit te halen.'

Even verschenen er rimpels in Thads voorhoofd, alsof hij ergens over piekerde. 'U hebt vast gelijk, meneer Baxter. Ik kan me niet voorstellen dat iemand weg zou willen blijven.' Hij week langzaam naar achteren, zijn blik bleef aan Sadies gezicht hangen. 'Bedank dat ik bij de repetitie mocht zijn, juffrouw Sadie. Ik verheug me erop vrijdag je hele programma te horen.'

Toen Thad weg was, wuifde meneer Baxter met zijn handen. 'Goed, goed, laat je andere liedjes maar horen.'

Sadie ervoer het als een verlies dat Thad vertrokken was, maar binnen een paar minuten ging ze weer helemaal op in de blijdschap van het zingen. Ze ging vlekkeloos over van het ene lied op het andere en meneer Baxter zat het hele repertoire zwijgend en aandachtig uit. Toen ze het laatste nummer had voltooid, maakte ze een diepe buiging en hield de gebukte houding een tel of tien vol voordat ze overeind kwam. Toen sloeg ze haar armen om zich heen en zei: 'Is… is dat genoeg?'

Meneer Baxter spande zijn kaakspieren en trok zulke diepe rimpels in zijn voorhoofd dat het pijnlijk leek. Eindelijk slaakte hij een luide zucht. 'We zullen het ermee moeten doen.'

Zijn halfhartige opmerking was niet de bevestiging waar Sadie op had gehoopt. Ze stapte van het podium. 'Is er iets mis? Ik besef dat het programma helemaal uit kerkgezangen bestaat, maar...'

'Nee, nee, ik had gezegd dat je moest beginnen met kerkliederen.' Hij klonk chagrijnig. 'En te oordelen naar de manier waarop Hanaman en McKane helemaal week werden, zullen die het grootste deel van het publiek wel aanspreken. Maar...' Hij liep met grote stappen heen en weer, met slepende voeten, zijn kin vastgeknepen door duim en wijsvinger. Hij stond stil en wees naar haar. 'We moeten iets... meer hebben. Die piano staat daar. Ik had iemand willen laten spelen voordat jij begon te zingen... bij wijze van voorspel, zie je.'

Sadie knikte, al was ze niet helemaal zeker van zijn bedoeling.

'Ik laat de pianist komen om ook al jouw liederen te begeleiden. Meer geluid.' Hij zwaaide met zijn armen, de glimlach op zijn vlezige gezicht werd groter. 'Meer tumult.'

'T-tumult?'

'Jazeker! Jouw stem vermengd met beuken op die piano.' Hij sprong stuntelig op het toneel en opende het klavier. Hij liet beide handen neerkomen op de ivoren toetsen. Eén onwelluidende toon hing in de lucht. Hij lachte en klapte het deksel weer dicht zodat de snaren dreunden. 'Daarmee moet het lukken. Absoluut.'

Sadie deed een stap naar achteren toen hij naar de verste hoek van het toneel stormde en het kistje haalde dat hij als opstapje had gebruikt toen hij de lampen aanstak. Hij klom er weer op en draaide de wieltjes van de kroonluchterlampen uit. Hun felle lichtjes flakkerden op en doofden. Terwijl hij naar de muurkandelabers liep, riep hij over zijn schouder: 'Dat is genoeg voor vanavond, juffrouw Wagner. Kop op en lekker slapen.

Vrijdag het grote optreden. Jazeker, het wordt iets groots!'

Sadie liep naar de deuren zoals hij haar had opgedragen. Zijn ongewone lach achtervolgde haar. Ineens, om redenen waar ze niets van begreep, vervaagde het verwachtingsvolle gevoel voor haar optreden tot een klomp van onzekerheid.

13

Sid veegde het zweet af dat langs zijn slapen droop. Zijn ogen prikten van het tegen de zon in kijken, maar hij plaatste een nieuwe dakspaan op zijn plaats en beukte er twee spijkers in om hem vast te zetten. Op zijn hurken gezeten, trok hij de rand van zijn hoed wat lager om zijn ogen af te schermen en bekeek het overgebleven stuk onbeschermd verandadak. Nog een paar dakspanen en hij kon naar beneden klauteren, met een kruik water de schaduw opzoeken en een poosje uitrusten.

Toen Asa Baxter hem opgedragen had een paar dagen timmerwerk te doen aan de markthal in plaats van als vervoerder te fungeren, had hij het een welkome verandering gevonden. De man had hem in de afgelopen twee weken uitputtend heen en weer gestuurd van en naar Concordia om genoeg timmerhout te verzamelen om een schuur te bouwen. Maar toen had hij gezegd: 'Maak de veranda af.'

Sid vond het prettig om dicht in Sadies buurt te zijn. En een veranda bouwen klonk een stuk minder inspannend dan timmerhout in- en uitladen. Maar hij had er niet op gerekend dat hij de omheinde veranda binnen slechts twee dagen met dakspanen moest bedekken en verven. Sadie mocht dan maar een paar meter van hem af zijn, maar wie had tijd om met haar te praten?

Maar hij moest toegeven, terwijl hij de ladder af klom en een paar stappen naar achteren deed om het werk van zijn handen te bewonderen, dat de veranda voor de nieuwe ingang van de concertzaal er schitterend uitzag. Asa had gestaan op een vierkleurenschema – wit met groen, rood en gouden versiering. Eerst had Sid gedacht dat hij niet goed snik was en dat de veranda op een circuswagen zou lijken. Maar nu hij klaar was, beviel het hem hoe de posten en spijlen eruitzagen, de verschillende rondingen afgezet door een krachtige kleur. Misschien ging hij zijn eigen veranda later ook wel in dezelfde stijl schilderen.

Tenminste, als hij Sadie kon overhalen met hem te trouwen.

Hij tilde de kruik op die hij in de schaduw tussen de markthal en de drogisterij had laten staan en nam een lange teug. Zijn blik dwaalde omhoog naar het raam van Sadies kamer. Zou ze niet liever een heel huis voor zichzelf willen hebben? Natuurlijk wel. Elke vrouw wilde een eigen huis, een echtgenoot en een gezin. En hij was bereid dat haar te geven, als ze maar wilde ophouden met flirten naar de sheriff, en naar Sid wilde kijken.

Hij kreeg pijn in zijn maag van het water en hij ramde de kurk zo hard terug in de opening dat die onder de rand zonk. Dat werd later lastig om hem er weer uit te vissen, maar het kon hem niet schelen. Hij had belangrijkere dingen om over na te denken.

Wat had sheriff McKane dat Sadies aandacht trok? Twee zondagen geleden was hij haar na hun onenigheid gaan zoeken om zijn excuus aan te bieden voor zijn chagrijnige gedrag en haar te vertellen waarom hij boos was geweest. Maar toen hij de hoek omkwam, had hij haar de straat zien oversteken met McKane. Naar hem opkijkend. Stralend. Lachend. Hij was terug naar huis gestoven om urenlang te piekeren.

Omdat hij zoveel op de weg zat, had hij weinig kans gehad om met Sadie te praten, maar in de afgelopen twee dagen had hij haar drie afzonderlijke keren benaderd, in de hoop zich te verontschuldigen. Twee keer had ze gefluisterd dat ze dienst had en niet mocht kletsen. De derde keer had hij gewacht tot het bord *Gesloten* aan de markthal hing, maar toen had ze haast gehad om te repeteren voor haar openingsoptreden en had ze geen tijd om te praten. Dus gefrustreerd en met pijn in zijn hart was hij afgedropen.

Die ochtend was hij om de bocht gekomen en was Sadie de voorveranda aan het vegen. Maar voordat hij haar aandacht kon trekken, was de sheriff aan komen klossen en had haar begroet. Sid had verwacht dat ze hem door zou sturen omdat ze aan het werk was, maar ze had op de bezem geleund en hem stralend aangekeken. McKane had een hand in zijn zak gestopt, het toonbeeld van ongedwongenheid, en ze hadden een paar minuten staan kletsen.

Het beeld van die twee – lachend en op hun gemak bij elkaar – stond voor altijd in Sids geheugen gebrand. Wat was er allemaal tussen hen voorgevallen terwijl hij Asa's timmerhout ophaalde? Kennelijk had Sadie wel tijd voor de sheriff, maar niet voor hem. Ze kon toch wel zien dat ze zijn hart brak?

Maar hij had een plan gemaakt om vanavond haar aandacht te trekken. Tegen het eind van de dag zou ze hem aankijken met die dromerige uitdrukking die ze voor de sheriff bewaarde.

Hij greep een lege kist uit het schuurtje en begon de overgebleven dakspanen en verfkwasten op te ruimen, vermoeid maar glimlachend. De enige keer dat hij een concertzaal had bezocht, had de zangeres aan het eind van het optreden een boeket rozen gekregen. Rozen kon hij misschien niet vinden in Goldtree, maar in het veld naast Asa's huis kwamen wilde bloemen op. Gisteren nog had hij een flinke groep dertig centimeter hoge stengels gezien met paarse bloemen en gele hartjes.

Zo gauw hij hier klaar was, ging hij erheen om een grote bos van die paarse bloemen te plukken, hun stengels bij elkaar te binden met een stuk geel lint dat hij een maand geleden had aangeschaft omdat de kleur hem deed denken aan Sadies glanzende haar, en vanavond zou hij ze waar iedereen bij was overhandigen als ze haar laatste lied uit had. Zijn hart begon al te bonzen als hij eraan dacht hoe ze zou blozen en hem haar speciale glimlach schenken.

Dan, als ze lachte en zich dankbaar voelde, zou hij haar apart nemen en haar openhartig vertellen wat hij voor haar voelde en hoeveel pijn het hem deed dat ze aandacht had voor de sheriff. Sadie en hij hadden een jarenlange relatie. De sheriff kende ze nog maar een paar weken. Ze zou hem kiezen boven McKane. Hij wist het zeker.

Toen hij alles opgeruimd had, zette Sid de kist terug in het schuurtje. Hij stond even stil om zijn pijnlijke rug te wrijven. Hij geeuwde zo hard dat zijn kaak ervan knapte. Tjonge, wat was hij moe. Hij keek uit de deuropening van het schuurtje naar de zon, die naar de westelijke horizon was verschoven maar nog steeds hoog aan de lucht stond. Had hij tijd voor een dutje? Dat had hij wel verdiend na de lange uren dat hij bezig was geweest met die mooie veranda.

Toen ving hij een vleug op van zijn eigen lijf. Geen tijd om te slapen. Hij moest bloemen plukken en dan had hij een flinke wasbeurt nodig voordat hij vanavond naar de concertzaal ging. Fluitend zette hij koers in de richting van zijn kleine huurhuis-je. Eerder die week was het misschien niet gelukt om tijd met Sadie door te brengen, maar dat ging hij vanavond goedmaken. Hoe kon Sadie een fris ruikende man in zijn beste pak met een arm vol bloemen weigeren? Dat kon ze niet. Ze was nu al zo goed als van hem.

Juffrouw Melva porde juffrouw Shelva tegen de schouder en wees naar Sadie, die de keuken binnenkwam voor het avond-eten. 'Kijk eens aan, onze Sadie in haar zondagse jurk en haar haren los over haar rug.'

Juffrouw Shelva sprong op en snelde met uitgestoken handen op Sadie toe. 'Lieve help,' kirde ze op volle geluidssterkte. 'Je lijkt wel een plaatje, Sadie. Nog nooit zo'n knappe meid gezien.'

Sadie speelde met de lok haar die over het keurslijfje van haar nieuwste jurk lag. Sinds ze een kleine meisje was, had ze haar haar niet meer los gedragen behalve om naar bed te gaan, en de bevrijde lokken gaven haar het gevoel half aangekleed en bloot te zijn. 'Weet u zeker dat ik er... fatsoenlijk uitzie?' Geen dame wilde in het openbaar gezien worden met haar haren los, maar meneer Baxter had erop gestaan dat ze het niet in een knot draaide.

Nadat ze gisteravond geoefend had met de pianist had meneer Baxter gezegd: 'De verlichting schijnt op je blonde haar, dan lijkt het net of je een stralenkrans hebt. Doe nou maar wat ik zeg, juffrouw Wagner. Doe wat voor de kost.' Sadie voelde haar gezicht opnieuw warm worden als ze aan die opmerking dacht. Ze stelde het royale loon dat ze voor het zingen zou ontvangen op prijs, maar de bezitterige blik waarmee hij haar bekeek als ze op het toneel stond, beviel haar helemaal niet.

Juffrouw Melva sprong op van tafel en deed met haar zus mee, samen cirkelden ze om Sadie heen en bewonderden haar van alle kanten. 'Je doet me denken aan een plaatje in een boek met Bijbelverhalen dat ik had toen ik klein was. Weet je nog, zus? Ma las ons eruit voor voordat we 's avonds gingen slapen.'

Juffrouw Shelva knikte. 'Ik weet het nog.'

'Een plaatje van een engel die op een rots zat voor het graf van de Heer...'

'... met blond haar dat over zijn schouders golfde. Ja, hoor.' Juffrouw Shelva maakte juffrouw Melva's zin af. Ze streelde over Sadies heuplange haarlokken, haar magere gezicht verzacht door een glimlach van verwondering. 'Je haar is net zo blond en golvend als van een engel.'

'Prachtig gewoon,' beaamde juffrouw Melva.

Sadie kromde haar schouders, in verlegenheid gebracht door hun openlijke bewondering. Ze liep bedrijvig naar de tafel en ging zitten, maar reikte niet naar de dienschalen. Haar maag was te zeer van streek om voedsel te bevatten. De tweeling plofte weer op hun stoel en at verder.

Sadie klemde haar handen ineen in haar schoot om ze niet te laten beven. 'Komen jullie vanavond?'

'We hebben geen kaartjes,' zei juffrouw Shelva met een mond vol gepaneerde tomaten.

Sadie knipperde verrast met haar ogen. Meneer Baxter had erover opgeschept hoeveel kaartjes hij verkocht had – het leek wel of het hele stadje Goldtree van plan was om aanwezig te zijn. Omdat de concertzaal deel uitmaakte van de markthal was ze ervan uitgegaan dat juffrouw Melva en juffrouw Shelva geen kaartjes hoefden te kopen. 'Heeft meneer Baxter u geen kaartjes gegeven?'

'We hebben er niet om gevraagd,' antwoordde juffrouw Melva. Ze veegde haar mond af met de rug van haar hand. 'Zus en ik gaan nooit naar de kelder.'

'Al kwam er een tornado, dan kreeg je me nog niet naar beneden,' zei haar tweelingzus plechtig knikkend.

'D-dus jullie komen niet?' Sadie was hevig teleurgesteld. De zussen waren haar werkgeefsters, maar ze waren vertrouwde gezichten. Geen vriendinnen misschien, maar ook geen vreemden, zoals de meeste inwoners van het stadje. Ze had erop gerekend naar hen te kunnen kijken als ze zenuwachtig werd.

'Spinnen. Ratten. Wie weet wat er allemaal nog meer rondkruipt daar beneden.' Juffrouw Melva huiverde.

Juffrouw Shelva klopte op Sadies hand. 'Als Asa de bovengrondse concertzaal heeft laten bouwen, zoals hij van plan is, dan nemen we net als iedereen een kaartje. Maar we gaan niet in een kelder.'

'Maar als jullie eens naar beneden wilden komen, dan zouden jullie zien…'

'We gaan niet in een kelder,' herhaalde juffrouw Shelva, nog luider dan de eerste keer.

Sadie boog haar hoofd. 'Goed dan.' Ze zette zich af van de tafel. 'Ik geloof dat ik maar naar beneden ga om een paar toonladders te zingen, om mijn stem op te warmen.'

'Moet je niet eten?' Juffrouw Melva staarde haar met grote ogen aan. 'Je moet eten.'

Sadie liep achteruit weg. 'Ik heb geen trek. Ik neem straks wel iets.' Beide zussen begonnen tegenwerpingen te maken, maar Sadie snelde naar de trap en roffelde naar beneden alsof ze niets gehoord had. Ze wist niet hoe de gaslampen aan moesten, dus pakte ze de lantaarn van de plank in de opslagruimte en stak hem aan voordat ze de trap afdaalde naar de zangzaal.

Haar voeten echoden griezelig toen ze door het gangpad naar het toneel liep. De koelte in de ruimte drong door tot in haar ledematen en ze rilde. Of misschien deed de leegte van de ruimte – duister en stil als een graf – haar huiveren. '*Spinnen. Ratten. Wie weet wat er allemaal nog meer rondkruipt daar beneden.*' Juffrouw Melva's opmerking galmde in Sadies hoofd en haar blik schoot door de donkere ruimte, op zoek naar kleine beestjes die uit alle hoeken tevoorschijn schoten.

'Doe niet zo flauw,' zei ze tegen zichzelf. Dwaasheid om de angsten van de tweeling over te nemen. Om de bangige vermoedens van de vrouwen van zich af te zetten, stapte ze het podium op, hield de lantaarn hoog en bekeek de rijen met fluweel bedekte zitplaatsen. Vanavond zouden die allemaal gevuld zijn met mensen die gekomen waren om haar te horen zingen. Een nieuwe rilling kroop langs haar ruggengraat, nu van zenuwachtige spanning.

'Ik heb mijn hele leven op dit moment gewacht, God,' fluisterde ze, haar gezicht geheven naar het plafond van geperste tin. 'Dank U voor de kans om te zingen. Laat me U loven in mijn lied, zoals koning David lang geleden deed.' Een klein beetje van haar zenuwen smolt weg met het gebed.

Ze liep naar de piano, zette de lantaarn op het glimmende blad en opende de klep. Een voor een raakte ze toetsen aan en zong een toonladder bij elke noot. Ze begon zachtjes, haar stembanden oefenend zoals papa met een knuppel zwaaide om zijn spieren los te maken voor een spelletje honkbal met zijn vrienden uit de mijn. Pas toen ze klaar was met de toonladders bedacht ze dat ze vergeten was een glas water mee naar beneden te nemen. Ze moest tussen de liederen door een slokje drinken als ze haar stem niet wilde forceren.

Ze liep door de gang om naar boven te gaan toen haar aandacht getrokken werd door een geluid. Een gestaag *drup, drup, drup*. Had meneer Baxter soms een waterton met een tapkraan beneden staan zodat de aanwezigen in een pauze hun dorst konden lessen? Als dat zo was, hoefde ze niet naar de pomp.

Met de lantaarn voor zich uit geheven, liep ze in de richting van het geluid. De muur aan de zuidkant was van vloer tot plafond bedekt met gordijnen en het druppen scheen van ergens daarachter te komen. Sadie voelde aan het dikke fluweel, op zoek naar een naad. Eindelijk vond ze er een, een eindje uit het midden van de muur, en duwde het zware gordijn opzij. Achter de beschermende stof verborg zich een stevige houten deur. Het druppen werd luider, dus ze moest dicht bij de bron zijn. Ze draaide aan de kruk van de deur, maar die gaf niet mee.

Haar keel voelde nog droger aan door het druppen. Ze zette de lantaarn op de vloer en sloot beide handen om het koperen handvat. Ze draaide uit alle macht. Het handvat weigerde te draaien. Gefrustreerd leunde ze met haar volle gezicht tegen de deur.

'Juffrouw Wagner!'

Hoewel hij heel zacht sprak, schrok Sadie zo vreselijk van de stem van meneer Baxter dat haar adem stokte. Ze schoot weg van de deur en draaide zich met een ruk om naar de fronsende eigenaar van de concertzaal.

'Wat had u in gedachten?'

'Ik hoorde water druppen en ik had dorst,' zei Sadie.

De man griste de lantaarn op met één hand en greep Sadies elleboog met de andere. Hij voerde haar mee terug naar de zaal en liet haar los met een ruwe zet waardoor ze met moeite haar evenwicht terugvond. Ze wreef haar arm en staarde hem aan, haar hart bonzend van angst.

'Juffrouw Wagner, ik zeg dit maar één keer.' De man sprak zo zacht dat Sadie zich moest inspannen om hem te horen. 'De enige deuren die je gebruikt, zijn de deuren die naar buiten leiden of naar de opslagruimte van de markthal. Die deur daar is voor mij en voor mij alleen. Heb je dat begrepen?'

Hij verhief zijn stem niet. Ze had hem nog nooit zijn stem horen verheffen. Maar de harde toon die hij nu aansloeg, deed de haartjes in Sadies nek overeind staan. Ze knikte vlug. 'Ja, meneer. Ik begrijp het.'

Er verscheen een glimlach op zijn gezicht, maar zijn ogen bleven waarschuwend halfdicht geknepen. 'Brave meid. En als je water wilt drinken, zal ik boven een glas voor je gaan halen. Misschien neem ik zelfs een kan mee naar beneden. Zou je dat fijn vinden?'

Sadies tong kleefde aan haar uitgedroogde gehemelte, maar dat kwam niet alleen door het verlangen naar water. 'J-ja, meneer. Dank u wel.'

Hij gaf haar de lantaarn in handen en wilde vertrekken. Maar bij de deuren bleef hij stilstaan en keek haar over zijn schouder aan. 'O… en juffrouw Wagner?'

'Ja?'

'Over die deur achter die gordijnen…' Weer werd zijn gezicht vertrokken door een glimlach – een vriendelijke, onschuldige glimlach. 'Daar hoef je niemand over te vertellen. Je weet hoe mal mijn zussen zijn. Ze zouden maar van streek raken en zich afvragen wat erachter zat.'

Wat *zit* er dan achter? De vraag trilde op Sadies lippen, maar ze hield hem binnen.

Meneer Baxter sprak op dezelfde welwillende toon verder. 'Als je hier wilt blijven zingen en drie dollar per avond verdienen, kun je ons kleine geheimpje maar beter bewaren. Afgesproken?' Zonder antwoord af te wachten, kloste hij de hoek om en verdween uit het zicht.

14

Sadie trad vrijdag- en zaterdagavond op. Beide avonden was elke zitplaats gevuld en een paar mannen – waaronder Thad op vrijdagavond – stonden langs de zijmuur. Elke keer als ze in zijn richting keek, gaf zijn glimlachende gezicht, verlicht door de muurkandelabers, haar een opkikkertje. Beide avonden kreeg ze onstuimig applaus, gefluit en geroep om een toegift. De avonden waren een doorslaand succes. Maar toen Sadie op zondagmiddag met de pen in de hand aan het bureau in haar kamer zat, wist ze niet wat ze haar ouders moest vertellen.

Het witte vel papier staarde haar aan, met de aanhef eenzaam bovenaan. Ze wilde zo graag alles vertellen van de avond; haar aanvankelijke zenuwen, de blijdschap toen de muziek het overnam en haar in verrukking bracht, haar verlangen om in tranen uit te barsten als reactie op de uitbundige ovatie en het verwelkte boeket bloemen dat Sid haar aan het eind van haar optreden vrijdag verlegen in handen drukte. Maar als ze alles wilde delen, moest ze ook vertellen over de verborgen deur en meneer Baxters waarschuwing.

Ze gooide de pen op tafel, stond op en liep heen en weer door het kamertje. 'Misschien is "waarschuwing" een te sterk woord.' Ze probeerde zichzelf te troosten, een zwakke poging om te ontsnappen aan de vingers van onrust die langs haar ruggengraat op en neer kropen. 'Hij heeft me tenslotte niet *bedreigd*.' Haar voeten kwamen tot stilstand toen ze dacht aan zijn vriendelijke glimlach, gepaard aan het nonchalant uitgesproken '*Als je wilt blijven zingen...*' Ze sloeg haar armen om haar lijf en huiverde. Hij had haar *wel* bedreigd. Hij had haar bedreigd op de ergst mogelijke manier, want hij wist hoe hard ze dat geld nodig had om naar huis te sturen naar papa en mama.

Nee, ze mocht niemand vertellen over de deur.

Te rusteloos om te zitten en te schrijven, ging ze haar kamer uit. Misschien hielp een wandelingetje om de muizenissen te verdrijven. Op haar tenen liep ze door de gang, omdat haar werkgeefsters een dutje deden in hun slaapkamer. Juffrouw Shelva had Sadie verteld dat zij en haar zus elke zondagmiddag sliepen en dat Sadie hen alleen mocht storen als de markthal in brand stond. Zacht daalde ze de trap af, oppassend voor de vierde en vijfde tree, die altijd kraakten, en verdween door de achterdeur naar buiten.

De felle zon trof haar vol in het gezicht en met haar hand schermde ze haar ogen af. In de haast had ze haar zonnehoedje achtergelaten. Ze overwoog terug te keren, maar omdat ze het risico niet wilde lopen de slapende gezusters te storen, besloot ze dan maar blootshoofds te gaan. Ze zocht wel een schaduwplekje om te zitten. Meteen dacht ze aan de boom in de zijtuin van het gemeenschapsgebouw en zette koers in die richting.

De straten waren leeg, iedereen had zich in huis opgesloten voor een rustige zondagmiddag. Even voelde ze zich overvallen door eenzaamheid, maar resoluut zette Sadie dat gevoel van zich af. In de kerk had dominee Wise de gemeenteleden gewezen op het belang van tevredenheid ongeacht de omstandigheden. Zelfs het koor, waar Sadie zich vorige week bij aangesloten had, had een lied gezongen over blijmoedigheid van geest. Onderweg neuriede ze *Het is goed met mijn ziel*, en merkte dat ze glimlachte terwijl de woorden door haar hoofd speelden.

Ze was weliswaar ver van haar familie, maar ze had veel om dankbaar voor te zijn. Ze ging zitten onder de boom, trok haar benen zijdelings onder zich en streek haar rokken glad over haar enkels. Een zachte bries streelde haar huid en ze zuchtte voldaan. Na de jachtige week waarin ze alles had moeten leren

128

over het werk in de markthal, geoefend had voor haar optreden en uiteindelijk gezongen, was het opvallend prettig om gewoon maar te zitten en niets te doen. Ze zou genieten van haar rust en dan haar brief afmaken, zodat ze haar ouders het geld kon sturen dat meneer Baxter haar gisteravond had gegeven toen iedereen weg was. Wat zouden ze blij zijn als ze zo'n aanzienlijke som in de envelop vonden!

Fronsend stelde Sadie zich de rijen zitplaatsen in de concertzaal voor. Twee groepen van zes plaatsen overdwars bij acht rijen diep verschaften zitplaatsen voor zesennegentig aanwezigen. Zowel vrijdag als zaterdag stonden er minstens twaalf mensen langs de muur aan de noordkant en brachten het aantal op over de honderd. Meneer Baxter rekende een halve dollar per kaartje, wat betekende dat hij elke avond minstens vijftig dollar had geïnd.

Haar adem stokte en haar gedachten raasden. Als hij elke week zo'n bedrag binnenhaalde, vier weken per maand, en twaalf maanden per jaar, dan verdiende hij, zelfs nadat hij haar had betaald en petroleum voor de lampen had aangeschaft, een flinke som. De man werd binnen de kortste keren rijk! Dan had hij absoluut geld om binnen twee jaar zijn prachtige concertgebouw neer te zetten – misschien zoiets als in Dalton dat was opgebouwd uit uitgehouwen steen met een spijlenbalkon en een gebogen podium.

'Denk je eens in…' Sadie kromde haar schouders, een opgewonden lach borrelde omhoog in haar keel. 'Binnen de kortste keren sta ik te zingen op het podium van een echt concertgebouw in plaats van een zaaltje in een souterrain.'

'Wat zei je daar?'

Sadie gaf een gilletje en greep naar haar bonzende hart. Ze draaide zich abrupt om naar de verstoorder en zakte bijna in elkaar van opluchting toen ze Sid zag staan aan de rand van de schaduw van de wuivende boomtakken. 'Tjonge, Sid, ik schrik me een ongeluk.'

Hij grinnikte schaapachtig en slenterde dichter naar haar toe. 'Het spijt me. Ik wilde je niet laten schrikken. Ik was een eindje aan het wandelen en een beetje aan het nadenken en toen zag ik jou. Mag...' Hij hapte naar adem en zijn gebruinde wangen werden vlekkerig rood. 'Mag ik bij je komen zitten?'

Ze schoof een eindje op en klopte naast zich op de grond. 'Natuurlijk.' Ze had een hekel aan de behoedzaamheid die haar in Sids bijzijn overviel. Na de jaren van gemakkelijke kameraadschappelijkheid had zijn onbehouwenheid van de laatste tijd een domper op hun vriendschap gezet. Maar haar hart was verwarmd door zijn bloemenhulde – droevig uitziende hangdingen vastgebonden met een felgeel lint – van vrijdagavond. De bloemen had ze weggegooid, maar het verkreukte lint had ze naast de foto van haar familie gelegd als herinnering aan haar vroegere hechte relatie met haar neef.

Sid plofte neer, met gebogen knieën en wijd gespreide benen. Hij leunde tegen de boom en wierp een onzekere blik in Sadies richting. 'Lekker buiten. Nog niet te heet. Maar nu het juni is, zal het wel gauw veel warmer worden.'

Het weer was een onderwerp voor onbekenden. Sadie ging op een persoonlijker zaak over. 'Je was vanmorgen niet in de kerk.' Ze speurde zijn gezicht af op tekenen van irritatie.

Hij zuchtte en staarde voor zich uit. 'Klopt. Ik had me verslapen. Doodop na al dat bouwen van de nieuwe veranda en laat opblijven voor je optredens.'

Ook Sadie was laat opgebleven, maar het was haar wel gelukt om op te staan voor de kerk. Ze stootte hem aan met haar elleboog. 'Je ouders zouden er niet blij mee zijn dat je door de diensten heen slaapt.'

Een boze blik trok zijn wenkbrauwen naar elkaar. 'Eén zondag maar, Sadie. Ik word niet meteen heiden door één dienst over te slaan.'

Ze draaide zich naar hem toe. 'Nee, waarschijnlijk niet, maar er is wel iets veranderd bij je. En ik wou dat ik wist wat het was.'

Hij bewoog zich niet, maar ze voelde dat hij zich terugtrok. 'Wat bedoel je?'

'Vroeger snauwde je nooit tegen me en deed je niet uit de hoogte.' Zou hij kwaad tekeer gaan? Hij spande zijn kaken, maar zijn ogen fonkelden niet. Op zachte toon ging ze verder. 'Maar sinds ik in Goldtree aangekomen ben, heb je meer dan eens lomp tegen me gedaan.'

Zijn adamsappel ging op en neer. Hij keek haar nog steeds niet aan.

'Sid?' Ze legde haar hand op zijn arm. Hij schrok op alsof ze hem kneep, maar trok zijn arm niet weg. 'Heb ik iets gedaan om je te beledigen? Want als dat zo is, dan wil ik het graag goedmaken. Jij en ik zijn al te lang vrienden om vijandschap tussen ons te laten bestaan. Wil je me vertellen wat er mis is, zodat we weer kunnen doen zoals het vroeger was?'

Sid stak zijn armen naar voren en zette zijn ellebogen op zijn knieën. 'Ik wil niet terug naar hoe het vroeger was.'

Sadie was ontzet door zijn heftigheid en zijn vreemde bewering. 'Wil je mijn vriend niet meer zijn?'

Hij schudde zijn hoofd.

Sadie sloeg haar ogen neer en knipperde tegen haar tranen. Zijn afwijzing deed meer pijn dan ze kon begrijpen. 'O.'

Hij draaide zich naar haar toe, nam haar kin in zijn hand en tilde haar gezicht op. In zijn ogen smeulde een diepe emotie. 'Ik wil meer zijn.'

Sadie snakte scherp naar adem. 'M-meer?'

Sid keek haar recht aan, zijn vingers bezitterig om haar kaak. 'Ik wil je vrijer zijn, Sadie.'

'Sid!' Sadie week naar achteren, buiten zijn bereik, maar zijn hand bleef in de lucht voor haar gezicht hangen. Ze schoof opzij om meer afstand tussen hen te scheppen. 'Je kunt mijn *vrijer* niet zijn.'

De donkere blik van dagen geleden keerde terug en gaf hem een grimmige uitdrukking. 'Waarom niet?'

Ze stak haar handen uit. 'We zijn neef en nicht!'

'Niet door bloed.' Hij rolde op zijn knieën, haar rokken tegen de grond drukkend met zijn gewicht. Toen boog hij naar haar toe, als een kat die een muis in het nauw drijft. 'Je bent niet echt een Wagner. Ja, je noemt oom Len natuurlijk wel papa, maar hij is je echte vader niet. Dus dat betekent dat we niet echt neef en nicht zijn.'

Sadies hart bonsde zo snel dat ze amper kon ademhalen. 'Maar… maar…'

'Ik heb geprobeerd je te laten merken wat ik voel door je mee uit eten te nemen. En door je die bloemen te geven.' Zijn vertrouwde gezicht, zo dichtbij dat zijn adem langs haar wang streek, lichtte hartstochtelijk op. 'Dat zijn dingen die een vrijer zou doen. Begreep je dat niet?'

Hoe had ze zo blind kunnen zijn? Nu herkende ze zijn kinderachtige woede-uitbarstingen als jaloezie, zijn verlangen om haar te behagen als tekenen van genegenheid. Haar borst deed pijn. 'O, Sid…'

Hij zonk achterover op zijn hurken. Zijn gezichtsuitdrukking veranderde van gretigheid naar bezorgdheid. 'Wat?'

Sadie pakte zijn hand en hield hem losjes vast. Ze wilde hem geen pijn doen, maar ze moest eerlijk zijn. 'Ik ben heel gevleid dat je zoveel om me geeft. Ieder meisje zou het een eer vinden om jou haar vrijer te noemen. Maar…'

Hij rukte zijn hand los. 'Maar jij wilt dat meisje niet zijn.' Zijn stem klonk vlak. Niet boos, niet eens bedroefd. Enkel emotieloos.

Tranen prikten in haar ogen. 'Het spijt me.' Hij wendde zijn blik af, zijn kaakspieren werkten. Sadie waagde zijn arm aan te raken. 'Je weet dat ik om je geef. Je bent altijd mijn lievelingsneef geweest. Maar dat is het probleem; je was mijn *neef*. Mijn speelmakker en kameraadje. Niet een toekomstige vrijer.'

De mooie, vroege zomerdag verloor zijn schittering terwijl

Sadie toekeek hoe Sid met zijn emoties streed. Frustratie, verdriet, teleurstelling – ze paradeerden in snelle opeenvolging over zijn gezicht terwijl ze zwijgend bad dat hij het zou begrijpen. Eindelijk blies hij lawaaiig uit en strekte zijn voeten. Hij stond op en keek met lege ogen op haar neer. Toen verscheen er vastberadenheid op zijn gezicht.

'Sadie...' Hij slikte. 'Ik ben niet meer bereid om alleen je neef te zijn.' Hij trok zijn schouders recht. 'Wat er ook voor nodig is om je genegenheid te winnen, ik zal het doen. Ik ga je het hof maken zoals nog nooit een man een vrouw het hof heeft gemaakt. En ik ga je liefde winnen. Wacht maar eens af.' Hij draaide zich om en stampte met zwaaiende armen weg.

Sadie zonk tegen de ruwe bast van de boom, niet langer tevreden. Als Sid zijn belofte om haar het hof te maken doorzette, kon het erg ongemakkelijk worden in Goldtree.

15

Maandagochtend vroeg schonk Asa zich een beker sterke koffie in en tuurde door het vierkante raam – laag ingezet vanwege zijn lengte – naar zijn achtertuin. De dag brak aan, het landschap was in een roze gloed gehuld. Meer dan genoeg licht voor een man om te zien waar hij heen ging. Dus waar zat die Scotty?

Hij stak zijn hand in zijn zak en haalde er het korte telegram uit dat zaterdag was gearriveerd. BEZORGING MAANDAG ZONSOPGANG STOP VIJF MONSTERS STOP CASH VOOR LEVERING STOP. Asa krabde op zijn hoofd, geeuwde en stopte het telegram weer in zijn zak. Hij hoopte dat Scotty op zijn woord te vertrouwen was, anders was hij voor niks zo vroeg opgestaan. Bij het krieken van de dag opstaan was voor kippen en keuterboeren.

Zijn geheugen nam hem mee terug in de tijd naar Ohio en de boerenhoeve van zijn familie. Maïsstengels die ruisten in de wind, koeien die loeiden in de wei, pa die schreeuwde: 'Opschieten, Asa, binnenhalen die melk!' Nooit genoeg geld. Of eten. Of iets anders wat belangrijk was. Asa slurpte zijn koffie en slikte de herinneringen met het dampende brouwsel mee naar binnen. Die tijd lag ver achter hem. Hij was nu een zakenman, met een mooi huis, zes maatkostuums, een volle provisiekamer en geld in de kluis, met plannen voor nog veel meer. Hij ging nooit meer terug naar koeien melken of wroeten in de aarde voor een armzalig inkomen.

Maar eerst moest hij flessen hebben. Hij tuurde weer uit het raam alsof hij Scotty daarmee kon laten verschijnen. Alsof hij met de kracht van gedachten dingen kon laten gebeuren, bereikte het gepiep van wagenwielen Asa's oren. Hij drukte zijn gezicht tegen het venster en zag een wagen stoppen naast de schuur, zoals Asa had opgedragen. Met een opgewekte lach smakte hij de koffiebeker in de tinnen gootsteen en beende de achterdeur uit zo snel als zijn korte beentjes hem dragen konden.

Hij was bij de wagen toen Scotty met een zwaai van zijn zitplaats kwam. 'Heb je ze?' vroeg hij. Tussen meerderen en hun ondergeschikten was geen noodzaak tot vriendelijke begroetingen.

Scotty knikte en liep naar de achterkant van de wagen. 'Hier.' Hij tilde een krat naar buiten waaruit strootjes tussen de smalle latjes door naar buiten staken. Hij bukte om de kist op de grond te zetten, maar Asa wuifde met zijn handen.

'Straks ziet iemand het. Neem maar mee in huis.'

Scotty wierp met opgetrokken wenkbrauwen een blik om zich heen. 'Wie moet het zien?'

De misselijke vraag maakte hem nijdig. Goed, zijn huis stond anderhalve kilometer van de dichtstbijzijnde buren. Goed, hij verwachtte Sid niet voor acht uur om de wagen op te halen. Goed, er was weinig kans dat ze werden gezien. Maar toch wilde hij privacy, en aangezien hij degene was die betaalde, besliste *hij* waar hij de handel bekeek.

Grommend draaide hij zich om naar het huis. 'Kom mee.' Asa ging Scotty voor naar het huis en wees naar de tafel. 'Zet daar maar neer.'

Scotty liet de kist op het geruite tafelkleed ploffen terwijl Asa de deur dicht en op slot deed en toen de gordijnen dichttrok om te voorkomen dat iemand naar binnen kon gluren. Asa betrapte Scotty op een spottend lachje. Hij besloot er geen acht op te slaan, maar voordat hij vertrok, zou hij hem een strenge waarschuwing geven over het handhaven van de geheimhouding. Het laatste wat hij wilde was dat iemand – en vooral die

nieuwe sheriff die zijn dagen doorbracht met de hele stad uit-
kammen – bepaalde conclusies begon te trekken.

'Laat es kijken wat je hebt.' Asa liet zijn vingertoppen op de
rand van de kist rusten en likte gretig zijn lippen.

Scotty zocht in het stro en haalde er een korte, enigszins
ronde, geelgekleurde fles uit. 'Dit is een uienfles. Helemaal uit
België geïmporteerd. Je kunt hem in deze kleur krijgen, of in
het groen of doorzichtig.' Hij haalde er een tweede uit, van gelijke hoogte maar met een minder ronde vorm en een langere
hals. 'Deze eikelfles wordt in het oosten gemaakt, dus die kost
niet zo veel. Je krijgt waarschijnlijk wel twee eikels voor de prijs
van één ui.' Hij zette ze naast elkaar naast de kist.

Asa bliefde de flessen niet. Kort en dik als ze waren, deden ze
hem te veel aan zijn eigen spiegelbeeld denken.

Scotty haalde nog twee flessen tevoorschijn, beide slank met
soepele vormen van diep rood glas – de ene zo'n twintig centimeter hoog, de andere dichter bij dertig. 'Deze zijn handgeblazen, dus ze zijn niet goedkoop, maar ze zijn het meest gangbaar.
Makkelijk vast te houden. Je kunt zo uit de tuit drinken.' Hij
deed het voor en hief de kleinste naar zijn mond.

De makkelijke hanteerbaarheid sprak hem weliswaar aan –
zelfs met zijn worstvingertjes kon hij een vaste greep houden
op beide flessen – maar hij kreeg er beelden van zijn lange,
magere zussen van in zijn hoofd. Asa trok een gezicht. 'Ik weet
niet…'

'Nou, dan hebben we altijd nog de bordeaux…' Scotty hield
een vijfde fles omhoog. De fles was lichtgroen van kleur en had
een lange romp die taps toeliep van schouder tot voet. De hals
was kort, minder dan een derde van de lengte van de fles, maar
goed waarneembaar. 'Omdat ze gemaakt zijn in een draaivorm
in plaats van handgeblazen, kun je ze goedkoper krijgen.'

Asa nam de laatste fles aan en bekeek hem nauwlettend. Een
bijna onzichtbaar randje liep van de tuit naar de voet, de naad
die veroorzaakt was door de mal. Maar hoeveel mannen kon

het uiterlijk van een fles iets schelen? Het belangrijkste was wat erin zat. Hij tikte op het glas en glimlachte bij het horen van het tinkelende geluid. 'Kan ik deze doorzichtig krijgen?'

Scotty schudde zijn hoofd. 'Lichtgroen, zoals die, of aqua.'

Asa fronste. Was aqua rood? Als hij een kleur moest nemen, wilde hij rood. Dat paste bij de kleur van zijn wijn. 'Had maar zo'n aqua meegebracht. Die kleur had ik wel es willen zien.'

Scotty haalde slechts zijn schouders op. Hij gaf geen beschrijving van aqua en Asa weigerde het te vragen.

Asa tikte met zijn vingertop op de bordeauxfles, zijn lippen nadenkend naar binnen getrokken. De vorm beviel hem, maar hij wilde geen groene fles. Die leek te veel op de maïsstengels op de akkers van zijn vader. Eindelijk klemde hij de fles vast bij de hals en stak hem naar voren. 'Ik wil zes gros van deze in aqua.'

Scotty pakte de grootste van de twee lange, slanke flessen. 'Weet je zeker dat je die niet wilt? Ze zijn slanker, er kunnen er meer verpakt worden in een kist.'

Een beeld van Melva en Shelva flitste door Asa's hoofd. Hij fronste. 'Deze bevalt me.'

'Goed.' Scotty stopte alle flessen behalve die Asa had gekozen weer in de kist en wurmde ze diep in het stro.

'En kurken?' vroeg Asa, terwijl hij met zijn vinger om de smalle tuit streek.

'Passende kurken horen erbij.'

'Mooi.' Asa droeg de fles naar zijn kast en schoof hem achter de stapel tinnen borden. 'Wanneer krijg ik de zending?'

'Als ze met de trein komen, zou ik zeggen vier weken. Als je ze per wagen wilt – dan is het minder waarschijnlijk dat iemand een kijkje neemt wat erin zit – dan zullen ze met twee of drie afzonderlijke vrachten moeten komen. Dan is de eerste er over ongeveer zes weken.'

Asa zuchtte. Zes weken, wat een tijd. Maar tegen die tijd had hij minstens twaalf vaten goede wijn klaar om te bottelen. 'Doe maar per wagen. En zeg tegen die mensen dat ze veel stro moeten gebruiken. Ik betaal niet voor gebroken flessen.'

Scotty keek kwaad. 'Je moet vooraf betalen. Contant voor levering, dat heb ik je gezegd in het telegram.'

Asa keek boos terug en richtte zich op tot zijn volle lengte, nog steeds ruim zestien centimeter korter dan de ander. Maar wat hij aan postuur te kort kwam, maakte hij goed met grauwen. 'Ik betaal de helft vooraf en de helft bij levering. Als je je werk goed doet, heb je een regelmatig betalende klant. Ik ben niet onbetrouwbaar.'

Scotty beet fronsend op zijn lip.

Asa beende naar de hoek van de keuken en opende een kleine, lage kast. Hij haalde zijn geldkistje eruit en droeg het naar de tafel. Met het piepkleine sleuteltje dat hij altijd in zijn zak had, ontsloot hij het kistje en haalde er een stapel bankbiljetten uit. Hij begon ze een voor een af te pellen terwijl Scotty's ogen bij elke papieren ritseling groter werden.

'Werken met mij betekent geld verdienen. Graag of helemaal niet.' Asa streek met zijn duim over de rand van de biljetten, met een stevig *thrrrp, thrrrp*. Hij glimlachte stiekem toen Scotty bijna begon te kwijlen en hunkerend naar de stapel biljetten keek.

Scotty stak zijn hand uit. ''Goed. De helft nu, de helft bij levering.'

Asa smakte het geld in Scotty's handpalm. 'Maar niet hier leveren. Ik heb een klein huisje vijf kilometer naar het zuiden. Het staat een eind van de weg en ziet eruit als een keet die vastzit in een heuvelhelling. Op een bordje aan een boom bij de afslag staat *Verboden toegang*, dus je kunt het niet missen. Daar wil ik de flessen bezorgd hebben. Stuur me een dag voor aankomst een telegram met één woord – ''bezorging'' – in de boodschap, dan zorg ik dat ik er ben. Ik zal de flessen bekijken en als ik tevreden ben met hoe ze eruitzien, krijg je de rest van je geld en zijn we quitte.'

'Als je daar niet met het geld in je hand staat te wachten, worden de flessen niet achtergelaten.'

Asa vernauwde zijn ogen. 'Ik heb gezegd dat ik er zal zijn.' Er hing te veel van deze bezorging af om het risico te lopen die flessen kwijt te raken.

'Goed.' Scotty pakte de kist op en liep naar de deur. Asa volgde, zijn blik schoot door de tuin, uitkijkend naar nieuwsgierige ogen. Scotty zette de kist in de wagenbak en draaide zich om naar Asa. 'Ik hoor dat jullie een nieuwe politieman in de stad hebben. Hoe denk je hem erbuiten te houden wat je verkoopt?'

'Sheriff McKane?' snoof Asa. 'Dat is geen echte politieman… gewoon iemand die onze burgemeester besloten heeft een penning op te spelden. En ik heb zijn dagelijkse gangen uitgevlooid. Ik weet waar hij wanneer zit; de man is zo voorspelbaar als een uurwerk. Het enige wat ik hoef te doen is mijn zendingen regelen terwijl hij elders in beslag genomen wordt.' Asa zette zijn borst uit, trots op hoe hij het allemaal voor elkaar had. 'Bovendien weet hij dat ik een vervoersbedrijf heb. Waarom zou hij argwaan koesteren als een van mijn wagens komt of gaat?'

Scotty leek niet overtuigd. 'Ik durf te wedden dat hij je nog nooit kisten met rinkelende flessen heeft zien vervoeren.'

'Wie zegt dat hij kratten met rinkelende flessen zal zien?' Asa was niet van plan zijn hele plan aan Scotty te onthullen. Hoe minder mensen het wisten, hoe beter. Hij stak een vinger onder de neus van de ander en vertrok zijn gezicht tot een felle, dreigende blik. 'En denk erom. Dat geldkistje dat je binnen zag? Dat staat op het eind van de dag niet meer op die plek, dus denk maar niet dat je iemand kunt sturen om me te beroven. Je houdt onze zaken onder je pet. Als je met iemand praat over wat ik heb gekocht – *met wie dan ook* – dan waarschuw ik alle sheriffs van de ene grens van Kansas tot de andere om naar je uit te kijken en te arresteren als illegale dranksmokkelaar. Ik heb in deze staat een goede naam als zakenman. En jij? Jij bent niemand… mij zullen ze geloven en jij gaat de bak in.'

Scotty balde zijn handen tot vuisten, maar Asa bleef hem strak aankijken tot hij zijn ogen neersloeg. Eindelijk hees de man zich op de bok. 'Maak je maar geen zorgen, Baxter. Bij mij is je geheim veilig. We zullen er allebei van profiteren, hè?'

Asa keek de wegrijdende wagen na, met een tevreden lachje op zijn gezicht. Jazeker, ze zouden allebei profiteren. Binnen de kortste keren was hij de rijkste man van Clay County. Misschien zelfs van heel Kansas. En dan keek niemand meer uit de hoogte neer op Bulletje Baxter.

Sadie sprong de trap af en nam de bocht om de markthal binnen te gaan. Ze plukte een fris wit schort van de haken vlak achter de deur en bond het over haar blauwe bloemetjesjurk terwijl ze bedrijvig naar de voordeur snelde. De dames Baxter wilden dat de markthal om precies acht uur openging, geen minuut eerder of later, en Sadie deed haar best om haar stipte werkgeefsters te plezieren. Ze draaide het slot open en trok de zware houten deur naar binnen, waarna ze er een steen voor plaatste om hem open te houden. De ochtendbries waaide door de hordeur en Sadie nam een lange, diepe teug van de heerlijk geurende lucht. Ze hield van de ochtend.

Ze wilde zich omdraaien naar de toonbank, maar haar oog viel op een fladderend stukje papier dat vast werd gehouden door een doosje op de verandavloer. Verward duwde ze de hordeur een eindje open en bleef aarzelend staan. Ze wierp een blik heen en weer door de straat, maar niemand scheen op haar te letten. Ze bukte en pakte beide zaken op. Op het papiertje was een eenvoudige boodschap in een bekend handschrift geschreven, waarvan haar hart begon te bonzen.

Liefste Sadie, even een kleinigheidje zodat je weet dat ik aan je denk. Met al mijn liefde, Sid.

Met trillende handen vouwde Sadie het deksel open en onthulde een lichtblauw bolletje – een half roodborstjeseitje, besefte ze – genesteld op een pluk watten. Voorzichtig streek ze met haar vinger over de tere schaal en glimlachte toen een oude herinnering uit de uithoeken van haar geest opdook.

'Kijk daar, Sadie... een nest! Ik klim naar boven om een kijkje te nemen bij de eieren. Het zijn er vast drie. Hoeveel denk jij dat er zijn?'

Sadie greep het kruis van Sids bretels vast en hield hem op zijn plaats toen hij een poging deed in de boom te klimmen. 'Laat dat nest met rust! Als de moedervogel weet dat wij hier zijn geweest, komt ze niet terug om weer op de eieren te zitten.'

Sid spartelde. 'Laat me los, Sadie. Wie kan het schelen of die stomme ouwe vogel niet terugkomt? Ik wil zien hoeveel eitjes er liggen.'

Sadie hield stevig vast. 'Sid Wagner! Laat ze met rust!'

Hij draaide zich met een ruk naar haar om, met zijn handen in zijn zij en verwarring op zijn jonge gezicht. 'Waar maak je je druk over? Het zijn maar eitjes.'

Sadie haalde diep adem en vocht tegen haar tranen. 'Het is een rood-borstjesnest. Er zitten eitjes in, die prachtig blauw zijn als de lucht, en als de kleintjes groot genoeg zijn, maken ze me 's morgens wakker met hun gezang. Als je dat nest lastigvalt, haal je hun lied weg.'

Sid stond haar een hele tijd aan te kijken en zuchtte uiteindelijk. 'Goed. Ik zal het nest niet lastigvallen.' Er brak een glimlach uit op zijn sproetige gezicht. 'Heb je zin om rivierkreeftjes te gaan vangen?'

Sadie had hem die dag achternagezeten, opgelucht omdat hij het nest onberoerd had gelaten, maar ook blij. Hij had naar haar geluisterd. Haar verzoek ingewilligd. Dat gaf haar het gevoel dat het belangrijk voor hem was wat ze voelde – anders dan de buurjongens die katapulten gebruikten om Sadies gevederde vrienden te treiteren.

Tranen prikten in haar ogen toen het tot haar doordrong hoe belangrijk Sid altijd voor haar was geweest. Ze hield van hem. Maar niet zoals hij beweerde van haar te houden.

'Ha, Sadie. Mooie ochtend, hè?'

Thad McKanes joviale begroeting onderbrak Sadies gedachten. Zijn groene ogen twinkelen onder de rand van zijn altijd aanwezige hoed. Tegen het middaguur zou er een lichte stoppelbaard op zijn wangen verschijnen, maar op dit vroege uur waren ze glad geschoren en nog rood van zijn wasbeurt bij de pomp. Hij bleef voor haar staan, met zijn gewicht op één heup, met zijn duim in zijn broekzak. Hij scheen altijd op zijn gemak en zijn nabijheid straalde warmte uit.

Ze knipperde vlug met haar ogen en bood de sheriff een glimlach. 'Dat is het zeker. Moet je die heldere lucht zien.' Dezelfde kleur als het eierschaaltje dat Sid haar had gegeven. Automatisch voelden haar vingers aan de doos die ze strak tegen haar heup had geklemd.

Thads blik viel op haar hand. 'Wat heb je daar? Een geschenk?

Sadie knikte.

Eén donkere wenkbrauw ging omhoog. 'Ben je vandaag jarig?'

Sadie lachte zacht. 'Nee.'

Hij blies uit. 'Pf. Ik dacht even dat ik iets belangrijks had gemist.'

Haar hart sloeg een slag over. Vond hij haar verjaardag een belangrijke dag? 'Mijn verjaardag is pas in september.' Dit werd haar eerste verjaardag ver van huis en familie. Behalve van Sid. Ze beet op haar onderlip en hield het doosje dichter tegen zich aan.

'Dus wat heb je daar?' vroeg Thad, knikkend naar haar dichtgeknepen hand.

Ze tilde het doosje op en drukte het tegen het lijfje van haar schort. 'Een… een herinnering.'

'O, ja?' Thads lippen krulden en zijn snor ging een stukje omhoog. Hij lachte, het klonk eerder toegeeflijk dan plagerig. 'Ik wist niet dat je een herinnering mee kon dragen in een doosje.'

Tranen prikten weer in haar ogen. Sadie boog haar hoofd. 'Een herinnering kun je overal met je meedragen.'

Thad deed onhandig een stapje naar achteren. Ze keek op, verrast door de rimpels in zijn voorhoofd. Hij streelde de linkerhelft van zijn snor met twee vingers en deed nog een stap weg van haar. 'Je zult wel gelijk hebben. Nou...' Hij tikte aan zijn hoed. 'Fijne dag verder, hoor!' Hij liep met grote passen naar het eethuis, zijn laarzen stampten op de brede planken.

Sadie keek hem na, het doosje koesterend tegen haar hart. Zijn snelle aftocht stak haar. Hard snuffend stapte ze de markthal weer binnen en liet de hordeur met een klap achter zich dicht vallen.

'Sadie?' krijste juffrouw Melva vanaf de andere kant van de ruimte. 'Er heeft iemand in die garenladen zitten snuffelen en de hele boel door de war gemaakt. De spoelen moeten gesorteerd worden en netjes teruggelegd.'

'Ja, mevrouw.' Sadie stopte het briefje en het doosje in haar schortzak en snelde naar de manufacturenafdeling van de markthal. Maar terwijl haar handen de toegewezen taak uitvoerden, draaiden haar gedachten om de bult in haar zak. Het onverwachte geschenk had haar ontroerd, maar wilde dat zeggen dat ze Sid als een potentiële huwelijkskandidaat kon zien?

16

Thad zette zijn hoed af en nam plaats in het hoge zitje in de hoek aan de voorkant van het eethuis, naast het vlakglazen raam. Gedurende de weken dat hij in Goldtree woonde, had hij dit zitje in beslag genomen alsof het van hem was; het was de volmaakte plek om naar buiten te zitten kijken naar de mensen die op weg waren naar hun werk. Daar kon hij eten en toch zijn dienst uitvoeren.

Nauwelijks had hij zijn hoed op tafel gelegd of Cora kwam bedrijvig aanlopen, haar ronde, vriendelijke gezicht rood aangelopen van de hitte van het fornuis. Ze lachte hem vrolijk toe. 'Het gewone recept, sheriff?'

Thad lachte terug. 'Prima, Cora.'

'Komt eraan.' Ze kwakte een grote beker voor hem neer, plensde er koffie in uit een blauwgestippelde pot en snelde weg om zijn twee dubbelgebakken spiegeleieren, ham en broodjes met boter en honing te gaan klaarmaken. Hetzelfde ontbijt dat hij sinds zijn aankomst in Goldtree elke ochtend had genuttigd.

Er zaten hier en daar wat gasten in de eetzaal zachtjes met elkaar te praten. Maar hem lieten ze met rust. Soms wenste hij weleens dat er iemand bij hem kwam zitten, maar door zijn functie werd hij uitgezonderd. De mensen waren bereid hem vriendelijk gedag te zeggen, maar leken onzeker om een echte vriendschap te beginnen. Behalve juffrouw Sadie Wagner.

Hij sloot zijn ogen en trok een grimas. Haar opmerking over herinneringen dragen brandde als zout in een wond. Onbewust raakte hij het plekje onder zijn snor aan, waar een gespleten lip een blijvend litteken had achtergelaten. Hij herinnerde het zich als de dag van gisteren, hoewel het meer dan twintig jaar geleden was gebeurd. Ja, een herinnering kon je overal met je meedragen, ook op je gezicht. Hij had zijn snor laten staan, zodat hij niet hoefde te kijken naar het dunne witte streepje dat hem deed denken aan de dronken razernij van zijn vader. Maar hoe kon hij de herinneringen uit zijn hart wissen?

Gedurende zijn hele kindertijd had hij de schandvlek gedragen van 'de zoon van McKane'. Als hij gemeen was op school schudde de juf haar hoofd en zei: 'Ach, ik kan niet anders verwachten. Je bent de zoon van McKane.' De mensen in de stad hielden hem argwanend in de gaten en verwachtten steeds iets onbehoorlijks van hem, want hij was per slot van rekening de zoon van McKane. De naam McKane stond voor mislukking, bedrog en verdorvenheid.

Hoe vaak had Thad zijn hoofd gebogen en oogcontact met mensen vermeden zodat hij de spot of het wantrouwen in hun ogen niet hoefde te zien? Hij haatte het de stank van zijn vaders reputatie te moeten dragen. Die zou hem pas verlaten als hij eindelijk een manier vond om zijn naam iets anders te laten betekenen. Iets goeds. Iets *puurs*.

'Alstublieft, sheriff.'

Thad zuchtte van verlichting toen Cora's vrolijke stem de herinneringen op de vlucht joeg.

Ze zette een bord voor hem op tafel, haalde bestek uit haar schortzak en kletterde vork en mes naast het bord. 'Extra boter op de broodjes, zoals u lekker vindt.'

'Dank je wel, Cora. Het ziet er heerlijk uit, zoals altijd.' Thad wachtte tot ze zijn koffiebeker opnieuw had volgeschonken en boog zich toen over het dampende bord om te bidden. Maar in plaats van te danken voor zijn eten, ging zijn gebed een andere kant op. *God, geef me de kans om te prediken… om levens te veranderen. Geef me de kans om de man te zijn die mijn vader nooit is geweest. Laat me Uw goedkeuring vinden, en geef mij rust en vrede.*

Hoewel zijn eetlust verdwenen was, at hij elke hap van zijn ontbijt op. In zijn jonge jaren was hij te vaak met een pijnlijke, lege maag naar bed gegaan. Hij ging nu geen eten verspillen. Toen hij klaar was, bedankte hij Cora nogmaals voor het lekkere maal, kwakte zijn hoed op zijn hoofd en stapte naar buiten de zonnige stoep op. Bijna botste hij pal op Roscoe Hanaman, die verrast achteruit deinsde en toen begon te lachen.

'Morgen, sheriff McKane!' Hij trok aan zijn strakke boord. 'Dat wordt een heet dagje, volgens mij. Ik heb besloten dat ik wel een bekertje koude karnemelk kan gebruiken voordat ik naar de bank ga.'

Thad had nooit begrepen hoe iemand karnemelk lekker kon vinden. Naar zijn mening smaakte het te veel naar melk die op het punt staat te bederven. Maar hij knikte. 'Hopelijk geeft het verkoeling.' Hij wilde langs de burgemeester heen stappen, maar de man stak zijn hand uit en hield hem tegen.

'Sheriff, wat vond je van het optreden van dat nieuwe winkelmeisje in Asa's concertzaal vorige week?' De ogen van de burgemeester glinsterden.

Thad begreep zijn opwinding. Sadie had echt talent. Maar waarom koos ze ervoor dat talent te gebruiken in de kelder van de markthal van Goldtree? Met een talent als het hare kon ze overal zingen. 'Ik vind dat juffrouw Sadie het heel goed deed. En de mensen schenen ervan te genieten naar haar te luisteren.'

'De hele stad is in rep en roer over dat nieuwe concertgebouw. Ik denk dat het een uitstekend middel is om nieuwkomers naar Goldtree te trekken.' Hanaman gaf Thad een klap op zijn schouder en knipoogde. 'Met zo'n prachtige stem en haar aantrekkelijke uiterlijk is er weinig op haar optreden aan te merken.'

Thad vond de opmerkingen van de burgemeester ongepast voor een getrouwde man. Maar dat wilde hij niet zeggen om zijn werkgever niet te beledigen. Voorzichtig antwoordde hij: 'Juffrouw Sadie is een heel aantrekkelijke jonge vrouw met een van God gegeven talent. Ik ben blij dat de mensen haar talent herkennen en waarderen.'

'Ik heb Asa verteld dat ik iemand van de krant in Concordia een artikel over haar optreden zal laten schrijven. Ik vermoed dat dat mensen uit de naburige gemeenschappen aan zal trekken. Meer inkomsten voor Goldtree.' Hanaman vouwde zijn armen over zijn omvangrijke buik en keek Thad met samengeknepen ogen aan. 'En reden te meer om te zorgen dat de goede naam van de stad niet ontsierd wordt door illegale drankstokers.' Hij dempte zijn stem. 'Heb je al aanknopingspunten?'

Thad had elke vierkante centimeter van de stad uitgekamd, nauwlettend naar gesprekken geluisterd en het gedrag van de mensen gadegeslagen. Hoewel hij op een zaterdagavond buiten de stad twee onbekenden had getroffen die dronken hun eigen jodelwedstrijdje hielden, moest hij de eerste aanwijzing dat iemand in Goldtree bij illegale activiteiten betrokken was nog tegenkomen. *Help me hen te vinden, God, zodat ik mijn penning af kan doen en mijn Bijbel opnemen voor U.* Hij schudde zijn hoofd. 'Nog niet.'

Hanaman fronste, maar toen schudde hij zijn hoofd en zijn gezicht klaarde op. 'Nou, dat zal ik dan maar opvatten als een goed teken. Misschien was het dan toch maar een gerucht. Dat zou toch een zegen zijn, hè?'

Thad knikte doelloos, met zijn gedachten elders.

'Jazeker, het ziet er allemaal rooskleurig uit voor ons stadje, nu de zorg om illegale drankstokers verdwenen is en dat concertgebouw wordt neergezet.' Hanaman stootte Thad lachend aan met zijn elleboog. 'Mensen van buiten binnenhalen betekent natuurlijk wel minder zitplaatsen voor onze eigen inwoners. Misschien moeten we Asa overhalen ons een paar logeplaatsen te verkopen. Op de voorste rij.' Zijn gezicht lichtte op en hij zwaaide met zijn vuist in de lucht. 'Of we kunnen hem een rij speciale plaatsen voor logeplaatsbezitters in laten bouwen langs de muur waar jij vrijdagavond stond. Ik neem aan dat je juffrouw Sadie vanaf die plek goed kon horen?'

Thad liet zijn blik door de straat heen en weer dwalen, zijn subtiele manier om de burgemeester duidelijk te maken dat hij op zijn ronde moest. 'Uitstekend.' Haar melodieuze stem had zijn hart geraakt en hem hongerig gemaakt naar meer.

'Nou, dan ga ik met Asa praten. Als we onze eigen zitplaatsen hadden aan die verste muur zouden we geen plaatsen van betalende klanten innemen.' Ineens zweeg Hanaman en trok rimpels in zijn voorhoofd. 'Ik bedenk ineens dat ik er zomaar voetstoots van uitga dat je naar al juffrouw Sadies optredens wilt. Ik zag dat je er vorige week zowel vrijdag- als zaterdagavond was…'

Thad nam zijn hoed af, streek met zijn vingers over de rand alsof hij stof wegveegde en tikte er toen mee tegen zijn been. 'Ik kan niet zeggen dat ik niet zou willen. Maar zou het niet beter zijn als ik dienst blijf draaien, als je hoopt dat er veel nieuwkomers naar de stad komen voor de optredens? Er zouden smeerlappen bij kunnen zijn die moeilijkheden willen veroorzaken.'

Hanaman barstte in lachen uit. 'Moeilijkheden? In een concertgebouw?' Hij schudde nog steeds lachend zijn hoofd.

Thads aandacht werd getrokken door een beweging achter de gezette burgemeester. Hij hield zijn hoofd een beetje schuin en zag Sadie met een bezem in haar hand op de veranda stappen. Hij schoof om Hanaman heen. 'Ga jij die karnemelk maar drinken, Roscoe, dan ga ik aan het werk.' Hij tikte op de tinnen ster op zijn vest. 'Ik moet de kost verdienen, zie je.'

Hanaman lachte hartelijk en gaf nog een fikse klap op Thads schouder. 'Doe dat, sheriff. Maar als ik Asa spreek, zal ik hem zo'n zitplaats voor je apart laten houden. Ik heb het gevoel dat je niets wilt missen van het gezang van die knappe jongedame.'

Thad zette zijn hoed weer op en de burgemeester stapte het eethuis binnen. Hij bleef even staan kijken hoe Sadies rokken ruisten terwijl ze de stoep schoonveegde. Een lichte glimlach sierde haar gezicht en zelfs van een afstand hoorde hij haar zachtjes *Voorwaarts christenstrijders* neuriën, als hij zich niet ver-

148

giste. Zoals Roscoe Hanaman had gezegd, was ze aardig om te zien. Maar Sadie was meer dan een knap uiterlijk. Ze had een goed hart en haar manier van doen stelde hem op zijn gemak. Hij genoot van haar gezelschap. En hij wilde meer dan nu en dan een paar gestolen minuutjes met haar.

Stampend met zijn hakken om haar op zijn aanwezigheid attent te maken, stapte hij de stoep op. Het bezemen vertraagde en ze keek over haar schouder. Er verscheen een bezorgde blik in haar ogen toen hij haar naderde en Thad kon zichzelf wel schoppen omdat hij haar reden had gegeven om op haar hoede te zijn. Maar wat kon hij verwachten nadat hij daarstraks bij haar was weggelopen? Hij moest een manier vinden om de geesten van zijn verleden voorgoed te begraven.

Hij stapte recht op haar af en begon met zijn verontschuldiging. 'Sadie, het spijt me.'

Ze bleef zwijgend staan, met haar handen om de bezemsteel, haar grote blauwe ogen strak op zijn gezicht gericht.

'Ik had niet zo vlug weg moeten lopen vanmorgen. Je zult wel gedacht hebben dat je iets verkeerd had gedaan.'

Heel langzaam knikte ze.

'Het lag niet aan jou. Het kwam doordat we het hadden over herinneringen bij je dragen.' Bewust hief hij zijn hand om dat plekje aan te raken waar het litteken zich achter zorgvuldig gekamde bakkebaarden verborg. 'Ik denk dat zo'n beetje iedereen vasthoudt aan dingen die we liever vergeten. En toen jij sprak over herinneringen, toen… tja… toen kwam er eentje bij me boven. Ik wilde weglopen van die herinnering, niet van jou.'

Een lieve, meelevende glimlach speelde om haar mondhoeken. 'Dan spijt het mij ook.' Ze liet de bezem zakken. 'Fijn dat je het me verteld hebt, Thad. Ik had het vervelend gevonden als ik je beledigd had.'

'Jij, mij beledigen?' Hij lachte zacht. 'Niet waarschijnlijk.' Toen trok hij geforceerd een verontschuldigend gezicht. 'Maar ik denk dat jij beledigd was toen ik zomaar wegliep. Dus mag ik het goedmaken? Ik wil je graag vanavond mee uit eten nemen.'

Ze keek verrast. En een beetje zenuwachtig. Misschien was hij te voortvarend.

'Of morgen,' zei hij, 'als je dat beter uitkomt.'

'N–nee. Vanavond… is goed.'

Hoewel er geen enthousiasme klonk in haar toon, begon Thads hart te bonzen. 'Nou, mooi.' Hij wees met zijn duim naar de markthal. 'Hoe laat ben je hier klaar?'

'Meestal ben ik om half zeven klaar met schoonmaken. Dan moet ik me verkleden en…'

'Verkleden hoeft niet.' Hij wierp een blik op haar lange rok met blauwe bloemetjes die beschermd werd door een wit schort met borststuk. 'Je ziet er prachtig uit. Ik haal je om tien over half zeven op en ik zal Cora vragen een paar stukken perziktaart apart te houden voor ons toetje.'

Haar wangen werden rood, maar ze glimlachte. 'Dat klinkt heerlijk.'

Thad tikte aan zijn hoed. 'Tot vanavond dan. Fijne dag, Sadie.' Hij liep met grote stappen weg voordat de verleiding om een kus op haar mond te drukken hem de baas werd. En hij hoopte dat hij zich op zijn werk kon concentreren nu hem aan het eind van de dag de belofte wachtte alleen te zijn met Sadie.

17

Sadie streek met een vochtige kam de verdwaalde pieken haar op hun plaats en keek naar het wekkertje op haar nachtkastje. Meteen versnelde haar hartslag. Binnen een paar minuten kwam Thad. Haar blik schoot weer naar de spiegel om haar spiegelbeeld nog eens te bekijken. Rood aangelopen wangen en heldere ogen keken terug. Ze drukte haar handpalmen tegen haar keurslijfje en dwong haar dwaze hart tot een normaal ritme. Nooit had ze zo hevig gereageerd bij het vooruitzicht op iemands aanwezigheid.

Ze haalde diep adem om te kalmeren en streek met haar handen over haar rok – dezelfde rok die ze de hele dag al aan had, omdat Thad had gezegd dat ze er mooi uitzag – in een poging om de kreukels recht te krijgen. Het kostte haar een uur met een strijkijzer om de jurk weer toonbaar te maken. Hopelijk hield Thad zijn ogen op haar gezicht gericht en merkte hij haar jurk niet op. Ze werd weer rood als ze eraan dacht hoe intens hij haar vanochtend op de veranda in de ogen had gekeken.

'Bedaar!' voer ze uit tegen haar spiegelbeeld. 'Het is maar gewoon een etentje bij Cora met de sheriff. Alsof je nooit eerder met hem gegeten hebt!' Maar haar verraderlijke hart bleef gretig bonzen.

Bzzzzzzt! De bekende zoemer klonk en Sadies adem stokte. Ergens in de markthal bulderde een van de tweeling: 'Sadie! Doe eens open!'

Sadie greep haar rokken bij elkaar en roffelde de trap af. Aan de andere kant van het kanten gordijn voor het raam stond een vage, blootshoofdse gestalte. Automatisch verscheen er een glimlach op haar gezicht; hij had zijn hoed afgezet. Een teken dat het een heer is, zei mama altijd. Ze draaide de deurkruk om en trok de deur open. Daar stond Sid op de stoep. Haar glimlach verflauwde. 'S-Sid…'

Hij grijnsde verlegen. 'Ha, Sadie. Ben je klaar met je werk?'

Ze wierp een blik achter hem, op zoek naar Thad, en richtte haar aandacht weer op Sid. 'Ja. Ik…'

'Mooi.' Zijn lach werd schaapachtig. 'Heb je… heb je vanmorgen een doosje en… een briefje gevonden?'

Sadies handen vlogen naar haar borst. Ze staarde Sid aan, ontzet omdat ze had nagelaten hem te bedanken zodra ze de deur opendeed. Mama zou ontsteld zijn. 'Ja. Dank je wel, Sid.' Ze stak haar hand uit en streek met haar vingertop over zijn mouw. 'Het was erg lief van je.' Haar gezicht werd warm toen ze weer dacht aan zijn liefdesverklaring in het briefje. Ze moest hem duidelijk maken dat haar gevoelens niet zo diep gingen als de zijne. Op zoek naar vriendelijke, maar waarheidsgetrouwe woorden, likte ze haar droge lippen. 'Sid, ik…'

'Zo, goedenavond, Sid,' bulderde Thad rechts van haar.

Sadie draaide zich in zijn richting en hapte naar adem van verrukking toen ze zag dat hij zijn geruite werkoverhemd, bruine suède vest en penning had verwisseld voor een witte batisten broek en een zwarte strikdas. Kennelijk had hij zich ook weer geschoren, want zijn wangen vertoonden geen spoor van stoppels. Zijn knappe verschijning maakte haar knieën week. Dit was geen eenvoudig etentje. In zijn optiek was het…

Ze durfde zichzelf niet toe te staan de gedachte af te maken. 'McKane.'

Op Sids haatdragend korte begroeting keek Sadie haar neef weer aan. Ze greep haar rok vast en stamelde: 'S-Sid, de sh-sheriff neemt me mee uit eten bij Cora. Kunnen… kunnen we later praten?'

Sids boze blik, zo in tegenspraak met zijn eerdere manier van doen, gaf Sadie een pijnlijk gevoel. Maar toen klaarde zijn gezicht op en deed hij een stap naar achteren, terwijl hij met één hand zwaaide naar de sheriff. 'Natuurlijk. Laat je door mij niet ophouden.' Er glinsterde iets in zijn ogen. Maar geen woede. Een staalharde vastbeslotenheid. 'Aangezien Cora om acht uur dichtgaat, kom ik je dan wel halen.' Hij draaide zich om en kloste weg voordat Sadie iets tegen kon werpen.

Thad keek Sid na en lachte zacht. 'Als we maar tot acht uur hebben, kunnen we maar beter gaan, hè?'

Zijn plagerige antwoord beviel Sadie beter dan vertoon van verontwaardiging had gedaan. Ze stapte naar voren en pakte zijn arm. 'Ik denk het ook.'

Hij gebaarde dat ze hem moest voorgaan door de steeg tussen de twee gebouwen, maar zodra ze op de stoep waren, bood hij zijn arm weer. Aangezien Cora vlak naast de markthal was, had ze nauwelijks begeleiding nodig, maar ze nam hem toch aan. In het eethuis leidde Thad haar naar een leeg tafeltje achter in de eetzaal en trok een stoel naar achteren. Met een dankbare glimlach nam ze plaats en keek toe hoe hij in twee lange passen om de tafel heen liep voordat hij recht tegenover haar kwam zitten.

Hij had haar met haar rug naar de zaal en de andere gasten gezet, zodat ze een onbelemmerd uitzicht had op hemzelf. Had hij dat expres gedaan, zodat ze zich enkel op hem zou concentreren? Het leek ijdel om het te overwegen, maar ze hoopte dat het opzet was en geen toeval.

Thad zwaaide naar iemand en Sadie keek net op tijd over haar schouder om Cora te zien knikken voordat ze bedrijvig de keukendeur binnen dribbelde. Weer keek ze Thad verward aan. 'Komt ze onze bestelling niet opnemen?'

Thad glimlachte verlegen. 'Nou... ik heb haar al verteld wat we willen hebben.'

Ze herinnerde zich dat hij gezegd had dat hij Cora zou vragen twee stukken perziktaart te bewaren. Hoeveel ze ook hield van perziktaart, ze hoopte dat hun avondeten uit meer zou bestaan dan alleen een toetje. De lunch – een kom koolsoep met ham en twee broodjes – was lang geleden en haar maag rammelde van de honger. Maar ze zei: 'Best.'

Tot haar grote opluchting kwam Cora aanzetten met twee borden boordevol met sappige plakken rundvlees, bergen romige aardappels zwemmend in jus en doperwtjes bezaaid met glazig gebakken uien. Ze zette de borden voor hen neer, draaide zich om en zei over haar schouder: 'Ik heb verse koffie gezet... ik breng jullie zo gauw mogelijk een kopje.'

Thad hield zijn hand op, met de palm naar boven. 'Laten we bidden, zodat we kunnen eten terwijl het eten nog warm is.'

Sadie boog haar hoofd en pakte zijn hand. Ze trilde bij het gevoel van zijn stevige, eeltige vingers die zich om de hare sloten. Er straalde kracht uit van zijn greep en toen begon hij te bidden, haar een glimp gunnend van de Bron van zijn innerlijke kracht. Hij sprak een eenvoudig, openhartig dankgebed uit voor het eten en een zegen over de vrouw die het bereid had. Toen voegde hij eraan toe: 'En zegen alstublieft onze tijd samen, God. Moge onze woorden welgevallig zijn in Uw oren. Amen.'

Hij liet haar hand los en stak grinnikend zijn vork in de lucht. 'Ik weet niet hoe vaak jij bij Cora hebt gegeten, maar ik kan je vertellen dat het vlees mals is. Je mes heb je niet nodig.'

Sadie ontdekte dat zijn woorden waar waren toen ze de tanden van haar vork door het rundvlees drukte en een hap naar haar mond bracht. Het heerlijke gekruide vlees smolt bijna op haar tong en ze slaakte een zucht van voldoening. De zussen Baxter konden goed koken, maar wat ze bij hen aan tafel had gegeten, kon niet tippen aan de maaltijd die haar door Cora was voorgezet. 'O... dit is heerlijk.'

Thad knikte, terwijl hij een hap vlees gedoopt in aardappel en jus op zijn vork schoof. 'Ik ben nog nooit wat tekort gekomen bij Cora.'

De eters achter Sadie waren in gesprek verwikkeld, hun stemmen rezen en daalden, stoelpoten schraapten over de grond en bestek kletterde op borden, maar Thad en zij aten in stilte. Ze vond het niet erg om niet te praten. Het was genoeg om gewoon maar tegenover hem aan tafel te zitten en te zien hoe hij van zijn maaltijd genoot, terwijl ze glimlachjes wisselden en nu en dan waarderende woorden prevelden.

Sadie at haar hele bord leeg en was tegelijk klaar met Thad. Cora haalde hun lege borden op en kwam even later terug met twee enorme stukken taart. Dikke perziken puilden tussen lagen krokante korst bestrooid met kristalsuiker. Sadie hield kermend haar buik vast. 'Tjonge, Cora… Dat is de mooiste taart die ik ooit heb gezien, maar ik geloof niet dat ik nog ruimte heb voor één enkele hap.'

De vrouw lachte, er verschenen rimpeltjes om haar ogen. 'Blijf maar even zitten en laat jullie eten zakken. Dan vind je wel een plekje voor die taart.' Ze schonk nog eens verse koffie in en snelde weg om voor andere gasten te zorgen.

Sadie wendde zich tot Thad. 'Cora heeft meer energie dan twee vrouwen die half zo oud zijn.'

Thad viel aan op zijn taart. 'Ik denk dat ze geen keus heeft, ze runt dit eethuis in haar eentje. Het is haar doel om het haar gasten naar de zin te maken met een snelle, opgewekte bediening.'

Ze keek toe hoe Cora jachtig van tafel naar tafel ging, koffiebekers opnieuw volschonk, een doek over de tafel haalde om kruimels te verwijderen en lege borden naar de keuken bracht. Haar voeten vertraagden nooit en haar glimlach week niet. 'Het moet soms toch wel moeilijk voor haar zijn om alles in haar eentje bij te houden.' Sadie fronste. 'Ik vraag me af waarom ze niemand aanneemt om haar te helpen.'

Thad slikte en veegde zijn mond af met zijn servet. 'Dat heb ik haar ook gevraagd. Je zou zeggen dat ze hier wel een extra paar handen kan gebruiken. Maar ze zei dat ze niet genoeg omzet om iemand een redelijk loon te betalen en toch een fatsoenlijk inkomen te verdienen. Daarom doet ze het allemaal alleen.' Hij zweeg even en sloeg Cora enkele ogenblikken met een vertederd lachje gade. Toen boog hij zich naar Sadie toe en dempte zijn stem. 'Ik zal je een geheimpje toevertrouwen, als je belooft dat je het niet doorvertelt.'

Hoewel zijn toon eerder luchtig was dan dreigend, deed de opmerking haar denken aan meneer Baxters waarschuwing om de deur achter de gordijnen geheim te houden. Er kroop een rilling over haar rug toen ze knikte.

'Ik heb een paar jongens uit de buurt betaald om een oogje te houden op haar houtstapel achter. Als die laag begint te worden, moeten ze de voorraad bijvullen en mij de rekening geven.'

Sadie werd er warm van. 'Dat is heel aardig van je.'

Hij haalde zijn schouders op en schepte nog een hap taart op. 'Het minste wat ik kan doen voor de vrouw die de lekkerste perziktaart aan deze kant van de Mississippi bakt.'

Sadie lachte. Ze werd overspoeld door verlangen om alles over deze goedhartige man te weten. Ze liet haar kin op haar gevouwen handen rusten en vroeg: 'Wat vind je het leukste aan sheriff zijn?'

De hap bleef in de lucht hangen. 'Hm. Daar heb ik niet erg over nagedacht.' Hij liet nadenkend zijn vork zakken. 'Maar als ik iets moet zeggen, dan is het mensen helpen. Of het nu gaat om uitzoeken wat er gebeurd is met de melkemmer die van hun achterveranda is verdwenen of een handje toesteken bij het repareren van een losgeraakt raam. Gewoon... helpen.' Hij stak de hap taart in zijn mond.

Sadie glimlachte. Zijn antwoord beviel haar. 'Ik dacht altijd dat de enige taak van een politieman was om mensen te arresteren die iets verkeerds hebben gedaan. Maar sheriff zijn geeft je dus een hoop gelegenheid om mensen te helpen.'

'Jazeker.' Hij prikte nog een hap aan zijn vork en voegde eraan toe: 'Voorlopig althans.'

Ze verwonderde zich over zijn vreemde opmerking. 'Voorlopig?'

Hij legde zijn vork op de rand van het bordje en fixeerde Sadie met een ernstige blik. 'Ik ben niet van plan om altijd sheriff te blijven, Sadie. Ik heb hier een… een taak, die ik van plan ben naar beste vermogen uit te voeren, maar als de klus geklaard is? Dan word ik predikant.'

'O, ja?' Sadie kromde haar schouders en stelde hem zich voor in een zwart pak met een bijbel in zijn hand. Hoe aantrekkelijk het beeld ook was dat haar verbeelding schilderde, het kon niet tippen aan zijn stoere knapheid in het leren vest, de geelbruine cowboyhoed en de verschoten broek.

'Ja.' Thads gezicht vertoonde droevige trekken. 'Waar ik opgegroeid ben – in Fairmont, een stad niet ver van Kansas City – werd ik niet vriendelijk bekeken. Mijn vader… had geen goede naam.' Hij streek met een vinger over de punt van zijn snor en in zijn groengevlekte ogen verscheen een blik van pijn. 'Als ik predikant ben, zullen de mensen in Fairmont anders over de naam McKane gaan denken. Die zal iets eerbaars betekenen in plaats van schande. Ik zal de zonden van mijn vader kunnen goedmaken, bij wijze van spreken.'

Sadie luisterde oplettend, geboeid door zijn verhaal. De beschrijving van zijn vader deed haar pijn. Thads vader en haar eigen lieve papa leken in niets op elkaar. Maar iets wat hij gezegd had, zat haar dwars. Ze hield haar hoofd schuin en probeerde met een zachte glimlach Thads gekwelde gezichtsuitdrukking weg te wissen. 'Ik denk dat het mooi is dat je wilt preken, maar kun je de zonden van iemand anders goedmaken? Is niet ieder mens rekenschap verschuldigd voor zichzelf?'

Thad keek haar aan, met licht gerimpeld voorhoofd. Toen lachte hij luchtig. 'Ik denk dat ik beter in staat ben om die vraag te beantwoorden als ik op de kansel sta.' Hij pakte zijn vork weer op. 'Op dit moment ben ik maar een politieman in een klein stadje, die lekker uit eten is met het knapste meisje van de stad.'

Sadie bloosde.

Thad lachte en wees naar haar vork. 'Eet op. Laat die taart niet verloren gaan.'

Giechelend pakte Sadie haar vork en viel aan. De gemengde smaken van perzik, kaneel en nootmuskaat ontploften op haar tong. Hoewel ze al buikpijn had van de fikse maaltijd verorberde ze elke hap van de taart en pikte zelfs de laatste kruimels op met de tanden van haar vork. Ze likte de vork schoon, keek naar Thad en ving zijn geamuseerde grijns op.

Ontzet liet ze haar vork zakken en boog haar hoofd. Had mama haar geen betere manieren geleerd? Wat moest Thad wel van haar denken nu hij haar kinderlijke gedrag had gezien? Over de tafel heen legde hij zijn hand op de hare. Met een vlammend gezicht keek ze hem tussen haar wimpers door aan.

'Verstop je niet voor me, Sadie Wagner.' Zijn diepe stem, vriendelijk maar resoluut, deed haar hart bonzen in haar ribbenkast. Zijn hand sloot zich om haar hand. 'Kijk me aan.'

Langzaam tilde ze haar hoofd op, maar haar wangen brandden zo dat het al haar inspanning kostte om hem aan te kijken in plaats van over zijn schouder naar het bloemetjesbehang achter hem.

Zijn ogen lachten terwijl hij ernstig bleef kijken. 'Je hoeft je bij mij nooit te schamen. Je hebt genoten van de taart… wat is daar mis mee?' Hij gaf een rukje aan haar hand en fronste kort zijn wenkbrauwen. 'Te veel mensen verschuilen zich achter een schild van onverschilligheid in plaats van andere mensen te laten weten wat ze echt denken. Ik noem dat aanstellerij en het is niet eerlijk.' Zijn gezicht ontspande, zijn glimlach omhulde haar met een beschermende tevredenheid die ze nog nooit bij een man had gevoeld. 'Dus wees gewoon jezelf. Wees altijd eerlijk tegen me, Sadie, wat er ook gebeurt. Goed?'

Ze knikte, maar haar geweten stak. Kon ze werkelijk de moed vinden om eerlijk tegen hem te zijn over alles… ook over haar groeiende genegenheid voor hem? Hoe zou hij reageren als ze eruit flapte dat hij dan politieman mocht zijn en geen dief, maar dat hij haar hart gestolen had? Ze hapte naar adem. 'Thad, ik…'

'Nou, sheriff en juffrouw Sadie…' Cora stond stil voor hun tafel, met haar handen in haar zij en haar gezicht een en al vrolijkheid, ook al waren haar schouders afgezakt van vermoeidheid. 'Ik wil jullie niet wegjagen, maar ik moet gaan opruimen.'

Sadie keek verbaasd om zich heen naar de lege tafels. Waarom was het niet tot haar doorgedrongen hoe stil het was geworden in het eethuis? Ze sprong op, haar stoelpoten krasten over de grond. 'Het spijt me vreselijk.'

Cora lachte. 'Dat hoeft niet.' Haar woorden kwamen dicht in de buurt van Thads eerdere stelling. 'Het is leuk om te zien als mensen genieten. Net wat ik zeg, ik wil jullie niet wegjagen, maar…' Ze had een natte doek in haar hand en popelde kennelijk om hun tafel schoon te maken. 'Ik heb het eten al op je rekening gezet, sheriff.'

'Deze keer niet, Cora,' zei Thad. 'Vandaag trakteer ik.' Hij haalde enkele zilveren munten uit zijn zak. Hij legde twee grote en drie kleinere in Cora's handpalm. 'Bedankt voor de speciale perziktaart.' Toen boog hij zich naar voren en drukte een kus op Cora's ronde wang.

Cora bloosde vuurrood en wuifde hen weg. 'Wegwezen jullie, maar kom gauw een keer terug. Ik zal een perziktaart voor jullie op de vensterbank laten afkoelen.'

Thad legde zijn hand in Sadies rug om haar naar de deur te leiden. Ze stapten de stoep op en Sadie zette onmiddellijk koers naar de steeg tussen het eethuis en de markthal. Maar Thad pakte haar elleboog vast en hield haar tegen. Hij keek glimlachend op haar neer, zijn gezicht aandachtig naar haar toegewend in de roze gloed van de schemering. 'Je wilde iets zeggen voordat Cora ons eruit zette.'

Sadie slikte, haar mond werd ineens droog. 'Ja. Ik wilde zeggen…' Ze slikte haar lippen en begon opnieuw. 'Je zei dat ik eerlijk moest zijn, dus…'

Als een spook vanuit het donker stond Sid ineens naast haar. 'Zijn jullie uitgegeten? Kunnen we nu praten?'

Sadie verslapte. Ze wilde zich storen aan Sids onderbreking, maar eigenlijk was de redding haar welkom. Mama zou een flauwte krijgen als ze wist dat Sadie bijna had verklaard dat ze verliefd was op de politieman van Goldtree.

18

Sid keek knarsetandend uit zijn ooghoek toe hoe de sheriff zich naar Sadie toe boog om afscheid van haar te nemen. Moest die vent beslist haar arm aanraken om welterusten te zeggen? Hij beet op het puntje van zijn tong om niet te protesteren toen Sadie lieflijk glimlachend naar McKane opkeek en fluisterde: 'Dank je wel voor het eten. Ik heb het naar mijn zin gehad.'

De sheriff antwoordde: 'Het genoegen was geheel aan mijn kant, Sadie.'

En Sadie glimlachte bijna onnozel terug.

Zodra Thad McKane met grote passen over de stoep was weggelopen naar zijn kantoor, wees Sid naar de bank die voor een raam van de markthal stond. 'Laten we lekker gaan zitten; dan kunnen we praten.'

Maar Sadie verroerde zich niet. 'Sid, het spijt me, maar ons gesprek zal moeten wachten. Ik heb vandaag nog niet geoefend. Meneer Baxter heeft me drie nieuwe liederen gegeven die ik voor vrijdag moet leren. Daar moet ik echt mee aan het werk.'

Sid voelde ergernis oprijzen. Voor de sheriff had ze tijd in overvloed gehad, maar nu had ze geen tijd voor hem? Resoluut zette hij zijn irritatie opzij. Hij wilde *niet* hardvochtig tegen Sadie zijn. 'Vind je het goed als ik mee naar beneden ga om te luisteren?' Hij schonk haar zijn liefste glimlach. 'Dan kunnen we daarna praten.'

Ze beet onzeker op haar onderlip. Eindelijk knikte ze. 'Goed.'

'Mooi!' Hij deed zijn best om niet te gretig te klinken, maar toen het woord eruit knalde, wist hij dat het niet gelukt was.

Hij legde zijn hand onder in haar rug en duwde haar haastig door de steeg naar de achterdeur van de markthal. Achter de deur brandde een muurlantaarn, die hun weg door de gang verlichtte. Ze betraden de hoofdruimte van de winkel, waar het licht niet komen kon. Schaduwen gaven de ruimte een dreigend uiterlijk.

Hun voeten echoden op de vloerplanken toen ze langzaam, tastend, voortbewogen en Sadie huiverde. 'Het is hier 's avonds altijd zo eng.'

Sid tuurde door de schaduwen en vond verderop een donker, grijs vlak; de deur naar de opslagruimte. 'Blijf hier. Ik ga de lantaarn pakken en daarna kom ik je halen.' Hij liet zijn hand van haar middel glijden. 'Je hoeft niet bang te zijn, ik ben bij je.'

Schuifelend door de opslagruimte vroeg hij zich af of ze nog wist hoe vaak hij in hun jeugd haar beschermer had gespeeld. Op het schoolplein had hij gevochten met kliertjes die het waagden aan haar staartjes te trekken, en op maanverlichte avonden had hij haar naar huis begeleid als ze het te laat had gemaakt met studeren bij de pianoleraar in Dalton. Als ze het toeliet, zou hij haar de rest van zijn leven beschermen.

Hij tastte op de plank naar de lantaarn en lucifers. Hij streek er een af aan de onderkant van de plank. Vlug stak hij de lamp aan en snelde terug naar de deur. 'Goed, Sadie… alsjeblieft.'

Ze voegde zich bij hem en samen daalden ze de achtertrap af naar de kelder en de concertzaal in. Sadie liep meteen door naar de piano op het toneel en Sid volgde met de lamp hoog geheven. Hij zette de lamp in een van de koperen houders die op het gladde blad van de piano bevestigd waren. Toen ging hij achter de piano staan, liet beide armen op de bovenkant rusten en keek toe hoe Sadie de kruk naar achteren trok en verscheidene losse vellen muziek klaarlegde. De bladzijden waren gemarkeerd met lijnen en stippen, die hem niets zeiden. Maar op de een of andere manier vond Sadie een melodie verstopt in dat vreemde gekrabbel.

Hij hield zich heel stil terwijl ze repeteerde en verborg een glimlach als ze pufte om misplaatste noten of haar ogen sloot om een bepaalde regel te herhalen tot hij haar beviel. Hij zag haar gezicht veranderen onder het zingen, gebiologeerd door de transformatie. Zingen maakte dat Sadie van binnenuit begon te gloeien, wat haar natuurlijke schoonheid nog vergrootte. *Ik houd van je, Sadie. Ik wil dat je de mijne wordt.* De woorden trilden op het puntje van zijn tong en het koste hem al zijn zelfbeheersing om ze binnen te houden.

De tijd vloog voorbij en Sids voeten begonnen te protesteren tegen het stilstaan, maar hij verroerde zich niet. Hij wilde haar niet storen. Eindelijk sloot ze de klep over de toetsen, legde vellen papier op een stapel en keek naar hem op. 'Ik ben klaar. Voorlopig.' Ze geeuwde, hield haar sierlijke hand voor haar mond en strekte toen beide armen boven haar hoofd. 'Tjonge, wat ben ik moe.'

Doelde ze erop dat ze naar bed wilde? Maar ze hadden nog niet gepraat. In het licht van de lantaarn straalde haar blonde haar als morgenzonlicht. Hij wenste dat hij de moed had om een van de losse pieken die langs haar slapen bungelden om zijn vinger te winden. 'Je had heel wat eerder klaar kunnen zijn als je niet met McKane naar het eethuis was gegaan.' Hij had niet beschuldigend willen klinken, maar zo kwam het er wel uit.

Ze keek hem fronsend aan. 'Sid…'

In overgave stak hij beide handen op. Toen kwam hij om de piano heen, zette een hand op zijn knie en boog zich naar haar toe. 'Maar ik hoop dat je in de toekomst met mij uit eten gaat in plaats van met hem.'

Ze wendde haar blik af en ze trok haar onderlip tussen haar tanden.

Sid raapte al zijn moed bij elkaar, nam haar kin in zijn hand en tilde haar gezicht naar hem op. Hij wenste dat zijn vingers ophielden met trillen, maar haar prachtige, zachte huid deed hem bijna de das om. 'Heb je het cadeautje gevonden dat ik vandaag voor je achtergelaten had?' Met haar gezicht gevangen in zijn vingers kon ze niet knikken. Maar ze zag een zachte blik in zijn ogen verschijnen. Dat beviel haar. Hij glimlachte. 'Weet je, Sadie, zelfs toen hield ik al van je. Je bent altijd belangrijk voor me geweest.'

Ze slikte, luid hoorbaar in de stille zaal. Ze deinsde een beetje achteruit om zich los te maken uit zijn bevende greep. 'Ik… ik weet het, Sid. En jij bent ook altijd belangrijk geweest voor mij. Altijd mijn lievelings…'

Hij legde zijn vingers op haar lippen. 'Niet "neef" zeggen. Want we zijn geen neef en nicht.'

Ze schudde haar hoofd en keek hem smekend aan. 'Maar, Sid, ik heb je altijd gezien als mijn neef. Hoe kan ik dat na al die jaren opzij zetten?'

'Door te bedenken dat we niet echt familie zijn.'

Er verscheen een pijnlijke blik in haar ogen. 'Maar dan moet ik bedenken dat papa niet echt mijn vader is. En ik wil hem zien als mijn vader.'

Sid zuchtte. Waarom moest ze zo koppig zijn? Hij stak zijn hand weer naar haar uit, maar ze boog zich van hem weg. Sid schoot jaloers overeind. 'Toen McKane met je aanpapte, was je niet zo verlegen.'

Ze werd rood van drift en Sid wist dat hij een fout had gemaakt. Maar hij kon zijn woorden niet terugnemen. En dat wilde hij ook niet. Hij was van plan om Sadie het hof te maken. Ze mocht best weten wat hij ervan vond dat ze met Thad McKane optrok.

'Ik beschouw de sheriff als een vriend, Sid, en…'

Sid snoof. 'Sheriff… Laat je maar niks wijsmaken door die penning van hem. Hij is geen politieman.'

Sadie knipperde met haar ogen en haar lippen gingen verrast van elkaar. 'Wat bedoel je?'

Sid balde een vuist op zijn heup. 'Asa Baxter heeft het me verteld… Burgemeester Hanaman heeft McKane naar de stad gehaald om politieman te spelen, zodat de stad een veilige plek zou lijken en nieuwe families hierheen zouden verhuizen. Maar hij is geen *echte* sheriff.' Sid boog zich weer naar haar toe en dempte zijn stem tot een fluistering. 'Je denkt dat je hem kent, Sadie. Maar je kent hem niet. Hij is een vreemde. Maar ik? Wij kennen elkaar ons hele leven al.'

Sadie zat zwijgend naar hem te kijken. Ze glimlachte niet, maar ze probeerde zich ook niet terug te trekken.

Hij ging zacht en melodieus verder, op de tedere toon die hij aansloeg om een angstig paard te kalmeren. 'Je *kent* me, Sadie. Ben ik er niet altijd voor je geweest? En nu ben je hier, in dezelfde stad als ik, en eindelijk zing je je liederen op een podium voor het plezier van de mensen.' Hij streek met zijn vingertoppen langs haar kaaklijn. Zacht... zo zacht. 'Dat heb ik allemaal geregeld omdat ik van je houd, Sadie.'

Zonder waarschuwing schoot ze overeind, zodat de pianokruk bijna omviel. Het leek of ze buiten zinnen was. 'Sid, ik...' Maar in plaats van de zin af te maken, draaide ze zich om en rende door het middenpad weg.

Sid griste de lantaarn van de piano en strompelde achter haar aan. 'Sadie, wacht!' Maar ze stormde door de open deuren van de gang en haar voetstappen roffelden op de trap. Hij holde achter haar aan, even pauzerend om de deuren te vergrendelen voordat hij de trap op klom. Tegen de tijd dat hij de grote markthal bereikte, was ze al lang weg – waarschijnlijk opgesloten in haar kamer. Daar wilde hij haar niet achtervolgen.

Hij keerde terug naar de opslagruimte, blies de lantaarn uit en zette hem op de plank. Daar in de donkere ruimte legde hij een plechtige belofte af. Hij zou de woorden *Ik houd van je* niet meer uitspreken tegen Sadie. Daar werd ze kennelijk bang van. Maar hij zou haar *laten zien* wat hij voelde.

Sid trok vastbesloten zijn schouders naar achteren en verliet de stille winkel. Hij zou haar voor zich winnen. Het was slechts een kwestie van tijd.

In de weken daarna waren er ogenblikken dat Sadie haar haar wel uit haar hoofd kon trekken van verwarring. Elke dag trof ze een kleinigheidje aan op de voorveranda, vlak voor de deur. Hoewel er geen briefjes bij zaten, wist ze dat Sid ze had neergelegd. Het waren geen dure cadeaus, maar lief en attent. Boeketjes wilde bloemen, een zak zwarte gomballen – haar lievelingssnoep – haarlinten, een dichtbundel... Maar in plaats van zich gekoesterd te voelen, voelde ze zich verstikt. Ze verweet zichzelf ondankbaarheid, maar ze kon de eerlijke reactie op zijn volhardende smeekbede om haar genegenheid niet loochenen.

Ze worstelde ook met Sids bewering dat Thad geen echte politieman was. Thad had haar gevraagd te allen tijde eerlijk tegen hem te zijn, maar als Sid de waarheid sprak, was Thad niet helemaal eerlijk tegen haar geweest. Ze wilde hem vragen Sids bewering te bevestigen of te ontkennen. Ze had ruim gelegenheid om het onderwerp aan te snijden – Thad kwam elke dag bij de markthal langs om een boodschap te doen of een zak snoep te kopen om uit te delen aan de jeugd van Goldtree of gewoon om een praatje te maken met Sadie of de eigenaressen. Maar ze hield de vraag binnen. Een deel van haar vreesde zijn antwoord.

Dus stortte ze haar verwarring uit in een brief aan haar ouders en deed die op de post, hopend op een spoedig antwoord. Ze vertrouwde op papa en mama's wijze raad. Ze nam zich voor om totdat ze iets van hen hoorde, zowel Sid als Thad op afstand te houden. Maar ze vond het moeilijker dan ze toe wilde geven. Ze miste de zorgeloze relatie die ze met Sid had gehad en wenste die voort te zetten, en ze hunkerde ernaar de flakkeringen van liefde voor Thad in haar hart te verkennen.

Meer dan eens knipte juffrouw Melva of juffrouw Shelva met haar knokige vingers voor haar gezicht om haar uit haar innerlijke bespiegelingen terug te halen naar de werkelijkheid. Meestal lachten de dames en plaagden Sadie ermee dat ze wegdwaalde in dromenland, maar andere keren zag ze ongeduld in de ogen van haar werkgeefsters. Ze moest een manier vinden om met haar chaotische emoties om te gaan voordat ze haar baan in gevaar bracht.

De enige keer dat het haar lukte om Sids onwelkome versierpogingen of Thads mogelijke dubbelhartigheid te vergeten, was als ze zong. Het podium werd haar toevluchtsoord, en ze merkte dat ze de uren tot vrijdag- en zaterdagavond aftelde, als ze al haar hartstocht uit kon storten in een lied en zich door het uitbundige applaus van het publiek kon laten wegvoeren van haar moeilijkheden.

De tweede vrijdag in juli, toen Sadie zich opmaakte om een van de voorraadladen met glazen voorkant opnieuw te vullen met gedroogde witte bonen, stormde juffrouw Melva binnen en griste de houten schep uit haar hand. 'Ik zag net de postkoets stoppen. Zus en ik verwachten een pakje uit Boston. Ze dempte haar snerpende stem tot een sissend gefluister. 'Een nieuwerwets medicijn voor vrouwenkwalen.' Haar stem zwol weer aan. 'Ga eens kijken wat er vandaag binnengekomen is.' Ze gaf Sadie een duwtje in de richting van de deur.

Sadie veegde het fijne stof van de bonen van haar schort en ging de deur uit. Ze werd begroet door een hete windvlaag, die haar over de straat joeg. De hordeur sloeg achter haar dicht toen ze het postkantoor betrad en naar de balie stapte. Meneer Rahn keek op, de postzak bungelde aan zijn pols en een stel brieven waaierde als een spel kaarten tussen zijn vingers. Hij lachte vermoeid naar Sadie.

'Ga me niet vertellen dat u het medische brouwsel komt halen dat de gezusters Baxter besteld hebben.'

Sadie trok verrast haar wenkbrauwen op. 'Hoe wist u dat?'

De man snoof. 'Omdat ze me elke dag lastiggevallen hebben om te weten wanneer die flessen van Dr. Kilmer's wondermiddel hier zouden kunnen zijn. Ik heb uiteindelijk gezegd dat ze niet meer moesten komen, ik zou ze zelf wel brengen als ze aankwamen.'

Sadie giechelde. Wat gluiperig van juffrouw Melva om Sadie in haar plaats te sturen, zodat ze de woede van meneer Rahn niet over zich heen kreeg. 'Nou, dan laat ik u maar met rust.' Ze wilde weggaan.

'Wacht even, juffrouw Sadie.' De man liet de postzak op de sorteertafel ploffen en liep naar de balie. Hij hield twee enveloppen omhoog. 'Deze zijn voor u... allebei uit Dalton, Indiana.'

Sadie kon een uitroep van blijdschap niet onderdrukken. Gretig stak ze haar hand uit naar de brieven en bekeek ze. Een van mama en een van papa. Ze trok rimpels in haar voorhoofd. Waarom hadden ze apart geschreven? Toen zag ze de datum van de poststempels; papa had drie dagen eerder geschreven dan mama. Maar toch waren ze tegelijk aangekomen. Kennelijk was de aankomst van papa's brief vertraagd. Ze glimlachte. Wat spannend om twee brieven op één dag te krijgen. En wat spannend om een brief alleen van papa te krijgen. Meestal krabbelde hij slechts een paar regels onder mama's ellenlange verhandelingen. Een hele brief van hem was een onverwachte traktatie.

Meneer Rahn grinnikte. 'De mensen in Dalton zijn druk aan het schrijven geweest. Daar ligt er ook een voor Sid.' Hij strekte zijn hand uit naar de op tafel verspreide brieven. 'Wilt u die voor hem meenemen? Jullie zijn per slot van rekening familie, dus ik neem aan dat de Amerikaanse posterijen daar geen bezwaar tegen zullen hebben.'

Ze had geen zin om Sid op te zoeken. Ze deed twee stappen achterwaarts naar de deur. 'Nee, dank u, meneer Rahn.'

De man keek haar aan alsof ze een uitbraak van groene wratten had gekregen. 'Nou, dan...' Hij krabde zijn kin. 'Sid komt niet elke dag, zoals jullie van de markthal. Als je hem ziet, wil je dan zeggen dat hier een brief op hem ligt te wachten?'

Sadie nam aan dat Sid die avond naar de concertzaal zou komen; hij had nog geen voorstelling overgeslagen en hij arriveerde altijd vroeg. Ze konden geen uitgebreide gesprekken voeren als ze zich voorbereidde om te zingen, maar de brief kon ze wel noemen. 'Ja, meneer. Ik zal het hem zeggen.' Ze snelde de deur uit en stapte de straat op, verlangend om terug te keren naar de markthal waar ze een rustig hoekje kon vinden om haar brieven te lezen.

'Wagen op hol!'

De kreet overrompelde Sadie. Ze kwam geschrokken tot stilstand en opkijkend zag ze een volgeladen wagen getrokken door twee enorme galopperende paarden naderen. Met een gil van afgrijzen tilde ze haar rokken op om weg te rennen. De brieven vielen uit haar hand en de wind voerde ze onmiddellijk mee door de straat.

Sadie gilde van ontzetting en wilde achter de ontsnappende witte vierkantjes aan. Maar voordat ze een stap kon verzetten, kromde zich een arm om haar middel die haar tegen de grond slingerde. De wagen denderde ratelend langs, centimeters van Sadie. Twee mannen te paard en drie te voet joegen achter de ontkomende wagen aan. Stofwolken waaiden op in haar gezicht en ze kneep haar ogen dicht. Hoestend probeerde ze overeind te krabbelen en haar brieven te pakken. Maar sterke armen hielden haar vast. Toen bulderde een boze mannenstem in haar oren.

'Wat denk jij in vredesnaam dat je aan het doen bent? Je had wel dood kunnen zijn!'

Ze gluurde over haar schouder. Naast haar lag Thad, met zijn arm om haar middel. Zijn ogen fonkelden van woede.

19

Thad stond op en stak zijn hand uit naar Sadie. Zijn handen beefden erger dan boomblaadjes in de stevige Kansas-wind. Stom mens! Ze had hem zo laten schrikken dat het hem minstens tien jaar van zijn leven kostte. Hij pakte haar polsen en trok haar overeind. Vlug stond ze weer op haar voeten, maar hij liet haar niet los.

'Heeft je moeder je niet geleerd uit te kijken voordat je de straat oversteekt? Het had een haartje gescheeld of je was aangereden!' Een akelig beeld verscheen in zijn hoofd en hij knarsetandde om het te laten verdwijnen. Onwillekeurig kneep hij zijn handen samen. 'Je moet voorzichtig zijn, Sadie!'

Ze wrong zich los uit zijn greep en wreef haar polsen, boos naar hem opkijkend. 'Ik ben niet expres voor de wagen gestapt. Ik was...'

'Een stomme idioot!'

Er had zich een kleine menigte verzameld op de stoep, hun opgewonden gepraat evenaarde het bonzende ruisen van bloed in zijn oren. Hij wuifde met zijn hand naar de menigte. 'Doorlopen, mensen.' Hij wachtte net zo lang tot ze zijn aanwijzingen opvolgden. Toen draaide hij zich om naar Sadie, die haar rokken optilde alsof ze wilde vertrekken. 'Jij niet! Jij blijft hier.'

Ze klemde haar rokken in haar vuisten, ongeduldig en klaar om te vertrekken.

Hij prikte met zijn vinger onder haar neus. 'Ik zou je moeten opbrengen voor bedreiging van de openbare orde.'

Haar mond viel open en haar ogen werden groot.

Hij sloeg geen acht op haar verbijsterde reactie en pakte haar bij de arm. 'Aangezien het niet veilig is om je zonder toezicht achter te laten, breng ik je naar de overkant.' Ze spartelde, haar hij hield stevig vast terwijl hij links en rechts de straat inkeek. 'Dan stellen we een nieuwe regel voor je in… niet oversteken zonder chaperonne.' De straat was vrij, dus hij deed een stap naar voren.

Ze zette haar hakken in het zand en vocht tegen zijn hand, die haar tegenhield. 'Thad! Laat me nu meteen gaan!'

'Nee.' Hij trok haar met zich mee. 'Als sheriff is het mijn werk om mensen te beschermen. En jij hebt duidelijk bescherming nodig.'

Door haar val in het zand was de knot die ze altijd op haar achterhoofd droeg, losgeraakt. Verwarde pieken blond haar golfden over haar schouders en haar gezicht. Ze sloeg naar de lokken en eiste op snijdende toon te worden losgelaten, maar hij bleef haar meetrekken over straat. Ze naderden de stoep van de markthal en juffrouw Melva en juffrouw Shelva kwamen met uitgestrekte handen naar buiten vliegen. Ze troffen Thad en Sadie aan de rand van de weg.

Thad was gedwongen zijn greep los te laten toen de tweeling hun lange armen om Sadie heen sloeg en haar tussen hen in fijn drukten. Hun gekir en bezorgde uitroepen stegen boven de loeiende wind uit. Thad zette zijn handen in zijn zij en wachtte tot het tumult bedaarde zodat hij nog eens met Sadie kon praten. Het meisje was al weken lang dromerig en verstrooid, en nu wilde hij tot op de bodem uitzoeken wat haar dwarszat voordat ze zichzelf uiteindelijk iets aandeed.

Vanuit de cirkel van de Baxter-armen riep Sadie: 'Alstublieft, juffrouw Melva en juffrouw Shelva! Jullie moeten me loslaten!' Ze wurmde zich los en strompelde weg.

Thad stampte achter haar aan, met een blik over zijn schouder naar juffrouw Melva en juffrouw Shelva, die met de armen over elkaar geslagen op de weg stonden en hen boos nakeken.

Hij bood het stel een meelevende blik voordat hij met grote stappen naast Sadie kwam.

'Wat denk je nu weer dat je aan het doen bent?'

Sadie stampte verder, met vastberaden zwaaiende armen. Ze wierp hem een korte, woedende blik toe. 'Ik ga mijn brieven terughalen!' Ze vielen uit mijn hand toen ik schrok van de wagen, en toen haalde jij me onderuit. Ik kon er niet bij voordat ze wind ze wegvoerde.'

Brieven. Dus daar had ze aan gedacht in plaats van uit te kijken waar ze liep. Thad deed zijn best, maar hij kon niet veel medeleven voor haar opbrengen. Maar hij speurde met haar mee de weg af, dicht naast haar blijvend. 'Zoals het waait vandaag, zijn ze waarschijnlijk onderhand in Ottawa County.'

Ze draaide zich met gebalde vuisten naar hem om. Tranen glinsterden in haar ogen. 'Waarom liet je me dan niet achter ze aan gaan toen de wagen eenmaal gepasseerd was? Als je me had laten gaan, was ik ze nu niet voorgoed kwijt geweest!'

Hij gaapte haar aan. Gaf ze *hem* nu de schuld van het verlies van de brieven? 'Luister eens even…'

'Nee, luister *jij* maar, sheriff… als je tenminste een sheriff *bent*.' Haar blauwe ogen spuwden vuur, haar lieve gezicht was vertrokken tot een masker van puur venijn. 'Ik wachtte vol hoop op bericht van mijn ouders en eindelijk kwamen de brieven. Maar voordat ik zelfs maar de kans krijg om ze open te maken en te weten te komen wat mama en papa vinden dat ik het beste kan doen met mijn gevoelens voor jou, kom jij langs, en…'

Thad had genoeg gehoord. Ze had kennelijk geen idee hoe angstig hij was geweest. Hij had haar kwijt kunnen zijn. En hij had haar nog niet verteld hoe veel hij om haar gaf. Nou, hij zou geen seconde meer wachten. Maar ze was niet in een toestand om naar woorden te luisteren. Hij zou het haar moeten laten zien.

Met een grom nam Thad Sadie in zijn armen. Ze uitte een

kreetje van verrassing, maar hij onderbrak het met een ferme, hartgrondige, bezitterige kus.

Sadie trok zich terug en staarde Thad aan. Ze keek bijna scheel, zo dichtbij was hij, maar ze zag haar eigen geschrokken spiegelbeeld in zijn pupillen. Hij had haar gekust. Haar knieën beefden, haar ruggengraat was als pudding en ze stond volkomen machteloos in de cirkel van zijn armen.

'Sadie,' zei Thad en hij keek haar doordringend aan. Hij hield zijn stem gedempt, bijna grommend. 'Laat me nooit meer zo schrikken. Als jou iets was overkomen, had ik…' Kermend trok hij haar weer tegen zich aan.

Haar wang drukte tegen zijn borst, de punten van de tinnen penning prikten in haar vlees. Zijn hart bonsde snel en zeker onder haar oor. Ze bleef lange tijd in zijn omhelzing staan, het wonder van het ogenblik indrinkend. Haar lippen tintelden nog prettig van de druk van de zijne. Ze proefde de smaak van koffie en zoute ham. En zij had havermout gegeten als ontbijt.

Zal mama niet geschokt zijn als ik haar schrijf dat Thad…

Haar brieven! Sadie duwde hard tegen Thads borst om zich te bevrijden. 'Alsjeblieft, alsjeblieft, Thad. Help me mijn brieven te vinden. Ze waren van papa en mama en ik moet weten wat ze zeiden.' Haar zicht werd troebel door de stromende tranen.

Thad pakte haar beide handen, maar de greep was eerder teder dan bestraffend. Hij wreef met zijn duimen over haar knokkels en hoewel ze haar brieven wilde gaan zoeken, probeerde ze niet onder de eenvoudige liefkozing uit te komen. 'Sadie, het spijt me, maar die brieven zijn stellig verdwenen. De wind…'

Hij hief zijn gezicht in de wind en Sadie deed hetzelfde. De hete vlaag droogde de tranen zodra ze over haar wangen biggelden. Haar haar waaide in verwarde lokken rond haar gezicht en haar met stof besmeurde schort bolde op. Thad had gelijk.

Ze vond die brieven nooit meer. Ze boog haar hoofd en beet op haar onderlip om niet te snikken van teleurstelling.

Hij sloeg zijn arm om haar schouders. 'Kom, ik breng je terug naar de markthal. Misschien mag je van juffrouw Melva en juffrouw Shelva een poosje gaan liggen. Om bij te komen van de schrik.'

Sadie hoefde niet bij te komen van de schrik. Thads kus had de paniek van dat moment volkomen verdreven. Maar ze moest alle emoties onderzoeken die door zijn kus waren gewekt. En ze had mama en papa's raad harder nodig dan ooit.

Thad leverde haar af bij juffrouw Melva en juffrouw Shelva, die haar bemoederden, beklopten en vertroetelden. Als ze eerder aan hun genegenheid had getwijfeld, werd iedere onzekerheid opgeheven toen juffrouw Shelva Sadie naar haar kamer bracht, op de vloer knielde om haar schoenen uit te trekken, en haar toen zo teder als een moeder voor haar pasgeborene in bed stopte. De vrouw liep op haar tenen naar de deur en fluisterde: 'Ga maar lekker slapen, Sadie. Zus en ik redden ons de rest van de dag wel.' Ze sloot de deur achter zich met een zachte klik.

Sadie rolde op haar zij en staarde naar het ingelijste portret van haar familie. Ze strekte een hand uit en streelde eerst mama's en toen papa's gezicht met één vingertop. Ze zuchtte. 'Wat hadden jullie me voor raad gegeven? Waren jullie maar hier om me te helpen mijn gevoelens uit te zoeken...' Ze sloot haar ogen voor het beeld van de geliefde gezichten en binnen een paar minuten viel ze in slaap.

Een niet om aan te horen, aanhoudend kraken wekte haar. Trillend gingen haar ogen open en ze tuurde in haar kamer. Een bleke baan stervend zonlicht reikte van het raam naar het voeteneind van het bed, waarin glimmende stofdeeltjes dansten. Hoe laat was het? Sadie wreef in haar ogen en tuurde naar het kleine klokje naast haar bed. Toen hapte ze naar adem en sprong uit bed.

Zodra haar voeten de grond raakten, stormde de tweeling Sadies kamer binnen. Juffrouw Melva klemde haar handen ineen onder haar puntkin. 'Hebben we je laten schrikken?'

Juffrouw Shelva draalde achter juffrouw Melva, haar fletse ogen groot van bezorgdheid. 'We probeerden zachtjes te doen, maar die scharnieren maken zo'n kabaal.'

Juffrouw Melva draaide zich om naar haar zus. 'Had Asa die dingen niet moeten oliën?'

Juffrouw Shelva keek boos. 'Jazeker. We moeten met hem praten.'

Terwijl ze zich drukte maakten over de krakende scharnieren vloog Sadie naar haar kleerkast en trok haar kaneelkleurige toneeljurk van zijn hangertje. Vlug trok ze haar werkkleren uit, zonder te letten op de meekijkende ogen in de kamer. Ze kwam te laat voor haar optreden als ze wachtte tot de zussen verdwenen.

'Sadie, wat doe je nou?' Juffrouw Melva dribbelde bedrijvig naar Sadie toe.

'Ik moet me aankleden.' Sadie wierp een paniekerige blik naar de kleine klok. 'Zo meteen komen de mensen.'

Juffrouw Melva's mond viel open. Juffrouw Shelva ging naast haar zus staan, haar gezicht een toonbeeld van ontzetting. 'Ga je zingen?' vroegen ze in koor.

Sadie slikte een hysterisch gegiechel in. 'Natuurlijk ga ik zingen. Die paarden' – en Thads onverwachte kus – 'hebben mijn stem niet losgeslagen.' Ze knoopte haar jurk dicht en vloog naar de commode voor haar haarborstel. Ze kromp in elkaar toen hij bleef hangen in haar verwarde haar. 'Willen jullie naar beneden gaan en meneer Baxter laten weten dat ik eraan kom?'

Het paar wisselde een onzekere blik. 'Maar je hebt nog niet eens gegeten,' wierp juffrouw Melva tegen.

Sadie rukte de borstel door een bijzonder verknoopt deel van haar haar. Haar hoofdhuid prikte en ze was bang dat ze zich kaal plukte als ze niet beter oppaste, maar er was nu geen tijd om voorzichtig te zijn. 'Ik heb geen trek. Echt niet. Ga nu alstublieft uw broer laten weten dat ik eraan kom.'

De zussen snoven afkeurend, maar ze vertrokken, eensgezind klossend op de hardhouten vloer. Eindelijk met rust gelaten, borstelde Sadie haar haar en ging op de rand van het bed zitten om haar schoenen aan te trekken. Haar onhandige vingers wilden de veters niet strak trekken. Een nette strik maken – iets wat ze al kon sinds ze zes was – bleek een uitdaging. Maar eindelijk waren beide schoenen dichtgeknoopt en was ze klaar om te gaan.

Ze rende de kamer uit en stuitte pal op een grote, stevige gestalte. De adem werd haar benomen en ze greep de muur vast om niet te vallen. Even werd haar zicht wazig en ze knipperde een paar keer met haar ogen. Ze concentreerde zich op meneer Baxter, die haar woedend aan stond te kijken.

'Je bent laat,' blafte hij.

'Ik… ik weet het.' Sadie dwong zichzelf om rechtop te staan. Haar rechterjukbeen bonsde. Ze had het kennelijk gestoten tegen zijn voorhoofd, want boven zijn linkerwenkbrauw was een ronde, rode plek zichtbaar. 'Ik was in slaap gevallen en…'

'Dat hebben mijn zussen me verteld. Maar dat is geen excuus, dat heb ik tegen hen ook gezegd.' Hij pakte haar arm en gaf haar een duwtje, zodat ze naar de trap vloog. Ze werd overvallen door duizeligheid… zou ze van de trap tuimelen? Weer pakte hij haar arm, om haar overeind te houden. 'Omdat ik Melva en Shelva de leiding heb moeten geven over de verkoop van de laatste kaartjes, ben ik de tel kwijt hoeveel mensen er binnengekomen zijn. Maar het belooft vanavond een volle zaal te worden. Als ik kaartjes moet vergoeden, houd ik het in van je loon. Dus maak dat je beneden komt en zing of je leven ervan afhangt, dame.' Hij schudde haar arm ruw en liet haar los. 'Als je niet voldoet, staan er anderen klaar om je plaats in te nemen.'

'Ja, meneer!' Sadie rende naar de trap. Ze passeerde juffrouw Melva en juffrouw Shelva in de bocht naar de keldertrap, maar ze sloeg geen acht op hun schuldbewuste blikken. Ze durfde niet stil te staan om hen gerust te stellen – niet met meneer

Baxter in haar kielzog, rood aangelopen en boos. Hoewel haar hart sneller bonsde dan de hoeven van de paarden die de op hol geslagen wagen trokken, slaagde ze erin haar schouders naar achteren te trekken en met opgeheven hoofd de concertzaal te betreden. Op haar binnenkomst brak een applausje los. Het warme welkom kalmeerde Sadies geteisterde zenuwen en ze stapte tussen de glimmende zuilen op het podium en glimlachte naar de zee van verwachtingsvolle gezichten.

Hoewel ze meestal begon met een kerkgezang, fluisterde ze tegen de pianist dat hij een eenvoudige ballade moest spelen als haar openingsstuk. Het langzame tempo en het vertellende karakter van het lied gaf haar de kans om op adem te komen. Haar baas stond achter de rijen zitplaatsen, zijn armen gevouwen over zijn brokaten vest en een strenge frons op zijn gezicht. Sadie richtte haar blik op de muur achter hem en liet zich weer meevoeren door de muziek. Onder het zingen won ze aan kracht en met een gemak even natuurlijk als ademhalen ging ze van het ene stuk naar het andere. Ze maakte haar blik los van de muur en liet hem dwalen over de gezichten van haar luisteraars. Verrukte gezichten wakkerden het verlangen aan om haar uiterste best te doen, en haar stem rees omhoog als reactie op het kennelijke plezier van het publiek. Ze verplaatste haar lichaam licht en wendde haar gezicht naar de zuidelijke muur, waar meneer Baxter een smal platform had gebouwd en voor een enkele rij zitplaatsen had gezorgd – wat hij 'logeplaatsen' noemde. Haar blik ontmoette die van Thad. Haar hart sloeg een slag over en haar stem haperde. Vlug keek ze langs hem heen en ontdekte Sid rechts van Thad. Zijn hartstochtelijke gezichtsuitdrukking maakte dat haar mond droog werd.

Opnieuw vestigde ze haar blik op de achterste muur en slaagde erin het recital zonder ongelukken te voltooien door te kijken naar een smalle kier die als een bliksemschicht van het plafond naar de bovenkant van de deurpost zigzagde. Aan het einde van haar laatste lied stond het publiek als één man op en bood een staande ovatie. Sadie maakte met gebogen hoofd een kniebuiging, haar hart bonzend op hun uitbundige lof.

Zoals haar gewoonte was geworden, vertrok ze door het middenpad terwijl de aanwezigen op hun plaats bleven zitten, knikkend en dankbaar glimlachend. Toen ze aan het eind van het gangpad was, zette ze koers in de richting van de deur. Maar voordat ze erdoor kon passeren, greep een hand haar bij de arm. Sadie bevroor.

Meneer Baxter boog zich dicht naar haar toe, zijn adem warm op haar wang. 'Ga naar boven naar je kamer tot iedereen weg is, en kom dan weer naar beneden. Ik wil je spreken.'

Sadie knikte snel en hij liet haar arm los. Ze snelde de trap op, haar hart bonzend van angst en beven. *O, God, laat hij me alstublieft niet ontslaan!*

20

Asa liep met grote stappen langs de rand van het podium. Hij had de meeste lichten gedoofd, maar de kandelabers langs één muur laten branden – die boven de rij logeplaatsen. De overkoepelde kandelabers konden niet tot de hele ruimte doordringen, zodat het podium in duister gehuld bleef. Het donker gaf de ruimte een geheimzinnig element dat hem wel beviel.

Trippelende voetstappen waarschuwden hem voor de komst van juffrouw Wagner. Hij wendde zich naar de dubbele deuren toen ze binnenstapte. Haar bezorgde gezicht vergrootte Asa's machtsgevoel. Hij zette zijn vuisten op zijn heupen en zette een strenge, boze blik op terwijl ze door het gangpad naar hem toe kwam lopen.

'M-meneer Baxter?' Ze beet op haar onderlip en klemde haar handen voor zich in elkaar.

Hij liet een paar seconden voorbijgaan om haar even in spanning te laten voordat hij een licht gebrom liet horen waarvan ze opschrok. 'Je hebt vanavond goed gezongen. De mensen waren tevreden.'

Ze keek zo verward dat hij bijna moest lachen. Hij had haar weloverwogen een compliment gegeven, maar op zo'n afkeurende toon dat hij haar flink in de war had gemaakt. Hij slikte zijn lach in en ging verder.

'Nu ik weet wat voor publiek ik hier kan krijgen voor je *gezangen* en zo' – hij nam niet de moeite om zijn spot voor haar keuze van liederen te verbergen – 'wordt het tijd om uit te breiden en ook een paar nieuwe dingen te proberen.'

Juffrouw Wagner fronste haar wenkbrauwen. 'N-nieuwe dingen?'

Asa liep met grote stappen naar de hoek van het podium en griste de stapel muziek op die hij verzameld had. Timide als een kerkmuis stond ze op hem te wachten toen hij bij haar terugkwam en haar de papieren toestak. 'Vanaf eind juli gaat de concertzaal op dinsdagavond open. Voor speciale optredens.'

Ze bladerde door de muziek, haar ogen gleden over de titels. 'Dit zijn… heel andere nummers dan mijn gewone.'

Hij snoof. 'Dat mag ook wel. Dat andere wat je doet… dat past bij een gemengd publiek. Maar die dinsdagavondshows? Die zijn alleen voor mannen.'

Haar vingers verkreukten de muziekbladen. 'Maar…'

Asa overstemde haar protest. 'Van acht tot elf. Omdat het een langere show is, verdien je meer. Vijf dollar per avond.'

Haar ogen werden groot. 'Vijf dollar!'

Zijn zussen betaalden het meisje vijf dollar voor een volledige zesdaagse werkweek in de markthal. Natuurlijk stond ze versteld van de som. Asa grijnsde. 'Dat klopt. Omdat deze show later afgelopen is, zal ik met Melva en Shelva praten of je van nu af aan op woensdagochtend vrij kunt krijgen. Misschien moet ik ze zelfs overhalen je vrijdag- of zaterdagmiddag ook vrij te geven, om je meer tijd te geven om te ontspannen voor je optreden. Misschien houden ze iets in op je loon, maar dat maak je goed met zingen, dus dat doet niemand kwaad. Je hebt nog steeds meer dan genoeg om naar huis te sturen naar je vader en moeder.'

Hij sprak energiek, zelfverzekerd. Een klein muisje als zij zou het niet wagen te kibbelen met de kater. 'Ik heb het nieuws over die speciale amusementsavonden voor mannen, die op de drieëntwintigste juli zullen beginnen, al verspreid. Dan heb je iets meer dan een week om deze liedjes te leren. Zo'n slim meisje als jij zal daar geen enkele moeite mee hebben.'

Juffrouw Wagner bestudeerde met gefronste wenkbrauwen nogmaals het muziekblad. Ze beet op de binnenkant van haar wang. Het amuseerde Asa om haar zo diep in gedachten verzonken te zien. Terwijl zij druk nadacht, liep hij naar de uiterste hoek van de ruimte en trok het gordijn opzij. De robijnrode jurk die hij speciaal in Chicago had besteld, hing aan een haak. Hij had ook een hoed besteld – een zwart fluwelen met veren, zaadparels, brutaal rode glazen steentjes en een opgerolde rand die diep over juffrouw Wagners ogen zou zitten. Hij had een barmeisje gezien met zo'n zelfde hoed en dat beeld was hij nooit vergeten. Hij popelde om te zien hoe juffrouw Wagners lichtblonde haar afstak tegen het diepzwarte fluweel.

Hij haalde de jurk van de haak, stoof terug naar het podium en hield haar de japon voor. 'Ik heb ook een jurk voor je om op de dinsdagavondshows te dragen... iets wat de mannen zeker zal behagen.'

Ze keek op van de muziek en zag de jurk. Haar ogen werden groot als schoteltjes en alle kleur trok weg uit haar gezicht. 'Dat is een... ordinaire jurk, meneer Baxter! Zoiets schandelijks kan ik nooit dragen!'

Asa keek boos. Hij frommelde de jurk op in zijn vuisten. 'Ik vraag je niet om hem naar je werk of 's zondags in de kerk te dragen. Alleen voor deze optredens.' Hij stak hem haar ruw toe en ze deinsde achteruit. Hij gromde van frustratie. 'Ik heb een flink bedrag neergelegd om die jurk voor je te laten maken, juffrouw Wagner, en je zult hem aantrekken.'

Ze strompelde naar achteren en schudde haar hoofd. 'Het spijt me, meneer Baxter. Maar ik... ik kan die jurk niet dragen. En ik kan deze liedjes niet zingen.' Ze stak haar arm uit en bood hem de verfrommelde muziekbladen. 'Ik wil met alle plezier op vrijdag- en zaterdagavond blijven optreden, maar voor uw dinsdagavond-programma's zult u op zoek moeten naar een andere zangeres.'

Asa fronste zo diep dat hij er hoofdpijn van kreeg. 'Als ik iemand anders moet zoeken voor de dinsdagen, vraag ik die persoon ook om op vrijdag en zaterdag te zingen. Dan sta je niet meer op het toneel, juffrouw Wagner. Is dat wat je wilt?'

Hij zag een strijd afspelen op haar bleke gezicht. Ze draaide wel bij. Ze moest wel; ze had het geld nodig. Bovendien had hij haar zien zingen. Ze kwam op het podium tot leven. Zingen voor een publiek was voor haar net zo verrukkelijk als geld verdienen voor hem. Misschien nog wel meer. En geld verdienen bracht hem dieper in vervoering dan wat ook op de wereld.

Ze schraapte haar keel. 'Meneer Baxter, ik dank u voor de kans om te zingen voor de mensen van Goldtree.' Tranen glinsterden in haar ogen. 'Maar wat u me nu vraagt te doen... het spijt me. Zoek maar een andere zangeres.' Ze stak hem de muziek toe. Toen hij die niet wilde aannemen, liet ze de bladen vallen en vluchtte de zaal uit.

Asa staarde haar na, te verbluft om de achtervolging in te zetten. Hij bleef een paar minuten staan met de rode jurk in zijn hand. Toen vloekte hij en gooide de jurk boven op de verspreide muziekbladen aan zijn voeten. Een andere zangeres zoeken? Waar moest hij een andere zangeres vandaan halen die naar dit gehucht wilde komen? En al vond hij er een, hoe moest ze de muziek op tijd leren voor de opening van zijn waarschijnlijk meest winstgevende onderneming tot nu toe?

Grommend schudde hij zijn gebalde vuisten naar het plafond. Zijn zorgvuldig belegde plannen begonnen barstjes te vertonen. Ze had hem de voet dwars gezet. En *niemand* zette Asa Baxter de voet dwars. Hij raapte de jurk en de muziek op en deed zichzelf in stilte een plechtige belofte. Hij zou Sadie Wagner op andere gedachten brengen. Zijn handen bleven stil, een sluwe grijns brak uit op zijn gezicht. En hij wist wie hij daarvoor moest gebruiken.

Sadie woog de puntzak met suiker af, rolde de bovenkant dicht en overhandigde hem over de toonbank aan mevrouw Hanaman. 'Dat is dan vijf cent.'

De vrouw stak haar hand in haar kleine damestasje met kraaltjes en haalde er een ronde zilveren munt uit. 'Alstublieft, juffrouw Wagner.' Terwijl ze de puntzak van Sadie aannam, voegde ze eraan toe: 'Roscoe en ik hebben gisteravond zo genoten van uw optreden. Ik ben dolblij dat hij seizoenkaarten heeft gekocht – de eerste die meneer Baxter aanbood – zodat we geen enkele voorstelling hoeven over te slaan. Is het repertoire van vanavond hetzelfde als gisteravond?'

Sadie was te neerslachtig om veranderingen aan te brengen voor de laatste keer dat ze op het podium van de concertzaal van Goldtree zou staan. Ze knikte.

Mevrouw Hanaman straalde. 'O, verrukkelijk. Er zijn verscheidene nummers die ik graag nog eens wil horen.'

Sadie lippen trilden in een poging tot een oprechte glimlach. Ze slikte haar tranen in. 'Dank u, mevrouw Hanaman. Ik… ik zing echt heel graag.'

Mevrouw Hanaman legde haar hand op die van Sadie. 'En u hebt er talent voor. Ik heb zangrecitals in verschillende steden in het oosten bijgewoond. Uw optreden evenaart en overstijgt zelfs vele daarvan. Iedereen kan de noten wel zingen, maar u, kind, zingt de *muziek*.' Haar woorden van lof wakkerden de hevige pijn in Sadies borst nog aan. 'U bent zo'n aanwinst voor Goldtree, juffrouw Wagner.'

Sadie boog haar hoofd, verlegen maar blij met de complimenten. 'Dank u, mevrouw.'

'Heel graag gedaan.' Ze stopte het zakje met suiker onder haar arm en glimlachte nog eens. 'Tot vanavond.' Ze schreed weg, de struisvogelveer van haar hoed zachtjes deinend in de maat met het ruisen van haar smaragdgroene rokken.

Juffrouw Melva gluurde over een plank en keek mevrouw Hanaman na. Toen de hordeur achter de vrouw dicht was gevallen, snelde juffrouw Melva naar de toonbank. 'Iets aan die vrouw irriteert me mateloos.'

Juffrouw Shelva stak haar hoofd uit de opslagruimte en blèr

de: 'Nou, Zus, niet bijten in de hand die je voedt. De Hanamans doen hier heel wat inkopen. We hebben hun klandizie nodig.'

Juffrouw Melva keek haar zus boos aan. 'Ik zeg het niet *tegen* haar, alleen *over* haar. En Sadie zal het heus niet herhalen.' Ze wendde zich weer tot Sadie en dempte haar stem enigszins. 'Ze heeft het grootste deel van haar volwassen leven hier in Goldtree gewoond, maar toen ze nog een meisje was, heeft haar moeder haar voor een jaar of twee naar het oosten gestuurd, naar een tante die allemaal hoogdravend gezwam in haar hoofd heeft geplant. Ze is zo hooghartig dat een mens amper een gesprek met haar kan voeren.' Ze snoof en stak haar puntkin in de lucht. 'Ik zie niet in waarom ze beter zou zijn dan een ander. Alleen omdat haar man de eigenaar van de bank is, en zij van die mooie jurken draagt en diamanten zo groot als erwten in haar oren heeft.' Juffrouw Melva kneep in haar eigen blote oorlelletje en streek met haar handen over de voorkant van het schort van gebleekte katoen dat ze over haar eenvoudige bedrukte katoenen jurk heen droeg.

Sadie zocht naar woorden om juffrouw Melva te overtuigen van de eigenwaarde waaraan het haar kennelijk ontbrak. Ze strekte haar hand uit over de toonbank, pakte de benige pols van haar werkgeefster en gaf er een zacht kneepje in. 'Je kunt beter een hart van goud hebben dan een overstromende geldkist. U en juffrouw Shelva bezitten de reinste harten die ik ooit heb gekend.'

Juffrouw Melva stormde om de toonbank heen en juffrouw Shelva kwam aanstormen uit de opslagruimte. Ze omsloten Sadie in een gezamenlijke omhelzing die haar bijna de adem benam.

Juffrouw Melva schreeuwde: 'Dat is het liefste wat ooit iemand tegen ons gezegd heeft.'

'Ons hart draait ervan binnenstebuiten, Sadie,' voegde juffrouw Shelva eraan toe.

Het viel Sadie op dat juffrouw Shelva 'hart' zei, en niet 'harten'. Soms meende ze dat de vrouwen zichzelf als twee helften van één mens zagen. Ze wurmde haar armen los en sloeg er een om juffrouw Shelva en de andere om juffrouw Melva heen. Tranen prikten achter haar ogen. Als Asa het haar moeilijk ging maken nu ze niet was ingegaan op zijn eis om schuine liedjes te zingen en zich te kleden als een barmeid, zou ze misschien moeten vertrekken uit Goldtree. Het zou heel moeilijk zijn om afscheid te nemen van de vrijgezelle zussen, die tegen elkaar tekeer gingen maar Sadie omhelsden alsof ze hun eigen kind was.

Het belletje boven de hordeur rinkelde om hen te waarschuwen voor de komst van een nieuwe klant. Snuffend liet de tweeling Sadie los en bette hun ogen met hun schort, met precies op elkaar afgestemde bewegingen. Juffrouw Shelva haastte zich terug naar de opslagruimte en riep: 'Ik moet die kisten met schoenen gaan uitpakken.'

Juffrouw Melva ging op weg naar de trap. 'Ik ga onze lunch klaarmaken. Sadie, let jij op de winkel!'

Vlug veegde Sadie met haar schort over haar ogen en wilde de klant gaan begroeten. Ze verschoot van schrik toen Thad aan de andere kant van de toonbank bleek te staan. Haar hart sloeg een slag over en haar ademhaling volgde dat voorbeeld en kwam in haperende stootjes. Denkend aan hun laatste ontmoeting – zijn boosheid, gevolgd door een bezitterige kus – voelde ze zich heen en weer geslingerd tussen zich in zijn armen gooien of naar boven rennen, waar ze zich kon verstoppen voor de tumultueuze gevoelens die hij in haar teweeg had gebracht.

Ze drukte haar bezwete handpalmen op het gehavende blad van de toonbank en zette een glimlach op. 'D-dag, Thad. Wat kan ik voor je doen?'

Het zette een elleboog op de toonbank en leunde erop, zijn groene ogen glommen. 'Je hebt me iets te vergeven.'

Ze knikte twee keer, te verrast om iets te zeggen.

'Ik wilde het je gisteravond vragen toen je klaar was met zingen, maar Asa zei dat je vroeg naar bed ging, dus ik ben niet gebleven.' Hij zuchtte, zijn adem beroerde de kleine piekjes die altijd aan haar knot ontsnapten. 'Ik ben gisteren nogal hard voor je geweest.'

Je lippen waren helemaal niet hard. Ze keek naar zijn lippen, de bovenste afgeschermd door de koolzwarte snor. Zijn bakkebaarden waren zo zacht dat ze haar niet eens waren opgevallen toen hij haar kuste.

'Het kwam doordat ik zo geschrokken was,' vervolgde Thad. 'Je had overreden kunnen worden. Gewond kunnen raken. Zelfs dood kunnen zijn.' Zijn gezicht vertrok. 'De schrik ging heel gauw over in boosheid, maar ik had niet zo lelijk tegen je moeten doen. Het spijt me echt, Sadie. Wil je me vergeven?'

Sadie boog haar hoofd. Ze had ook lelijk tegen hem gedaan, ze had hem de schuld gegeven van het verlies van haar brieven en gezegd dat hij een nepsheriff was. Ze zou nooit weten wat mama haar geadviseerd had met betrekking tot Thad, maar op dat moment leek mama's mening niet zo belangrijk. Ze bekommerde zich alleen om haar eigen gevoelens. Ze gluurde tussen haar wimpers door naar Thad en fluisterde: 'Ik vergeef je. En wil je mij vergeven dat ik je bestookte met beschuldigingen? Ik... ik zat ook verkeerd.'

Een tedere glimlach tilde de punten van zijn snor omhoog en veroorzaakte kleine lichtjes in zijn ooghoeken. Hij plukte zijn hoed af en legde hem opzij voordat hij zijn hand op de hare legde.

'Alles is vergeven.' Hij gaf een kneepje in haar hand. 'Zijn we weer vrienden?'

Sadie hief haar gezicht naar hem op. Ze lachte zacht. 'Dat zijn we altijd gebleven.' Wat vreemd om deze man die ze nog maar zo kort kende volledig te vertrouwen, maar de weken van onzekerheid en angst smolten weg onder de warmte van zijn glimlach. Ze werd overvallen door spijt. Ze had kostbare tijd verloren laten gaan – dagen die ze nooit meer terug kon krijgen – met de vraag of hij haar misleid had.

'Er is nog iets anders wat ik je wilde vragen.' Zijn hand hield de hare nog steeds stevig vast en hij keek rond in de lege markthal. Toen boog hij zich over de toonbank, zijn gezicht zo dicht bij het hare dat zijn adem haar wangen kuste. 'Dit is niet het juiste moment of de juiste plaats, maar ik wil geen minuut meer verloren laten gaan. Sadie, wil je me de eer aandoen verkering met je te hebben?'

Sadies adem stokte. Haar vrije hand vloog omhoog naar haar open mond. Ze staarde hem aan.

'Ik weet dat we elkaar nog niet zo lang kennen, maar ik weet genoeg om te zien dat je volmaakt voor me bent. Je hebt God lief, je wilt later een groot gezin, je bent een harde werker. En ik zie ons wel samen een gemeente dienen – ik als predikant, jij zingend…' Hij glimlachte, zijn vingers sloten strakker om de hare. 'We zijn voor elkaar gemaakt, vind je niet?'

Ja, dat vond Sadie ook. Met een bibberig lachje haalde ze haar hand van haar mond en legde hem boven op die van Thad, zijn hand klemmend tussen de hare.

'Dus mag ik je het hof maken, Sadie?' Hij scheen met ingehouden adem haar antwoord af te wachten.

Haar borst zwoegde een paar keer en toen riep ze uit: 'Ja!'

Thad trok zich los om zijn handen op de toonbank te zetten en over de houten barrière tussen hen heen te springen. Hij klemde haar in een omhelzing die haar voeten van de vloer tilde. Sadie sloeg met een gilletje haar armen om zijn nek en hield zich stevig vast. Hij lachte blij en Sadie reageerde door vrolijk terug te lachen.

'Wat spoken jullie in vredesnaam uit?'

Sadie gluurde over Thads schouder naar juffrouw Shelva, die vanuit de deuropening van de opslagruimte boos naar hen stond te kijken.

De oudere vrouw zwaaide met een magere vinger naar Thad. 'Thad McKane, het kan me niet schelen of je de stadssheriff bent, het gaat niet aan dat je hier binnenkomt en ons winkelmeisje aanklampt!' Ze kwam met grote stappen aanlopen, haar hakken weerkaatsten lawaaiig op de vloerplanken, en ze pakte Sadie bij de arm. Met een harde ruk bevrijdde ze Sadie uit Thads greep en zwaaide nogmaals met haar vinger. 'Verklaar je nader, jongeman!'

Thad grijnsde. 'Mag een man zijn aanstaande niet knuffelen?'

Juffrouw Shelva schrok op. 'Aanstaande?' Ze pakte Sadies schouder vast en keek haar strak aan. 'Is dat zo, Sadie? Is hij je vrijer?'

Vrijer... wat een heerlijk woord! Sadie giechelde. 'Ja, mevrouw.'

Juffrouw Shelva keek boos. 'Sinds wanneer?'

Sadie zuchtte. 'Sinds *nu*.'

Juffrouw Shelva perste haar lippen zo strak op elkaar dat ze verdwenen. Ze keek van Sadie naar Thad en weer terug. Toen wendde ze zich tot Thad. 'Goed dan. Maar je kunt hier maar niet zomaar wanneer je wilt binnenkomen en Sadie van de vloer tillen. Verkering is aan regels gebonden, hoor, en dat Sadie hier in de stad geen familie heeft om een oogje op haar te houden, wil niet zeggen dat er niemand oplet. Zus en ik houden je in de gaten, dus zorg dat je je gedraagt, Thad McKane!' De oudere vrouw had tranen in haar ogen. Haar kin beefde. 'Wij zijn toevallig niet zo'n klein beetje dol op juffrouw Sadie.'

Thad stak zijn armen uit en omhelsde juffrouw Shelva. 'Ik ben zelf ook een beetje dol op haar en ik beloof niets onbetamelijks te doen. U hebt mijn woord.'

Juffrouw Shelva klopte Thad op de rug, snoof en rukte zich los. Ze wierp hem een dreigende blik toe. 'Zie dat je het houdt.' Toen draaide ze zich om en stormde naar de trap, bulderend: 'Zus! Onze Sadie heeft een vrijer!' Ze verdween om de hoek.

Thad lachte, toegeeflijk zijn hoofd schuddend. 'Die tweeling... het is me een stel.'

Sadie pakte zijn hand. 'Het is geweldig dat je zo aardig tegen ze doet.'

Zijn tedere blik boorde zich in de hare en zijn duim gleed liefkozend op en neer over haar pols. Rillingen van genoegen klommen langs haar ruggengraat. Wat had ze gedaan om de genegenheid van een man als Thad McKane te verdienen? Ze giechelde verlegen. 'Zou je me nog eens willen knuffelen, nu er niemand kijkt?'

Met een knipoog plaagde hij: 'Dat klinkt alsof juffrouw Melva en juffrouw Shelva van plan zijn de verkeerde helft van deze verkering in de gaten te houden.'

Haar wangen brandden.

Hij legde zijn hoofd in zijn nek en lachte. 'Ik denk dat ik iets voor je heb wat je nog liever hebt dan een knuffel.'

Sadies hart begon twee keer zo hard te slaan. Zou hij haar weer kussen? Maar hij trok zijn hand uit de hare en liet hem onder zijn vest glijden. Hij haalde er een verkreukte, met stof besmeurde envelop onder vandaan. De voorkant was beschreven in papa's onvaste handschrift. Sadie gaf een gil en rukte hem uit zijn hand. 'Mijn brief!'

'Eentje maar. De andere kon ik niet vinden.' Thads stem klonk spijtig. 'Maar deze zat vast in de braamstruiken aan de rand van de stad.'

Sadie staarde hem verbijsterd aan. 'Ben je gaan zoeken?' Ze had gedacht dat ze onmogelijk te vinden zouden zijn. Hij had zelf gezegd dat ze waarschijnlijk al in de volgende provincie waren. Toch was hij op jacht gegaan.

Hij grinnikte jongensachtig. 'Ik moest het tenminste proberen. Ik weet hoe kostbaar woorden van thuis zijn.' Hij fronste pijnlijk, maar veegde met zijn hand over zijn gezicht en de glimp van verdriet verdween. Hij pakte zijn hoed, hield hem tegen zijn bovenbeen en zette een reusachtige stap naar de deur. 'Ik ga, dan kun je weer aan het werk.' Om zich heen kijkend in de nog steeds stille winkel – een ongewone gebeurtenis voor een zaterdagmiddag – voegde hij eraan toe: 'Of misschien kun je even wegglippen om je brief te lezen.'

Ze klemde de vieze envelop tegen haar hart en zag in gedachten de man voor zich die de woorden in de brief had geschreven. 'Ik popel om hem te lezen.'

'Doe dat dan.' Hij zette zijn hoed op zijn hoofd en trok de rand diep naar beneden. Hoewel de rand een schaduw over zijn ogen wierp, bespeurde Sadie de vonk van zijn glimlach. 'Tot vanavond, Sadie, in de zangzaal.' Hij draaide zich op zijn hakken om en opende de deur. De bel rinkelde vrolijk ten afscheid.

Sadie zonk neer op het keukentrapje achter de toonbank en begon de flap te openen. Maar voordat ze erin geslaagd was de velletjes uit de envelop te halen, viel haar een plotselinge gedachte in. Ze had tegen meneer Baxter gezegd dat ze de rode jurk niet wilde dragen en de liedjes die hij had uitgekozen niet wilde zingen. Als ze niet zong, verdiende ze het extra geld niet dat mama en papa nodig hadden. Als ze niet genoeg kon verdienen om haar familie te ondersteunen, had het geen zin om in Goldtree te blijven.

Ze had toen tegen meneer Baxter gezegd dat hij maar iemand anders moest zoeken, en gemeend dat ze daar goed aan deed. Maar ze dacht na over het verlies van zoveel kostbare dingen – juffrouw Melva en juffrouw Shelva, genoeg geld verdienen om te voorzien in de nood van haar familie en het genoegen van de verkering met Thad.

Ze kneep haar ogen stijf dicht en overpeinsde of iets twijfelachtigs doen juist kon zijn als het de weg baande voor zoveel goede dingen.

21

Sid stond even stil op de hoek van de markthal en ging opzij om andere mensen die in een rij door het steegje kwamen niet in de weg te staan. Hij had het een beetje dom van Asa Baxter gevonden om de ingang naar de concertzaal aan de achterkant van het grote gebouw te maken, maar het scheen te mensen niet te hinderen. Ze kwamen in een gestage stroom. Mooi dat hij een van de speciale logeplaatsen gereserveerd had. Een plaats op het verheven platform kostte meer, maar het betekende dat hij zich niet meteen naar beneden hoefde te haasten – zijn plaatsje wachtte op hem.

Hij voelde aan zijn das of de knoop nog wel strak zat en veegde met zijn handen over de revers van zijn beste jasje. Hij wilde niet dat een stofje zijn uiterlijk bedierf. Hij was doorgegaan met kleine verrassingen voor Sadie achter te laten op de veranda van de markthal, maar had voor het overige afstand gehouden om Sadie niet te veel onder druk te zetten. Maar vanavond was hij van plan om na de show te blijven om een paar momentjes met haar te stelen, misschien zelfs een kus, zodat ze zeker wist hoeveel hij om haar gaf. Zijn mond werd droog als hij eraan dacht zijn lippen op de hare te drukken. Hij had te lang gewacht met Sadie voor zich op te eisen.

'Ha, Sid.'

Sid keek op en de postbode van het stadje en zijn vrouw stonden hem glimlachend aan te kijken.

'Ga je ook naar het optreden?' vroeg mevrouw Rahn.

'Dat klopt.' Sid trok aan de onderkant van zijn jasje om de

knopen op een rij te krijgen. 'Ik heb nog geen van Sadies op-tredens overgeslagen.'

'Ze heeft een prachtige stem,' zei mevrouw Rahn.

Meneer Rahn stak drie vingers op. 'Dit wordt voor ons de derde keer dat we haar horen. De vrouw en ik hebben er steeds van genoten.'

Sid trok trots zijn schouders naar achteren. 'Wij hebben altijd al gezegd dat Sadie een publiek blij kan maken.'

Het echtpaar lachte en mevrouw Rahn zei: 'Kennelijk had je gelijk.' Ze trok zachtjes aan haar mans arm en wendde zich naar de veranda.

Maar meneer Rahn bleef stokstijf staan. 'Ik weet niet of juf-frouw Sadie het gezegd heeft, maar er ligt een brief op je te wachten op het postkantoor… iets uit Indiana.'

'Ik heb Sadie al een tijdje niet gezien. Druk gehad met wer-ken,' antwoordde Sid. Door dat werk kon hij genoeg sparen om een mooi huis voor Sadie te kopen. Uiteindelijk zou het het allemaal waard zijn.

Meneer Rahn zei: 'Misschien kun je maandag even langs-komen om hem op te halen.'

Sids ouders hadden hem maar één keer eerder geschreven, om hem te smeken terug te komen. Hij had weinig zin om weer een schuldgevoel oproepende smeekbede te lezen, maar hij knikte. 'Ik kom maandag langs.'

'Mooi. Mooi.' Meneer Rahn zwichtte voor het aandringen van zijn vrouw en Sid volgde het paar. Hij stapte de veranda op en knikte naar Asa, die naast de deur kaartjes stond te verzame-len.

Asa hield Sid tegen met een hand op zijn arm. 'Wacht even. Ik moet je spreken.'

Sid slikte een protest in. Hij had op dit moment geen dienst, maar hij kon beter geen ruzie maken met zijn baas. Hij stapte van de veranda en wachtte onrustig in het spaarzame gras vlak-bij tot de laatste persoon door de achterdeur naar binnen was.

Eindelijk wendde Asa zich tot hem. 'We hebben een probleem.'

Sid fronste. 'Wat dan?'

'Je niet.' Asa vouwde zijn armen over zijn borst en keek vanaf zijn plek op de veranda op Sid neer. 'Ze weigert een avond extra te werken.'

Sid werd besprongen door beschermingsdrang. Hij stopte zijn handen in de zakken van zijn jasje om Asa niet te laten zien hoe hij ze tot vuisten balde. 'Ze zingt al twee avonden. Dat is veel optreden. Het eist zijn tol van haar.'

Asa boog zich naar Sid toe, zijn ogen tot spleetjes samengeknepen. 'Ik vraag haar niet elke avond van de week te zingen. Eén extra avond maar. Maar ze weigert.' Er verscheen een zelfvoldane blik op zijn vlezige gezicht. 'Ik heb haar verteld dat ik iemand anders ga zoeken als ze mijn rooster niet wil volgen. Dus dat is wat ik van plan ben.'

Sids gedachten raasden. Als Sadie niet kon zingen, zou haar inkomen aanzienlijk dalen. Als ze in Kansas niet genoeg geld verdiende om voor haar familie thuis te zorgen, pakte ze misschien haar spullen om naar Indiana terug te keren.

Asa ging verder. 'Ik vind dat jij me deze ellende bezorgd hebt… jij hebt me overgehaald het eens met haar te proberen. En nu laat ze me in de steek. Ik ben er niet blij mee, Sid, dat kan ik je wel vertellen.'

Sid slikte.

'Kijk, het is niet dat ik een hekel aan je heb. Je werkt hard voor me. Eerlijk gezegd hoopte ik je te bevorderen in mijn vervoersbedrijf – meer verantwoordelijkheden, beter loon. Maar nu…'

Sid kromde zijn handen over de reling. 'Wat kan ik doen om het goed te maken?' Als hij zijn baan bij Asa kwijtraakte, kwam hij ook weer in Indiana terecht. Terug naar de mijnen, net als zijn vader en oom, zwart stof inademen, bang zijn voor instortingen, nooit vooruit komen. Vooruitgang in Asa's bedrijf was beter dan alles wat hem thuis wachtte, al betekende het dat Sadie er ook was. Hij moest er iets aan doen, zodat Sadie en hij allebei hier in Kansas konden blijven in plaats van hun dromen weg te gooien.

Asa boog zich naar voren tot hij bijna neus aan neus met Sid stond. 'Haal haar over alle drie de avonden te zingen. Zo eenvoudig is het. Zij houdt haar baan, jij houdt je baan. Ik ben blij, jij bent blij. Het lijkt me het beste voor iedereen, vind je niet?'

Sid keek naar Asa's zelfvoldaan grijnzende gezicht. De man had hem in een hoek gedreven en hij wist het. Sid zuchtte en boog zijn hoofd. 'Goed. Ik zal met haar praten.'

Asa gaf hem een klap op zijn schouder. 'Brave kerel. Ik wist wel dat ik op je kon rekenen. O... en dan nog iets...' Hij keek de binnenplaats rond en bracht zijn gezicht dicht bij Sids oor. 'Die extra avond zingen? Dat is alleen op uitnodiging – heel bijzonder. Dus vertel het niet verder in de stad. Misschien dat sommigen beledigd zijn als ze weten dat ze niet gevraagd zijn.'

Sid fronste. Er zat een luchtje aan de hele opzet. Voordat hij vragen kon stellen, trok Asa de deur open. Een zoete melodie zweefde vanuit de kelder omhoog.

'De voorstelling is begonnen. Gauw naar beneden.' Asa lachte, het klonk eerder dreigend dan vrolijk. 'Het zou jammer zijn om een stem als juffrouw Sadie tot zwijgen te brengen. Ja, dat zou zeker jammer zijn...'

Sid schoot langs Asa heen. Sadie zou blijven zingen. Wat het ook kostte, ze *zou* blijven zingen. Daar zorgde hij voor.

Thad stapte het kantoor van de sheriff uit en kon nog net zijn hoed afnemen voor juffrouw Melva en juffrouw Shelva, die in hun zondagse kleren langs stiefelden op weg naar de episcopaalse kerk. Het stel knikte eensgezind, hun voetstappen precies in de maat op de stoep. 'Een gezegende Dag des Heren, sheriff,'

zeiden ze in koor met een stem die Thad aan snaterende ganzen deed denken.

'Dank u, dames. U ook.'

In de loop van zijn weken in Goldtree had Thad van iedere inwoner vastgesteld welke kerk hij bezocht. Hij wenste dat hij zich bij één gemeente kon aansluiten, maar hij wilde niemand voortrekken, dat leek hem niet juist. Dus hij bleef de kerken afwisselen. Vandaag ging hij naar de congregationalisten.

Hij sloeg de tegenovergestelde richting in waarin de tweeling was verdwenen en kreeg Sadie in het oog aan de andere kant van het blok, ze maakte zich op om over te steken. Hoewel hij wist dat het niet beleefd was om te schreeuwen tegen een dame, zette hij zijn handen aan zijn mond en toeterde: 'Sadie, wacht!'

Thad zette het op een holletje, zijn laarzen daverden op de planken stoep. Ze wachtte, de neus van een laars piepte onder de lange rok uit van de bruinrode jurk die ze 's zondags naar de kerk en bij haar optredens droeg. De donkere kleur verschafte de volmaakte achtergrond voor haar glanzende gouden lokken. Ze zag er zo lieflijk uit in het zonlicht, met een bijbel in haar armen en een hoedje een beetje scheef op haar zorgvuldig gekamde haar, dat hij een steeds breder wordende glimlach niet kon binnenhouden.

'Ik loop met je mee. Het is mijn zondag voor het onderwijs van dominee Wise.'

Zonder woorden stopte ze haar gehandschoende hand in de kromming van zijn elleboog. Samen staken ze de straat over. Hij dacht na over haar vreemde zwijgen. In de weken nadat hij haar op straat had aangehouden, was ze afstandelijk schichtig geweest, maar hij meende dat hun gesprek van gistermiddag haar terughoudendheid had verjaagd. Hij smoorde een lach toen hij eraan dacht dat ze om nog een omhelzing had gevraagd nadat ze had toegestemd in verkering met hem.

Zijn lach verdween toen hij zich herinnerde hoe ze hem gisteravond na haar optreden ontweken had, een excuus mompelend dat ze moe was en naar bed wilde. Hij was vol begrip geweest, maar toen hij later zijn avondronde deed, had hij haar met haar neef Sid op de trap van de achterveranda zien zitten. Hij had afstand gehouden, maar nu vroeg hij zich af wat ze besproken hadden. Zijn warme, liefdevolle Sadie was weer verbleekt tot een koele, afstandelijke vrouw.

Ze betraden het houten gebouw zonder dat ze een woord zei. De twee lange banken achter de preekstoel die als podium voor het koor dienden, waren al gevuld. Hij knikte naar voren. 'Je kunt beter opschieten. Het koor zit al op zijn plaats.'

'Ik zing vandaag niet.' Ze sprak zo zacht, dat hij haar bijna niet gehoord had.

'Ben je niet lekker?' Als ze ziek was, verklaarde dat haar vreemde gedrag.

Ze schudde haar hoofd.

'Nou, waarom ga je dan niet zingen?'

Ze wendde haar gezicht af, perste haar lippen op elkaar tot een strenge streep en gaf geen antwoord.

Wat was er in haar gevaren? Hij had niet gedacht dat ze een neiging had tot humeurigheid. Hij slikte zijn ergernis in, wees naar een lege bank in het midden. 'Laten we daar gaan zitten.'

Ze trok haar hand los uit zijn elleboog en wierp hem een droevige blik toe terwijl ze haar hoofd schudde. 'Ik ga bij Cora zitten.'

Thad keek rond in de halfronde kerkzaal en zag Cora op een stampvolle bank voorin zitten. Daar konden ze met z'n tweeën niet meer bij. 'Wil je niet bij mij zitten?'

Weer dat droevige hoofdschudden. Ze liep door het middenpad en gleed de bank in naast de eethuiseigenares, die haar begroette met een zachte glimlach die Sadie niet teruggaf. Thad fronste zijn wenkbrauwen. Haar ongewone afstandelijkheid strekte zich in ieder geval ook naar anderen uit. Het was een kleine troost, maar niettemin een troost.

Hij plofte neer aan het uiteinde van de bank die hij had gekozen en probeerde op te letten toen het koor opstond en de dienst opende met een gezang. Maar gedurende de hele dienst wierp hij steelse blikken in Sadies richting. Hoe graag hij ook naar het onderwijs van de dominee wilde luisteren, haar vreemde gedrag stoorde hem nog meer dan het gerucht dat hem had bereikt over een transport van flessen en kurken die afgeleverd waren bij een verlaten schuilhol aan de oostkant van het stadje. Een van de plaatselijke boeren had gezien dat de kisten uitgeladen werden en opgeslagen in het schuilhol. Maar toen Thad erheen was gegaan om de zaak te onderzoeken, was de plek leeg geweest. Hij had een heleboel wielsporen gezien en in de kleine keet was het stof beroerd, het bewijs van recente activiteit, maar er waren geen aanwijzingen met betrekking tot wie er was geweest en waarom.

Hij had gehoopt dat het praatje over de flessen hem eindelijk op het spoor zou zetten van de onbekende drankstoker. Maar zonder zelfs maar een kurk om te bewijzen dat de flessen bestonden, wist hij nog net zoveel als toen hij net in het stadje was aangekomen. Hanaman begon ongeduldig te worden en drong aan op een arrestatie. Maar wie moest hij arresteren?

Tot zijn verrassing merkte hij toen hij opkeek dat iedereen was gaan staan. Hij sprong overeind, ontzet door het onderdrukte gegiechel van een drietal kinderen die achter hem zaten. Wat een predikant moest hij voorstellen als hij niet eens naar de preek van een ander kon luisteren. Hij zong het slotlied met de gemeente mee; toen wachtte hij af tot Sadie langsliep zodat hij met haar mee naar buiten kon wandelen om de oorzaak van haar afstandelijke gedrag uit te zoeken. Maar Doyle Kirkhart, de stadsbarbier, stond stil om een praatje met hem te maken en tegen de tijd dat ze uitgepraat waren, was Sadie verdwenen.

Met een grom van frustratie stormde Thad over het grasveld naar de hoek. Hij speurde de straat af, maar zag haar nergens. Hij wreef over zijn kin en probeerde te bepalen wat hij moest doen. Hij had de ingrediënten voor een eenvoudige lunch in huis, dus hij kon naar de markthal lopen, de zoemer laten overgaan en haar vragen weer met hem te gaan picknicken. Misschien kon hij uit haar krijgen wat haar dwarszat. Maar stel dat ze het niet wilde vertellen?

Hij kwakte zijn hoed op zijn hoofd. Vrouwen! Het ene moment lachend en vergevensgezind, het volgende gesloten. Hij zette zijn voeten in beweging, elke stampende voetstap deed stof opwaaien. Hij wilde zijn zondag niet laten bederven door vraagspelletjes te doen met Sadie. Terwijl hij zich opsloot in zijn kleine woonvertrek achter in zijn kantoor en op zoek ging naar zijn voorraad brood en kaas, stierf zijn rechtvaardige verontwaardiging een zachte dood.

Wie hield hij voor de gek? Sadies verdriet was zijn verdriet. Hij voelde het in het diepst van zijn ziel. Ze wilde alleen zijn, anders was ze niet weggeglipt zonder hem te spreken. Dus hij zou haar alleen laten. Voorlopig. Maar morgen ging hij bij de markthal langs om te vragen of ze soms van gedachten veranderd was over hun verkering. En hij bad dat ze geen ja zou zeggen.

22

Sadie gaapte achter haar hand terwijl ze met de andere de deur van de markthal van het slot haalde. Ze had de afgelopen nacht heel weinig geslapen, nog minder dan de nacht daarvoor. Flarden van haar gesprek met Sid zaterdagavond – *'Hij ontslaat ons allebei als je niet zingt op die speciale shows-op-uitnodiging, Sadie'* – botsten op het advies in papa's brief – *Ik weet dat het moeilijk voor je is om ver weg te zijn, Sadie-kind, maar God is altijd bij je. Volg Zijn wegen en je komt elke keer op je pootjes terecht.* Sadie was er zeker van dat het God niet welgevallig was om te doen wat meneer Baxter vroeg. Maar het niet doen veroorzaakte zoveel strijd. Voor haar, voor Sid, voor haar familie. Dus wat was het beste?

Ze kneep haar ogen stijf dicht en fluisterde het gebed dat ze in de afgelopen twee dagen tientallen keren had gebeden. 'God, laat me zien wat ik moet doen.' Maar toen ze haar ogen opendeed, begroette haar slechts het vertrouwde straattafereel van Goldtree. Wat zou ze graag willen dat God Zijn antwoord in de lucht schreef, zodat ze duidelijke aanwijzingen had.

Als een bliksemschicht schoot een andere wijsheid uit papa's brief door Sadies geheugen: *Blijf elke dag in je bijbel lezen en praten met God.* Schuldgevoel stak. In de afgelopen weken had ze pijnlijk gefaald in het volgen van het voorbeeld van haar ouders. Thuis las papa elke avond voor aan het gezin. Maar hier in Goldtree leek het met al het werk in de markthal en de voorbereidingen op haar optredens alsof ze nooit een minuut over had. Uitputting aan het eind van de dag dreef haar 's avonds naar haar bed zonder de tijd te nemen om Bijbel te lezen of te bidden. Wat zouden papa en mama teleurgesteld zijn als ze het wisten.

Ze boog van schaamte haar hoofd en uit haar ooghoek kreeg ze een klein, in vetvrij papier verpakt bundeltje op de veranda in het oog. Ze zuchtte. Ze had Sid zaterdagavond opgedragen te stoppen met cadeautjes voor haar achter te laten, maar kennelijk had hij besloten geen acht te slaan op haar verzoek. Ze stelde zijn vriendelijke attenties op prijs, maar van zijn brutale hardnekkigheid moest ze niets hebben. Hoeveel attente daden Sid ook uitvoerde, ze bleef hem zien als het speelkameraadje uit haar kindertijd en haar neef. Nooit als vrijer. Wilde haar hart maar opspringen en vleugels krijgen in haar borst als Sid eraan kwam – zoals het op Thads nabijheid reageerde – wat zou alles dan een stuk eenvoudiger zijn.

Sadie nam het pakje op en maakte het papier los. Er zat een zoet broodje van Cora in. Nog warm. Hij moest nog maar net hier zijn geweest. De geur van kaneel zweefde omhoog en prikkelde haar neus. Sadie was altijd dol geweest op de geur en smaak van kaneel – die deed haar denken aan mama's appeltaarten – maar nu kwam haar maag in verzet. Zuchtend slofte ze naar de opslagruimte en gooide het zoete broodje in de afvalbak. Ze bleef even op de traktatie neer staan kijken en het huilen stond haar nader dan het lachen. Tot ze in staat was haar zorgen opzij te zetten, kon ze niet eten of slapen. Of zichzelf een ogenblikje tijd met Thad toestaan.

Er rolde een traan over haar wang en ze veegde hem weg met de rug van haar hand. Het had haar hart bijna gebroken gisteren om zo afstandelijk te doen nadat hij zo vriendelijk was geweest om de brief te brengen en haar om verkering te vragen. Maar als ze Goldtree ging verlaten, moest ze haar hart beschermen. En het zijne.

'Sadie?' schreeuwde een van de tweeling uit de winkel. 'Waar ben je?'

Sadie kwam bedrijvig de opslagruimte uit. 'Hier ben ik. Wat wilt u?'

Juffrouw Shelva noemde ratelend een lijst met taken op die ze verwachtte dat Sadie die ochtend uitvoerde. Sadie kwam meteen in actie en de tijd vloog voorbij. Om twaalf uur hing juffrouw Shelva het met de hand geschreven bordje LUNCH – OM 12.30 TERUG op de deur en nam Sadie mee naar boven, waar juffrouw Melva hun eenvoudige maaltijd klaar had staan op de keukentafel.

Hoewel de soep en broodjes er aanlokkelijk uitzagen, kon Sadie geen hap naar binnen krijgen. Elke keer als ze het probeerde, kneep haar keel dicht en wist ze dat ze niet zou kunnen slikken. Ze liet haar lepel zakken en leunde achterover in haar stoel. 'Mag ik van tafel?'

'Maar je hebt nog geen hap gegeten!' voer juffrouw Shelva uit.

'En je hebt ook al niet ontbeten,' zei juffrouw Melva, met haar lepel zwaaiend naar Sadie. 'Je kwijnt weg als je niks eet.'

Juffrouw Shelva voegde eraan toe: 'Hoe denk je op krachten te blijven zonder eten in je buik?'

Juffrouw Melva lachte en porde haar zus tegen de arm. 'Misschien moeten we de sheriff maar halen… die kan haar vast wel overhalen om te eten.'

De vlammen sloegen Sadie uit. Juffrouw Shelva deed haar mond open om haar steentje bij te dragen, maar voordat ze iets kon zeggen, schoof Sadie weg van de tafel. 'Excuseer me,' zei ze en vluchtte weg. Ze vloog langs haar slaapkamerdeur. Als ze naar binnen ging, kwam een van de zussen of allebei haar stellig achterna. Dus ze roffelde naar beneden. Beide zussen riepen haar op snerpende toon na dat ze terug moest komen, maar ze sloeg geen acht op hun aandringen. Het was haar lunchpauze – die mocht ze gebruiken zoals zij wilde. En op dit moment had ze alleen zijn harder nodig dan eten. Ze moest *nadenken*.

Onder aan de trap gekomen, duwde ze de achterdeur open

en rende door de kleine achtertuin. Aan de uiterste grens van het terrein groeide een reusachtige kornoelje die gefilterde schaduw wierp over het spaarzame, verwelkte gras. Ze zonk neer onder de boom, op een paar knoestige wortels als hobbelige zitplaats, en leunde tegen de ruwe bast. Ze sloot haar ogen en begon een oprecht, lang gebed om leiding. Om wijsheid. Om vrede.

'Geef me nu antwoord, God,' smeekte ze,' zodat ik weet wat ik moet doen.'

'Sadie.'

Ze hapte naar adem. Haar handen vlogen omhoog om haar wild bonzende hart niet uit haar borst te laten springen. *God?* Toen zag ze Sid een eindje verderop staan, met een somber gezicht. 'O… ik dacht…' Had ze werkelijk gedacht dat God hardop tegen haar zou spreken? Ze schudde haar hoofd, vol verachting voor zichzelf. 'Je laat me schrikken. Wat doe je hier?' Konden ze haar nog geen paar minuutjes alleen laten?

'De dames Baxter zeiden dat je weggegaan was. Gelukkig niet ver. Ik… ik moet je iets vertellen.' Sid ging op zijn hurken voor haar zitten. Hij streek een verkreukt vel briefpapier glad op zijn knie. 'Sadie, ik heb een brief van thuis gekregen. En… het is slecht nieuws.'

Zijn sombere gezichtsuitdrukking, samen met de hapering in zijn stem, voerde een rilling door Sadies ledematen. Ze zette haar handpalmen schrap op de koele grond. 'Wat dan?'

Met zijn ogen op het papier gericht, haalde Sid diep adem en blies langzaam uit. 'Pa schreef me om me te laten weten van oom Len.' Hij keek op om haar aan te kijken en sloeg zijn ogen weer neer.

Papa? Sadies hart bonsde zo hard in haar slapen dat ze het bloed door haar aderen hoorde ruisen. Angst kreeg haar in zijn greep en ze kon niets uitbrengen.

'De infectie in zijn been…' Sid slikte en boog zijn hoofd. 'Hij is gestorven, Sadie. Meer dan een week geleden.'

Sadie schudde wild haar hoofd, haarpieken sloegen tegen haar wangen. 'Nee!' Ze groef haar vinger in de vochtige aarde onder de boom. 'Nee, hij kan niet dood zijn. Hij heeft me net een brief gestuurd. En mama zou het me verteld hebben als hij overleden was.' Maar zelfs in haar paniek herinnerde ze zich de datum dat de brief van papa op de bus was gedaan. Drie dagen eerder dan de brief van mama, die weggewaaid was. Natuurlijk bevatte de verloren brief het hartverscheurende nieuws.

Met een schok besefte Sadie dat papa de brief maar een dag of twee voor zijn overlijden geschreven moest hebben. Tijdens zijn laatste uren had hij aan haar gedacht. Wat hield hij veel van haar, zelfs terwijl ze niet echt zijn kind was.

Papa... o, papa, nee... Haar hersens schreeuwden het uit, maar haar tong weigerde dienst. Sid zwom voor haar ogen toen de tranen kwamen. Ze drukte een vuist tegen haar mond om smartelijk gejammer binnen te houden. Ze proefde aarde op haar vingers – een vertrouwde geur van jarenlang tuinieren met mama, viswormen opgraven met papa, moddertaartjes maken voor Effie. *O, ik wil naar huis!*

Ze schoot overeind en strompelde naar de markthal.

Sid rende achter haar aan. 'Sadie, wacht.'

Hij pakte haar arm en draaide haar om. De zon trof haar vol in het gezicht. Ze keek hem met half dichtgeknepen ogen aan en wurmde om zich te bevrijden. 'Laat me los. Ik moet inpakken. Ik moet een postkoets regelen. Ik moet…'

'Naar huis?' blafte hij. 'Met naar huis gaan krijg je hem niet terug.' Sids ruwe stem trof haar als een zweepslag. 'Naar huis gaan verandert niets.'

'M-maar, Sid, ik…' Haar protest werd gesmoord in een snik. Ze legde haar handen tegen zijn borst, die zwoegde door de kracht van zijn snelle ademhaling.

Sid schudde haar zachtjes door elkaar. 'Hij is er niet meer, Sadie. En dat betekent dat hij nooit meer voor je familie kan zorgen. Snap je niet wat je moet doen? Je moet hier blijven.

Werken. Dat loon blijven verdienen. In elk geval tot Effie of de jongens groter zijn en ook een beetje kunnen helpen.'

Sadie gooide haar armen zijwaarts om zich uit Sids greep te bevrijden. Ze keerde hem de rug toe en sloeg haar armen om zichzelf heen. Haar lijf schokte van het snikken. Ze wilde mama. Ze wilde haar moeders troost. Maar Sid had gelijk – naar huis gaan betekende de bron van inkomsten opgeven die haar moeder, zusje en broertjes zou voeden, huisvesten en kleden.

'Je moeder heeft je nodig, Sadie, maar niet daar. Ze heeft je hier nodig. Ze zal nu meer dan ooit op je rekenen.' Zijn woorden filterden door de verdovende schok heen en maakten dat ze zich afvroeg of hij haar geheime gedachten kon lezen. Warme handen, die zich om haar schouders sloten. 'Je kunt niet teruggaan. Er wacht je daar niets.'

Ze knikte, eindelijk de waarheid erkennend van zijn stelling.

'Maar hier...' vervolgde Sid, met zachte, overredende stem. 'Hier heb je de middelen om voor je familie te zorgen.'

Sid had gelijk. Het was egoïstisch om naar huis te gaan. Ze was naar Kansas gekomen om werk te zoeken – het soort werk dat in Dalton niet te krijgen was. Ze moest blijven. Mama en de kinderen waren afhankelijk van haar. Had papa dat niet zelf gezegd in zijn brief? Voor haar geestesoog zag ze de regel geschreven in papa's bovenmaatse, rommelige schrift: *Je bent een braaf meisje om je familie voorrang te geven, Sadie-kind. Ik ben trots op je.* Ze zou hem trots blijven maken. Ze zou voor haar familie zorgen op de enige manier die ze kende.

Maar was de twintig dollar per maand die ze in de markthal verdiende wel genoeg? Nee, ze had het zanggeld ook nodig. Haar mond werd droog. Meneer Baxter zou een andere zangeres zoeken als ze er niet mee instemde alle drie de avonden op te treden. Ze vloog naar de markthal.

Sid draafde met haar mee. 'Wat ga je doen?'

'Ik moet juffrouw Melva en juffrouw Shelva toestemming

vragen om meneer Baxter te gaan zoeken. Ik moet hem spreken – hem vertellen dat ik blijf zingen.'

Sid pakte haar arm en zette grote ogen op. 'Dus je gaat het doen? De privéshows ook?'

Sadie veegde met haar handen over haar ogen om de laatste sporen van tranen te verwijderen. Ze zuchtte sidderend. 'Ik heb geen keus. Hij heeft gezegd dat het alles of niets is.' *Ik zal het doen, papa, zodat mama en de kinderen geen honger hoeven te lijden.*

Sid blies uit, op zijn gezicht verscheen een uitdrukking van blijdschap en opluchting. 'Ga het dan maar vragen. Als ze ja zeggen, breng ik je zelf naar zijn huis; ik moet toch wagens wisselen. Je kunt maar beter met hem praten voordat hij een andere zangeres gaat zoeken.' Sid gaf haar een zacht duwtje in de richting van de deur. 'Opschieten, Sadie.'

Sadie stapte de stoep op, maar ze haastte zich niet. Ze kon niet. Haar voeten voelden aan alsof ze van lood waren.

23

Asa drukte de kurk piepend op zijn plaats met zijn duim en hield de slanke fles omhoog bij de hals naar de baan zonlicht die door het schuurraam naar binnen viel. De rode wijn waarmee de fles gevuld was, veranderde het bleek blauwgroene glas in een troebele tint paars. Hij was van afschuw vervuld geweest toen hij ontdekte dat aqua groenachtig blauw betekende, maar nu lachte hij, verrukt door de aanblik. Niemand zou vermoeden wat de ware inhoud van de fles was... zeker niet met zijn slim ontworpen etiketten.

Hij zette de fles op de werktafel en reikte naar de lijm en een papieren etiket:

Baxter's
heerlijke
RODE WIJNAZIJN

Heel voorzichtig bracht hij lijm aan op het bovenste derde deel van het etiket. Als het transport zijn bestemming bereikte, kon de ontvanger het etiket insnijden met een scheermesje en het woord 'azijn' afscheuren, zodat 'Baxter's heerlijke rode wijn' bleef staan. Er waren een vaste hand en zorgvuldige aandacht voor nodig om de juiste hoeveelheid lijm aan te brengen en dan het etiket precies in het midden tussen de nauwelijks zichtbare naden van de fles aan te brengen. Maar in de afgelopen dagen waarin Asa zijn eerste transport klaar had gemaakt, was hij er een meester in geworden.

Luidruchtig gnuivend plaatste hij de fles in de kist aan zijn voeten. Hij balde zijn handen op zijn heupen en overzag de vruchten van zijn arbeid. Nog negen kisten stonden op de vloer van de schuur, elk twee dozijn flessen bevattend, klaar voor Sid om in de wagen te laden en naar Abilene te vervoeren. De bareigenaars die gesloten waren door de drooglegging – de tijd waarin het drankverbod gold – zouden zijn clandestiene drank maar al te graag kopen.

Maar hij zou niet alles aan zijn voormalige bareigenaars verkopen. Hij had een voorraadje nodig voor zijn dinsdagavonden met poker, roulette en blackjack. Hij verwachtte niet dat het dinsdagavondpubliek net zo dol was op zijn wijn als ze zouden zijn op het zelfgemaakte bier dat in vaten wachtte in de verborgen kamer onder de markthal, maar hij had in elk geval wat bij de hand. Asa wreef in zijn handen toen hij zich de bergen geld voorstelde die zich binnenkort zouden opstapelen. Hij werd er uitgelaten van.

Ja, meneertje, haal ze binnen met genoeg drank en de mannen gokken de hele avond. Maar hij moest een grens stellen aan het innemen en op een redelijk uur afsluiten. De mannen moesten de volgende dag tenslotte weer aan het werk en een stelletje zich voortslepende arbeiders met bloeddoorlopen ogen gaven beslist een teken af dat er iets niet pluis was. Hij kon het risico niet nemen de aandacht van die bemoeizieke sheriff te trekken. Wat had Hanaman bezield om een politieman naar Goldtree te halen?

Maar Asa zou het de sheriff niet makkelijk maken. Niemand kon de bezigheden in de markthalkelder horen; robuuste betonnen muren zonder ramen hielden het geluid binnen. En niemand zou de mannen de markthal in en uit zien gaan, omdat ze de tunnel gebruikten die van zijn schuur naar de kelder leidde. Asa had er bijna vier maanden over gedaan om de geheime doorgang van driekwart kilometer lang en versterkt met stevige balken af te krijgen. Maar de klus was geklaard en hij kon zijn gokzaal openen voor mannen die op een lolletje uit waren.

Buiten ratelden wagenwielen. Asa glimlachte; Sid, die de 'azijn' in kwam laden. Hij rolde zijn mouwen naar beneden, knoopte de manchetten om zijn dikke polsen vast, en slenterde de jongen tegemoet. Tot zijn verrassing was Sid niet alleen.

Asa keek kwaad en stak een worstvinger naar juffrouw Wagner uit. 'Wat doet zij daar?'

Zodra Sid de rem aantrok, klom juffrouw Wagner naar beneden vanaf de hoge plaats en keek Asa smekend aan. 'Hebt u al een zangeres gevonden om me te vervangen?'

Asa tuitte zijn lippen en vouwde zijn armen over zijn borst. Die wijn had de flessen in gemoeten en hij had nog geen kans gehad om informatie in te winnen. Maar dat hoefde juffrouw Wagner niet te weten. 'Hoezo?'

'O-omdat ik...' Tranen sprongen het meisje in haar ogen. 'Ik heb de baan nodig. Ik heb het geld nodig om... om naar huis te sturen naar mijn moeder. Mijn vader...' Er rolde een traan over haar bleke wang. Ze nam niet eens de moeite om hem af te vegen. 'Hij is gestorven. Dus...'

Asa wreef zijn prikkende kaak. Niet dat hij zich verheugde in het verlies van het meisje, maar vanuit zijn standpunt bekeken had de timing niet beter kunnen zijn. Een wanhopige werknemer was een betrouwbare werknemer. Ze zou zonder meer doen wat hij vroeg. En haar stem – evenals haar uitermate aantrekkelijke uiterlijk – zou klanten blijven aantrekken. Asa had zin om een rondedansje te maken van blijdschap om deze wending, maar hij hield zijn voeten stevig op de grond en sloeg een strenge toon aan.

Met half dichtgeknepen ogen keek hij haar strak aan. 'Als ik zeg dat je mag blijven, doe je dan wat ik wil? Want als ik je aanhoud, heb ik geen zin om straks onthand te zitten als je besluit dat het te veel werk is of dat de liedjes die ik uitzoek je niet bevallen.'

Ze slikte, maar ze kromp niet in elkaar zoals de vorige keer dat ze gepraat hadden. 'Ik zal zingen wat u maar uitkiest en ik zal drie avonden per week werken.' Ze zweeg even, met een bezorgd gezicht. 'Het loon... is het loon nog hetzelfde?'

O, wat zou het Asa een voldoening geven om het bedrag te verlagen en haar zich in bochten te zien wringen. Maar dat zou ronduit wreed zijn, gezien haar verdriet om het verlies van haar vader. Asa begreep dat soort verdriet niet – hij kon eerlijk gezegd niet zeggen dat hij bedroefd aan het graf van zijn vader had gestaan – maar ze was er duidelijk kapot van. Hij zou geen zout in haar wonden wrijven. 'Het loon is hetzelfde.'

Haar schouders zakten af. 'Dank u wel, meneer Baxter.'

Hij maakte een handgebaar en keek haar dreigend aan. 'Nog één ding. Die dinsdagavondshows zijn niet voor iedereen bedoeld.'

Ze fronste haar wenkbrauwen. 'Ja, dat hebt u me verteld. Ze zijn alleen voor m-mannen.'

'Dat klopt. Maar niet voor *alle* mannen.' Asa trok één wenkbrauw op en kneep zijn andere oog half dicht. 'Het zijn speciale shows voor bepaalde kerels. Een soort van... privégenootschap, zou je kunnen zeggen.' In de grote steden kwamen hoogdravende mannen bij elkaar in duistere zaaltjes waar je alleen op uitnodiging werd toegelaten, waar ze sigaren rookten en klaagden over de leiders van het land. Wie had kunnen denken dat Bulletje Baxter uiteindelijk gastheer zou zijn bij zoiets exclusiefs?

'Er komen alleen mannen,' ging Asa verder, 'die ik wens uit te nodigen. Dus je praat verder niet over de dinsdagshows. Laat het adverteren maar aan mij over. En zorg dat niemand je op dinsdagavond naar beneden ziet sluipen. Ik wil niet dat er vragen gesteld worden. Begrepen?' Hij wachtte tot ze instemmend knikte en keek toen naar Sid, die niet van zijn zitplaats op de wagen gekomen was. 'Je moet haar zeker naar de stad terugbrengen voordat je die lading klaar kunt maken voor transport.' Hij legde zo veel mogelijk afkeer in zijn stem, hoewel een uur uitstel onbelangrijk was.

Sid haalde zijn schouders op. 'Ik heb mijn spullen al ingepakt en ben klaar om te gaan. Dus als u het liever hebt, kan ik vlug de kisten inladen en Sadie bij de markthal afzetten voordat ik de stad uitga.'

Het laatste wat Asa wilde, was dat Sid zijn wijn midden door de hoofdstraat van Goldtree reed. Hij hoestte en wuifde met zijn handen in de lucht. 'Breng haar eerst maar naar de stad. En dan kom je als de wiederweerga hierheen om in te laden.'

'Doe ik.'

Asa pakte juffrouw Wagner bij de arm en spoorde haar aan op de wagen te klimmen. Toen ze op haar plaats zat en haar rokken keurig onder zich schikte – wat was het toch een bevallig ding – keek ze op Asa neer. Haar blauwe ogen straalden van dankbaarheid. 'Nogmaals bedankt, meneer Baxter.' Haar kin beefde. 'Mijn familie zal blij zijn met het geld dat ik kan sturen.'

Asa stopte zijn duimen in de zakken van zijn vest en knikte ernstig. Hij keek de wegrijdende wagen na en hield zich in tot hij er zeker van was dat de jongelui uit het zicht en buiten gehoorsafstand waren. Toen danste hij een horlepijp in de zon en jubelde van blijdschap.

Toen Sid de wagen voor de markthal liet stilhouden, legde Sadie haar hand op zijn arm. 'Dank je wel, Sid, dat je me naar meneer Baxter hebt gebracht. Ik voel me een stuk beter nu ik weet dat ik straks in de behoeften van mama en de kinderen kan voorzien.' Maar er lag een steen van angst op haar maag.

Sid klopte op Sadies hand en keek haar zo meelevend aan dat ze opnieuw tranen in haar ogen kreeg. 'Het spijt me dat je niet terug kunt naar Dalton, Sadie… ik weet hoe graag je je moeder wilt zien.'

'En bij papa's begrafenis zijn.' Sadie beet op haar onderlip om niet te huilen. Papa lag ongetwijfeld al in de grond. Ze had er altijd een hekel aan gehad om de grafsteen te zien die de rust-plaats van haar echte vader markeerde. Misschien was het wel een zegen om ver weg te zijn. Ze hoefde geen beeld in haar hoofd te dragen van papa die in een houten kist lag, en van scheppen vol aarde die in zijn graf werden gegooid. Ze haalde diep adem, greep de rand van de wagen vast en klom naar be-neden.

Sid boog zich opzij en stak een hand naar haar uit. Ze klampte zich aan hem vast, dankbaar voor de troostende aanraking. Hij zei: 'Ik ben het grootste deel van de week weg. Deze lading moet ik helemaal naar Abilene brengen voor Asa.' Zijn borst zwol van trots. 'Asa heeft me bevorderd tot hoofdvervoerder. Beter loon.'

Haar schort waaide op in de wind en ze maakte zich los uit Sids greep om het naar beneden te duwen. 'Dat is mooi, Sid. Gefeliciteerd.'

'Dank je. Maar het betekent ook meer uren maken.' Hij trok een grimas. 'Ik wou dat ik je niet achter hoefde te laten, vooral na zulk slecht nieuws.'

Sadie boog haar hoofd en smeekte God zwijgend om kracht. 'Dat geeft niet, Sid.' Ze lachte vreugdeloos. 'Als ik een heel nieuw repertoire liederen moet leren, zal ik het te druk hebben om veel na te denken. Dat zal helpen.'

'Tja…' Hij keek op haar neer, kennelijk onwillig om te ver-trekken.

Ze knikte met een geforceerd lachje. 'Ga maar. Meneer Bax-ter wacht op je.'

'Ja, ik weet het.' Zijn schouders rezen in een diepe zucht. Hij maakte de rem los. 'Zodra ik weer in de stad ben, kom ik naar je toe. Dag, Sadie.' Hij liet de teugels neerkomen en de wagen schoot naar voren, Sadie in een stofwolk achterlatend.

Nu Sid vertrokken was, moest Sadie weer aan het werk. Maar haar voeten bleven op de zandweg staan, niet bereid om haar te dragen. Ze had geen zin om de markthal binnen te gaan. Liever zocht ze een rustig plekje om het verdriet dat als een band om haar borst kneep de vrije loop te laten. Toen ze nog klein was en liep te mokken, had papa haar uit de put geplaagd of aan het werk gezet. '*Druk bezig blijven, dan voel je geen verdriet,*' had hij gezegd. Ze sloeg haar hand voor haar mond. Hij was de liefste, tederste vader die een meisje ooit had gehad.

'Sadie? Wat doe je daar op straat?' Dat was de stem van Thad, nieuwsgierig, met een plagerige ondertoon.

Ze draaide zich met een ruk naar hem om. Zijn beeld zwom achter haar tranen.

De ondeugende glinstering in zijn ogen maakte snel plaats voor bezorgdheid. Met twee grote stappen was hij bij haar en sloeg zijn arm om haar middel. Hij nam haar mee naar de stoep onder de schaduw van het verandadak van de markthal en pakte haar schouders vast. 'Wat is er?'

Sadie keek naar zijn meelevende gezicht. Eén vreugdevolle gedachte drong door haar verdriet heen: als ze in Goldtree bleef, kon ze Thad blijven zien. Tranen stroomden warm over haar wangen. Ze pakte zijn polsen vast en haalde diep en beverig adem. Zijn handen klemden om haar schouder, met een geruststellende druk. Hij was er. Hij gaf om haar.

'Sadie?' Zijn stem klonk schor van bezorgdheid. 'Er was gisteren iets mis. Wat is het? Hoe kan ik je helpen?'

De zorgen van gisteren waren verdwenen, maar de pijn van vandaag moest eruit. Verstikt bracht ze uit: 'Mijn papa is gestorven.'

Zonder een ogenblik te aarzelen, trok hij haar tegen zijn borst. Eén hand koesterde haar achterhoofd, de andere drukte stevig in haar rug, ze was veilig in zijn troostende omhelzing. Ze snikte, haar handen klemden zijn overhemd vast. Zijn leren vest, geurend naar man en warm van de zon, was een kussen voor haar wang. Met haar ogen stijf dicht klemde ze hem vast en dronk zijn kracht, zijn medeleven in. Nooit had een omhelzing haar zo goed gedaan.

Ze was zich vaag bewust van zijn schuifelende voeten toen hij haar in zijn greep meetrok. Ze deed haar ogen open en besefte dat ze in de steeg tussen de markthal en het eethuis waren, uit het zicht van anderen op de stoep. Het smalle, halfdonkere steegje werd een prachtige plek terwijl Thad haar vasthield, wiegde en troostende woordjes prevelde. Sadie wist niet hoelang ze daar stond, met haar gezicht begraven tegen zijn harde borst, tot het hevige snikken eindelijk bedaarde. Maar ze voelde dat hij desnoods tot de zon onderging in die baan schaduw had willen blijven staan om de kracht van zijn aanwezigheid te bieden, als ze het van hem gevraagd had.

Druk bezig blijven, dan voel je geen verdriet. Papa's woorden van lang geleden deden Sadie eraan denken dat ze weer aan het werk moest voordat de tweeling een zoektocht op touw zette naar hun vermiste winkeljuffrouw. Met tegenzin maakte ze zich los uit Thads armen en veegde haar gezicht af met haar schort. Toen ademde ze diep in en trok haar schouders recht. 'Ik… ik moet naar binnen.'

Zijn warme handen omvatten haar bovenarmen. Een zachte greep, net zo zacht als het medeleven dat in zijn ogen glansde. 'Als je een lift nodig hebt naar het postkoetsstation in Macyville, kan ik je brengen.'

Sadie schudde haar hoofd. 'Ik ga niet naar huis.' Haar stem klonk raar, schril en hol. Ze snoof hard. 'Mama heeft het geld dat ik verdien het hardste nodig. Nu papa nooit meer beter wordt…' Wat hadden ze met z'n allen koppig vastgehouden aan de hoop op papa's herstel. Een plotselinge steek van boosheid vulde haar borst. 'Iemand zal de kost moeten verdienen voor de familie. Ze zijn allemaal van mij afhankelijk.'

Thad schudde zijn hoofd. 'Ik bewonder je, Sadie. Je hebt een grote verantwoordelijkheid op je genomen.' Weer trok hij haar dicht tegen zich aan, drukte een kus op haar kruin en toen nog een op haar slaap. Ze draaide haar gezicht een beetje, in de hoop dat zijn lippen de hare vonden en een welkome afleiding verschaften van het verdriet dat haar vulde. Maar hij sloeg zijn arm weer om haar middel en leidde haar naar de stoep.

Onwillig om de welkome troost van zijn omhelzing te verlaten, vertraagde ze haar passen en hij paste zijn snelheid aan haar aan. Zijn daden spraken van een verlangen om haar dicht bij zich te houden. Haar diepe droefheid ten spijt, kwam er blijdschap in haar op. Ze hield haar hoofd schuin en streek met haar slaap langs zijn schouder. 'Dank je, Thad.'

Hij glimlachte droevig, er verschenen rimpeltjes om zijn ogen. 'Als je me nodig hebt, kom je maar naar kantoor.' Hij keek de straat op en neer en toen naar haar. Hij keek spijtig. 'Ik wou dat ik je meer te bieden had dan medeleven, maar…'

Moedig legde ze haar trillende hand op zijn arm. 'Dat is precies wat ik nodig heb.'

Hij knikte en keek haar zo intens aan dat ze zich afvroeg of hij haar gedachte kon lezen: *Ik heb mijn geliefde vader verloren, maar jou hoef ik in elk geval niet te verliezen.*

24

Thad zat schrijlings op het paard dat hij had geleend van de hoefsmid van het stadje en hield de vos in een bedaard drafje, al had hij zin om het grote beest de vrije teugel te geven en te laten galopperen. Het gaf hem een heerlijk roekeloos gevoel van opwinding om over een stoffige weg met weilanden en korenvelden erlangs te racen, met de wind in zijn haar en de roffelende hoeven in zijn oren. Maar hij had nog heel wat kilometers af te leggen en het was onverantwoord om het paard te vermoeien.

Omdat zijn dagelijkse strooptochten door de stad geen aanwijzingen hadden opgeleverd over de vermoedelijke illegale handel, had hij besloten zijn territorium uit te breiden. In de afgelopen dagen had hij elke middag een paard geleend en koers gezet in een andere richting om de omringende boerenhoeven te verkennen. Hij had de boerderijen ten noorden, oosten en westen van de stad geïnspecteerd zonder iets verdachts boven water te krijgen. Maar het was geen verspilde tijd; de bezoeken hadden hem de kans gegeven om de boeren in de streek te leren kennen.

Sommigen hadden het te druk om een praatje te maken, maar één vrouw had hem een glas melk en een plak peperkoek gegeven, en twee anderen hadden om een gunst gevraagd – of hij wilde helpen een boomstronk uit het midden van een lapje tuin te kappen en een weggelopen geit te vangen. De lijvige stomp loskrijgen was een stuk makkelijker geweest dan die koppige geitenbok vangen. Maar – Thad gniffelde bij de herinnering

– de stralende kindergezichten toen hij het dier naar huis had gesleurd, had zijn ergernis verlicht.

Nee, hij gaf er niet om een helpende hand te bieden. Als hij in de toekomst als dominee diende, zou hij waarschijnlijk ook zulke dingen doen. Mensen wendden zich altijd tot hun predikant als ze iets kwijt moesten of wilden bidden met een vertrouwde vriend. Of als ze troost nodig hadden. Zoals hij Sadie maandag had gegeven.

Zijn hart sloeg een dubbele klop als reactie op haar naam. Toen hij haar vasthield terwijl ze huilde, had hij een sterke aandrang ervaren om haar op te nemen en ergens heen te dragen waar droefheid en verdriet haar nooit meer konden raken. Hij had haar één keer eerder vastgehouden – op de dag dat ze in de baan van die op hol geslagen wagen was gestapt – maar maandag was het anders geweest. Zijn eerste omhelzing was uit wanhoop geweest. De tweede drukte liefde uit. En zijn verlangen was er groter door geworden.

Hij trok aan de teugels om het paard de bocht om te leiden. Jammer dat hij zijn gevoelens niet met een eenvoudig rukje kon omleiden. Terwijl hij Sadie dicht tegen zich aan had gehouden en haar tranen zijn overhemd doorweekten, had hij ernaar gesmacht haar te kussen. Om haar te troosten, maar nog meer om over te brengen wat hij voor haar voelde. Ze had ingestemd met verkering, maar verantwoordelijkheden hielden hen uit elkaar.

Als je denkt dat je het druk hebt nu je sheriff bent, wacht dan maar af. Als predikant zul je het niet minder druk hebben. De plotselinge gedachte overrompelde hem. Maar hij duwde hem weg. Het kon nooit een last zijn om het druk te hebben met het doen van Gods werk. Hij moest wel erg moe zijn, dat zulke sombere gedachten zijn hoofd binnenkwamen. De zon brandde door zijn hoed heen en het zweet brak uit op zijn rug en gezicht, maar een rilling van genoegen trippelde langs zijn ruggengraat toen zijn gedachten terugkeerden naar Sadie.

Als hij haar hoorde zingen, en haar hartvormige gezicht zag

oplichten van passie, werd diep in hem iets geraakt. Als ze glimlachte, werd hij verwarmd. Als ze giechelde, verlichtte het zijn
hart. Ze was fijn om naar te kijken – niemand kon ontkennen dat ze knap was – maar haar schoonheid ging dieper. Haar
vastberadenheid om de verantwoordelijkheid te dragen voor de
zorg voor haar moeder en zusje en broertjes ontroerde hem.

Kon hij haar maar helpen, zodat ze niet zo hard hoefde te
werken. En egoïstisch genoeg wilde hij meer tijd met haar hebben. Ze werkte de hele dag in de markthal en bracht de avonden door met de voorbereidingen voor haar optreden in de
concertzaal, zodat ze weinig tijd had voor ontspanning. Maar
toen hij vanmorgen bij de markthal was langsgegaan om te kijken hoe het met haar ging, had ze toegestemd om zondag met
hem te lunchen – weer een picknick in het park. 'Onder onze
boom,' had ze gezegd en daarbij bevallig gebloosd.

Ineens hinnikte het paard, schudde met zijn hoofd en wilde
omdraaien. Thad trok aan de teugels om het dier onder controle
te brengen. 'Ho, jongen. Wat is het probleem?' Toen drong er
een geur door in zijn neus van iets wat lag te rotten. Het paard
danste op zijn plaats en snoof tegenstribbelend. Thad kon het
hem niet kwalijk nemen. De stank verschroeide zijn neusharen.

Hij keek rond, zijn gezicht vertrokken van afkeer. Wat was dat?
Een dood dier? Als kind had hij eens rottend vlees van een buffel
geroken en dat was hij nooit vergeten. Dit was een rottingslucht,
maar die deed hem ook denken aan rijzend brooddeeg. Ineens
kwam er zonder waarschuwing een andere herinnering in Thads
achterhoofd op. Er ging een schok door zijn lijf en zijn handen
omklemden de teugels. *We hebben het gevonden, toch God?*

Het paard snoof weer, verlangend om het terrein te verlaten.
'Goed, jongen,' zei Thad, 'we gaan. Maar het zal je niet bevallen.'
Met een van walging vertrokken gezicht drukte hij zijn kuiten
in de flanken van het dier. Het paard gooide protesterend zijn
hoofd omhoog, maar Thad sloeg geen acht op de klachten van
het dier en reed in de richting van de stank.

'Een grot?' Roscoe Hanaman staarde Thad aan, zijn vlezige wangen uitgezakt door het gewicht van zijn openhangende mond. 'Tjonge, ik heb nog nooit gehoord van grotten in de buurt van Goldtree.'

Thad leunde achterover in de stoel tegenover het bureau van de bankier en knikte. 'Ik zou het niet geloofd hebben als ik het niet zelf had gezien. Hij was goed verstopt. Als de wind die uitgesproken geur niet had overgebracht' – hoe vaak was hij gedwongen geweest die vieze lucht uit zijn vaders mond te ruiken? – 'had ik hem niet gevonden.'

Hanaman schudde zijn hoofd. 'Maar waarom hebben we die... eh... lucht nooit eerder geroken?'

Thad haalde zijn schouders op. 'Het is aan de zuidkant van de stad, de noordenwind draagt de geur weg van de meeste mensen. Bovendien is het op een flinke afstand van de stad, dus als het iemand opviel, zouden ze ervan uitgaan dat het een dood dier was. Pas als je dichtbij komt, kun je de gistachtige geur oppikken.' Iemand had zijn plek goed gekozen, van de weg af en omringd door jonge boompjes met laaghangende takken. De drankstoker had zelfs bergen sprokkelhout neergelegd rond de ingang van de grot en over het brede pad dat tussen de bomen door naar de weg zigzagde om de locatie te verbergen.

'Ik ga morgen terug met een lantaarn om de boel verder te verkennen,' zei Thad. 'Het was daarbinnen pikdonker. Ik zag geen hand voor ogen, maar ik had mijn ogen niet nodig om te ruiken...' Hij tikte rillend tegen zijn neus. 'Ik wist dat ik het smokkelkamp had gevonden.'

Hanaman boog zich verwachtingsvol likkebaardend naar Thad toe. 'Dus je kunt binnenkort een arrestatie verrichten? Die crimineel uitschakelen?'

Zijn ongeduld wekte Thads woede. Misschien had hij zijn vondst niet aan de burgemeester moeten melden. Nu werd hij nog erger onder druk gezet. 'Ik ben hier alleen om rapport uit te brengen, Roscoe. Ik weet nog steeds niet wie erachter zit.' Tot nu toe had hij een oude keet verkend met sporen van recente activiteit, en een grot met een bierbrouwerijtje. Maar de twee locaties lagen mijlenver uit elkaar. Wat was het verband tussen die twee? 'Ik weet niet eens van wie die grond is.'

Hanaman stak een vinger in de lucht. 'Vraag het aan Rahn van het postkantoor. Hij dient als griffier van de gemeente Five Creeks en heeft alle informatie over alle landaktes.'

'Het is mogelijk,' ging Thad door terwijl hij Hanamans suggestie tot nader gebruik opzij legde, 'dat degene die de drank maakt zich op verboden terrein begeeft. Alleen een dwaas zou de onderneming op zijn eigen land uitvoeren. Dus ik heb nog wel wat te doen.'

Hanaman keek boos. 'Hoelang nog, sheriff? We moeten die man snel inrekenen.'

Thad kon geen bepaald antwoord geven, daarom nam hij zijn hoed van zijn knie en stond op. Hij zette de hoed op zijn plaats en zei: 'Zodra ik een arrestatie verricht, ben je de eerste die het hoort.'

Hanaman kwam met een kwaad gezicht om zijn bureau heen. 'Nou, als je maar opschiet.' Hij opende de deur van zijn kamer en liet Thad uit naar de grote hal van de bank. Verscheidene mensen stonden in de rij voor het loket en Hanaman wierp hun een stralende glimlach toe. De man kon sneller van gezichtsuitdrukking veranderen dan een kameleon van kleur. 'Goedendag, mensen, goedendag. Kan ik iemand van u helpen?'

Twee klanten kwamen de rij uit naar Hanaman toe en Thad maakte dat hij wegkwam terwijl de bankier elders bezig was. Hij wendde zijn paard naar de smidse en verzocht Bill Kimbrough, de eigenaar, het de volgende dag weer te mogen gebruiken.

'Natuurlijk, sheriff,' antwoordde de vriendelijke man. Hij liet het paard los in het bijbehorende weiland. 'Weet je wat, ik laat het zadel en zo in de eerste box, dan kun je ze zelf pakken. Je gaat je gang maar als je ouwe Thunder nodig hebt. Ik leen hem aan niemand anders uit. Als hij er niet is, ga ik er vanuit dat jij hem hebt. Vind je dat wat?'

'Dat is heel royaal van je, Bill,' zei Thad terwijl hij de ander een klap op de brede rug gaf.

'Het minste wat ik kan doen voor de man die de orde handhaaft in Goldtree.' Bill lachte diep en rommelend.

Thad grijnsde terug en ging naar zijn kantoor. Maar zijn voeten voerden hem langs de deur heen naar de markthal. Over een half uurtje ging de zaak dicht. Misschien lieten de zussen Sadie vroeg vrij en kon hij haar mee uit eten nemen naar Cora voordat ze naar de zangzaal ging om te oefenen. De gedachte aan een paar minuten met Sadie gaf zijn voeten vaart.

Het belletje boven de hordeur liet een snerpend gerinkel horen toen hij over de drempel stapte. Juffrouw Melva overstemde de bel met een welkomstgil. 'Ha, sheriff. Was je hier vanmorgen niet ook al?'

Juffrouw Shelva, die blikken erwten in de etalage aan het schikken was, giechelde zenuwachtig. 'Vanmorgen is een hele tijd geleden, Zus. Bovendien kan hij iets vergeten zijn... bijvoorbeeld hoe mooi juffrouw Sadie eruitziet in die gele jurk die ze vandaag aan heeft.'

'Hoe kan een vent die een knip voor zijn neus waard is zoiets vergeten?' schertste juffrouw Melva terug. 'Dat lijkt me niet waarschijnlijk.'

Thad perste zijn lippen op elkaar. De vrouwen genoten nog meer van zijn nieuwe positie als vrijer van Sadie dan hij. Hij keek met gefronste wenkbrauwen rond. 'Waar is Sadie?'

Juffrouw Melva kneep één oog dicht. 'Dus je wilt zeggen dat je hier bent omdat je haar wilt spreken?'

Thad knikte en zette zich schrap voor een uitbrander omdat hij Sadie van haar werk hield.

Beide vrouwen lieten hun werk in de steek en kwamen handenwringend en met bezorgde gezichten naar Thad toe. Juffrouw Shelva sprak het eerst. 'We maken ons vreselijk zorgen om Sadie.'

'Ze kijkt almaar zo verdrietig,' zei juffrouw Melva. 'Er kan geen lachje af. En ze eet niet.'

Het paar wisselde een ontzette blik en maakte verontwaardigde geluiden. Juffrouw Shelva zei: 'Ik zeg steeds dat ze ziek wordt als ze niks eet, maar ze zit maar te prikken in haar eten.'

'Zus heeft zelfs perziktaartjes gebakken, omdat we allemaal weten hoeveel Sadie van perziken houdt.' Juffrouw Melva breidde haar armen uit. 'Ze heeft er niet een van gegeten! Twee happen… dat was het.'

Tranen glommen in juffrouw Shelva's ogen. 'We vragen ons af of we haar niet terug moeten sturen naar Indiana voordat ze wegkwijnt van heimwee.'

Thad kneep in zijn kin. De zussen hadden de neiging overdreven dramatisch te doen, maar zelfs in de korte ogenblikken die hij voor haar had kunnen uitsparen, was hem Sadies gebrek aan levendigheid na het overlijden van haar stiefvader opgevallen. Hij begreep dat ze treurde – ze was kennelijk dol op de man geweest – maar het was niet tot hem doorgedrongen dat ze haar toevlucht had genomen tot niet eten. Toch had ze ermee ingestemd om zondag met hem te gaan picknicken, dus misschien had ze gewoon een beetje sturing nodig. Hij stelde zich voor hoe de tweeling Sadie aanspoorde om te eten – in haar gezicht schreeuwen – en stelde vast dat de beste manier om Sadies eetlust te bevorderen was om haar een poosje weg te halen bij de goedbedoelende, maar dwingende markthaleigenaressen.

Hij herhaalde zijn eerdere vraag. 'Waar is Sadie?'

Juffrouw Melva wuifde met haar hand naar de achterkant van de winkel. 'Ik heb haar naar buiten gestuurd om afval te verbranden.'

Juffrouw Shelva's borstelige grijze wenkbrauwen gingen omhoog. 'Ga je met haar praten?'

Thad knikte. 'Met uw permissie zal ik haar uitnodigen voor de avondmaaltijd bij Cora.'

Het paar vertoonde een brede, opgewekte lach. Juffrouw Melva legde haar hand op Thads arm. 'Je hebt toestemming, sheriff, om Sadie mee uit eten te nemen. Neem haar meteen maar mee als je wilt. Die ton brandt wel uit zonder toezicht.'

'En praat maar es flink met haar over naar huis gaan,' zei juffrouw Shelva. Haar glimlach verflauwde. 'Ik zou haar vreselijk missen. Het is zo'n lieve meid…'

'Ze hoeft niet voor altijd te gaan, Zus.' Juffrouw Melva klopte haar zus op de rug en wierp Thad een smekende blik toe. 'Maar een poosje naar huis gaan… om te kijken hoe haar moe en al die kleine broertjes en haar zusje het maken nu haar vader er niet meer is… dat zou haar heel erg goed doen.'

Thad gaf beide vrouwen een kneepje in de arm, oogstte daarmee blosjes en gegiechel, en liep naar de achterdeur. Met elke stap groeide zijn voornemen om Sadie op te vrolijken. Als hij predikant was, moest hij naast deugdelijk advies ook troost kunnen bieden. Sadie bijstaan was goed om ervaring op te doen. Sterker nog, hij verlangde ernaar haar weer zorgeloos en blij te zien. *Alstublieft, God, verlicht haar pijn.*

Hij duwde de deur open en zag Sadie in de achterste hoek van de tuin met een stok in een ton porren waaruit rook omhoog steeg als een kronkelende slang. Haar blonde haar glansde in de zon, krullende lokken dansten in de ferme bries die haar jurk en schort aan haar slanke gestalte liet kleven. Zijn hart stokte in zijn keel. Hij wilde niet voorstellen dat ze uit Goldtree vertrok. Maar hij mocht niet zelfzuchtig zijn. Een dominee was niet zelfzuchtig.

Hij trok zijn schouders recht en liep door de tuin. *Geef me kracht, God, om te doen wat het beste is voor Sadie.*

25

'Ik ga niet terug naar Indiana, Thad, en ik wens er niet verder over te praten.'

Thad knarsetandde en gromde gesmoord. In het halve uur nadat hij tegenover Sadie had plaatsgenomen in zijn vertrouwde zitje in Cora's eethuis, had ze al zijn voorstellen koppig van de hand gewezen – ook het voorstel om flink op te scheppen van de verrukkelijke stoofschotel die Cora aan hun tafel had bezorgd. Zijn kom was leeg, maar die van haar bevatte gestolde bouillon met stukjes rundvlees en groenten. Onsmakelijk. Hij betwijfelde of ze het nu nog ging opeten. Maar niettemin wees hij naar haar kom.

'En wat zou je moeder ervan vinden als ze zag hoe je kostelijk voedsel verspilt?' Hij klonk waarschijnlijk als een zeurkous, maar de bezorgdheid om Sadie maakte zijn toon scherp. 'Je kunt zo niet doorgaan... niet eten, lange dagen maken en dan dat zingen 's avonds. Je put jezelf uit en straks heeft niemand meer iets aan je.'

Ze perste haar lippen obstinaat op elkaar.

Thad zuchtte en hield zijn frustratie in. Met ruzie zoeken bereikte hij niets. Misschien moest hij een vriendelijker aanpak proberen. 'Ik wil je niet boos maken. Ik ben ongerust over je. En juffrouw Melva en juffrouw Shelva ook.'

Er blonken tranen in haar ogen, maar ze knipperde om ze te verdrijven.

Hij duwde zijn kom opzij en liet zijn armen op tafel rusten, boog zich naar haar toe. 'We willen je niet voorgoed wegsturen, Sadie. Wij allemaal, en zeker ik' – tot zijn genoegen kleurde een blos haar bleke wangen – 'willen dat je terugkomt. Maar denk je niet dat je je verdriet makkelijker zult verwerken als je de kans hebt gehad om naar huis te gaan, je familie te zien en fatsoenlijk afscheid te nemen van de man die je heeft grootgebracht?'

Haar stijve schouders zakten af. Ze prikte in een droog broodje op het bordje naast haar kom. 'Het is niet dat ik mijn familie niet wil zien. Ik… ik maak me zorgen om mama… hoe het met haar gaat. Ze heeft nu twee echtgenoten begraven.' Sadies kin beefde. Maar ze schudde haar hoofd hard en trok een vastberaden gezicht. 'Maar ik kan niet weg. Het kost een week om er te komen, en nog een om terug te komen. Dat is te veel dagen niet werken. Ik moet werken om betaald te krijgen. Dus…' Haar stem brak af.

Thad legde zijn handen op de hare. 'Je hebt flink verdiend met zingen.' Hij zou geschokt zijn als ze vertelde wat Asa Baxter haar betaalde. Als hij geïnteresseerd was in groeiende rijkdom, zou hij zangles nemen. 'Heb je niet iets opzij gelegd… genoeg om een maand of zo rond te komen?'

Sadie trok haar hand los en bette haar mond met haar stoffen servet. Dat vond Thad raar; je kon niet vies worden als je niet at. Ze liet de servet in haar schoot zakken en keek erop neer. 'Ik heb bijna alles aan mama gestuurd. En ik weet zeker dat ze verstandig genoeg is geweest om een deel opzij te zetten. Maar als ik wegga, moet meneer Baxter de concertzaal voor een paar weken sluiten. Of hij zoekt een andere zangeres in mijn plaats.'

Thad bespeurde een spoor van angst in haar stem. 'Misschien moet hij iemand anders zoeken voor een paar optredens, maar dan zou hij jou weer aannemen.'

Haar hoofd schoot omhoog. 'Nee. Hij heeft me al gewaarschuwd. Als hij iemand anders binnenhaalt, is het voorgoed. En nu hij begint…' Ze wendde vlug haar hoofd af en beet op haar onderlip.

'Wat begint hij?' drong Thad aan.

Ze keek hem aan. 'Het is niet belangrijk. Maar dat ik zing is wel belangrijk. Geld verdienen is belangrijk. Papa was bang dat zijn zoons in de mijnen moesten werken als ze groot waren. Hij had het er altijd over dat hij wilde dat zijn jongens later gingen studeren... om meer te worden dan gewone arbeiders. Dat gaat niet als mama geen geld heeft om hun opleiding te betalen. Dus ik kan geen tijd nemen om naar huis te gaan, zelfs niet voor een bezoek. Ik moet werken.'

Ze gleed van haar plaats en gooide haar servet over de kom met stoofschotel. 'Bedankt voor het eten, Thad, maar nu moet ik oefenen. Ik heb nieuwe liederen te leren voor... voor volgende week.' Ze vloog het eethuis uit voordat Thad iets tegen kon werpen.

Met zijn kin in zijn handen en diep gefronste wenkbrauwen zat hij over hun gesprek na te denken. Sadie was ergens door van slag. Had Baxter haar bedreigd, of zat ze verstrikt in haar eigen verlangen om zo veel mogelijk geld te verdienen? Hoe dan ook, ze maakte zichzelf nog ziek als ze niet ophield met tobben. Hij liet wat geld op tafel vallen voor hun maaltijd en schoof het zitje uit. Sadie beschouwde hem misschien als een lastpost, maar hij was van plan om naar de concertzaal te gaan en nog eens te proberen haar wat verstand in te praten.

Toen hij op de stoep stapte, zag hij een van Asa Baxters vrachtwagens de stad in komen rijden. Sid Wagner zat op de bok. Hij was maandag vertrokken – naar Abilene, had iemand gezegd. Thad had het jammer gevonden dat hij weg was in dezelfde week dat Sadie het nieuws over haar stiefvader had gekregen. Het zou een troost voor haar zijn geweest om haar neef dicht bij zich te hebben. Maar nu Sid terug was, kon hij misschien helpen Sadie over te halen een tijdje rust te nemen.

Thad stapte de straat op en zwaaide met zijn handen. 'Hé, Sid! Wacht eens even!'

Sid trok aan de teugels en bracht de wagen tot stilstand. Hij keek vermoeid en op zijn hoede op Thad neer. 'Wat is er, sheriff?'

Het viel Thad op dat Sid een beledigend toontje begon aan te slaan als hij hem aansprak, maar hij besloot er geen acht op te slaan. Hij zette een laars op de wielnaaf en haakte zijn elleboog om de rand van de zitplaats. 'Ik moet je spreken over Sadie.'

Ogenblikkelijk verloor Sid zijn strijdlust. Hij trok de rem aan en kwam half van zijn plaats, terwijl hij met onhandige bewegingen de leidsels om de hendel wond. 'Is alles goed met haar? Is ze gewond?'

Het was niet Thads bedoeling geweest om de man van streek te maken. Hij stak een hand op. 'Ho even, rustig aan. Alles is in orde met haar. Althans, ze is niet ziek. Behalve haar hart.'

Sid plofte weer op de zitting en keek kwaad. 'Wat wil je zeggen?'

Er kwam nog een wagen aanrijden achter die van Sid. Thad moest Sid de straat uit laten rijden. 'Parkeer dat ding en kom naar mijn kantoor. We praten daar.'

Sid keek niet blij, maar hij knikte. Thad ging naar zijn kantoor en wachtte in de deuropening terwijl Sid de wagen dicht bij de stoep reed, de rem aantrok en naar beneden sprong. Zijn voeten sleepten. Het dagenlange reizen had hem vies en moe gemaakt en – als Thads vermoeden klopte – chagrijnig. Maar dit was belangrijk. Het kon geen uitstel lijden.

Thad liet Sid binnen en sloot de deur. Er stonden maar twee stoelen in het kantoor, een bij de tafel die als bureau diende en de andere in de hoek. Thad sleepte ze naar het midden, zette ze recht tegenover elkaar en zei: 'Ga zitten.'

Sid vouwde zijn armen over zijn borst. 'Ik heb langer gezeten dan me lief is. Ik blijf liever staan. Nou… wat is er aan de hand met Sadie?'

Als Sid bleef staan, bleef Thad ook staan. Hij haakte zijn duimen in zijn achterzakken en wendde een onverschilligheid voor die hij niet voelde. 'Ze is aan het eind van haar Latijn, Sid. Elke dag behalve zondag hele dagen werken in de markthal, en dan elke vrijdag- en zaterdagavond zingen. Ze krijgt amper de kans om te rusten. En in de afgelopen week heeft ze van verdriet om haar stiefvader niet genoeg gegeten om een zieke kip in leven te houden. Juffrouw Melva, juffrouw Shelva en ik vinden dat ze een poosje rust moet hebben. Maar we kunnen haar niet overhalen om naar Indiana terug te gaan voor een bezoek. Dus ik hoopte dat jij misschien…'

'Wil je dat ik haar overhaal om naar huis te gaan?'

'Dat klopt precies.'

'Dat… dat kan ik niet doen.'

Thad fronste. 'Waarom niet?'

Sid frommelde aan de knoop van zijn overhemd en keek schichtig rond in het kantoor. 'Ik kan het gewoon niet.'

Thad gromde. 'Maar denk je niet dat het goed voor haar zou zijn?'

Sid zette zijn voeten wijd uit elkaar en imiteerde Thads houding – duimen in zijn zakken, kin hoog in de lucht. Thad kreeg het gevoel dat hij werd uitgedaagd voor een duel. 'Misschien. Maar dat is niet aan mij om te zeggen. Het moet Sadies keuze zijn, en het lijkt me dat ze die al gemaakt heeft als ze tegen je heeft gezegd dat ze blijft.' Hij wendde zijn ogen af om Thads blik te vermijden.

'Maar naar jou zou ze luisteren, want je bent haar neef. Iemand die ze kent en vertrouwt. Dus waarom wil je niet…'

Sid spande zijn kaakspieren. 'Ze moet zingen.'

Iets in Sids woorden deed de haartjes in Thads nek prikken. 'Ze *moet* zingen?'

Sid draaide zich om en kloste naar de deur. Hij greep de deurkruk vast en wierp een moordlustige blik over zijn schouder. 'McKane, laat Sadie met rust. Als ze naar huis wil, gaat ze naar huis. Als ze wil blijven, blijft ze. Maar val haar niet lastig, want…' Hij perste zijn lippen op elkaar. Toen slaakte hij een diepe zucht. 'Laat haar gewoon met rust.' Hij stormde het kantoor uit.

Thad zonk neer op de dichtstbijzijnde stoel, de gedachten buitelden door zijn hoofd. Hij mocht dan maar een tijdelijke politieman zijn, maar hij herkende verdacht gedrag als hij het zag. Sid en Sadie verborgen iets.

Het werd hem benauwd te moede. Verdacht hij Sadie echt van bedrog? De stoofschotel roerde zich in zijn maag.

Sid had hem gezegd Sadie met rust te laten, maar hij kon het niet. Zijn hele instinct vertelde hem dat Sadies gebrek aan eetlust minder te maken had met verdriet dan met de dwang om op dat podium te staan. Nu moest hij twee mysteries oplossen. Maar hij was bezorgder over het mysterie dat met Sadie te maken had.

Hij schoot uit zijn stoel, het kantoor uit en de stoep op. Sadie had gezegd dat ze moest oefenen, dus hij wist haar te vinden.

Sadies vingers huppelden luchtig over de ivoren toetsen, de noten verschaften de begeleiding van het lied dat rasperig uit haar keel kwam. Ze moest met meer gevoel zingen, maar haar stembanden weigerden mee te werken. De titel van het lied *Hold Me Tighter in Your Arms* bracht zoete herinneringen aan de dag dat Thad haar had meegevoerd naar de steeg en haar vastgehouden had terwijl ze huilde, maar de tekst ontnam de onschuld aan haar herinneringen.

Mama zou de tekst onfatsoenlijk noemen. Verleidelijk zelfs. Sadie vond het moeilijk om de woorden uit haar mond te krijgen, laat staan ze te zingen met het gevoel dat meneer Baxter erbij verwachtte. En dus veroorzaakte haar dichtgeknepen keel een schorre toon die totaal niet klonk als zij. En dat klopte, want ze voelde zich niet zichzelf als ze dartele wijsjes zong als *Little Brown Jug* en *Ben Bolt*.

Maar terwijl ze het lied uitzong en reikte naar een nieuw vel muziek, troostte ze zichzelf met de gedachte dat ze op vrijdagen zaterdagavond altijd nog haar vertrouwde kerkgezangen en zoete ballades kon zingen. Ze hoefde haar repertoire niet te beperken tot dit twijfelachtige aanbod. Als die wetenschap het schuldgevoel maar kon verlichten dat haar bleef kwellen.

Terwijl ze de volgende vellen muziek op de richel van de piano legde, klonk er een zacht krakend geluid. Ze keek naar de uitgesneden dubbele deuren achter in de ruimte. Die had ze op een kier laten staan. Om de een of andere reden werd ze er zenuwachtig van om opgesloten te zitten in de kamer zonder ramen – ongeacht de pracht en praal en ondanks dat alle lichten brandden. Maar ze kon de deuren niet wijd open laten staan zonder dat de muziek door de gang de trap op zweefde, dus ze stelde zich ermee tevreden slechts een kiertje open te laten, waardoor ze een glimp kon zien van de gang daarachter.

Ze keek naar de deuren en fronste. Ze had maar een kier van vijftien centimeter opengelaten, maar de kier was groter; minstens dertig centimeter. Eén deur had door de tocht in beweging kunnen komen, maar allebei? Iemand moest een zacht duwtje hebben gegeven, waardoor de scharnieren piepten. Maar er stond niemand in de opening.

Er liep een koude rilling over haar rug en haar polsslag versnelde. Ze riep: 'Is daar iemand?' Met haar hoofd schuin luisterde ze scherp, maar niemand gaf antwoord.

Ze haalde een paar keer diep adem om te kalmeren. Kennelijk had ze de deuren wijder opengelaten dan ze dacht. Ze hoefde hier niet te zitten als een kind dat wacht tot de boeman uit het donker vandaan komt springen. Maar ze moest ook de deuren niet zo wijd open laten staan.

Op wankele benen snelde ze door het gangpad en greep de deurkrukken vast. Ze duwde de deuren dicht tot er een kier van amper tien centimeter over was. Haar hart bonsde. O, wat een akelig gevoel om helemaal ingekapseld te zitten. Maar het was beter om het geluid gedempt te houden. Meneer Baxter zou niet blij zijn als het buiten de kelder hoorbaar was.

Met een zucht wendde ze zich weer naar het podium, maar ze hoorde een deurklink klikken en bleef tien angstige seconden als bevroren staan. Toen draaide ze zich om naar de deur en tuurde naar de donkere gang erachter. *Iemand* had de deur boven aan de keldertrap gesloten. Dus ze had het zich niet ingebeeld dat ze bezoek had gehad. Maar nu was de persoon verdwenen.

'Je bent veilig, Sadie,' fluisterde ze, zo zachtjes dat het geen echo teweegbracht. 'Het zal meneer Baxter wel geweest zijn. Hij is naar beneden gekomen, hoorde dat ik aan het oefenen was en besloot me niet te storen. Ja, dat is het vast geweest.' Maar haar hart bleef bonzen als een razende. Ze schudde het van zich af en sprak strenger. 'Doe niet zo flauw. Zing nou maar.' Met haar armen om zichzelf heen geslagen snelde ze terug naar de piano. Hoe sneller ze klaar was met oefenen, hoe sneller ze weer naar boven kon.

Ze ging op de kleine pianokruk zitten en legde haar vingers op de toetsen. Ze begon met het intro van *Lily Dale*. Terwijl ze speelde en zong, tilde ze herhaaldelijk haar hoofd op om over het glanzende bovenblad van de piano heen te kijken of er geen binnendringer was. Tegen het eind van het lied had ze zichzelf ervan overtuigd dat ze geen reden tot bezorgdheid had. Bij de eerste gelegenheid zou ze meneer Baxter vragen of hij naar beneden was gekomen. Als hij het ontkende, *dan* moest ze zich zorgen maken.

26

Thad nestelde zich in zijn gereserveerde logeplaats in de concertzaal. Meneer Baxter had hem vrolijk de eerste plaats toegewezen in de pas toegevoegde rij onder de gaslampen aan de muur, een plek die hem recht uitzicht verschafte op Sadies profiel als ze zong. De stand van één zuil schermde haar gedeeltelijk af als ze te ver naar voren schoof op het podium in plaats van vlak onder de kroonluchter te blijven, maar al met al was het een goede plaats en hij was er blij mee.

De afgelopen week was een van de moeilijkste geweest die hij zich heugen kon. Hoe graag hij ook bij Sadie wilde zijn, hij had haar ontlopen. Hij weet het aan het feit dat hij de grotopening in de gaten moest houden tot de onbekende drankstoker verscheen, maar de waarheid was dat hij niet wist wat hij tegen haar moest zeggen.

Hoewel hij vast van plan was geweest om met haar te praten toen hij meer dan een week geleden de ondergrondse zangzaal had betreden, was hij als aan de grond genageld blijven staan toen hij het op hese, bijna suggestieve toon uitgevoerde lied hoorde. Waarom had Sadie zo'n grof nummer gekozen? Hij voelde een blos opkomen als hij dacht aan de teksten die over haar zoete lippen waren gekomen. Omkijkend naar het publiek, dat zwijgend afwachtte tot het optreden begon, vroeg hij zich af hoe ze zouden reageren als ze haar mond opendeed en begon te zingen over de heerlijke druk van een mannenhand op haar rug.

Roscoe en Miriam Hanaman wurmden zich naast Thad op

hun plaats. Het zat krap, door Roscoes natuurlijke omvang en Miriams volumineuze japon van paarsblauw fluweel. De burgemeestersvrouw keek Thad stralend aan. 'Goedenavond, sheriff. Kijkt u uit naar een nieuwe indrukwekkende voorstelling van juffrouw Sadie?'

Thad knikte, al zat zijn maag in de knoop. 'Ja, mevrouw. Ik zou het niet willen missen.'

Roscoe Hanaman gniffelde. 'Miriam staat me niet toe een enkele voorstelling over te slaan. Die shows zijn het hoogtepunt van haar week, zegt ze.' Hij stootte Thad knipogend aan met zijn elleboog. 'Ik zou zelf bijna gaan zingen, om het hoogtepunt van haar week te zijn.'

'O, Roscoe, mallerd!' Mevrouw Hanaman tikte haar man speels tegen zijn pols. Samen lachten ze vrolijk.

Miriam schoof op om een praatje te maken met degene die links van haar zat en Roscoe boog zich dichter naar Thad. Hij fluisterde: 'Wat heb je nog meer boven water gekregen sinds de vorige keer dat we elkaar spraken?'

Thad trok een grimas. Hij had weinig nieuws te melden, maar vertelde wat hij had ontdekt. 'Iemand heeft daar een hele onderneming zitten. De grot ging een stuk dieper dan ik verwachtte. Drie verschillende kamers, elk met een fikse stokerij. Ik heb minstens dertig volle kruiken gevonden in de middelste kamer en bijna een dozijn lege vaten. Degene die het allemaal opgezet heeft, krijgt een flinke opbrengst.' Hij schudde gefrustreerd zijn hoofd. 'Maar ik kon niets vinden om vast te stellen wie onze illegale stoker is.'

Roscoe fronste. 'Maar de man moet toch elke dag zijn distilleervaten controleren? Hoe kan het dat je hem niet gezien hebt?'

Thad hield knarsetandend een opmerking ter verdediging binnen. Hoe kon hij de hele dag naast die grotingang zitten en tegelijk dienst doen in de stad? Hij dwong zich een vriendelijke toon aan te slaan. 'Ik ben er zo vaak als ik kan zonder dat de inwoners van het stadje zich afvragen waarom ik niet in functie ben.'

'Hmm.' Roscoe tuitte zijn lippen, zijn snor bewoog. 'Misschien moeten we iemand bij de grot neerzetten om de boel te bewaken.'

Thad trok een wenkbrauw op. 'Wil je dat ik daar iemand stationeer? Dan moet ik die vertellen waar hij naar uit moet kijken… en ik dacht dat je wilde dat dit ons geheimpje bleef.'

Hanaman zuchtte. 'Je hebt gelijk. Ik denk dat je er gewoon vaker heen zult moeten.'

Voordat Thad kon antwoorden, werd zijn oog getrokken door een fladderende beweging – Sadie die door het gangpad kwam in haar bekende jurk, haar haar golvend over haar schouders als een glanzend gordijn. Als één man kwam het publiek overeind en brak uit in applaus. Thad stond op, maar zijn bevende handen weigerden contact met elkaar te maken. Wat had ze snel bewondering verworven. Maar ze hadden haar nieuwe repertoire nog niet gehoord.

Toen Sadie het toneel op stapte, namen de mensen met veel kabaal van krakende metalen scharnieren en opgewonden gefluister hun plaatsen weer in. Ze keken recht voor zich uit en zwegen. Sadie knikte naar de pianist, haar teken om te beginnen. Ze opende het programma met een gezang, en ging toen over op een ballade. Nog drie gezangen, weer een ballade. Thad durfde haast niet te ademen of met zijn ogen te knipperen en wachtte gespannen op het lied dat hij afgeluisterd had. Maar na een uur zong ze het lied dat haar traditionele afsluitingsnummer was geworden en tegen de tijd dat ze onder aanzwellend applaus eindigde, vroeg Thad zich af of hij het zich verbeeld had dat ze een ongepast lied had gezongen.

Sadie liep lachend en handen schuddend door het middenpad, knikte dankbaar en verdween achter de dubbele deuren. Thad wilde achter haar aan gaan, maar Roscoe pakte hem bij de arm en nam hem apart om over de grot en de distilleervaten te praten. Toen de burgemeester en hij uitgepraat waren, was het te laat om naar Sadie op zoek te gaan. Dus hij besloot zaterdagavond terug te komen om te luisteren. Misschien had ze de nieuwe liederen in de voorstelling van zaterdag ingevoegd.

Zaterdag sleepte zich langzaam voort. Thad bracht een groot deel ervan door met het in de gaten houden van de onderbreking tussen de bomen die naar de grot leidden. Maar tevergeefs. De illegale stoker hield zich verborgen. Toen het eindelijk avond was geworden, nam Thad zijn plaats in, opnieuw zo gespannen dat zijn beenspieren ervan trilden. Net als op vrijdag zong Sadie gezangen en ballades – een andere keuze dan de avond ervoor, maar niets van twijfelachtige aard. Tegen het eind van de zaterdagavondvoorstelling was zijn verwarring tot onredelijke hoogte gestegen.

Hij slofte piekerend naar zijn kantoor. Toen hij haar mee uit eten had genomen, had Sadie gezegd dat ze moest oefenen voor 'het optreden van volgende week'. Hij had haar duidelijk een lied horen zingen dat je in een bar kon horen of in de hal van een huis van lichte zeden. Als het lied geen deel uitmaakte van haar concertzaalrepertoire, waarom moest ze het dan leren?

'Help! Help!'

Het hysterische gekrijs wekte Sadie voor het aanbreken van zondagochtend uit een diepe slaap. Ze sprong uit bed en rende naar de donkere gang, haar enkels verward in haar nachtpon. Juffrouw Melva kwam haar slaapkamer uit strompelen en voegde zich bij Sadie.

'Help!' Weer klonk het gegil.

'Dat is Zus!' schreeuwde juffrouw Melva verblekend. Ze haakte haar arm door die van Sadie en samen daverden ze de trap af en om de hoek de markthal in, waar ze bijna op juffrouw Shelva botsten, die vlak achter de deur stond die op de ruimte met koopwaar uitkwam.

Slechts gedempt licht filterde door de vlakglazen ramen, maar zelfs in het halfdonker ontdekte Sadie de bron van juffrouw Shelva's nood. Het was een volledige puinhoop! De tweeling klampte zich jammerend aan elkaar vast.

Sadie drong langs de zussen heen en rende op blote voeten de voordeur uit, die op een kier stond, en over de stoep naar het kantoor van de sheriff. De deur zat op slot, dus ze bonkte met haar vuist op het stevige hout terwijl ze door de ruit tuurde. Even later kwam Thad met wapperende hemdpanden uit de achterste helft van het kantoor rennen.

Hij gooide de deur open. 'Wat doe je hier in je nachtgoed?'

Pas toen dacht Sadie aan haar ongeklede staat. De vlammen sloegen haar uit, maar ze kon zich niet door schaamte van haar taak laten weerhouden. Ze klemde haar nachtpon met één hand dicht bij de hals, pakte Thads mouw vast met de andere en hijgde: 'De markthal is beroofd!'

Thads wenkbrauwen schoten omhoog. Zonder nog een woord te zeggen, rende hij achter haar aan, de hakken van zijn laarzen weerkaatsten in de ochtendstilte. Sadie liet Thad over aan juffrouw Melva en juffrouw Shelva en vloog naar boven om een jurk aan te trekken en haar haar in een eenvoudige vlecht te draaien voordat ze naar de markthal terugging. Tegen die tijd stond de zon hoog genoeg om het tafereel te verlichten en Sadies adem stokte toen ze de schade in het volle licht zag.

De tweeling en Thad stonden bij de toonbank de puinhoop te overzien en Sadie liep recht op haar werkgeefsters af. Ze knuffelde eerst juffrouw Melva en toen juffrouw Shelva. 'Ik vind het zo erg dat dit gebeurd is.'

Thad wierp haar een strenge blik toe. 'Juffrouw Melva en juffrouw Shelva zeggen dat ze vannacht niets gehoord hebben. Hij maakte een handgebaar naar de chaos van blikken, in het rond gestrooide balen stof en omgekeerde kisten. 'Maar zoiets moet een hoop kabaal hebben gemaakt. Heb jij hier vannacht iemand gehoord?'

Sadie beet op haar onderlip en schudde haar hoofd. Ze werd overvallen door schuldgevoel. Ze was laat naar bed gegaan omdat ze opgebleven was om een lange brief aan mama en de kinderen te schrijven, en had toen haar kussen over haar oren gelegd om het luide snurken uit de slaapkamers van de tweeling te dempen. Het kussen moest het lawaai van de dieven buitengesloten hebben. 'Het spijt me. Maar nee, ik heb ook niets gehoord.'

'Waarom zou iemand ons willen beroven?' Juffrouw Melva's grijze haar stond om haar hoofd als leeuwenmanen. Haar fletse ogen stonden vol tranen. 'We geven krediet aan iedereen die erom vraagt. Niemand hoeft van ons te stelen.'

'Helemaal niet,' voegde juffrouw Melva eraan toe.

Juffrouw Shelva slaakte een bevende zucht. 'Nou, Zus, we zullen vanmorgen wel niet naar de kerk kunnen. We moeten de boel hier opruimen voor morgen. Anders kunnen de klanten niets vinden.' Snuffend en ontmoedigd zuchtend slofte het paar de troep in en begon dingen op te rapen.

Sadie keek naar Thads grimmige gezicht. 'Kun jij naar meneer Baxter gaan om hem te laten weten wat er gebeurd is? Ik denk dat juffrouw Melva en juffrouw Shelva zijn steun op prijs zullen stellen.'

Thad mopperde: 'Ik kan me niet voorstellen dat ze veel aan hem zullen hebben, maar goed, ik zal hem gaan halen.' Zijn benen hoog optillend, stapte hij over weggegooide blikken heen en nam afscheid van de tweeling met de belofte om terug te komen. Toen beende hij naar de deur. Vlak voordat hij vertrok, bleef hij stilstaan en keek om naar Sadie. Haar hart sloeg een slag over in de hoop op een woord van troost of een knipoogje – wat dan ook. Maar hij keek haar alleen maar een poosje aan met een merkwaardige uitdrukking op zijn gezicht en kloste toen weg zonder iets te zeggen.

Op maandagochtend vergrendelde Sid de achterklep van de vrachtwagen en draaide zich om naar Sadie. 'Zo, dat is dat. Ik ben klaar.' Hij deed zijn best om niet te fronsen toen hij naar haar keek. Ze leek nog dunner dan een week geleden. En verdrietiger. Hij wenste dat hij tijd had om te blijven en met haar te praten, zoals ze gevraagd had. Ze had gezegd dat ze iets belangrijks met hem wilde bespreken, maar het zou moeten wachten tot hij terugkeerde van zijn reis. Asa had hem als hij terugkwam een vrije dag beloofd tussen twee bezorgingen. Het zou heerlijk zijn om een hele dag niet te werken. En dan had hij tijd om Sadie mee uit eten te nemen, zodat ze kon vertellen wat voor geheimen ze met zich meedroeg.

Ze vouwde haar handen achter haar rug en keek hem met donker omrande ogen aan terwijl de wind haar rok deed op-bollen en een losse haarlok over haar wang blies. 'Ik wou dat je niet weg hoefde. Het is nu wel beangstigend, om te weten dat iemand ingebroken heeft in de markthal en zoveel schade heeft aangericht.'

Toen Sid gisteravond in de stad terugkeerde had hij meteen gehoord van de inbraak, maar hij begreep er weinig van. Als iemand ergens inbrak, stalen ze gewoonlijk iets. Maar de Baxters hielden vol dat er niets weg was, dus iemand had de markthal zomaar overhoop gehaald. Hij gaf Sadie een zacht kneepje in haar schouder. 'Nou, je hebt gehoord wat de sheriff heeft ge-zegd. Waarschijnlijk een paar kinderen die een gemene streek uit hebben gehaald. Je hoeft niet bang te zijn.'

'Het zal wel.' Ze slaakte een zucht en keek hem toen weer aan, terwijl er een zwak lachje om haar mond speelde. 'En… ga je weer naar Abilene?'

'Beloit dit keer, maar het worden evenveel dagen als vorige week.'

Hij vond het vreselijk om vaker weg te zijn dan thuis. Maar Asa had zijn salaris verdubbeld. Hij keek al uit om naar een mooier huis te verhuizen; een huis met een echte veranda aan de voorkant en misschien een loods aan de achterkant zodat hij een rijtuig en een paard kon kopen. Denkend aan wat hij allemaal voor Sadie zou kunnen kopen, maakte de scheiding draaglijk.

Ze zuchtte. 'Ik zal je missen.'

De eenvoudige verklaring ontlokte hem een glimlach. Als ze niet op een plek hadden gestaan waar iedereen die over de stoep langsliep hen kon zien, had hij haar dicht tegen zich aan getrokken. Misschien zelfs een kus gegeven. Maar zoiets brutaals kon hij niet midden op straat doen. Dus hij plaagde: 'Ach, je zult de kleine cadeautjes missen die ik voor je op de veranda achterlaat.'

Ze boog haar hoofd en toonde hem de nette scheiding in haar haar.

'Maar maak je geen zorgen. Als ik terugkom, heb ik iets bijzonders voor je om het goed te maken.' Hij had gehoord dat er in Beloit een winkel was waar sieraden en aardige hebbedingen werden verkocht. Hij had misschien nog niet de moed om een verlovingsring of broche voor Sadie te kopen, maar een mooi porseleinen beeldje of beschilderde haarklem zou ze wel op prijs stellen; iets wat duurzamer was dan de kleine dingetjes die hij tot nu toe voor haar op de kop had getikt.

Ze schudde haar hoofd, een losse lok haar danste om haar wang. 'Je hoeft niets voor me te kopen, Sid. Wees alleen voorzichtig en kom gauw terug.'

Hij was ontroerd. Zoiets zou een vrouw zeggen als haar man op reis ging. Zijn armen jeukten. Nieuwsgierige ogen of niet, hij moest haar tegen zich aantrekken. Maar ze stapte de stoep al op, buiten zijn bereik. 'Doe ik,' zei hij met dichtgeknepen keel. Hij klom op de bok en nam de leidsels op. 'Dag, Sadie.'

Ze wuifde en hij kletste met de teugels. De paarden spanden in het tuig en de wagen reed door Main Street weg. Eén wiel hobbelde over een steen en Sid hoorde iets rinkelen. Met gefronste wenkbrauwen keek hij naar de wagenbak. De kisten droegen allemaal het stempel *Witte bonen*, maar bonen rinkelden niet. Moest hij stoppen en de kisten open wrikken om uit te zoeken waar het lawaai vandaan kwam?

'Doe niet zo raar,' vermaande hij zichzelf. De steen was waarschijnlijk omhoog gesprongen onder de wagen en had een stuk metaal geraakt. Hij keek voor zich en klakte met zijn tong. 'Vort,' commandeerde hij Rudy en Hec. De paarden zetten gehoorzaam een sukkeldrafje in.

Tegen het middaguur of kort daarna moest hij in Brittsville zijn. Er was geen eethuis in het stadje, maar de dochter van de stationschef kon goed koken. Als ze ergens op de dag een postkoets verwachtte, had ze iets op het vuur staan en kon hij een middagmaal bij haar kopen. De vorige keer dat hij in Brittsville was geweest, had hij maar vijfentwintig cent hoeven te betalen voor een grote kom bonen met stukjes spek, broodjes en zoveel koffie dat zijn buik klotste toen hij vertrok. Een koopje. En hij had genoten van een praatje met de aantrekkelijke jonge vrouw. Als hij zijn hart niet al aan Sadie had geschonken, was hij misschien wel iets met haar begonnen.

Zelfs Sadie had haar zorg uitgesproken toen ze zijn mand met proviand voor de reis had ingepakt. 'Een man heeft meer nodig dan gedroogd rundvlees, kaas en crackers, Sid,' had ze hoofdschuddend gezegd. 'Waarom vraag je Cora niet een paar fatsoenlijke boterhammen voor je te maken? Of misschien moet je een vruchtentaart van haar meenemen.' Toen had ze er met een zucht aan toegevoegd: 'Als ik een huis met een keuken had, zou ik een maïsbrood voor je bakken of een pan met stoofschotel klaarmaken die je onderweg op kon warmen.'

Uiteindelijk had hij goedgevonden dat ze een paar slierten zoethout en een zakje gomballen in de mand pakte, zodat hij iets te snoepen had. Zijn hart was geroerd door haar verlangen om iets speciaals voor hem klaar te maken. Dat betekende vast dat ze hem anders begon te bekijken. En zodra hij een aardig huis had – met een keuken met een echte inbouwkast en het beste fornuis dat er te krijgen was – zou hij zich onmiddellijk uitspreken en haar vragen zijn vrouw te worden.

Opgaand in zijn gedachten over zijn toekomst met Sadie schrok hij op toen de paarden hun neus omhoog staken en snoven. Hij tuurde voor zich uit in de felle ochtendzon en kreeg een paard met ruiter in het oog, de romp van het paard verborgen door dicht kreupelhout. Toen Sid dichterbij kwam, dreef de ruiter het paard de weg op en stak zijn hand op. Met de zon in zijn ogen herkende Sid de man aanvankelijk niet, maar toen hij riep, herkende Sid zijn stem. Hij gromde van ergernis. Moest hij de sheriff van Goldtree dan overal tegenkomen?

Sid trok de rem aan maar hield zijn hand op de houten schacht. 'Wat doe jij hier, McKane?'

'Ik doe mijn ronde,' antwoordde de man op vriendelijke toon.

Sid keek rond. Geen boerderij te zien. Waarom moest de sheriff hier waar niemand woonde zijn ronde doen? Hij wilde het vragen, maar merkte dat de man achter in de wagen keek.

McKane boog zich over en klopte op de bovenkant van een houten kist. 'Ben je op weg naar een nieuwe bezorging?'

Sid knikte.

'Baxter houdt je de laatste tijd druk bezig. Waarheen dit keer?'

Sid zag niet in wat de sheriff te maken had met zijn baan als vervoerder, maar hij gaf toch antwoord. 'Beloit.'

McKane greep de rand van zijn hoed en verschoof hem een beetje, alsof hij op zijn hoofd krabde. 'Is dat niet ten oosten van hier?'

'Ja. Maar van Goldtree naar Brittsville, en dan van Brittsville naar Beloit lopen de beste wegen. Een beetje langer, maar makkelijker voor de paarden.' Sid had geen idee waarom hij de moeite nam voor zo'n uitgebreide verklaring, maar om redenen die hij niet kon verklaren, voelde hij zich ineens ongemakkelijk in het bijzijn van de politieman. 'Ik breng een lading bonen naar de stalhouder in Beloit.'

McKanes wenkbrauwen schoten omhoog. 'Bonen? Naar een stalhouder?' Hij lachte en zijn paard sprong schichtig opzij. Hij klopte het grote dier op de hals en voegde eraan toe: 'Het lijkt me een vreemd verzoek voor een stalhouder.'

Sid had er niet erg over nagedacht toen Asa hem opdroeg waar de kisten heen moesten, maar nu hij het hardop had gezegd, klonk het vreemd. Hij haalde zijn schouders op. 'Ik doe gewoon wat me gezegd wordt.'

Een tijdlang staarde McKane Sid in het gezicht, alsof hij op zoek was naar iets onder zijn huid. Sid kreeg het benauwd onder zijn vorsende blik. Hij wilde verder.

Eindelijk glimlachte McKane. 'Nou, ik kan je maar beter doorsturen. Beloit is een heel eind weg. Goede reis, Sid.' Hij liet zijn paard achteruit weglopen van de wagen en tikte aan de rand van zijn hoed voordat hij de bosjes weer in draafde.

Sid maakte de rem los en dreef de paarden aan. Toen de wagen begon te rollen, keek hij over zijn schouder en betrapte de sheriff, die hem nakeek. Er liep een rilling van onrust over zijn rug. De sheriff voerde iets in zijn schild. Maar wat?

27

Thad keek de vrachtwagen na toen die over een heuveltje reed en schrapte Sid Wagner als verdachte. Toen hij de keurig gestapelde kratten achter in de wagen had gezien, had hij zich afgevraagd of Sid soms naar de grot kwam om die kisten te vullen met kruiken bier. Maar er klonk geen hol geluid toen hij op de kist klopte – die was al vol. Met bonen. Voor de stalhouder in Beloit.

Thad grinnikte. Het leek een beetje vreemd, maar wie weet waarom een man die wagens verhuurde voor de kost een paar dozijn kisten bonen wilde hebben. Misschien dreef hij ernaast een pension en moest hij zijn kostgangers te eten geven. Misschien hield hij gewoon van bonen. Hoe dan ook, Sid scheen niet van plan geweest vaart te minderen tot Thad hem had aangehouden, dus waarschijnlijk was hij niet op weg naar de grot.

Het zweet droop langs Thads slapen en hij reikte naar de waterfles achter op zijn zadel. Hij dronk gretig, dankbaar voor het koude water in zijn uitgedroogde keel. Het beloofde een hete dag te worden, kenmerkend voor eind juli in Kansas. Maar hij was van plan om op zijn post te blijven tot hij eindelijk iemand betrapte die op weg was naar die ondergrondse brouwerij. Hij was liever in de stad dan hier langs de weg, wandelde liever door de straten in plaats van hier op zijn paard te zitten. Het was hier stil en… eenzaam. Hij miste het om aan zijn hoed te kunnen tikken voor de dames, een verdwaalde bal terug te kunnen gooien naar een stel lawaaiige jongelui en bij de markthal langs te kunnen gaan voor een handje snoepjes en een praatje met Sadie.

Hij baalde. Die zondag hadden ze hun picknick af moeten zeggen na de ramp in de markthal. Het leek niet juist om weg te gaan terwijl de Baxters haar hulp nodig hadden met opruimen. Maar dat had hem zijn enige kans gekost om met haar te praten over het lied dat ze gezongen had. Het voelde achterbaks dat hij er zonder haar medeweten van afwist. Hoe sneller hij met haar kon praten, hoe beter.

Zijn aandacht werd getrokken door geritsel. Er kwam iemand aan. Maar niet langs de weg... door het kreupelhout. Het paard hinnikte en Thad streelde de hals van het dier en fluisterde: 'Stil maar.' Thads hart begon dubbel zo hard te slaan. Hij liet zich uit het zadel glijden, greep de teugels en wikkelde ze losjes om het dichtstbijzijnde jonge boompje. Het paard rolde met zijn ogen en gooide zijn hoofd op en neer.

'Sssst, jongen,' zei Thad zangerig, al zijn zintuigen aangespannen.

Weer klonk het ritselen, nu dichterbij. Thad sloop om zijn paard heen, zijn voeten zorgvuldig neerzettend om de indringer niet op zijn aanwezigheid attent te maken. Rechts van hem zag hij een beweging. Weer geritsel, gevolgd door zwiepende takken. Thad hurkte, zijn vingers verwachtingsvol gespannen. Toen de lommerrijke takken weer bewogen, liet hij een waarschuwingskreet horen en sprong de bezoeker pal in de weg.

Sadie legde de laatste rol stof op de stoffentafel en veegde haar voorhoofd af met haar schort. De hitte was ondraaglijk vandaag. Het hielp niet eens om zowel voor als achter de deuren open te zetten om een briesje binnen te laten. En de hete windvlagen brachten stof naar binnen en bliezen de kleine papieren bordjes die de speciale aanbiedingen van de week aankondigden van hun houdertjes.

Hoe ver was Sid onderhand gekomen? Had de wind hem

opgehouden? Hij zou zich wel ellendig voelen hoog op de bok met de zon die hem schroeide en de zandkorrels die zijn gezicht striemden. En hoeveel ellendiger zou hij zich nog voelen als hij te weten kwam dat ze toegestemd had in verkering met Thad. Ze wenste dat ze de kans had gehad om met hem te praten voordat hij vertrok. Hoe langer ze wachtte, hoe waarschijnlijker het werd dat hij het van iemand anders hoorde. Het nieuws zou hem kwetsen – iets wat haar pijn deed – maar ze moest het hem laten weten. Zijn opmerking over iets bijzonders voor haar zoeken in Beloit had haar duidelijk gemaakt dat hij zijn verlangen om haar vrijer te worden niet had opgegeven.

Sadie keek naar de tikkende klok en zuchtte. Het duurde nog twee uur voordat het sluitingstijd was. Kon ze maar naar de Republican Creek gaan, die een halve kilometer achter het stadje stroomde, om haar voeten in het koele water te dopen. Misschien lekker liggen onder een beschuttende kornoelje op de oever en de rest van de middag slapen. Maar het werk vroeg om aandacht.

Vermoeid draaide ze zich om naar de toonbank. Net toen ze een stap verzette, vloog de hordeur open zodat het belletje wild klingelde. Met stokkende adem van angst – waren de herrieschoppers teruggekomen? – draaide ze zich om naar de deur. Thad stapte over de drempel en bleef met zijn benen wijd staan, zijn hoed in zijn hand en zijn haar overeind in bezwete pieken. Er hing een scherpe, veelzeggende stank om hem heen.

Sadie kneep haar neus dicht en sputterde met tranen in haar ogen: 'O, Thad... oef!'

Juffrouw Melva kwam bedrijvig aanzetten en wuifde met beide handen naar hem. 'Stomme kerel, maak dat je wegkomt! Je stinkt de tent uit!'

In de andere kant van de winkel begon juffrouw Shelva te hoesten. 'Weg! Weg!'

Thad kwam niet in beweging. 'Ik moet tomaten hebben. Een heleboel. Zo veel als jullie er hebben.'

Juffrouw Melva zette haar handen tegen zijn borst, gaf hem een duw en vloog weg, haar gezicht vertrokken van afkeer. 'Die komen we bij je kantoor afleveren. Maak nu dat je weg komt voordat die stank aan alle winkelwaren kleeft!'

Thad verdween met stijve benen. De tweeling bleef nog een paar minuten verward in het rond fladderen, hun planken met waren koelte toewuivend alsof ze de stank die bleef hangen konden verdrijven. Sadie vond hun gedrag lachwekkend, maar ze kon het hen niet kwalijk nemen dat ze de stank weg wilden uit de winkel. De natuur kende geen onaangenamer aroma dan de stank die uitgescheiden werd door stinkdieren.

Juffrouw Melva stormde naar de opslagruimte en kwam terug met een lege kist. Ze zwaaide met haar arm naar de achterdeur en zei: 'Sadie, ga Asa's kruiwagen halen en kom ermee naar binnen.'

Juffrouw Shelva dook in het gangpad waar ingeblikte waren aan weerskanten op de planken stonden. 'We zullen hem vullen met alle blikken tomaten die we op voorraad hebben, maar ik geloof niet dat het half genoeg zal zijn.'

Juffrouw Melva griezelde. 'Je hebt gelijk, Zus. De sheriff is een forse man. En dan heb je zijn kleren nog.'

'Hij zal huis aan huis moeten gaan om te kijken of er dames bereid zijn wat van hun zelfgeconserveerde tomaten op te geven.'

'Als je zag hoeveel tomaten er al meer dan een maand aan de rank hangen, zullen de mensen van het stadje heus wel wat over hebben.'

Sadie stond als aan de grond genageld van de ene zus naar de andere te kijken terwijl ze probeerde hun rappe conversatie te volgen.

'Sadie, haal de kruiwagen en ga alle buren in de straat lastigvallen. Verzamel zo veel tomaten – ingeblikt of vers van de rank – als je kunt vinden,' droeg juffrouw Shelva op.

Juffrouw Melva wees naar Sadie. 'Breng ze dan allemaal naar

het kantoor van de sheriff en help hem een handje.'

Sadie drukte beide handpalmen tegen haar keurslijfje. 'Ik?'

'Natuurlijk jij.' Juffrouw Melva balde haar handen op haar broodmagere heupen tot vuisten. 'Het is alleen maar gepast dat jij het doet, aangezien jij en de sheriff vriendschap hebben gesloten.'

'Zus en ik kunnen het niet doen,' voegde juffrouw Shelva eraan toe, haar magere gezicht rood aangelopen. 'Wij zijn ongehuwde dames. Wat zouden de mensen wel denken?'

Ook Sadie was een ongehuwde dame, al had ze verkering met Thad. Ze sputterde: 'Maar… maar…'

Juffrouw Shelva gaf haar een duwtje. 'Doe nou maar wat we zeggen.'

Sadies onwillige voeten sleepten in de richting van de achterdeur.

Juffrouw Melva riep haar na: 'Bovendien moet de sheriff zijn kleren laten schoonmaken. Hij kan gewoon met kleren en al in de wastobbe neerploffen. Er is niks ongepasts aan een volledig geklede man te schrobben.'

Ondanks juffrouw Shelva's uitspraak stikte Sadie bijna van verlegenheid toen ze neerknielde naast de ijzeren wastobbe waarin Thad gehurkt zat, met zijn knieën onder zijn kin. Hij had de tobbe naar het spaarzame lapje gras tussen het kantoor en een voorraadschuurtje gesleept, in plaats van zich met de afgrijselijke stank op te sluiten in zijn kleine leefruimte. Maar zelfs buiten, waar het waaide, kon Sadie niet aan de stank ontsnappen.

'Ik wou dat ik een wasknijper had,' zei ze terwijl ze een literpot van mevrouw Rahns tomaten van vorig jaar leeggooide over Thads hoofd. De binnenkant van haar neus voelde verschroeid.

'Als je denkt dat het nu erg is, had je erbij moeten zijn toen dat rotbeest spoot.' Hij kromde zijn schouders terwijl Sadie met een badborstel de tomaten in de stof van zijn overhemd wreef.

'Ik kon niet eens zien, zo erg traanden mijn ogen. En het paard rende weg, zodat ik moest lopen.' Hij gromde. 'Het heeft me twee uur gekost om naar de stad terug te lopen, en al die tijd ademde ik in wat het stinkdier over me heen had gesproeid.'

Sadie tastte blindelings naar een nieuwe pot, met haar neus tegen de schouder van haar jurk gedrukt. Haar vingers vonden er een en ze liet de metalen sluiting ploffen. 'Het is moeilijk voor te stellen dat één klein dier zo'n krachtige geur kan veroorzaken.'

'Het was er niet een,' mopperde Thad. 'Ik heb een hele familie opgeschrikt; mama en vier kleintjes. En ze spoten allemaal.'

Er vormde zich een beeld in Sadies hoofd en voordat ze zich kon inhouden, knalde een schaterlach naar buiten. Ze sloeg haar hand voor haar mond, maar haar hele lijf schudde toen de vrolijkheid haar te machtig werd.

Thad keek boos. 'Het is niet grappig, Sadie. Helemaal in Ottawa County vragen de mensen zich nu waarschijnlijk af waar die stank vandaan komt.'

Sadie lachte nog harder. Verbazend hoe lekker het voelde om te lachen. Ze kon zich de laatste keer niet heugen dat ze zo vrijuit had gelachen. Ze gunde de arme Thad die het zo zwaar had de oorzaak van haar vermaak niet, maar ze genoot ervan ruimte te geven aan ongeremd lachen. Stond er niet een tekst in Spreuken dat lachen een goed medicijn was? Met elke onbedwingbare schaterlach leek een gewicht van haar schouders te vallen.

Maar Thad zag er de lol niet van in. 'Ik meen het. Houd op met lachen. Hoe kan ik iemand overrompelen met die stinkdierenlucht over me heen? Het gaat vast nooit uit mijn leren vest of uit mijn hoed. Die stomme beesten hebben mijn kans verknoeid om stiek…' Hij brak af en klemde zijn kaken strak op elkaar.

Sadie stopte haar gezicht in haar schort om het lachen te bedwingen. Gesmoord vroeg ze: 'Wat verknoeid?'

Thad vouwde zijn armen over zijn borst en hurkte neer. 'Niks. Laat maar zitten.' Hij keek haar met opgetrokken neus boos aan. 'Kun je niet opschieten? Ik krijg kramp in mijn benen.'

Ze slikte een nieuwe lach in. Hij deed haar denken aan een van haar jongere broertjes, met zijn onderkaak naar voren gestoken en rimpels in zijn voorhoofd. Maar ze kon het hem niet kwalijk nemen dat hij knorrig was, in aanmerking genomen wat hij had doorstaan. Op het puntje van haar tong bijtend om geen lach te laten ontsnappen, gooide ze alle blikken en potten tomaten over Thad heen.

Stukjes tomaat zaten in zijn haar en op zijn schouders. Sap droop van zijn gezicht, borst en rug. Hij leek op een kip in een stoofpot, maar dat hield ze voor zich en gebruikte zijn badborstel om de tomaten te pletten in zijn kleren, in zijn haar en op zijn blote huid.

Een uur later stortte hij de tomatentroep in de steeg, keerde de tobbe ondersteboven naast het schuurtje en kwam aanlopen. Sadie verborg een glimlach om het spoortje tomatenstukjes in zijn kielzog. Hij zette zijn vuisten op zijn heupen. 'En? Ruik ik al lekkerder?'

Eerlijk gezegd stonk hij nog steeds. Naar stinkdier *en* tomaten. Maar de stank was in elk geval iets minder scherp geworden. 'Beter,' zei ze. Ze begon de lege potten in de kist te stapelen om terug te brengen bij de eigenaars. Thad reikte naar de lege blikken die door de tuin verspreid lagen en gooide ze in de kruiwagen.

Sadie glimlachte, ze schiep er genoegen in met Thad samen te werken onder de hete zon, terwijl de wind door hun haren speelde. 'Je moet die kleren zo gauw mogelijk uittrekken,' adviseerde ze. 'Was ze en gebruik een azijnspoeling. Mijn moeder gebruikte altijd azijn om vieze luchtjes te bestrijden. Hang ze dan een paar dagen in het schuurtje om ze uit te luchten.'

Thad smakte nog een blik in de kruiwagen, met zo'n kracht

dat het eruit stuiterde. Grommend pakte hij het op en stopte het terug. 'Ik wou dat ik mezelf in het schuurtje kon ophangen.' Hij rook aan zijn arm en trok een lelijk gezicht. 'Ik stink erg genoeg om de hele gemeente Five Creeks op de vlucht te laten slaan.'

Ze plaatste de laatste pot in de kist en keek naar hem op. 'Waar kwam je die stinkdierenfamilie eigenlijk tegen?'

'Dat doet er niet toe.'

Ze hoestte om een lach te verbergen. Hoe kon hij er zelfs chagrijnig toch aantrekkelijk uitzien? Ze wilde de kist optillen, maar hij was al bij haar en nam hem over. Hij zette hem boven op de blikken in de kruiwagen, voorzichtig om de potten niet te laten rammelen. Zelfs in staat van drift was hij een heer en oefende hij zelfbeheersing. Ze meende in het afgelopen uur een glimp van Thads karakter te hebben gezien en het beviel haar.

Maar het beviel haar niet hoe hij stonk. Ze liep vlug naar de andere kant van de kruiwagen om tegen de wind in te zijn. Glimlachend zei ze: 'Nou, ik stel voor dat je daar voortaan uit de buurt blijft. Nu je haar kleintjes bang hebt gemaakt, zal mama stinkdier vast voor je op de uitkijk staan.' Ze had gehoopt met haar plagende opmerking een lach los te maken, maar hij staarde haar aan, zijn lippen waren een grimmige lijn en hij had rimpels in zijn voorhoofd. Zijn plechtige, maar verwarde gezichtsuitdrukking gaf haar een knoop in haar maag. 'Is er iets?'

Hij deed een stap naar voren. Automatisch week ze achteruit... niet uit angst voor hem, maar om de onaangename geur te ontwijken die vastzat op zijn hoed en in zijn met tomaten bevlekte kleding. Zijn frons werd dieper. 'Sadie, er is iets wat ik je wil vragen.'

Waarom klonk hij zo onheilspellend? Ze likte haar droge lippen. 'Goed.'

'Het gaat over...'

'Woe-*pieee*!' De uitroep klonk links van Sadie. Meneer Baxter stond aan de achterkant van het sheriffkantoor. Hij wapperde met zijn vlezige hand voor zijn gezicht, zijn mond vertrokken alsof hij net in een zure bom had gebeten. 'Wie is hier door een stinkdier besproeid?' Toen bekeek hij Thad van onder tot boven en lachte. 'Ik geloof dat ik het al weet.' Hoofdschuddend deed hij een paar stappen, een redelijke afstand bewarend tussen Thad en hemzelf. 'Al die tomatenvlekken verraden je.'

Thad keek langs zijn gestalte en trok een grimas. 'Ik moet me verkleden.' Hij liep naar de achterdeur van het kantoor, stond stil en keek meneer Baxter aan. 'Had je me ergens voor nodig?'

De ander schudde zijn hoofd, zijn sluike grijze haar wapperde. Twee geoliede pieken werden opgepakt door de wind en stonden rechtop als de kromme voelsprieten van een kakkerlak. 'Nee, hoor. Ik kwam juffrouw Sadie halen. Ik heb wat met haar te bespreken.'

Thad wierp Sadie een blik vol ongenoegen toe. Sadie knikte begrijpend. De plicht pikte altijd hun tijd samen in. Hij blies uit. 'Ga je gang, Sadie. Ik kom morgen na sluitingstijd bij de markthal langs. Hopelijk ruik ik dan fris genoeg om onder fatsoenlijke mensen te zijn. We kunnen bij Cora gaan eten. En praten.' Het laatste woord droeg een verborgen betekenis.

Sadie wierp meneer Baxter een blik toe. Morgen was het dinsdag… de openingsavond van zijn speciale shows. Kennelijk stond Thad niet op de uitnodigingslijst, anders zou hij weten dat ze niet kon. Meneer Baxter had haar gewaarschuwd om over de dinsdagavondshows te zwijgen, dus ze wist niet hoe ze moest reageren.

Meneer Baxter lachte blaffend en wierp Sadie een wellustige grijns toe. 'Ik begrijp dat een felicitatie op zijn plaats is. Mijn zussen vertelden me dat de sheriff en jij het eens geworden zijn. Mooi paar. Mooi paar.' Zijn mond vormde een lach, maar in zijn ogen glinsterde iets anders dan goedkeuring.

Thad deed nog een stap in de richting van het gebouw. 'Nou, als jullie me excuseren, ga ik…'

'Sheriff, ik zeg het niet graag, maar juffrouw Sadie hier is morgen niet beschikbaar om met je uit eten te gaan.' Zijn grijns werd sluw. 'Zij en ik… we hebben plannen.'

Sadie kromp ineen. Meneer Baxter stelde het voor alsof zij tweeën onder één hoedje speelden. En dat was ook eigenlijk zo. Maar zijn toon leek bedoeld om een jaloerse reactie te ontlokken.

Thad stopte zijn duim in zijn broekzak en keek meneer Baxter met half dichtgeknepen ogen aan. 'Is dat zo?'

'Ja. En die staan al een paar weken, dus je dinertje zal moeten wachten.' Meneer Baxter hoestte nog eens sputterend. 'En dat is maar beter ook. Die stinkdierenlucht gaat voorlopig niet weg. Cora jaagt je haar eethuis uit met een pollepel als je daar je stank gaat zitten verspreiden.'

Sadie keek in verwarring van de een naar de ander. Waarom zat meneer Baxter Thad doelbewust te sarren? De spieren in Thads kaak spanden en ontspanden, toen schudde hij zijn hoofd en lachte spijtig.

'Je zult wel gelijk hebben, Asa. De laatste die ik boos wil maken is Cora, aangezien ze me dagelijks te eten geeft.' Hij verplaatste zijn aandacht naar Sadie, maar zijn gezichtsuitdrukking verzachtte niet. 'Morgen heb je het druk, dus ik kom woensdag wel even langs en dan spreken we een avond af om misschien uit rijden te gaan. Een beetje te praten. Is dat wat?'

Zij en Thad, helemaal alleen, weg uit de stad… Bonsde haar hart van gretigheid of als waarschuwing? Sadie knikte. 'Dat is goed, Thad.' Ze reikte naar de handvatten van de kruiwagen.

Meneer Baxter kwam vlug aanlopen en drong zich voor haar. 'Kom, dametje, je moet geen zwaar werk doen zoals kruiwagens duwen. Doe maar eens een stapje opzij en laat mij dit regelen.' Hij grijnsde naar Thad. 'Dag, hoor, sheriff. Uit de buurt blijven van stinkdierholen, hè?'

28

Sloffend, zodat hij stof opwierp, duwde Asa de kruiwagen naar de markthal. De hete wind striemde hem, waardoor hij nog kwader werd. Waar dacht dat kleine zangeresje wel dat ze mee bezig was, het met de sheriff aan te leggen? Je kon er vast op rekenen dat ze haar mond voorbij zou praten over de dinsdag-avondshows. Was het nog niet genoeg dat een stel gemene ke-rels de markthal overhoop had gehaald op zoek naar Asa's bier-voorraad? Hij had de sheriff ervan kunnen overtuigen dat het hele geval een kwajongensstreek was, maar de politieman ging beslist rondsnuffelen als juffrouw Wagner haar klep opentrok. Dan zouden al Asa's zorgvuldig belegde plannen aan scherven vallen als een wijnfles die van een tafel gestoten wordt.

Het lukte hem zijn ergernis binnen te houden tot ze aan de achterkant van de markthal waren. Toen draaide hij zich met een ruk naar het meisje om en siste: 'Waar denk jij dat je mee bezig bent, meid?'

Juffrouw Wagner zette grote ogen op. Ze wierp een snelle blik heen en weer voordat ze die grote blauwe ogen op hem richtte. 'Ik… ik begrijp het niet.'

'Een beetje verkering nemen met de sheriff.' Hij dempte zijn stem tot bijna fluisteren, maar legde venijn in zijn toon. Met een woeste blik porde hij zijn vinger onder haar neus. 'Je vraagt om moeilijkheden. Een man die verkering heeft, wil elke minuut met zijn aanstaande doorbrengen die hij maar pikken kan. Hoe dacht je je mond te houden over dat zingen op dinsdagavond?'

Ze beet op haar lip en sloeg haar ogen neer naar het droge

gras aan hun voeten. 'Ik weet het niet. Ik wil niet tegen hem liegen…'

'Nou, de waarheid ga je hem niet vertellen!' Asa verhief zijn stem. Hij klemde zijn handen tot vuisten en dempte met opzet zijn stem. 'Luister, meid, ik betaal je goed om voor me te werken. Een deel van de reden dat ik goed betaal, is dat ik een heleboel eis. Het belangrijkste wat ik verwacht is loyaliteit. En ik zie niet in hoe je loyaal kunt zijn aan mij *en* tegelijk met de sheriff optrekken. Dus je zult moeten beslissen wat je liever hebt, een vrijer of een baan.'

Ze staarde hem handenwringend aan. Ze deed haar mond open om iets tegen te werpen, maar klapte hem dicht en knikte. Met gebogen hoofd zei ze: 'J-ja, meneer.'

Dat leek er meer op. 'Goed dan.' Asa wuifde naar de achterdeur. 'Ga maar naar binnen. De markthal gaat zo sluiten en mijn zussen willen dat je helpt met opruimen. Maar meteen na het avondeten ga je naar beneden om te oefenen.'

Ze tilde haar hoofd zo vlug op dat het hem verwonderde dat haar nek niet knapte. 'Komt u luisteren als ik oefen, net als vorige week?'

Asa deinsde met een verbijsterd gezicht achteruit. 'Waar heb je het over?'

Juffrouw Wagner kromde haar schouders. 'Ik had het u eerder willen vragen, maar we waren niet alleen.' Ze wierp nog een blik door de lege achtertuin alsof ze verwachtte dat er iemand uit de bosjes sprong. 'Toen ik vorige week de liedjes aan het oefenen was die u… me hebt gegeven, kwam er iemand naar de kelder en luisterde aan de deur. Ik dacht dat u het was.'

Er begon iets te koken in Asa. 'Ik heb het te druk gehad om naar je repetities te luisteren.' Omdat hij 's avonds naar de grot ging om zijn distilleertoestellen te controleren en overdag drank bottelde, had Asa amper tijd om adem te halen. Hij boog zich met een kwaad gezicht naar haar toe. 'Weet je *zeker* dat er iemand naar beneden kwam?'

Het meisje kauwde op haar onderlip en knikte.

Asa zuchtte geërgerd. Zijn zussen konden het niet geweest zijn – die waren te bang om onder de grond te gaan. En Sid was de stad uit geweest om bezorgingen te doen. Maar hij had wel een idee wie stiekem rond had kunnen sluipen om het meisje te bespieden. Hij balde zijn handen tot vuisten en smoorde een grom. 'Nou ja, maak je maar niet ongerust. Niemand zal je meer lastig vallen. Zorg nou maar dat je klaar bent voor morgenavond. Ik wil openen met een wervelende show waarvoor de jongens gegarandeerd steeds weer terugkomen. En nou opschieten.'

Het meisje holde zonder omkijken naar binnen. Asa lachte kakelend in zichzelf. Toen hij een jongen was, viel het hem op dat alleen de lange, knappe jongens hun zin kregen bij de meisjes. Asa mocht dan klein en lelijk zijn, met een kalende knikker en een dikke pens, maar hij had een heel knap meisje in zijn broekzak zitten. Triomfantelijk paradeerde hij om het gebouw heen naar de bindpaal, waar Percival dommelde in de middagzon, de zilveren knoppen van zijn zadel glanzend als sterren.

Met trekken aan de teugels en een paar duwen tegen Percivals achterwerk manoeuvreerde hij de grote hengst langs de reling van de veranda. Grommend van inspanning klom hij van de stoep op de reling en hees zich toen in het zadel. Percival snoof toen Asa's gewicht op zijn rug terechtkwam en Asa porde het paard met zijn hielen tussen de ribben om te laten zien wie de baas was.

'Vort, Percival. Naar huis.' Asa trok aan de teugels en wendde Percival naar de weg. Het paard zette gehoorzaam een drafje in en Asa hield zich stevig vast. Hij hield zijn blik voor zich uit gericht, maar zelfs zo was hij zich bewust van mensen die hem nakeken toen het paard op majesteitelijke wijze uit het stadje verdween.

Asa lachte zelfvoldaan. Dan was hij maar geen knappe man. Uiterlijk was niet blijvend. Maar geld was macht. Hij had geld. Massa's geld. En massa's macht. Wat zouden die pestkoppen van school jaloers zijn als Bulletje Baxter terugkeerde in High Ridge, Ohio, en zijn herenhuis midden in het centrum van de stad bouwde! Hij gniffelde als hij aan hun stomverbaasde gezichten dacht. Toen werd hij ernstig. Voordat hij zijn plannen kon doorzetten, moest hij de laatste hindernis tot zijn succes uitschakelen.

Hij gaf Percival een schop in de glanzende flanken om het grote paard aan te zetten tot een lange, soepele gang. 'Vort, paard. Ik heb een hoop werk te doen.'

Sadie hield de kleine flakkerende lantaarn voor zich en liep op haar tenen de trap op, vastbesloten om juffrouw Melva of juffrouw Shelva niet wakker te maken. Met ingehouden adem liep ze door de korte gang naar haar kamer en sloot de deur achter zich met een zachte klik. Eenmaal in haar kamer plaatste ze de lantaarn boven op de ladekast, blies haar adem uit en zette alle voorzichtigheid opzij.

Met hortende bewegingen rukte ze de zwarte fluwelen hoed van haar hoofd en gooide hem op het stoeltje in de hoek. De rode jurk volgde snel. Ze gleed uit haar onderjurk en hemd, liet ze op een hoop op de vloer liggen en schoot in haar nachtpon. De knopen waren lastig, haar trillende vingers weigerden mee te werken, maar eindelijk knoopte ze de japon dicht onder haar kin. Ze greep haar borstel en viel met venijnige streken op haar haar aan, een zwakke poging om alle sporen van de afgelopen drie uur uit haar geheugen te wissen. Maar na een paar minuten verwoed borstelen, had ze weinig meer bereikt dan een stekende hoofdhuid die nu evenveel pijn deed als haar hart.

Ze legde de borstel opzij en zonk neer op het bed. Tranen prikten. Als ze de wastobbe vulde en zich schrobde met een stuk St. Croix-zeep, zou ze zich dan weer schoon voelen? Thads stinkdierenlucht was stellig te prefereren boven de onbetamelijke geur die ze nu bij zich droeg. Ze begroef haar gezicht in haar handen, boog zich over haar schoot en probeerde de beelden uit haar hoofd te wissen. Maar ze speelden zich af voor haar gesloten oogleden, net zo hardnekkig als de kleine mot die nu tegen de bol van de lantaarn stuiterde.

Het begin van de avond had net een optreden geleken, behalve het geheel mannelijke publiek – een publiek dat gedurig veranderde, met mannen die kwamen en gingen door de deuropening die meneer Baxter aan het licht had gebracht door de gordijnen opzij te binden. Met elk bezoek aan de andere kant van de deur waren de mannen ruwer, stunteliger en jovialer geworden. En hadden ze wellustiger gekeken. Ze huiverde, ineenkrimpend bij de gedachte aan de vies ruikende man die tegen het eind van haar voorstelling bij haar op het toneel was gekomen. Op het moment dat hij zijn arm om haar schouders had geslagen, waren twee anderen opgesprongen om hem weg te trekken, het begin van een handgemeen dat bijna tien minuten had geduurd voordat meneer Baxter hen weer tot bedaren had gebracht.

Ze liet haar handen vallen, ging rechtop zitten en haalde een paar keer diep adem om haar zintuigen te ontdoen van de misselijkmakende, zoete geur die tegen het eind van de avond in de concertzaal had gehangen. De intensiteit van de stank en de luidruchtigheid van de mannen waren in gelijke mate gestegen tot Sadie weg wilde rennen om zich te verstoppen. Papa was geen drinker geweest, maar veel van de andere mijnwerkers wel. Ze was getuige geweest van hun gedrag als ze geproefd hadden van wat mama het duivelsbrouwsel noemde. Daardoor wist Sadie dat de mannen aan de andere kant van die deur aan het drinken waren. Ze wist ook dat het illegaal was. Hoe had het toch kunnen gebeuren dat ze nu vermaak verschafte aan dronkaards?

Kermend liet ze zich zijdelings op het bed vallen en trok haar knieën op, zich oprollend tot een bal. De weken strekten zich voor haar uit, elk een nieuw optreden eisend onder gelijke omstandigheden. Hoe moest ze het doorstaan? 'Ik kan het niet. Ik kan niet zingen voor mannen die naar me lonken en zwaaien in hun stoelen en ruwe opmerkingen schreeuwen. Ik moet het aan Thad vertellen…'

Ze klapte haar mond dicht en zette de gedachte uit haar hoofd. Ze mocht niet aan Thad vertellen wat er op dinsdag-avonden in de concertzaal gebeurde. Meneer Baxter zou ge-arresteerd worden en dan was zij haar baan kwijt. Ze moest zingen. Ze moest het geld naar huis sturen, naar mama.

Ze rolde op haar andere zij en gluurde door de spaarzame gloed van de lantaarn naar het familieportret. Haar blik viel op papa's dierbare, knappe, standvastige gezicht. Tranen welden op in haar ogen en vervormden zijn geliefde beeld. 'O, papa, mijn lang gekoesterde droom om zangeres te zijn… het is mijn nachtmerrie geworden. We dachten dat mijn komst hier een gebedsverhoring was, maar nu…' Een smartelijke jammerkreet ontsnapte aan Sadies keel. 'Waarom moest je gewond raken en sterven? Ik heb je nodig. Ik heb je *nodig*…'

⁓

's Morgens keek Sadie fronsend naar haar beeld in de kleine spiegel boven de ladekast. Roodomrande, gezwollen ogen ke-ken terug vanuit een bleek gezicht. Ze kneep in haar wangen tot er een roze kleur verscheen. Toen doopte ze een zakdoek in haar waskom, wrong hem uit en hield hem een paar minuten tegen haar pijnlijke ogen. Ze keek weer in de spiegel. Het had weinig uitgehaald. Ze zuchtte. Dacht ze echt dat een beetje koud water de effecten van een slapeloze nacht kon verhullen?

Ze draaide haar haar in een knot en zette die vast met spel-den, terwijl haar maag ongerust samentrok. Thad had beloofd langs te komen en een tijd af te spreken om samen uit rijden te gaan. Zodat ze konden praten. Meneer Baxter had geëist dat ze een eind maakte aan de verkering met de sheriff en nu ze betrokken was bij illegale handel, had ze geen keus. Het was te moeilijk om met Thad op te trekken en het geheim te verzwijgen. Ze moest alle banden met Thad verbreken.

Maar zou ze de kracht vinden om dat te doen? Al kende ze hem nog maar korte tijd, ze voelde zich tot hem aangetrokken. Ze bewonderde hem, respecteerde hem en voelde zich veilig bij hem. Hij overstelpte haar niet met bloemenhulde of kleine cadeautjes uit bewondering, maar ze wist dat hij om haar gaf. Ze zag het in zijn ogen en in de tederheid van zijn glimlach. In zijn aanwezigheid voelde ze de vergenoegdheid van thuiskomen. De verkering met Thad uitmaken, was nog moeilijker dan blijven zingen op dinsdagavond. Maar ze zou het doen. Voor mama en de kinderen deed ze het.

Ze verliet haar kamer, maar ging meteen de trap af in plaats van naar de keuken om te ontbijten. Juffrouw Melva en juffrouw Shelva zouden tekeer gaan, maar ze kon niet eten. Ze was door en door vervuld van afschuw. Misschien had ze nadat ze met Thad had gepraat ruimte voor eten. Die verschrikkelijke onrust zou toch wel verdwijnen als ze meneer Baxters bevelen had opgevolgd. Ze volgde de gewone dagelijkse gang van zaken van de voordeur van het slot halen en openzetten. Een windvlaag die naar regen geurde, zweefde door de hordeur naar binnen.

Sadie stapte naar de rand van de stoep en tuurde naar de lucht. Grijze wolken hingen in rimpelende golven in de lucht, als tientallen lakens die opgehangen waren aan hun punten. Ze huiverde, al was de lucht warm en vochtig. Er was een zomerbui op komst. Ze hoopte dat Sid niet in slecht weer terechtkwam op de terugweg van Beloit. En ze hoopte dat de stormachtige lucht geen voorteken was van hoe Thad zou reageren als ze hem vertelde dat hij haar niet langer het hof mocht maken.

Ze draaide zich om om de winkel weer in te gaan, maar haar neus ving een zweempje stinkdier op. Haar mond werd droog en langzaam draaide ze zich om. Op de hoek van de markthal stond Thad. Zijn aanblik – groene ogen overschaduwd door de rand van de bekende cowboyhoed en de zespuntige ster die straalde op zijn borst – nagelde haar op haar plaats. Ze wilde glimlachen ter begroeting, maar haar gezicht voelde als bevroren. Dus ze staarde hem zonder te knipperen aan en wachtte tot hij iets zei.

Hij tilde zijn hand op en nam zijn hoed af, maar kwam niet naderbij. 'Sadie…'

Ze hapte naar adem. 'Thad.' Ze wrong haar handen in haar schort en dwong haar logge tong woorden te vormen. 'Hoe gaat het?'

Een spijtig lachje tilde een van zijn mondhoeken op. 'Ik stink nog steeds. Daarom blijf ik hier staan.'

Sadie wenste dat ze om zijn opmerking kon lachen, maar ze kon nog geen spoortje luchtigheid opbrengen. Ze wierp een blik naar de lucht. 'Er is regen op komst. Dus dat betekent dat we… dat we vanavond helemaal niet kunnen gaan rijden.'

Hij keek naar de wolken. Hij sloeg met zijn hoed tegen zijn bovenbeen en keek haar weer aan. 'Het is niet nodig om onze plannen zo snel te laten varen. Ik kan dat overdekte rijtuig van Bill Kimbrough huren. Dat houdt ons tamelijk droog, denk ik, als het vanavond nog regent.'

Sadie had de burgemeester en zijn vrouw in het zwarte leren Phaeton-rijtuig door het stadje zien rijden en zich afgevraagd hoe het zou zijn om met Thad onder de met franjes versierde overhuiving op de krappe doorgenaaide zitting te zitten. Dankzij de eis van meneer Baxter zou ze het nooit weten. 'Ik… ik denk het niet.'

Hij fronste zijn wenkbrauwen, maar ze voelde dat zijn reactie eerder door verwarring werd veroorzaakt dan door boosheid. 'Hoezo?'

Schuldgevoel kreeg haar in zijn greep. Ze kon hem niet aankijken. Dus ze draaide haar gezicht enigszins en keek over zijn schouder. 'Ik… ik heb geen tijd. Ik moet w-werken.' Stukjes en beetjes van de voorstelling van gisteravond kwamen terug.

'De markthal gaat om zes uur dicht. Hoe laat is het bedtijd, een uur of half tien, tien uur?' Thads vriendelijke stem klonk plagerig. 'Daar kunnen we een rit van een uur tussen passen.'

'Weet ik, maar…'

'Je bent toch geen kat dat je niet tegen nattigheid kunt?'

De eerste dikke regendruppels landden op straat. De zware druppels lieten kleine deukjes achter. Het was Sadie te moede of zijn goedmoedige plagerij deukjes achterliet in haar hart. Raakte hij maar gefrustreerd. Werd hij maar veeleisend. Verbolgen. Dan zou het makkelijker zijn om hem weg te sturen. 'Nee. Ik ben niet bang voor de regen.'

Zijn gezicht werd ernstig. 'Sadie, ik moet al een tijdje ergens met je over praten. Ik wil het niet langer uitstellen. Het is belangrijk.'

Ze slikte. 'Het spijt me, Thad. Ik kan gewoon niet… vanavond.'

'Nou, morgenavond dan?'

'Morgenavond ook niet.'

Hij sloeg met de hoed tegen zijn broekspijp, het zachte ruisen wedijverde met het kletteren van regendruppels op het verandadak boven hun hoofd. 'Vrijdag- en zaterdagavond moet je zingen, dus wat zeg van je zondagmiddag? Ik zal het rijtuig reserveren.' Een flauw lachje rimpelde zijn gladgeschoren wang. 'Tegen die tijd moet ik de stinkdierlucht helemaal kwijt zijn en is de regen opgetrokken. Het wordt een prettig ritje.'

Haar hart draaide om. 'Zondag ook niet.'

Hij zuchtte, het eerste teken van ongeduld. 'Nou, zoek jij dan maar een dag en een tijd uit.'

Ze weefde haar vingers door elkaar en drukte haar handen tegen haar bevende maag. 'Dat is het probleem, Thad. Ik kan geen dag of tijd kiezen. Ik heb… ik heb het gewoon te druk. En…' Ze haalde diep adem en eindigde haastig: 'Het is niet eerlijk van me om je altijd maar af te schepen, dus… dus misschien…'

Ondanks zijn verklaarde bedoeling om afstand tussen hen te bewaren, kwam hij met grote stappen naar haar toe. Hij liet zijn hoed op de verandavloer vallen en greep haar bovenarmen vast. Hij boog zijn knieën en keek haar recht in het gezicht. 'Wil je zeggen dat je *nooit* met me uit rijden gaat?'

Sadies kin beefde. De band om haar borst werd zo strak aangetrokken dat ademhalen pijn deed. *Help me. Help me*, smeekten haar gedachten. Haar keel zat dicht, haar tong was te dik en te log om te spreken. Dus ze knikte stom.

'Maar waarom?'

Zijn oprechte verwarring brak Sadies hart. Maar wat kon ze zeggen? Thad zou haar tenminste nooit in die rode satijnen jurk zien en wellustige liedjes horen zingen.

Kennelijk werd hij het wachten op een antwoord moe, want hij liet haar los en deed één stap achterwaarts. Zijn ogen glommen, zijn irissen werden donkergroen. 'Ik dacht dat we iets speciaals opbouwden, maar…' Hij bukte stijfjes en pakte zijn hoed, zette hem in één vloeiende beweging op zijn hoofd. 'Ik zal het wel mis gehad hebben. Goed, juffrouw Sadie. Ik zal je niet meer lastigvallen.'

Hij draaide zich om en beende met grote stappen weg, de hakken van zijn laarzen bonkend op de planken stoep, tegelijk met het eerste rommelen van de donder.

29

Op de een of andere manier sleepte Sadie zich door de woensdag en donderdag heen zonder in te storten. Maar het kostte alle zelfbeheersing die ze bezat. Hoewel Thad geen voet in de markthal zette, zag ze hem overal. Elke keer als ze de pot met zuurstokken zag, moest ze eraan denken hoe zijn vingers een zakvol van het gestreepte lekkers vastpakten om uit te delen aan de jeugd van het stadje. In een rol groene katoen zag ze de kleur van zijn ogen. Terwijl ze een zending scheermessen schikte in de glazen bak op de toonbank, streken haar vingers langs de achterbedekking van zacht fluweel en onmiddellijk dacht ze aan Thads zachte snor tegen haar lippen.

Ze had hem weggestuurd, maar ze kon niet aan hem ontkomen.

Juffrouw Melva en juffrouw Shelva betuttelden haar als een paar overbezorgde hennen, zich bewust van Sadies gebroken hart. Ze dreigden naar het sheriffkantoor te lopen en Thad een fikse uitbrander te geven, maar Sadie slaagde erin hen uit de buurt te houden. Ze vond het hartverwarmend dat de oude vrijsters bereid waren voor haar op te komen, maar haar verdriet kwam door haar eigen toedoen en niet door Thad. En dat vertelde ze hen ook, wat haar een nieuwe ronde vragen opleverde die ze niet beantwoorden kon.

Ach, kon ze hen maar vertellen over de gang van zaken in de kelder van de markthal op dinsdagavond. Het gewicht van de verantwoordelijkheid zou lichter worden als ze hun haar geheim kon toevertrouwen. Maar het zou egoïstisch zijn. Ze ver eerden hun broer. Het zou hun dood worden als ze wisten dat hij deelnam aan illegale activiteiten. Hun onwetendheid spaarde hen verdriet en stond hen toe onschuldig te zijn aan enige wandaad. Ze kon het aan niemand vertellen. Behalve aan Sid.

Ze telde de uren af totdat haar neef terugkeerde. Gelukkig hoefde ze hem geen pijn te doen met nieuws over haar verkering met Thad. In plaats daarvan zou ze haar zorgen delen over de dinsdagavondshows van meneer Baxter. Samen zouden ze een oplossing vinden voor het probleem.

Op donderdag, een half uur voor sluitingstijd, rinkelde het belletje boven de deur van de markthal. Sadie, die druk bezig was kousen, sokken en herenondergoed op te stapelen in een mand in een hoek achter in de winkel, deed geen moeite op te kijken tot juffrouw Shelva krijste: 'Sadie! Je neef is hier en wil je spreken!'

Sid! Sadie liet de opgerolde kousen op de grond vallen. Ze vloog tussen de planken door recht in Sids verraste omhelzing. Zodra ze haar gezicht tegen zijn schouder drukte, barstte ze in tranen uit.

Hij lachte zachtjes. 'Heb je me gemist?'

Juffrouw Shelva antwoordde terwijl Sadie zich bleef verstoppen in Sids onfris ruikende overhemdkraagje. 'Ze loopt de hele week al te suffen. Het is wel duidelijk dat ze in elk geval *iemand* mist.'

Sadie wist wie de iemand was aan wie juffrouw Shelva refereerde, maar Sid dacht er kennelijk anders over. Hij sloeg zijn armen nog dichter om Sadie heen en knuffelde haar bezitterig. Hij fluisterde: 'Ik heb jou ook gemist.'

Een sterke hand sloot om Sadies bovenarm en trok haar los uit Sids greep. Juffrouw Melva hield Sadie vast terwijl ze Sid kwaad aankeek. 'Het kind moet een beetje vertroeteld worden. Neem haar mee naar hiernaast, laat haar een stuk perziktaart van Cora eten en breng haar dan terug met een lach op haar gezicht.'

Sid straalde. 'Ja, mevrouw!' Hij stak haar zijn arm toe. 'Je hebt mevrouw gehoord. Kom mee, Sadie.'

'Maar... maar ik heb nog dienst.' Sadie keek van juffrouw Melva naar juffrouw Shelva.

Juffrouw Shelva wapperde met haar handen. 'Ga maar! Je bent nu toch nagenoeg nutteloos met je gedachten bij andere dingen.' Ze sprak ongezouten, maar niet op onvriendelijke toon.

Juffrouw Melva boog zich naar Sadie toe en raspte in haar oor: 'Het beste medicijn voor hartzeer is gezelligheid met een attente kerel. Dus ga nu maar. Zie dat je weer lachen leert.' Ze gaf Sadie een duwtje naar Sid toe. 'Goed voor ons meisje zorgen, hoor!'

'Doe ik.' Sid pakte Sadies hand en stopte hem in de kromming van zijn elleboog. Hij begeleidde haar naar de stoep, maar in plaats van haar mee te nemen naar Cora, nam hij haar mee de hoek om naar de steeg. Daar ving hij haar in een nieuwe omhelzing. Hij zuchtte in haar haar. 'Ach, Sadie, het maakt me zo blij dat je zo naar me toe kwam rennen. Onderweg heb ik aldoor aan je gedacht. En ik...'

Sadie wurmde zich los. 'Sid, ik moet met je praten.'

Hij grinnikte tegen haar. 'Ja, natuurlijk. Dat doen we toch ook... praten.

'Over iets *belangrijks*.'

Zijn ogen glinsterden. 'Ik heb ook iets belangrijks in gedachten.'

Sadie zuchtte diep. 'Sid, alsjeblieft... kunnen we ergens naartoe waar we alleen kunnen zijn?' Ze keek de steeg op en neer. Hoewel er niemand in de buurt was, voelde ze zich toch te kwetsbaar in de openbaarheid.

Sid liet zijn arm om haar middel glijden en duwde haar terug naar de straat. 'Weet je wat, Asa verwacht me. Ik moet de wagen naar zijn huis brengen. Je kunt met me meerijden.'

Ze werd zo overspoeld door onrust dat ze ervan opschrok.

Ze wilde tegenwerpingen maken, maar Sid ging verder. 'We kunnen onderweg praten, dan zijn we maar met z'n tweetjes. Gezellig en onder ons. Goed?'

Nog steeds bezorgd om meneer Baxter te zien, knikte ze krampachtig. Sid hielp haar in de wagen. Hij nestelde zich naast haar, maakte de rem los en nam de leidsels op. Met een brede lach dreef hij de paarden aan en de wagen kwam in beweging.

Sadie wachtte tot ze de stad achter zich hadden gelaten voordat ze haar neef van terzijde aankeek. 'Sid, ik heb dinsdagavond in de concertzaal gezongen.'

Sid wierp haar een snelle, belangstellende blik toe. 'Hoe ging het?'

Sadie slikte de bittere smaak door die haar mond vulde. 'Vreselijk.' Ze vertelde hem over de open doorgang en de stank die uit het andere deel van de kelder aan kwam drijven. Zijn gezicht werd hard toen ze een paar opmerkingen herhaalde die het ruige publiek had gemaakt terwijl ze zong. Ze besloot: 'Ik weet niet wat ik moet doen. Meneer Baxter schenkt duidelijk sterke drank aan de dinsdagavondklanten. Ik heb deze baan nodig, maar ik kan niet meedoen aan iets illegaals.'

Sid klemde zijn kaken op elkaar. Zijn ogen werden staalhard. 'Nee, dat kan niet.'

Er laaide hoop op in haar borst. 'Dus je gaat met hem praten? Je gaat het regelen?'

'Wees maar niet bang, Sadie.' Sid verplaatste de leidsels naar één hand en legde zijn vrije hand over de hare, die ineengeklemd lagen in haar schoot. 'Ik zal het regelen.'

⌒

Sid liet Hec en Rudy stilhouden voor de schuur. Hij wenste dat hij Sadie in de stad had gelaten, waar ze veilig was voor de ruzie die eventueel tussen hem en zijn baas kon oplaaien. Woede brandde in zijn binnenste. In het verleden had hij voor Sadie met pestkoppen gevochten en al was Asa Baxter zijn werkgever, hij zou niet aarzelen om hem recht op zijn neus te timmeren als alles wat Sadie zei waar was. Hoe kon Asa toestaan dat ze mishandeld werd? Dat hij haar vijf dollar betaalde voor een paar uur werk gaf hem nog niet het recht om haar door mannen te laten molesteren.

Hij sprong van de wagen en stak zijn handen uit naar Sadie. Hij hielp haar naar de grond en wees naar een laag bankje in de schuin vallende schaduw van het gereedschapsschuurtje. 'Ga zitten. Ik ga Asa zoeken en dan zullen we het uitzoeken.'

'Dank je, Sid.'

De opluchting in haar blauwe ogen wakkerde Sids vastbeslotenheid om haar te redden nog verder aan. 'Geen zorgen,' zei hij met een wankele glimlach. 'Alles komt goed.' Hij keek haar na toen ze naar het bankje snelde en plaatsnam. Toen zwaaide hij en liep met grote stappen naar de schuur. Hoewel Asa een rijk man was, scheen hij meer tijd in zijn schuur door te brengen dan in zijn huis. Vaker wel dan niet vond Sid hem scharrelend in het reusachtige houten bouwwerk als hij de vrachtwagen terug kwam brengen na een bezorging.

Hij betrad de schuur en knipperde terwijl zijn ogen wenden aan het ontbreken van zonlicht. Asa had alle luiken dicht gedaan en het gebouw in diepe schaduwen gehuld. Sid tuurde in de sombere duisternis en riep: 'Asa? Ben je hier?'

Sid hoorde een schrapend geluid en hij keek omhoog naar de zolder. Maar er vlogen geen flintertjes hooi naar beneden die konden wijzen op iemands aanwezigheid. Het gedempte *schrraap* klonk weer en Sid keek verward rond. 'Asa?'

Als een das uit zijn hol floepte Asa's hoofd omhoog uit de met hooi bezaaide vloer. 'Sid, ben jij dat?'

Sid kwam met grote stappen aanlopen, met gefronst voorhoofd. Van dichtbij merkte hij op dat er treden in de aarde uitgehakt waren, die naar beneden voerden. Een houten luik stond opengeklapt tegen de schuurmuur. Asa kwam helemaal naar boven, zijn voeten sloften over de aarde en veroorzaakten het geluid dat Sid had gehoord. Hij wees naar het hol. 'Heb je een kelder in de schuur?'

Asa smakte het luik op zijn plaats en schopte hooi over de houten planken om het handig uit het zicht te verbergen. Hij veegde zijn handen aan elkaar af en keek Sid aan. 'Je bent vroeg terug. Alles goed gegaan in Beloit?'

Sid schudde zijn hoofd om het helder te maken. Was de man doof? Of verkoos hij geen acht te slaan op Sids vraag? Nou, dat spelletje kende hij ook. Hij zette zijn handen in zijn zij en wierp Asa een uitdagende blik toe. 'Sadie vertelde over de dinsdagavondshow. Ze zei dat de helft van de kerels dronken was. Was jij degene die ze van sterke drank had voorzien?'

Tot Sids ergernis begon Asa te lachen. Hij drong langs Sid heen om achter een stalmuur te verdwijnen. 'Als dat zo is, nou en?'

Sid ging achter hem aan. Hij keek toe hoe Asa een zeildoek over een stapel kisten trok. 'Sterke drank is verboden in Kansas. Je kunt er een hoop last mee krijgen als je het verkoopt. En je brengt Sadie in gevaar, door haar in een ruimte te laten zitten met een stel aangeschoten mannen die zin hebben in een lolletje.' Toen hij bedacht wat er had kunnen gebeuren, werd hij vervuld van verontwaardiging. Hij beende naar voren en pakte Asa bij de schouder om hem om te draaien. 'Je kunt niet van haar verwachten dat ze op dat toneel gaat staan om die mannen te vermaken die zich niet volledig in de hand hebben.'

Asa kneep zijn kraalogen half dicht. Hij veegde met vlezige vingers zijn schouder af, alsof hij Sids aanraking van de zwarte keperstof wilde verwijderen. 'Je begint een beetje opdringerig te worden, jongen.' Er klonk een waarschuwende toon in zijn stem. 'Misschien wil je eraan denken dat je voor me werkt. Net als je nicht. En als je betaald wilt worden, zul je – net als zij – doen wat je gezegd wordt.' Hij wilde naar het midden van de schuur lopen, maar Sid versperde hem de weg.

'Het is niet goed.' Sid perste de woorden er met opeen-geklemde tanden uit. 'Je mag niet…'

'Mag niet?' Asa schreeuwde harder dan Sid hem ooit had horen doen. 'Ga *jij* aan *mij* vertellen dat ik mijn zaak niet mag leiden zoals mij goeddunkt?' Hij gooide zijn hoofd in zijn nek en lachte hol.

'Ja,' zei Sid, 'en ik zou maar luisteren als ik jou was. Want ik laat niet toe dat je iets doet wat Sadie kwaad doet.'

Nog steeds lachend zei Asa: 'O, nee? En hoe had je gedacht me tegen te houden?'

Sid knarsetandde, vechtend tegen de aandrang om zijn vuist in Asa's vlezige gezicht te rammen. Voordat hij een antwoord kon formuleren, lachte Asa weer.

'Tjonge, jij hebt lef, dat moet ik je nageven. Maar je moet een stapje terug doen en eens diep nadenken voordat je nog een woord zegt.' Met zijn armen over zijn borst geslagen, keek Asa Sid zelfvoldaan lachend aan. 'Ik zie het zo dat we samen in dit bedrijf zitten; jij, ik en je lieve nichtje.'

Asa's samenzwerende toon deed Sid de rillingen over zijn rug lopen. Hij fronste, zijn vuisten jeukten. 'Hoezo?'

'Nou, kijk, het is waar dat ik drank heb gemaakt. Bier en wijn, allebei van goede kwaliteit. De mensen zullen moeite hebben om iets beters te vinden. En ik heb klanten in de rij staan, van hier naar de grenzen van Nebraska en Oklahoma, die graag wil-len kopen.' Asa zette zijn elleboog op de bovenste reling van de stal. 'Die dinsdagavondshows zijn meer een gelegenheid voor de mannen om een spelletje kaart te spelen of te wedden aan de roulette dan om echt te drinken.'

Gokken? Sid staarde Asa aan, onzeker of hij het goed had gehoord. Die man overtrad de wet aan alle kanten!

Asa vervolgde kalm: 'Maar het is natuurlijk wel zo dat ze met drank achter de knopen makkelijker geld uitgeven. Dus het spekt mijn kas aardig om ze te smeren met drankjes.'

Sid schudde zijn hoofd. 'Maar waarom Sadie erbij betrekken?'

Asa snoof. 'Een knap grietje als zij heeft evenveel aantrekkingskracht als het bier, mijn jongen. En als er iemand de trap af mocht komen, zien ze alleen een hoop mannen die van een speciale voorstelling genieten. Zij is mijn bliksemafleider, zogezegd.'

Sid trilde van woede. 'Nou, ze is je bliksemafleider niet meer. Ze gaat die dinsdagavondshows niet meer doen.'

Asa vertrok geen spier. 'O, jazeker wel.' Langzaam liet hij zijn arm zakken, zijn veelzeggende wrede grijns op Sids gezicht gericht. 'Jij weet net zo goed als ik hoe graag ze zingt. Dat ze wel *moet* zingen om de kost te verdienen voor haar arme verweduwde moeder en al die vaderloze rakkers thuis.' Asa schudde zijn hoofd en maakte meelevende geluiden. 'Tjonge, wat moet haar familie beginnen als ze stopt? Verhongeren, waarschijnlijk. Dat wil ze niet op haar geweten hebben.'

Sid greep Asa bij de voorpanden van zijn jas. Neus aan neus met Asa gromde hij: 'Ze gaat niet meer zingen op dinsdag. En ik ga sheriff McKane vertellen wat je daar beneden in die concertzaal uitspookt.'

'Kijk maar uit, jongen.' Asa zette zijn handen tegen Sids borst en duwde. Sid struikelde achterwaarts en streek zijn jas glad. 'Ze *gaat* zingen, en daarmee basta.' Toen verving hij zijn dreigende blik door een veelzeggende grijns en sloeg zijn armen over elkaar voor zijn borst. 'En wat klikken tegen onze beste sheriff betreft... dat doe je niet. Je zit er net zo diep in als ik.'

'Ik? Hoezo?'

'Alcoholhoudende drank maken en verspreiden is toch tegen de wet? Nou, ik mag dan degene zijn die het maakt, maar jij bent degene geweest die het verspreid heeft.'

Sids hart sloeg een slag over. 'Wat?'

'Die kisten die je naar Abilene en Beloit hebt gebracht? Wijn. Allemaal wijn.' Asa kuierde naar de brede schuuropening. 'Als je me uitlevert, noem ik jou als mijn partner. Dan ga je er net zo snel aan als ik. En je lieve kleine nichtje ook.'

Sid stampte achter Asa aan en liet hem de schuur niet uit. 'De sheriff gelooft niet dat ik erbij betrokken ben.'

'Dacht je dat?' Asa staarde Sid aan alsof hij van zijn verstand beroofd was. 'Wie heeft Sadie naar de stad gehaald om op te treden in de concertzaal? Wie is degene die kisten drank heeft bezorgd aan mannen aan de andere kant van de staat? De sheriff zal kijken naar wat je gedaan hebt en voor je het weet hangt het bordje *schuldig* om je nek.' Hij schudde kakelend van het lachen zijn hoofd. 'Man, je maakt geen enkele kans.'

Sid pijnigde zijn hersens. Hoe erg hij het ook vond om toe te geven, zijn daden konden worden geïnterpreteerd als hulp aan Asa om een gok- en drinkhal te vestigen. Hij knarsetandde om zijn eigen onwetendheid. Hoe had hij Sadie zo in de problemen kunnen brengen?

'En dan nog iets…' Asa pakte Sid bij de arm en sleepte hem mee dieper de schuur in, weg van de zonovergoten opening. 'Die sheriff is behoorlijk bemoeiziek geworden. Ik denk dat hij Sadie in de gaten houdt. Hij wilde haar het hof maken.'

Sids adem stokte. Wat was er allemaal gaande geweest terwijl hij op de weg zat en zonder het te weten Asa's zelfgemaakte drank bezorgde?

'Met haar als zijn aanstaande kan hij makkelijk informatie aan haar ontfutselen. Er moet iets aan die man worden gedaan voordat hij ons met z'n allen arresteert.'

Sid rukte zich los uit Asa's greep. 'Wat zeg je?'

'Ik zeg dat we allemaal gevaar lopen in de lik te worden gegooid. Jij en ik zijn mannen; wij zouden er wel ongedeerd uit komen, maar Sadie? Een klein meisje als zij… ik denk dat het haar dood wordt om opgesloten te zitten achter ijzeren tralies. Of je een vogel kooit.'

Sid kreeg van angst een nare smaak in zijn mond.

'Je wilt je nichtje toch beschermen?' Er klonk een spoor van wanhoop door in Asa's vleiende toon. Sid knikte en Asa wierp een snelle blik over zijn schouder en kwam weer op Sid af. Zijn warme adem streek langs Sids gezicht toen hij zei: 'Er is maar één manier om te zorgen dat we allemaal veilig zijn. We moeten van die sheriff af.'

30

Thad trok de kist waarin hij zijn voedselvoorraad bewaarde van de plank boven zijn bed en keek erin. Er rolde een enkel blikje rond op de bodem. Hij viste het eruit, trok een grimas en gooide het terug. Er was geen sprake van dat hij op dit moment perziken door zijn keel kon krijgen. Nadat hij de kist weer op zijn plaats op de plank had geduwd, zonk hij neer op de hobbelige matras en liet zijn hoofd hangen.

Eindelijk was het stil geworden op straat. De weerkaatsende voetstappen op de stoep – mensen die naar de markthal kwamen voor de vrijdagavondvoorstelling in de concertzaal – hadden hem eerder die avond hoorndol gemaakt. Een deel van hem hunkerde ernaar zich bij de stadsbewoners aan te sluiten en te luisteren naar Sadies melodieuze stem die de liederen tot leven bracht. Hij had meer goede zangeressen gehoord in zijn leven, maar pas bij Sadie hoorde hij de liederen met zijn hart. Zij zong met haar ziel, niet alleen met haar stem – een zeldzaam talent. En ze had het verkwanseld aan een schuin liedje. En toen had ze hem afgewezen.

Thad schoot overeind, stampte naar het raam aan de voorkant en keek uit over de lege straat. Het eenzame uitzicht werd typerend voor de leegte in zijn hart. Waarom had ze hem afgewezen? Vanaf hun eerste ogenblikken samen had hij zich verwant gevoeld met Sadie. Ze maakte hem aan het lachen. Gaf hem het gevoel dat hij sterk en belangrijk was. Ze wilde dezelfde dingen die hij wilde. Iets had haar veranderd en Thad moest weten wat. Hij moest het weten, om het te kunnen begrijpen.

God, laat het me begrijpen, want pas als ik het begrijp, kan ik haar uit mijn hart bannen.

Intussen had hij zijn werk te doen. De burgemeester en de gemeenteraad van Goldtree betaalden hem niet om over Sadie te dagdromen. Hij moest hun illegale drankstoker te pakken zien te krijgen en de man voor het gerecht brengen. Zijn wapen en holster hingen aan een haak in zijn woonverblijf. Thad ging ze halen en maakte de brede leren riem vast om zijn heupen, het gewicht van het pistool zwaar tegen zijn bovenbeen. Het gewicht van verantwoordelijkheid lag net zo zwaar op zijn schouders.

Tot nu toe hadden zijn waarnemingen overdag niemand opgeleverd die bij de grot rondhing. Nu ging hij de opening 's avonds in de gaten houden. In de stad was hij niet nodig, nu iedereen van Sadies optreden zat te genieten. Kimbrough had gezegd dat hij Thunder mocht lenen wanneer hij maar wilde, dus hij ging het paard zadelen, erheen rijden en zijn kamp opslaan bij de grot. En als hij de dader overgeleverd had aan de burgemeester, zou hij zijn spullen pakken en vertrekken uit Goldtree. Hij wist niet waar hij heen zou gaan, maar ergens weg van Sadie en de frustratie van haar afwijzing.

Hij zette zijn hoed op zijn hoofd, zijn neus optrekkend bij de lichte stinkdierenlucht die nog in de stof hing, en liep naar buiten. Hij bleef even staan, met zijn oren gespitst op de markthal. Sadie moest nu midden in haar optreden zijn, maar er zweefde geen enkele noot op de avondbries. Asa had die muren extra dik gebouwd om te zorgen dat het geluid in de zaal bleef. Niemand kon stiekem meeluisteren; je moest vijftig cent betalen om van de show te genieten.

Zijn voeten wilden in de richting van de markthal kruipen, maar hij was streng en zette ze in de richting van de stalhouderij. *Je hebt werk te doen, McKane, zoals Roscoe Hanaman je altijd vertelt. Dus aan de slag.*

Hij zadelde Thunder en tilde zijn voet op naar de stijgbeugel. Maar hij zag een lantaarn aan een spijker hangen aan een schraagbalk. Die kon hij nodig hebben. Hij pakte hem, haakte het metalen handvat over de zadelknop en steeg op. 'Kom op, Thunder.' Minuten later hadden Thunder en hij het stadje achter zich gelaten.

Twee dagen blakende zonneschijn hadden de weg uitgedroogd na de regenbui van woensdag, maar wagenwielen waren diep weggezonken toen de weg nog nat was en hadden diepe groeven achtergelaten die zo breed waren dat een paardenhoef erin vast kon komen te zitten. Thad dreef het paard niet in galop – hoe graag hij ook bij de grot wilde zijn voordat de zon achter de horizon was gezakt, hij wilde niet lichtzinnig handelen en een geleend paard verwonden. Bovendien deed het kalme ritje, terwijl de lucht zachte perzikroze strepen vertoonde en de wind de geur van verfriste aarde en uitbottende planten droeg, hem een beetje goed. Hoe verder hij van de stad kwam, hoe meer hij de spanning van de afgelopen dagen voelde wegsmelten.

Thunder snoof een paar keer toen ze de plek naderden waar ze het stinkdier tegengekomen waren, maar Thad dreef zijn hakken in de flanken van het paard en spoorde het aan om door te lopen. Hij stuurde het dier van de weg af en door een onderbreking in de dichte, woeste bomen en struiken. Het kreupelhout dwong hen vaart te minderen en Thad moest duiken om zijn hoed niet te verliezen in de laaghangende takken. Zijn broek bleef meer dan eens haken aan een doornstruik, maar hij dreef Thunder vooruit tot hij nog maar een paar meter van de grotopening was.

'Ho, jongen.' Thad steeg af en leidde Thunder na een snelle blik om zich heen achter een groepje jonge eiken. Hij bond de teugels stevig vast aan de stam van een klein boompje, testte of ze zouden houden als het paard weer schrok en pakte de lantaarn vast. Hij gaf het dier een klopje op de hals voordat hij zich steels naar de grot begaf.

274

Hij stond even stil voor de zwarte, gapende mond en stak de lantaarn aan. Hij zou hem doven als hij binnen een goede verstopplaats had gevonden, maar op weg naar binnen moest hij kunnen zien. Hij streek een lucifer af aan zijn hak en de warme gloed van de lantaarn beloofde Thad een wel verlicht pad. Met de lantaarn een eind van zijn lichaam dook hij de grot in.

Hij smoorde een nies toen de muffe stank zijn neus binnendrong. Hij liep langs de eerste kamer en betrad de tweede, die de grootste was van de drie. Hij hief de lantaarn en draaide zich langzaam om, elke kleinigheid van de ruimte onderzoekend. Bij zijn laatste bezoek was hem een stapel lege kisten tegen de achterste muur en tientallen wachtende kruiken om het distilleervat heen opgevallen. Nu stonden er geen kruiken meer op de vloer en de kisten waren opnieuw geschikt. Ze stonden twee hoog opgesteld langs de muur. Hij gluurde in een kist en floot. Zes kruiken stonden in de kist genesteld, elk verzegeld met een dikke, geelbruine kurk.

Thad zette de lantaarn opzij, haakte zijn vinger om het handvat van een kruik en trok hem eruit. Hij trok de kurk uit de opening en stak zijn neus erin. De geur van donker bier drong zijn neus binnen. Met een van afkeer vertrokken gezicht drukte hij de kurk op zijn plaats en bekeek de kruik. Iemand had er een papieren etiket op gelijmd waarop *Stroop van hoge kwaliteit* stond. Thad snoof.

Hij zette de kruik terug in de kist en begaf zich terug naar de eerste kamer van de grot. Hij liep langs het distilleertoestel, waarvan de kronkelende buizen koel aanvoelden, en concentreerde zich op een kolossale vorm met een dekzeil erover in de uiterste hoek van de wanstaltige ruimte. Een kijkje onder het zware zeil onthulde een toren van lege kisten. Kisten die bedoeld waren om drank naar kopers te vervoeren. Drank die mannen veranderde van meegaand in dwars, van verstandig in dwaas, van mannen die hun gezin toegewijd waren in mannen die alleen op hun eigen genoegen uit waren.

Hete woede vulde Thads borst. Het stak zijn trots dat deze onderneming zo dicht bij het stadje waar hij als politieman diende opgezet was. Hij moest de distilleervaten aan gruzelementen slaan. Hij tilde een kist op en hield hem boven zijn hoofd, klaar om hem naar het stooktoestel te smijten. Met zijn spieren gespannen om de kist uit alle macht weg te smijten, hield hij stil. Als hij de distilleervaten verwoestte, had hij geen bewijs om aan een rechter te tonen. Bovendien gaf een tekst in het zevende hoofdstuk van Prediker de raad dat geduld beter was dan hoogmoed.

Langzaam liet hij de kist zakken en zette hem terug op de stapel. Toen stopte hij het dekzeil in over de berg, precies zoals hij het aangetroffen had. Hij haalde diep adem en glipte in de smalle ruimte tussen de hoge stapel kisten en de vochtige muur. Hij blies in de bol van de lantaarn en zag de vlam flakkeren en doven. Duisternis omringde hem. Hij huiverde toen een gevoel van eenzaamheid hem overviel. Als kind was hij zo vaak weggekropen in zijn bed in een donkere kamer, helemaal alleen, wensend dat zijn vader thuiskwam. En als pa dan eindelijk de kamer binnen waggelde, wenste hij weer alleen te zijn.

Hij schudde zijn hoofd om de herinneringen kwijt te raken. Hij wurmde zich in een comfortabeler positie. Hij zag geen hand voor ogen. Een gedempt *brrrip-bip, brrrip-bip* – waterdruppels, waarschijnlijk van een ondergronds beekje – weerkaatste vanuit de diepste kamer. De wind fluisterde door het kreupelhout voor de opening van de grot. Zachte geluiden. Troostende geluiden.

Laat hij komen, smeekten zijn gedachten, wat hem aan het vaak geprevelde gebed uit zijn kindertijd deed denken. *Laat de drankstoker komen*, verbeterde hij. Hij sloot zijn hand om de kolf van zijn wapen, leunde met zijn hoofd tegen de koude, gladde muur en zuchtte. Hij liet zijn ogen dicht vallen. Nu moest hij geduld oefenen en wachten.

Thad ontwaakte met een schok. Zijn hoofd bonsde tegen iets hards en onwrikbaars, een explosie van pijn. Hij wreef over zijn hoofd, opende zijn ogen en knipperde verdwaasd in het ondoordringbare grijs. Waar was hij? Toen herkende hij de bedompte geur. Hij kreunde gesmoord toen het tot hem doordrong dat hij in de grot in slaap was gevallen.

Voorzichtig gleed hij met zijn hand over de grond tot hij de lantaarn vond. In zijn borstzakje zat een klein doosje lucifers. Hij haalde er een lucifer uit en streek hem af tegen zijn zool. Het oplaaiende licht deed pijn aan zijn ogen, maar hij kneep ze half dicht en stak de lont van de lantaarn aan. Gouden licht vulde de ruimte. Thad vouwde zich uit, rekte zijn stijve spieren en stapte om de stapel kisten heen.

De eerste kamer scheen hetzelfde als toen hij eerder binnengekomen was, maar hij bespeurde dat er iets veranderd was. Zijn heupen protesteerden toen hij de lantaarn oppakte en richtte naar de grillige opening van de tweede kamer. Een verraste uitroep ontsnapte aan zijn lippen. Hij strompelde naar voren, zijn ogen schoten alle kanten op. Minstens twaalf kisten met kruiken bier waren weg.

Thad staarde vol zelfverwijt voor zich uit. De drankstoker was gekomen en hij was er zo doorheen geslapen! Hij stampte de grot uit en keek rond, zijn ogen tranend in het zachte ochtendlicht. Kennelijk had hij de hele nacht geslapen. Hij wreef zijn pijnlijke slaap en voer in stilte tegen zichzelf uit. Geen wonder dat hij in slaap gevallen was. Hij had al nachten niet goed geslapen. Niet sinds Sadie duidelijk had gemaakt dat ze geen verkering meer met hem wilde. Maar dan nog, hoe had hij zo onoplettend kunnen zijn om de goederen vlak onder zijn neus te laten weghalen door de drankstoker?

Hij doofde de lantaarn en draafde naar de plek waar hij Thunder had vastgebonden. Tot zijn opluchting zat het dier nog stevig vast en lag het zadel op zijn rug. Thad wreef de fluwelige neus. 'Het spijt me, jongen. Ik ben blij dat er geen wilde kat of beer langs is gekomen. Je was hulpeloos geweest tegen een aanval.'

Thad kromde zijn schouders onder schuldgevoel over zijn onverantwoordelijke gedrag. Wat een politieman bleek hij te zijn, een geleend paard in gevaar brengen en slapen onder diensttijd. Burgemeester Hanaman kon hem zijn penning afnemen en Thad zou het hem niet kwalijk nemen. Er was geen excuus voor dat hij de drankstoker had laten ontglippen.

'Nou, tijd voor de biecht,' zei hij tegen Thunder. Hij wilde zich in het zadel hijsen, maar zijn aandacht werd ergens door getrokken. De rand van een papiertje piepte onder het zadel uit. Thad trok het er onderuit en vouwde het open. Het was een gekrabbeld berichtje.

Hé sheruff. Of ben je Rip van Winkel. Ha. Ha. Hoop dat je lekker geslapen hebt.

Thad verfrommelde het briefje en stopte het in zijn broekzak. *Ha. Ha.* In zijn verbeelding hoorde hij een hatelijke lach. Hij klemde zijn kaken zo hard op elkaar dat zijn kiezen er pijn van deden. Hij stampte naar de grot en sleepte de overgebleven kruiken in de zon. Een voor een tilde hij de kruiken boven zijn hoofd en slingerde ze tegen een drietal rotsblokken voor de grotingang. Zijn voldoening groeide met de berg kapotgeslagen aardewerk. Bleekgouden vloeistof doordrenkte de grond, de stank was overweldigend.

Slechts één kruik was nog overgebleven, maar in plaats van die bij de andere op de grond te gooien, bond Thad hem aan de zadelknop. Toen beende hij de grot binnen en rukte de buizen los van alle drie de distilleertoestellen. Hij hield één stuk apart en wrong de resterende buizen in een knoop die jaren zou kosten om te ontwarren. Hij wikkelde het overgebleven stuk om de enige onbeschadigde kruik. Als hij terugkeerde in Goldtree zou hij die aan de burgemeester geven.

Hij stak zijn voet in de stijgbeugel, hees zich in het zadel en stuurde Thunder naar de weg die terug naar de stad voerde. De prop papier in zijn zak leek een gat door zijn broek te branden. Hij legde zijn hand erop, de spieren in zijn schouders aangespannen. De illegale drankstoker dacht vast dat hij gewonnen had. Maar dat dacht hij verkeerd.

Het kwetste Thads trots om slapend betrapt te worden, maar hij ging niet wegkwijnen van schaamte. Niet terwijl iemand de wet overtrad en drank verkrijgbaar maakte. En hij wist nu waar hij naar moest zoeken: kruiken met een stroopetiket. Elke wagen die Goldtree in of uit ging zou hij controleren. Die drankstoker moest uitkijken. Thad was nog niet klaar, bij lange na nog niet.

'Deze strijd heb ik dan verloren,' zei hij tegen de heldere lucht boven zijn hoofd, 'maar, God, U bent mijn getuige, ik zal de oorlog winnen.'

31

'Veel plezier vandaag met Sid.' Juffrouw Melva stond op de stoep en lachte naar Sadie.

'Dank u.' Sadie dwong zich tot een opgewekte toon, vastbesloten om haar werkgeefster te verzekeren dat het goed met haar ging. De gezusters Baxter hadden al te veel over Sadie getobd.

Sid nam naast Sadie plaats op de verende zitting van de wagen en juffrouw Shelva kwam naast haar zus staan. 'Stop op een mooi plekje langs de weg en eet lekker van de dingen in die mand.' Juffrouw Shelva's lippen vormden een exacte replica van de glimlach die juffrouw Melva's gezicht sierde.

'O, een picknick.' Juffrouw Melva kromde haar magere schouders en giechelde. 'Precies goed om een meisje op te fleuren.'

Juffrouw Shelva schudde haar hoofd en klakte met haar tong. 'En hoe kun jij dat weten, Zus? Ben je weleens met een jongen wezen picknicken?'

Juffrouw Melva's wangen kleurden roze. 'Nou... nee. Maar één keer bijna, weet je nog? Toen Harry Eugene me meegevraagd had? Alleen kreeg jij toen griep en mama was bang dat ik het ook zou krijgen, daarom moest ik thuisblijven en toen nam hij Shirley Taylor mee in mijn plaats.'

'O, dus is het zeker mijn schuld dat je nooit bent wezen picknicken met Harry Eugene, bedoel je dat soms?'

Voordat de tweeling in een fikse ruzie kon uitbarsten, riep Sadie vanaf haar plaats op de wagen: 'Weet u zeker dat u me

vandaag niet nodig hebt? Ik hoef niet met Sid mee naar Macyville.' Ze sloeg geen acht op Sids protest. 'Ik kan ook hier blijven
en werken.'

'Nee, nee,' riepen ze in koor, volkomen eensgezind met hun
handen wapperend. Juffrouw Melva zei: 'Je hebt nog geen zaterdag vrij genomen sinds je bij ons werkt. Het wordt tijd dat je
eens een uitje hebt.'

'En Macyville is zo dichtbij dat je op tijd thuis bent om vanavond te zingen,' voegde juffrouw Shelva eraan toe. 'Meestal
duren Sids reizen langer, dus je moet meegaan nu het kan.'

Hoe ze zich ook verheugde op een dagje weg uit Goldtree
– een hele dag niet bang hoeven zijn dat ze Thad tegenkwam –
Sadie voelde zich schuldig dat ze de twee vrouwen onthand liet
zitten. 'Als u het zeker weet…'

'We weten het zeker,' hield juffrouw Shelva vol.

'Ga nu maar… en een fijne dag.' Juffrouw Melva haakte haar
arm door die van juffrouw Shelva en het stel trok zich terug
onder het overhangende dak van de veranda.

'Jullie ook een fijne dag,' riep Sid en liet de teugels op de
paardenruggen neerkomen. Hij lachte blij naar Sadie toen de
wagen naar de rand van de stad rolde. 'Ik had nooit gedacht dat
ik je mee zou krijgen op een bezorging. Fijn om gezelschap te
hebben. Het is soms wel eenzaam in mijn eentje op de weg.'

Sadie leefde met hem mee. 'Dat kan ik me voorstellen.'

Hoewel ze zich aanvankelijk verzet had tegen de vrije dag –
ze was naar Goldtree gekomen om te werken en niet om lui in
een vrachtwagen door het landschap te trekken – ze was nu blij
dat ze toegestemd had toen de tweeling erop aangedrongen had
dat ze een dagje vrij nam. Ze had de laatste tijd heel weinig met
Sid opgetrokken en hun langdurige vriendschap had eronder
geleden. Misschien konden ze vandaag de kameraadschappe-
lijke toon terugvinden. En als ze hem voor zichzelf had, kon ze
haar nieuwsgierigheid bevredigen.

Nadat Sid donderdagavond met meneer Baxter had gepraat,

had hij kenbaar gemaakt dat ze niet ongerust hoefde te zijn – hij zou het regelen. Maar hij had haar niet verteld wat er tussen hen tweeën voorgevallen was. Uit de buurt van het stadje en nieuwsgierige oren kon ze haar prangende vragen stellen. Ze deed haar mond open om iets te zeggen, maar Sid stootte haar zachtjes aan met zijn elleboog en knikte naar de wagenbak.

'Kijk eens achter de zitplaats, Sadie. Naast de picknickmand die de juffrouwen hebben ingepakt. Daar ligt een kleinigheid voor je.'

Sadie keek hem nieuwsgierig aan, maar hij grinnikte alleen. Ze draaide zich om op haar plaats, een beetje door elkaar geschud toen de wagen over een groef reed, en zag iets wat zo te zien een kleine hoedendoos was. Ze stak haar armen in de wagenbak, haalde de doos eruit en legde hem op haar schoot. 'Wat is het?'

'Maak maar open.' Sids gezicht straalde van opwinding, maar hij haalde zijn schouders op in een kennelijke poging tot onverschilligheid. 'Een kleinigheidje dat ik in Beloit gevonden heb.'

Sadie herinnerde zich dat hij beloofd had een cadeautje voor haar mee te nemen. Er was maar een week voorbijgegaan, maar er was in de tussentijd zoveel gebeurd dat de belofte een mensenleven lang geleden leek. Ze klemde de doos strak tegen haar ribben. 'Sid, je hoeft geen cadeaus voor me te kopen. Spaar je geld om spullen voor jezelf te kopen.'

Hij draaide zijn hoofd om haar met een tedere blik recht aan te kijken. 'Sadie, je moet onderhand weten dat ik alles wat ik heb met jou wil delen.' Zijn wangen werden vlekkerig rood. 'Want ik houd van je, Sadie.'

Het waren lieve woorden, maar Sadie vroeg zich onwillekeurig af waarom hij ze zo besmuikt uitsprak. Hoorde een man zijn liefde voor een vrouw niet eerder krachtig te verklaren dan aarzelend en met gloeiende wangen? Thad zou niet rood aanlopen en zijn liefde voor haar stamelend uitspreken – hij zou haar dicht tegen zich aan trekken, duidelijk spreken en zijn verklaring bezegelen met een kus. Maar Thad had ze weggestuurd. Ze boog haar hoofd om de plotseling opwellende tranen te verbergen.

Sid stootte haar nogmaals zachtjes aan. 'Toe maar. Maak maar open. Ik wil zien of je het mooi vindt.'

Snuffend tilde Sadie het deksel van de doos. Ze duwde een prop watten opzij en hapte naar adem. Haar blik vloog naar Sids lachende gezicht en toen weer naar de inhoud van de doos. Met trillende vingers haalde ze er een verfijnd glazen beeldje van een zangvogel uit. Ze hield de vogel voorzichtig vast met één hand en volgde de lijn van de spitse zwarte snavel met haar vinger, liet haar vingertop over het blauwe kopje glijden en toen onder de kin naar het licht perzikkleurige keeltje. Hoewel de vogel van glas was, stelde ze zich de zachte veren onder haar aanraking voor. Tranen prikten in haar ogen. 'O, Sid... wat mooi.'

'Ik wist wel dat het je zou bevallen.' Hij zette zijn borst uit en kletste zacht met de teugels. 'Ik wilde eigenlijk een...' Zijn wangen werden nog roder. 'Nou ja, laat maar. Ik dacht dat je dit vogeltje veel beter zou vinden. Voorlopig.'

'Ik vind het prachtig.' Heel voorzichtig zette ze de vogel terug in de doos en drukte een zusterlijke kus op Sids kaak. 'Heel erg bedankt! Je weet hoe dol ik ben op zangvogels.'

'Ja. Weet ik.' Als Sids borst nog verder zwol, zouden zijn knopen springen. Hij slaakte een enorme zucht en wierp haar met gefronste wenkbrauwen een zijdelingse blik toe. 'Ik weet zo'n beetje alles over je, Sadie. Ik weet dat je graag luistert naar vogels die zingen in de bomen. Ik weet dat je van perziken houdt, maar niet van zoete aardappels. Ik weet dat je liever leest dan sperziebonen plukt...'

Sadie smoorde een lach, denkend aan de dag dat ze een standje hadden gekregen omdat ze stiekem achter de schuur een prentenboek lazen terwijl ze erop uitgestuurd waren om boontjes te plukken voor het avondeten.

'… en dat roze je lievelingskleur is. Ik weet dat je van zingen houdt, en van lachen, en dat de zorg voor je familie meer voor je betekent dan je eigen geluk.'

Ontroerd luisterde Sadie naar Sids eenvoudige opsomming. Hij betekende zoveel voor haar; haar lievelingsneef, haar beste speelkameraad. Waarom kon ze niet van hem houden zoals hij van haar hield? Het zou alles zoveel eenvoudiger maken.

'Ik weet dat allemaal omdat jij het enige meisje bent om wie ik ooit iets heb gegeven sinds ik negen was.' Sids stem was schor van emotie. 'Ik wil dat we meer dan neef en nicht zijn, Sadie. Ik wil dat we…' De roodheid van zijn wangen verspreidde zich naar zijn hals. 'Man en vrouw zijn.'

Sadie zweeg. Haar hart deed pijn van eenzaamheid. Een vrijer hebben zou dat lege gat opvullen. Zoals hij eerder aangegeven had, waren ze geen bloedverwanten – het zou niet ongepast zijn om verkering te hebben. Haar moeder kende Sid en vertrouwde hem, anders had ze nooit goedgevonden dat Sadie op zijn wenken helemaal naar Goldtree was gereisd. Ze voelde zich op haar gemak bij Sid. Ze mocht hem graag. Ze waren goede vrienden vanaf hun kindertijd en hadden altijd goed met elkaar op kunnen schieten. Zou het zo verkeerd zijn om zich door hem het hof te laten maken?

Ze liefkoosde het deksel van de doos op haar schoot en stelde zich het schattige beeldje dat erin zat voor. Zijn zorgzaamheid ontroerde haar. Hij wilde dat ze gelukkig was. Ze zouden stellig samen het geluk vinden als ze erin toestemde meer dan vrienden met hem te zijn. 'Sid, ik…'

Ze werd onderbroken door bonzend hoefgekletter en een strenge stem. 'Stil houden!'

Sadie draaide zich met een ruk om. Een ruiter galoppeerde op hen af, een man met een zilveren ster glanzend op de borst van zijn leren vest. Haar hart stond stil. Thad!

Sid trok aan de teugels en sprak de paarden toe: 'Ho, Hec en Rudy, hooo maar.'

Thad hield stil aan Sids kant van de wagen. Hij liet een strakke blik over hen beiden heen glijden voordat hij zich tot Sid richtte. 'Vrachtinspectie. Rem vastzetten en van de wagen komen.'

Sid hield de teugels stevig vast alsof hij vocht tegen de aandrang om ze op de paardenruggen te laten neerkomen en te ontsnappen. 'Waar ben je naar op zoek?'

Thad snauwde: 'Gewoon doen wat ik zeg.'

Sadie had Thad nooit zo hard en onvriendelijk gezien. Ze kreeg een knoop in haar maag van zijn harde gezichtsuitdrukking. Waar was de tedere, welgemanierde man gebleven die haar hart gestolen had? Ze boog zich lichtelijk naar voren, de doos sneed in de onderkant van haar ribbenkast. 'We hebben haast, Th… sheriff. Sid moet om twaalf uur in Macyville zijn.'

Thad keek niet eens naar haar. 'Zet die rem vast, zei ik.'

Sids hand beefde toen hij de rem op zijn plaats trok. Hij klom van de wagen en liep met Thad mee naar de achterkant. 'Gewoon een bezorging voor Asa Baxter,' zei Sid. Zijn stem klonk onnatuurlijk hoog.

Ineens werd Sadie overvallen door angst. Sid had gezegd dat ze niet ongerust hoefde te zijn en ze had aangenomen dat hij bedoelde dat Asa hen ontslagen had van iedere betrokkenheid bij zijn illegale activiteiten. Ze had de etiketten op de kruiken gezien; juffrouw Melva had er eentje uit getild en lachend opgemerkt dat haar broer alles kon maken waar hij zin in had, ook stroop. Dus er was geen reden tot bezorgdheid. Maar als ze naar Sids kleurloze gezicht keek, begon de onrust toch te kriebelen.

Thad trok een kruik uit een kist achter in de wagenbak en onderzocht het papieren etiket, met gefronst voorhoofd.

Sadie riep: 'Het is kwaliteitsstroop. Ze zijn allemaal hetzelfde.'

Thad wierp haar een ongeduldige blik toe. 'Ik kan lezen. Ik weet wat er *staat*.' Hij keek dreigend in Sids richting. 'Maar etiketten kunnen bedrieglijk zijn.'

Sid had zijn hoofd gebogen en klemde zijn vuisten open en dicht.

Sadie keek van de een naar de ander. Thads barse gedrag baarde haar zorgen. En maakte haar een beetje boos. Alleen omdat ze de verkering uitgemaakt had, hoefde hij nu niet zo wreed tegen Sid te doen. Met een zucht van ergernis zette ze de doos met het beeldje opzij en klom naar beneden. Met grote stappen liep ze naar de achterkant van de wagen en trok de kruik uit Thads handen. Het gewicht verraste haar en ze liet hem bijna vallen. Maar ze kreeg hem weer in haar greep en keerde het etiket naar Thad.

'Zie je? Daar staat *Stroop*.' Ze greep de kruik vast en werkte hem kreunend van inspanning los. 'Stop je vinger erin en neem een proefje.' Ze had een hekel aan deze versie van Thad, die van hoffelijk getransformeerd was in bot. Hoe sneller ze van hem af waren, des te liever was het haar.

Thad pakte de kruik, maar in plaats van een proefje te nemen, zoals ze geopperd had, richtte hij de tuit naar haar toe. 'Ruik maar eens even, juffrouw Sadie.'

Met op elkaar geperste lippen, boog Sadie zich over de kruik. Toen deinsde ze met grote ogen van schrik geschokt achteruit. 'D-dat is geen stroop!'

Thad schudde zijn hoofd, zijn groene ogen zo donker dat ze bijna zwart leken. 'Nee, dame, dat is het zeker niet.' Hij smakte de kurk weer in de opening en liet de kruik met een bons in de wagenbak ploffen. 'En jullie tweeën staan nu onder arrest.' Even zag ze een flits van pijn in Thads ogen. Maar toen sloot hij ze even en toen hij haar weer aankeek, was de harde blik terug.

Hij wendde zich tot Sid. 'Klim erop en draai de wagen. We gaan terug naar Goldtree.'

Sid pakte Sadies arm en gaf haar een zacht duwtje. 'Ga in de wagen, Sadie. Ik moet met de sheriff praten.'

Sadies mond werd droog toen ze zijn grimmige gezicht zag. 'Waarom?'

'Doe wat ik zeg.' Hij keek Thad aan, zijn in elkaar gedoken houding vervangen door breedgeschouderde bravoure. 'Kunnen we een eindje die kant op lopen? Ik moet met je praten, maar…' Hij wierp een snelle blik in Sadies richting.

Thad wierp een korte blik op Sadie en knikte bruusk. 'Goed.'

De mannen liepen naast elkaar enkele meters de weg af. Sid wees naar het dichte kreupelhout. Zijn lippen bewogen, Thads schouders rezen en daalden in een zucht en toen verdween het paar in het kreupelhout. Met bonzend hart van ongerustheid liep Sadie langs de wagen naar de voorkant. Maar ze klom er niet in. De wind speelde met haar haar, de lokken striemden om haar wangen maar ze duwde ze opzij en staarde naar de plek waar Thad en Sid opgeslokt waren door de bosjes. Haar hoofd zat vol met vragen. Wat zei Sid tegen Thad? Waarom kon hij het niet zeggen waar Sadie bij was? Wanneer zouden ze terugkomen?

Plotseling knalde een schot – één harde knal uit een wapen. Sadie gilde van schrik en de paarden steigerden in hun strengen. Ze zette twee wankele stappen in de richting van het geluid, maar bleef bevroren van angst stilstaan. Sid kwam uit de bosjes op haar af stormen. Zonder vaart te minderen, pakte hij haar arm en duwde haar naar de wagen.

'Instappen!' blafte hij.

Maar haar bibberende benen weigerden haar op te tillen. Met een grom van ongeduld greep Sid haar om haar middel, hees haar op en gooide haar haast op haar plaats. Ze viel naar voren en haar hand sloeg tegen de doos die hij haar had gegeven. Die stuiterde van de zitplaats op de grond. Het deksel schoot los en de glazen vogel viel op de houten vloer. Sadie snakte ontsteld naar adem toen het vogeltje in twee puntige helften brak. Ze stak haar hand uit naar de stukken, maar Sid klom op de wagen en stapte over haar heen, zodat ze opzij moest buigen. Tot Sadies ontzetting verbrijzelde de hak van zijn laars kopje en borst van de zangvogel.

Hij plofte op zijn plaats en maakte de rem los, liet de teugels kletsend neerkomen. 'Vort! Vort!'

De wagen schokte. Sadie greep de zitting vast, bang dat ze overboord zou vallen terwijl Sid de paarden aandreef tot een galop waardoor de kruiken tegen elkaar bonkten. Ze klemde zich omkijkend vast, in de hoop dat Thad uit de bosjes opdook. Maar dat gebeurde niet. Haar keel deed pijn van verlangen om te huilen, maar ze hield zich in, bang voor Sids reactie.

De wagen reed een flauwe bocht om en Sadie draaide zich langzaam om naar voren. Haar blik viel op de gebroken scherven van blauw en perzikkleurig glas die over de vloerplanken dansten. Arm vogeltje. Arm, mooi vogeltje, gebroken en onherstelbaar kapot. Tranen rolden over haar wangen. Ze keek naar Sid. Hij zat met een stalen gezicht zwijgend voor zich uit te kijken, zijn lippen grimmig op elkaar geperst. Wat had hij gedaan? O, God, wat had hij gedaan? Haar keel werd dik.

Ze vreesde dat haar hart in meer stukken was gebroken dan de kleine vogel aan haar voeten.

32

'Geen vragen stellen, Sadie,' commandeerde Sid met opeengeklemde tanden. Hoe minder ze wist, hoe beter het was. Dan kon niemand haar verantwoordelijk houden voor iets wat Asa of Sid had gedaan.

Haar ontzette blik doorboorde zijn hart, maar hij staalde zich en blafte: 'Afgesproken?'

Heel langzaam knikte ze. Ze hield haar onderlip tussen haar tanden en maakte geen geluid, maar de tranen stroomden over haar bleke wangen. Sid smoorde een kreun. Hij vond het vreselijk om haar pijn te doen, maar wat had hij voor keus? Asa had er een zooitje van gemaakt en Sid zat zich er midden in. Hij weigerde Sadie er nog dieper in mee te trekken dan ze al was.

Hij liet de paarden van een volle galop overgaan in een rustig drafje. Het oorverdovende geroffel van stampende hoeven en wielen op de harde grond bedaarde. Sid haalde diep adem en hield de lucht vast, die hij beetje bij beetje uitblies. Met het laatste pufje verplaatste hij de teugels naar één hand en stak de andere naar Sadie uit. Hij vond haar hand en kneep zacht. Haar vingers lagen slap in zijn greep en reageerden niet. 'Sadie?'

Ze keek recht voor zich uit, haar kin beefde en haar wangen waren nat van de tranen die maar bleven stromen. Had ze hem zelfs wel gehoord? Hij kneep nog eens in haar hand, in de hoop dat zijn aanraking haar enigszins geruststelde. 'We zijn over een uur in Macyville. Ze hebben daar een aardig park met een pergola. Daar kunnen we onze picknick houden.'

Met een ruk draaide ze haar hoofd naar hem toe en staarde hem ongelovig aan. 'W-wat?'

'Picknick,' herhaalde hij, heen en weer kijkend tussen Sadies verbijsterde gezicht en de weg. 'Tegen de tijd dat we er zijn, zul je wel honger hebben, denk ik, dus…'

'Ik kan niet eten!' Haar stem klonk schril. Ze rukte haar hand uit de zijne en drukte haar palmen tegen haar borst. 'Hoe kun je zo… zo normaal doen? Sid, je…'

Hij schudde driftig zijn hoofd. 'Niks zeggen.' Met een ferme ruk aan de teugels bracht hij de paarden tot stilstand. Sid hield een moment luisterend zijn hoofd schuin. De wind floot door het glooiende grasland dat zich in beide richtingen uitstrekte. Ergens in het dichte kreupelhout tsjirpte een vogel een vrolijk lied. De paarden gooiden hun hoofd op en neer en briesten zacht. Alle geluiden waren goede geluiden, troostende geluiden. Geen hoefgetrappel had de achtervolging ingezet. Ze waren veilig.

Hij sloeg zijn arm om Sadie heen en kromde zijn hand om haar schouder. Haar spieren spanden aan onder zijn aanraking, maar hij liet niet los. 'Ik moet wel normaal doen. Jij ook. Als we in Macyville zijn en die kruiken afgeleverd hebben, kan niemand vermoeden dat wij weten wat er echt in zit. We moeten doen alsof het een gewone bezorging is.'

Hij keek naar Sadies gekwelde gezicht en zijn hart hamerde tegen de muren van zijn borst. Ze zou alles verknoeien als ze niet oppaste. Hij wenste dat hij haar niet meegenomen had, maar dat veranderde nu niets. Ze zat naast hem, verstrikt in Asa's misdaden en ze zou moeten meespelen. Hij legde zijn hand in haar nek, een zachte aanraking. 'Sadie, ik weet dat het moeilijk is, maar je moet ontspannen. Vertrouw me nou maar.'

Ze antwoordde niet en Sid slaakte een diepe zucht. Hij herhaalde: 'Vertrouw me nou maar.' Toen schoof hij op om de teugels weer vast te pakken. Er schraapte iets onder de zool van zijn laars en hij keek naar de vloer. Sadies glazen vogeltje lag verpletterd onder zijn voeten. Hij werd overvallen door diep berouw. 'Het spijt me, Sadie.' En het speet hem ook. Zo veel dingen speten hem. 'Zodra ik de kans krijg, ga ik terug naar Beloit om een nieuw vogeltje voor je te kopen.'

Wild schudde ze haar hoofd. 'Nee. Ik wil geen andere. Die zou me herinneren aan…' Ze wendde haar gezicht van hem af en haar schouders schokten van stille snikken.

Sid liet zijn hoofd hangen. Voorovergebogen pakte hij de grootste stukken gekleurd glas op en gooide ze over de rand van de wagen. Toen zette hij de paarden weer in beweging. De wagen reed verder en de sporen van het gebroken beeldje bleven achter, maar het zou heel wat meer inspanning kosten om te repareren wat er kapot was gegaan in zijn relatie met Sadie. Hij kon alleen maar hopen dat ze het op een dag zou begrijpen. En hem vergeven.

Thad wenste dat hij de tijd had genomen om een zak met eten mee te nemen voordat hij op weg ging naar Clay Centre. Maar hij had zo snel mogelijk het kantoor van de hoofdsheriff willen bereiken. Als de drankstokerij en gokonderneming zo groot waren als Sid Wagner beschreven had, waren er meer wapens nodig dan alleen het zijne om die omver te werpen. Hij hoopte dat de hoofdsheriff een stel hulpsheriffs had die hij bereid was uit te lenen. Sid had beloofd Asa niet te laten weten dat de politie hem op de hielen zat, dus Asa zou knus en onwetend thuis zitten als Thad met de hulpsheriffs terugkeerde naar Goldtree.

Hij klopte Thunder op de volle hals, dankbaar dat het paard niet op de vlucht was geslagen toen hij dat schot had afgevuurd op een das die grommend in de bosjes zat. Het zou een flink oponthoud zijn geweest als hij achter zijn ros aan had moeten jagen. 'Zodra we in Clay Centre zijn, zoek ik een stalhouderij om je op stal te zetten met een portie haver, vriend. Wie weet hoelang het duurt om de boel te organiseren.'

De honger verraste hem. Nadat Sadie hem had afgewezen, had hij niet veel trek gehad. Misschien hielp het weten dat het eind van de strijd naderde om het zware gewicht in zijn maag te verdrijven. Hij hoopte het maar. Hij was klaar om uit Goldtree te vertrekken om zijn droom predikant te worden na te jagen.

'God, gaat U voor me uit en bereid de oren van de hoofdsheriff voor op wat ik heb te zeggen,' bad hij hardop. 'En als het mogelijk is om Sadie uit de gevangenis te houden, wil ik het graag doen.'

Was het verkeerd om te willen dat Sadie aan straf ontkwam? Sid had wel gezegd dat zij onschuldig was, maar Thad vermoedde dat Sid zo'n beetje alles zou zeggen – zelfs een onwaarheid – om zijn nichtje te beschermen. Het was alleen maar logisch dat ze wist wat er gaande was in die kelderruimte. Bovendien had hij haar dat lied horen oefenen – een lied dat ze voor het vrijdag- en zaterdagavondpubliek niet had gezongen. Dus als ze een speciaal programma had voor de gokavonden, moest ze van de illegale activiteiten afweten.

Zijn hart stokte. Als de hoofdsheriff het hem opdroeg, zou Thad haar tegelijk met Asa Baxter en Sid Wagner arresteren. Hij zou wel moeten; hij werd betaald om de wet te handhaven. Je kon niet zomaar uitkiezen waar je het recht toepaste.

Aan de andere kant, elk mens stond als zondaar voor God, maar God koos genade. Zou een rechter voor Sadie genade kiezen in plaats van veroordeling? Al had ze verkeerd gedaan – en al had ze hem pijn gedaan – de rest van zijn rit naar Clay Centre klonk een gebed om genade in Thads hart.

Hij bereikte de stad toen de zon naar de horizon zakte. Hij stuurde Thunder in de richting van het kantoor van de hoofdsheriff, vastbesloten om met hem te praten voordat hij naar bed ging. Maar toen hij het kantoor betrad, vond hij alleen een hulpsheriff in dienst.

'Hoofdsheriff Abbott is naar Glasco gegaan om een paardendief op te pakken,' zei de hulpsheriff, terwijl hij Thad van top tot teen opnam. 'Kan ik u helpen?'

De hulpsheriff had niet de bevoegdheid die Thad nodig had, dus hij schudde zijn hoofd. 'Wanneer is hij terug?'

'Hij is donderdag weggegaan, dus ik denk dat hij morgen wel terug is. Tenzij hij besluit op zondag niet te reizen. Dan wordt het maandag.'

Thad smoorde een kreun. Nu wenste hij meer dan ooit dat hij wat kleren, zijn scheermes en proviand had meegenomen. Het was niet zijn bedoeling geweest zo lang weg te blijven. 'Goed. Ik kom morgen weer langs,' zei Thad. 'Waar is de dichtstbijzijnde stalhouderij? Ik moet een plek hebben om mijn paard op stal te zetten.'

De hulpsheriff wees zwijgend in noordelijke richting voordat hij zich weer opsloot in het kantoor. Thad hees zijn vermoeide lijf in het zadel. Hij hoopte dat de stal niet te ver buiten de stad was. Hij en Thunder waren aan rust toe.

Thad hield in onder een gewelfd bord met de naam *Hines Paardenverhuur en Voerstalling*. De groene verf op het bord was afgebladderd en de stalhouderij was met zijn versleten houten constructie en lelijke voorkant niet half zo mooi als sommige die hij in andere steden had gezien, maar hij had niets bijzonders nodig. Het was goed genoeg.

Zijn spieren protesteerden toen hij zich met een zwaai van zijn paard liet glijden. Een mens was er niet op gebouwd het grootste deel van de dag schrijlings in een zadel te zitten. De brede deuren stonden open en in de grote schuur gloeiden lantaarns. Er moest iemand aan het werk zijn. Thad nam Thunder bij de teugel en leidde het paard naar binnen, moeizaam lopend door zijn stijve heupen. 'Hallo? Is daar iemand?'

Een lange, pezige man met spaarzaam grijs haar dat in plukjes recht op zijn met ouderdomsvlekken bedekte hoofd stond, verscheen uit een kleine ruimte achterin. 'Hallo. Moet uw paard stalling hebben?' Hij aaide Thunder vriendelijk over zijn neus.

'We hebben allebei onderdak nodig,' zei Thad, een geeuw smorend. 'Kan ik ook ergens slapen?' Bij het binnenkomen van de stad had hij een mooi hotel gezien, maar hij vermoedde dat hij niet genoeg geld op zak had om een overnachting te betalen. Bovendien geurde het hooi in de stallen fris; hij had op slechtere plekken geslapen.

De man lachte. 'Kom, meneer, de stal is geschikt voor beesten, maar ik zou nooit een politieman in het hooi laten slapen. U kunt vannacht bij mij thuis slapen, als u zin hebt. Ik heb een logeerkamer achter de keuken – niks bijzonders, maar u ziet eruit of u moe genoeg bent om op een berg stenen te slapen.'

Thad lachte, ondanks de spanning. De open vriendelijkheid van de man stelde hem op zijn gemak. 'Daar hebt u gelijk in. Hebt u echt geen bezwaar?'

'Helemaal niet. Mijn Faye is eraan gewend dat ik mensen mee naar huis neem. Er zitten een paar goede hotels in de stad, maar toch doet onze achterkamer goede zaken.' De man pakte de teugels en trok Thunder in een met schoon hooi opgestrooide stal. 'Ik zal uw paard afzadelen en installeren. Achter is een drinkbak, als u een beetje water op uw gezicht wilt plenzen… om het stof van onderweg af te spoelen.'

'Bedankt. Dat doe ik.' Thad liet Thunder over aan de zorgen van de stalhouder en verliet de schuur door een zijdeur naar een opgeruimd plaatsje. Hij vond de drinkbak naast een grote pomp. Een paar keer drukken op de hendel leverde een stroom fris water op. Hij gooide zijn hoed opzij en stopte zijn hoofd en nek in de stroom. Ook zijn overhemd werd nat, maar het kon hem niet schelen. Misschien dat het ook een beetje schoner werd.

Hij ging rechtop staan en streek met zijn handen over zijn wangen om de laatste druppels weg te vegen. Zijn gezicht prikte van de baardstoppels van een dag. Tegen de ochtend zouden ze nog langer zijn en hij had geen scheermes. Hij gaf er de voorkeur aan fris geschoren te zijn als hij de hoofdsheriff onder ogen kwam, maar daar viel nu niets aan te doen. De plaatselijke winkels waren allemaal al gesloten. Bovendien had hij geen zin om zijn beetje geld uit te geven. Misschien moest hij nog een nacht onderdak en voer voor Thunder betalen, als de hoofdsheriff niet eerder dan maandag terugkwam.

Hij zette zijn hoed weer op zijn natte haar. Van nu af aan zou hij zorgen dat hij een zadeltas met benodigdheden inpakte voordat hij op reis ging. Een politieman hoorde beter voorbereid te zijn. Maar ja, bracht hij zichzelf onder het oog terwijl hij naar de schuur liep om bij Thunder te gaan kijken, als hij Asa Baxter en zijn trawanten voor het gerecht had gesleept, was hij van plan zijn penning in te leveren en zijn bijbel op te nemen.

Hij hield zijn pas in toen een merkwaardig gevoel hem overviel. Toen Thad er even over nagedacht had, stelde hij vast dat het spijt was. Bijna tegen zijn wil ging zijn hand omhoog en raakte een punt aan van de zilveren ster die op zijn borst gespeld was. Het zou niet zo makkelijk zijn om zijn titel van sheriff los te laten als hij eens had gedacht. Vlug keek hij naar boven, naar de flikkerende sterren die verschenen aan de donkere hemel. 'Maar U weet dat ik bestemd ben om predikant te zijn, God…' Voordat hij de kans kreeg om het merkwaardige gevoel eens goed te analyseren, stommelde de stalhouder de binnenplaats op en grinnikte naar Thad.

'Uw paard is helemaal geïnstalleerd. Laten we nu naar mijn huis gaan.' Hij wees naar een klein vierkanten huis aan de overkant van de smalle paardenkamp naast de schuur. 'Faye zal het eten warm op het fornuis hebben staan. Als u gegeten hebt, zal ik u de slaapkamer laten zien.'

Thad kuierde met de oudere man mee. Hij stopte zijn hand in zijn zak en voelde aan zijn povere voorraad munten. 'Ik stel uw gastvrijheid op prijs. Wat krijgt u van me?' Hij hoopte dat hij genoeg geld bij zich had.

Lachend schudde de man zijn grijze hoofd. 'Niets, meneer. Faye zou me een pak rammel geven als ik geld van u aannam.'

Weer spleet zijn magere, gebruinde wang in een grijns. 'U weet wat er in de Bijbel staat: *In zoverre gij dit aan een van Mijn minste broeders hebt gedaan...* Laat Faye en mij maar een paar edelstenen toevoegen aan onze kroon. Dat is meer dan genoeg betaling.' Hij opende de planken deur van het huis en nodigde Thad binnen. 'Faye! We hebben visite!'

Een vrouw met een lief gezicht en een witte vlecht om haar hoofd draaide zich om van het fornuis. Uit een grote, zwarte pan steeg kolkende damp op die een heerlijke geur verspreidde. Ze legde de houten lepel waarmee ze de inhoud had geroerd opzij, veegde haar handen af aan haar schort en reikte naar een plank aan de muur. 'Nou, dan kan ik beter maar een bord bij zetten.'

Een gekraste tafel en vier stoelen stonden op een gevlochten tapijt in het midden van de kamer – de enige plek om te zitten. De stalhouder gaf Thad een duwtje naar de dichtstbijzijnde stoel. 'Ga zitten, meneer.' Zijn gezicht betrok. 'Ik heb uw naam niet eens gevraagd.'

'McKane,' zei Thad terwijl hij zijn hoed af zette en plaatsnam op de aangeboden stoel. 'Thad McKane.'

De oude man stak zijn hand uit. 'En ik ben Estel Hines. Prettig kennis te maken.'

Terwijl Thad de man de hand drukte, kwam Faye naar de tafel en zette een bord, beker en bestek voor Thad neer. 'Welkom, meneer McKane.' Haar zachte, vriendelijke toon liet Thad weten dat hij geen indringer was. Ze nam zijn hoed aan en hing hem aan een haak bij de deur, toen snelde ze terug naar het fornuis. 'U ziet eruit of u een kop koffie kunt gebruiken.' Met de punt van haar schort nam ze het hete handvat van de pot in haar hand en schonk een donker brouwsel in Thads wachtende beker. 'Room heb ik niet, maar wilt u er een beetje suiker in?'

Met een blik door de nederige woning veronderstelde Thad dat suiker een uitspatting was – waar hij makkelijk van af kon zien. 'Nee, mevrouw. Zo is het heerlijk.' Hij nam een slok en liet zich door de sterke koffie verkwikken. 'Mmm, lekker.'

Faye schonk hem een rimpelige glimlach als dank en wierp toen een plagerige blik op haar man. 'Zodra Estel zijn stalhanden heeft gewassen, gaan we eten.'

Estel gniffelde en liep naar een wastafel in de hoek terwijl Faye een pan met goudbruin maïsbrood uit de oven haalde. Binnen een paar minuten kwam het paar bij Thad aan tafel zitten. Ze vouwden hun handen onder hun kin en sloten hun ogen en Thad volgde hun voorbeeld. Estel sprak een kort, maar innig dankgebed uit voor de maaltijd en de gelegenheid om die te delen met een behoeftige vreemdeling. 'Amen,' zeiden de twee in koor en Faye schepte flinke porties op van bonen, ham en uien zwemmend in een krachtige bouillon. De eenvoudige maaltijd vulde Thads maag en het aangename gezelschap voedde zijn ziel.

Na het eten liet Faye hem een kleine uitbouw achter de keuken zien. 'Het is niet veel,' zei ze, rondkijkend in de eenvoudige ruimte, 'maar het is beter dan slapen in de schuur. Slaap maar lekker, jongeman.' Vlug vertrok ze en sloot de deur achter zich met een klik.

Door een vierkant, onbedekt raam hoog in de muur boven het bed viel een flauwe baan maanlicht naar binnen. Thad kleedde zich uit tot op zijn lange onderbroek en strekte zich uit op het krakende bed. De stromatras koesterde zijn vermoeide lichaam en hij zuchtte voldaan. Ondanks de reden dat hij in Clay Centre was, ondanks zijn moeheid en zijn smartende hart, werkte de vriendelijkheid die Estel en Faye Hines uitstraalden verzachtend als genezende balsem.

Dank U, God, voor de herinnering dat er goede mensen op deze wereld rondlopen, die Uw werk doen.

Om de een of andere reden vroeg hij niet zoals gewoonlijk of God de weg voor hem wilde banen om predikant te worden.

33

Sadie lag in haar bed en staarde voor zich uit in het dreigende donker. Ze werd geplaagd door uitputting, maar kon de slaap niet vatten. Te veel beelden spookten door haar hoofd... akelige beelden, waardoor ze zich niet kon ontspannen.

Toen Sid haar na hun terugkeer uit Macyville bij de markthal had afgezet, was ze onmiddellijk naar Thads kantoor gegaan. Maar het kantoor was leeg en ze was weggegaan, bedroefd dat haar gebed om hem daar gezond en wel aan te treffen niet verhoord was.

Toen ze het kantoor had verlaten om vlug naar de markthal te gaan en zich te verkleden voor het optreden van die avond, was meneer Kimbrough, de smid, de stoep op gestapt en had gezegd: 'Goeiendag, juffrouw Sadie. Hebt u de sheriff gezien?'

Sadies geweten prikte toen ze de vraag ontweek, maar Sid had haar tot zwijgen gemaand. Nadat haar neef Thad had neergeschoten en hem langs de kant van de weg had laten liggen, durfde ze hem niet kwaad te maken; hij was tot alles in staat. Dus ze had een voorzichtig antwoord gegeven. 'Ik was ook naar hem op zoek. Hij is hier niet.'

De man krabde zijn kin. 'Mijn paard ook niet. Ik heb tegen hem gezegd dat hij Thunder altijd mocht lenen, maar ik vergat hem te vertellen dat het paard een los ijzer heeft. Dat had ik willen repareren.' Hij haalde zijn vlezige schouders op. 'Het zal moeten wachten. Ik hoop maar dat McKane dat dier niet als een dwaas overal heen laat rennen. Dat zou schadelijk kunnen zijn.' Hij slenterde terug naar zijn werkplaats.

Sadie had overwogen hem na te roepen dat hij naar Macyville moest rijden om daar naar Thunder te zoeken. Het dier was waarschijnlijk aan een jong boompje vastgebonden en niet in staat naar huis te komen. En dan zou meneer Kimbrough Thad misschien vinden. Want hij lag daar natuurlijk dood, anders was hij wel naar Goldtree teruggekomen.

Ze kneep haar ogen dicht om de herinneringen te verdrijven. Maar achter haar oogleden bleven zich beelden van de dag afspelen – de aan gruzelementen geslagen zangvogel, Sids grimmige gezicht, de plek in de bosjes waarin Thad en Sid waren verdwenen, maar waaruit Sid alleen tevoorschijn was gekomen – en één ontstellend beeld dat ze zelf had opgeroepen. Ze huiverde. *God, laat het weggaan!* Kon ze het afgrijselijke beeld van Thads levenloze lichaam in de bosjes maar vergeten. Ze vreesde dat het haar voor altijd zou achtervolgen.

Rusteloos stond ze op en trok haar badjas aan. Ze sloop door de gang, de trap af en de markthal in. Zoals altijd deed de stilte van de winkel bij nacht de rillingen over haar rug lopen. Ze kon niet begrijpen hoe een plek waar het overdag zo licht was en bedrijvigheid heerste, 's nachts zo onheilspellend en griezelig kon aanvoelen. Vannacht leken de flauw afgetekende grijze vormen nog dreigender. Maar ze wist dat alleen haar levendige verbeelding de levenloze voorwerpen macht gaf. De werkelijke dreiging lag binnenin haar – een geheim dat haar ziel kon beschadigen als ze het niet losliet.

Zonder bewuste gedachte ontstak ze een lantaarn en ontgrendelde de deur naar de kelder. Op haar tenen om juffrouw Melva en juffrouw Shelva niet wakker te maken, vond ze haar weg naar de concertzaal. Terwijl ze door het middenpad liep, weerkaatste het licht van de lantaarn tegen de gewreven houten betimmering en wierp een zachte gloed over de fluwelen kussens van de stoelen. Zo'n prachtig mooie ruimte… Een plaats waar ze in vervulling had zien gaan waar ze haar leven lang van gedroomd en op gehoopt had.

Ze liep naar het podium en stapte tussen de zuilen. Nog maar een paar uur geleden had ze op deze zelfde plek gestaan en haar lievelingsgezangen gezongen. Hoe was ze erin geslaagd gedrukt door verdriet en schuld een lied voort te brengen? Ze keek langs de rijen lege zitplaatsen. Applaus en bewonderende kreten klonken nog na in haar hoofd. Met tranen in haar ogen wendde ze zich van de stoelen af. Als die mensen wisten wat ze had gedaan – wie ze vanbinnen eigenlijk was – hadden ze niet voor haar gejuicht.

Meneer Baxter had haar naderhand opgevangen en een waarschuwing in haar oor gesist. 'Je hebt vanavond niet genoeg je best gedaan, meid. Misschien heb je die anderen voor de gek kunnen houden, maar ik heb het wel gemerkt... je hield je in. Denk erom dat je je aanstaande dinsdag niet inhoudt. Ik betaal geen volledig loon voor een half optreden, heb je me gehoord?'

Nu nog, uren later, deed de kwaadaardigheid in zijn toon haar in elkaar krimpen. Wat zou ze graag naar boven gaan, haar spullen pakken en terugkeren naar Indiana, waar ze zich weer veilig zou voelen. Ze draaide een trage cirkel, nogmaals de pracht en praal van de zaal in zich opnemend. De schoonheid was niet veranderd, maar Sadie wel. Ze was nu bevlekt... bevlekt door wat ze had gezien, door wat ze had gedaan, door wat ze wist.

Vanavond, toen ze met haar gezicht naar het publiek stond en mooie liederen zong die bedoeld waren om Gods macht en majesteit te tonen, had ze zich schijnheilig gevoeld. Ze had zo geprobeerd om zich te verliezen in de muziek! Maar het was niet gelukt. De muziek was voor haar verloren. En ze wist dat de enige manier om hem terug te krijgen was om haar geweten te ontlasten van de duisternis die het nu meedroeg.

Maar hoe?

'Ik moet met Sid praten.' Haar hese gefluister weerklonk griezelig in de lege ruimte, kaatsend van het plafond en terugkerend in haar oren. Het was laat, het was donker, het was onbezonnen om op dit uur de straat op te gaan, maar ze moest hem ervan overtuigen om zich aan te geven. En ook haar aandeel – willens en wetens mannen vermaken die illegale dranken dronken – bekendmaken. Wat zou het heerlijk zijn om zich van haar last te bevrijden.

Ze greep de zoom van haar badjas en holde naar de trap. Maar met haar voet op de eerste trede bleef ze als bevroren staan. Als ze het vertelde, ging ze dan de gevangenis in? Wat moesten mama en de kinderen beginnen als zij gevangen zat?

Kreunend draaide ze zich om en zonk op de treden neer. De vochtigheid van de trap drong door haar nachtgoed heen en verkilde haar. Ze sloeg haar armen om zichzelf heen, de donkere gang werd een cel die haar insloot. Sid had gezegd dat ze haar mond moest houden. Dat leek een goed advies, de gevolgen in aanmerking genomen. Maar nee! Ze wilde niet meer deelnemen aan illegale zaakjes. Niet meer zingen voor de ruwe bende. Meneer Baxter zou tekeer gaan en dreigen, maar ze zou voet bij stuk houden. Mama en de kinderen moesten zich maar zien te redden met alleen het salaris wat ze in de markthal verdiende.

Ze stond abrupt op en wilde de trap weer op gaan. Maar toen veranderde ze van koers en keerde terug naar de concertzaal. In de deuropening bleef ze staan en wierp nog één trage, welbewuste blik door de prachtig ingerichte ruimte. Van links naar rechts dwaalde haar blik, tot de rij zitplaatsen die aangebracht waren op het kleine platform langs de zuidelijke muur. Haar ogen bleven hangen aan de plaats die meneer Baxter had toegewezen aan Thad. *Het spijt me zo, Thad.*

Haar ogen schoten vol tranen en de stoel werd wazig. Ze drukte haar vuist tegen haar lippen om de kreet binnen te houden die om vrijlating smeekte. Haar borst deed zo'n pijn dat ademhalen een kwelling werd. Zo veel was er in de afgelopen dagen gestolen – de blijdschap die de muziek haar had gebracht, haar gemoedsrust en Thad. Misschien zou ze, als er tijd en afstand overheen waren gegaan, eens weer vrede kennen. Misschien zelfs ooit de blijdschap van muziek opnieuw ontdekken.

Maar Thad was voor altijd voor haar verloren. En Sid ook, als iemand ontdekte dat Sid Thad had vermoord.

Ze kon Thad niet redden. Maar Sid nog wel. Als ze in Goldtree bleven, zouden ze nooit vrij zijn van schuld. Ze moesten vertrekken, allebei. Weg van hier konden ze alles vergeten wat er was gebeurd. Weg van hier kon zij Thad vergeten en hoe bijzonder hij voor haar was geweest.

Ja, ze moesten gaan. Nu. Voordat het ochtendlicht over de stad viel en hun wandaden verlichtte. In haar van slaap beroofde geest leek het plan volkomen logisch. Met de lantaarn stevig in haar hand rende Sadie de trap op naar haar kamer. Ze kleedde zich vlug aan en begon in te pakken. Maar hoe moest ze haar hutkoffers de trap af dragen? Haar spullen waren niet half zo belangrijk als haar neef. Ze kon haar bezittingen opgeven voor Sid.

Steels sloop ze de achterdeur uit en rende door de achtertuin, zo vlug als het zwakke licht van de maan toestond. Hijgend kwam ze bij Sids huisje aan. Ze zakte tegen de deurpost aan en bonkte met haar vuist op de deur. Ze wachtte tot het raam verlicht werd, wat betekende dat Sid wakker was geworden en een lantaarn had aangestoken. Maar er werd geen raam verlicht.

Ze bonkte nog eens, harder, ineenkrimpend toen het bonken galmde door de slapende buurt. Een paar huizen verderop begon een hond te blaffen, maar uit Sids huisje kwam geen geluid. Puffend van frustratie liep ze om het huis heen naar achteren en stond stil onder het raam waar Sids slaapkamer zich bevond. Ze tikte op het glas en hield luisterend haar hoofd schuin. Wind ruiste in de bomen, de hond blafte steeds dringender, maar in huis bleef het stil.

Sadie verzette haar voeten, en tuurde tegen de houten buitenmuur geleund in de diepe duisternis. Waar kon Sid zijn? Had Asa Baxter hem op een nachtelijke bezorging uitgestuurd? Ze kon hier niet de hele nacht blijven wachten... ze moest terug naar de markthal. Weer werd ze overspoeld door de aandrang om te ontsnappen, maar ze onderdrukte het verlangen. Zolang ze maar voor dinsdag weg waren, als meneer Baxter van haar verwachtte dat ze weer zou zingen, dan was het vroeg genoeg.

Met haar armen om zich heen geslagen, slofte ze terug naar de voorkant van het huis. Gelukkig hield de hond op met zijn kabaal, maar een uil liet een nachtelijk gekras horen en een tweede antwoordde. Het troosteloze *oehoe* vergrootte Sadies eenzaamheid. Was Sid maar thuis geweest.

Met gebogen hoofd ging ze langzaam dezelfde weg terug naar de markthal en zag niemand aankomen. Maar ze hoorde voetstappen knerpen. Ze bleef stilstaan en kreeg kippenvel. Ze draaide zich met een ruk om en een gil van ontzetting kwam in haar keel omhoog toen iemand uit de schaduw stapte. Toen herkende ze het gezicht van de man in het maanlicht.

Sid kwam vlug naderbij, pakte haar arm en keek haar onderzoekend aan. 'Wat doe je hier midden in de nacht?'

'Ik kwam met je praten.' Ze trok zich los en nam hem van top tot teen op. Zelfs in het gedempte licht kon ze zien dat er iets mis was. Ze veegde zand en grassprietjes van zijn mouw. 'Je bent vies. Wat heb je gedaan?'

Hij deinsde met een ruk naar achteren, zijn gezicht vertrokken in een felle, boze blik. 'Je vraagt te veel.'

Ineens wist ze het. Ze week achteruit, haar keel werd dik. 'Heb je… heb je iets begraven?'

Hij keerde zijn gezicht van haar af. 'Ik heb toch gezegd… niet vragen.'

'O, Sid!'

'Het moest gebeuren!' Hij greep haar bovenarmen vast en schudde haar door elkaar. 'Sadie, ik heb je al eerder gezegd dat je het aan niemand mag vertellen. Je moet me gewoon vertrouwen.'

Zijn handen klemden pijnlijk om haar armen, maar ze was blij met het ongemak. Het leidde haar af van de folterende pijn in haar hart. 'M-maar…'

'Denk eens na, Sadie.' Sids stem, die zo laag klonk dat hij bijna gromde, kreeg een smekende klank. 'Heb ik je in al die jaren dat je me kent ooit reden gegeven om me te wantrouwen? Ik ben er toch altijd voor je geweest? Ik heb je altijd verdedigd en beschermd.' Hij schudde haar nog eens door elkaar en ze beaamde het jammerend. 'Geloof me dan als ik zeg dat ik je nog steeds bescherm.'

Hij liet haar los en ze viel bijna. Maar zijn arm greep haar op tijd om haar middel. Hij duwde haar de lege straat in. 'Kom mee. Ik breng je terug. Je moet naar bed. Ga morgenochtend naar de kerk en bid.'

Haar voeten bewogen automatisch in de maat met de zijne, haar rokken ruisten op het snelle tempo. 'Kom jij ook?'

'Nee. Ik kan niet. Maar…' Hij stond stil en pakte haar armen weer vast. Hij boog zich dicht naar haar toe, keek haar recht in het gezicht en fluisterde: 'Maar ga jij, en bid, Sadie. Bid voor mij. En voor jou. Als we ongedeerd uit deze ellende willen komen, hebben we engelen nodig aan onze kant. Dus bid *hard*. Doe je het?'

Sadie knikte, te bang om iets anders te doen. Ze kromp in elkaar toen Sid zich naar haar toe boog, maar hij drukte alleen een kus op haar voorhoofd. Toen hij zich terugtrok, zag ze oprechte angst in zijn donkere ogen.

'Wat er ook gebeurt, Sadie, weet dat het me spijt dat ik jou erbij betrokken heb. Weet dat dat niet mijn bedoeling was. En denk erom… ik houd van je.'

Hij draaide zich om en liep met grote stappen weg. Even later werd zijn gestalte opgeslokt door het donker en was Sadie geheel alleen.

⌒‿⁓

Thad werd wakker van de geur van gebakken spek en hij ging watertandend rechtop zitten. Hij griste zijn broek en overhemd van het voeteneind en trok ze aan, zijn neus optrekkend bij de muffe lucht die uit de verkreukte stof opsteeg.

Hij opende de deur van de uitbouw en stapte de keuken binnen. 'Goedemorgen, mevrouw.'

Faye schonk hem een opgewekte glimlach. Haar haar was netjes om haar hoofd gewonden in de glanzende witte vlecht en ze had een schort over haar donkerblauwe jurk gebonden. Vergeleken met hem zag ze er zelfs in haar huiselijke kleren uit om door een ringetje te halen. 'Goedemorgen, meneer Mc-Kane. Hebt u goed geslapen?'

Thad snoof de heerlijke spekgeur diep in. 'Ja, dank u. Maar noemt u me alstublieft Thad.'

Ze knikte naar de wastafel in de hoek. 'Ik heb Estels scheermes en zeep voor je laten staan. Hij had het al goed geslepen. Dus je kunt het gerust gebruiken.'

Thad aarzelde niet. Het was een heerlijk schoon gevoel om die slordige zwarte stoppelbaard van zijn gezicht halen, ondanks dat hij nog steeds nodig in bad moest en schone kleren aan. Hij schoor zich en maakte het scheermes schoon met een stukje badstof. Toen liep hij naar de haak waar zijn hoed hing te wachten.

Faye draaide een dikke reep vlees om. Gesis steeg op uit de pan. 'Waar ga je heen? Bij je paard hoef je niet te kijken; Estel is al naar de stal gegaan. Dus schenk je een kop koffie in en ga zitten. Voordat je je eerste beker leeg hebt, is het ontbijt klaar.'

In een andere pan lagen pannenkoekjes te bruinen, hun zoete geur vermengde zich met het krachtige aroma van het spek. Thad slikte. De verleiding dreef hem naar de tafel. Maar toen begon zijn geweten op te spelen. 'Dat is heel aardig van u, mevrouw, maar ik moet niet al uw voedsel opeten. Bovendien heb ik een kwestie te regelen.'

Even trok ze rimpels in haar voorhoofd. 'Op zondag?' Haar gezicht klaarde op. 'O, natuurlijk… je bent politieman, je kunt niet zomaar ophouden met werken omdat het de Dag des Heren is. Maar zaken of niet, je moet niet gaan werken op een lege maag.' Ze haalde twee plakken spek uit de pan en legde ze op een klaarstaand bord. Met soepele bewegingen wipte ze een pannenkoekje naast het spek en hield hem het bord voor. 'Ik kan je misschien geen feestmaal aanbieden, maar het zal me plezier doen om spek en pannenkoek te zien verdwijnen.' Ze lachte plagerig. 'Je wilt toch niet een oude dame teleurstellen?'

Thad smoorde een lach. Hij wreef met zijn vinger over zijn snor. 'Nee, mevrouw, zeker niet.'

Ze zette het bord op tafel en wees naar de stoel. 'Ga zitten dan.'

Thad besloot geen tegenwerpingen te maken. Hij ging zitten en boog zijn hoofd om te bidden. Toen hij God dankte voor het eten, vroeg hij ook om een zegen voor Estel en Faye. Hij waagde te vermoeden dat er in heel Clay Centre geen reinere ziel te vinden was dan die twee. Toen hij zijn ogen opende, stond Faye te wachten met de koffiepot in haar hand, klaar om in te schenken. Dankbaar nam hij de beker aan.

'Fijn om te zien dat een jongeman als jij dankt als dat gepast is,' zei ze terwijl ze terugkeerde naar het fornuis. 'Jammer dat je zaken te doen hebt. Estel en ik zouden het prachtig vinden als je met ons mee naar de kerk ging. We slaan nooit over, tenzij we ziek zijn of de schuur in brand staat.'

Thad hakte een flinke punt van zijn pannenkoek en stopte die in zijn mond. Zelfs zonder boter of stroop smolt het luchtige gebak in zijn mond. Fayes pannenkoekjes konden die van Cora evenaren. Hij prikte een stuk spek op en blies ertegen. 'Als ik thuis ben, sla ik ook nooit over. Maar vandaag…' Denkend aan alles wat hij te doen had, verdween zijn eetlust. Hij liet het spek vallen zonder het te proeven.

'Is er iets?' vroeg Faye.

Thad zuchtte. 'Een heleboel. Maar…'

De voordeur werd opengegooid en Estel stapte naar binnen. 'Meneer McKane, ik ben bang dat ik slecht nieuws voor u heb.'

34

Voor de eerste keer dat ze zich kon herinneren, bezocht Sadie de kerkdienst niet op zondagochtend. Ze was wakker – ze had de hele nacht niet geslapen – maar toen juffrouw Shelva op haar deur tikte en vroeg of ze klaar was voor het ontbijt, riep Sadie door de dichte deur: 'Ik voel me niet lekker. Laat me alstublieft liggen.'

De tweeling stond in de gang en kibbelde er een paar minuten over of ze naar binnen moesten gaan om bij hun winkelmeisje te kijken of haar met rust moesten laten, maar tot Sadies opluchting gingen ze uiteindelijk op weg naar hun eigen kerk en lieten haar alleen. Zodra ze weg waren, sprong ze op, trok een van haar hutkoffers uit de hoek en begon in te pakken. Tranen prikten in haar neus terwijl ze haar foto's in kledingstukken wikkelde om de gezichten van haar familie uit het zicht te verbergen. Ze leken haar vanuit hun lijstjes verwijtend aan te staren. Ze verdiende hun vermaning. Ze had hen in de steek gelaten.

Voordat ze het familieportret afdekte, nam ze even de tijd om naar papa's gezicht te kijken. Toen keerde ze met een snelle polsbeweging de rok van een van haar jurken over de foto en sloeg het deksel van de hutkoffer dicht. Met gebogen hoofd ging ze op de kist zitten. Papa had zijn best gedaan om haar goed van kwaad te leren onderscheiden. Het zou hem groot verdriet doen als hij wist hoe ver ze was afgedwaald van de morele principes die hij haar had ingeprent.

Zijn laatste brief lag op haar bureau, waar een baan zonlicht haar naam geschreven in zijn handschrift verlichtte. Ze stak haar hand uit en pakte hem op, troost vindend in het vasthouden van papier en envelop die papa had vastgehouden. Lange tijd zat ze met de envelop tegen haar borst gedrukt, met pijn in haar maag van heimwee naar haar stiefvader. Om een sterkere band te voelen met de man die haar had grootgebracht, wilde ze de envelop openmaken en de brief herlezen.

Maar toen viel haar een ander idee in. *De Bijbel*. Papa haalde zijn kracht, zijn wijsheid, zijn geloofovertuiging waar hij naar leefde uit Gods heilige woord. Ze zocht in haar geheugen naar de laatste passage die ze hem hardop had horen voorlezen voordat ze naar Goldtree verhuisde. Ze meende dat die in Hebreeën stond.

Gretig om de woorden opnieuw te lezen, snelde ze naar haar nachtkastje en pakte haar bijbel op. Met behendige vingers had ze het boek Hebreeën snel gevonden. Ze legde de bijbel opengeslagen op haar schoot en las tot ze bij hoofdstuk tien was. Toen bloeide in haar geheugen de herinnering op – ja, dit was de laatste passage die ze papa had horen voorlezen.

Over de bladzijden heen gebogen, las ze langzaam, zorgvuldig, puttend in de uithoeken van haar geest om het diepe timbre van haar stiefvader te horen. Ze las het hele hoofdstuk en snakte naar adem toen ze bij het zesentwintigste vers kwam. *Want als wij willen en wetens zondigen, nadat wij de kennis van de waarheid ontvangen hebben, blijft er geen slachtoffer voor de zonde meer over, maar slechts een verschrikkelijke verwachting van oordeel en verzengend vuur, dat de tegenstanders zal verslinden.*

Ze schoot rechtop, met bonzend hart. Ze wist dat het verkeerd was om de wet te overtreden; drank drinken omwille van de bedwelming, mannen verleiden met uitdagende liedjes, moord... Al die dingen waren verkeerd. maar ze was ongewild medeplichtig geworden aan elk van deze zonden. En nu wachtte het oordeel. Zelfs als ze ontsnapte uit Goldtree en in een ander stadje overnieuw begon, in een plaats waar de mensen niets afwisten van haar vroegere zonden, zou God het weten. God zou het altijd weten. Had mama haar niet geleerd dat je zonden altijd aan het licht kwamen? Het was beter om ontmaskerd en gestraft te worden dan het gewicht van schuld te dragen of geen acht te slaan op je geweten tot het niet langer de waarheid sprak in je hart.

Sadie legde de bijbel opzij en ijsbeerde door de kamer. 'Wat moet ik doen, God?' Hoewel er geen hoorbaar antwoord kwam, wist ze het. Ze moest de gevolgen van haar keuzes dragen. Maar eerst moest ze vergeving zoeken.

Ze zonk op haar knieën voor het bed, vouwde haar handen en sloot haar ogen. 'Lieve God, ik heb verkeerd gedaan. Ik heb liedjes gezongen die niet tot Uw eer waren. Ik heb gelogen tegen Thad. Ik deed het omdat ik voor mama en Effie en de jongens wilde zorgen, maar…' Het begrip drong als een donderslag bij heldere hemel tot haar door. Haar ogen gingen wijd open en ze staarde recht voor zich uit, beschaamd door de ergste van haar overtredingen.

De tranen rolden over haar wangen terwijl ze zich nogmaals over haar gevouwen handen boog. 'En het kwam allemaal doordat ik U niet vertrouwde. U maakte het mogelijk voor me om naar Goldtree te gaan. Papa en mama geloofden allebei dat het Uw wil was. Maar ik heb dat uit het oog verloren en alles zelf op me genomen. Het was verkeerd van me om te denken dat ik verkeerde dingen moest doen om te voorzien in de nood van mijn familie. Ik had het goede moeten doen, U moeten eren en erop vertrouwen dat U voor ons zorgt. Het spijt me, God. Vergeef me alstublieft dat ik U niet genoeg vertrouwde. Laat me U nu vertrouwen.'

Ze bleef in haar diep gebogen houding zitten, afwisselend huilend en biddend, tot er een aarzelende vrede over haar wezen daalde. Snuffend fluisterde ze: 'Amen.' Ze ging op de rand van het bed zitten en haar ogen vielen op de opengeslagen bijbel. Het tweeëntwintigste vers leek te trillen onder haar door tranen vertroebelde blik. Ze knipperde met haar ogen en las de tekst hardop: '*Laten wij tot Hem naderen met een waarachtig hart, in volle zekerheid van het geloof, nu ons hart gereinigd is van een slecht geweten en ons lichaam gewassen is met rein water.*'

Een gelukkige glimlach vormde zich op Sadies gezicht en nieuwe tranen stroomden. Maar geen tranen van verdriet of spijt – tranen van blijdschap. God had haar smet van zonde weggedaan en haar weer schoongewassen. Haar geloof was hersteld. Ze wist niet wat er vervolgens zou gebeuren. Misschien raakte ze haar werk kwijt. Misschien ging ze zelfs naar de gevangenis. Maar ze zou op haar hemelse Vader leunen met het volle geloofsvertrouwen dat papa haar had geleerd.

Ze stond op en zei ferm: 'Ik besluit om te vertrouwen.' Toen geeuwde ze met haar mond wijd open. Ze was tot op het bot vermoeid. Ze kroop in bed met papa's brief in haar ene hand en haar bijbel tegen haar ribben gedrukt. Binnen een paar minuten viel ze in een diepe, rustgevende slaap.

Thad knielde neer naast Thunder en koesterde de voet van het grote paard in zijn schoot. Thunder snoof in Thads nek, kennelijk onbekommerd om de zwelling in zijn been. Maar Thad was ongerust. En Estel ook.

'Dat ijzer kan ik repareren,' zei de oudere man. Hij krabde op zijn hoofd zodat zijn haar rechtop kwam te staan. 'Dat is geen probleem. Maar ik weet niet of u hem de komende dagen wel moet berijden. Dat been van hem moet rusten. Minstens tot de zwelling afgenomen is.'

Thad liet Thunders voet los en stond op. Hij wreef het dier over de wang, vervuld van spijt en wroeging. Hoe had hij blind kunnen zijn voor de moeite van het dier? Hij was er zo op gebrand geweest Clay Centre te bereiken – om een eind te maken aan zijn eigen probleem – dat hij een gevaarlijke situatie voor

Thunder had geschapen. 'Het spijt me, jongen,' fluisterde hij.

Estel sloot zijn hand om Thads schouder en gaf een troostend kneepje. 'En ik zal hem oplappen. Dus maak u geen zorgen.'

Thad volgde de oudere man naar het huis waar Faye wachtte. Haar schort was verdwenen en haar gevlochten diadeem werd bekroond door een gebloemd kapothoedje. Estel vertelde haar over Thunders zere been en ze luisterde en knikte met een bezorgd gezicht. Toen Estel klaar was, snelde hij naar een zijkamer en sloot de deur.

Faye wendde zich tot Thad. 'Ik zal bidden voor je paard, Thad. En aangezien het ernaar uitziet dat je voorlopig nergens heen kunt, hoef je vandaag je zaken niet te regelen. Wat zou je ervan zeggen om met ons mee naar de kerk te gaan?'

Thad gebaarde naar zijn bestofte overhemd en broek. 'Zo?'

Faye nam hem snel op en stak toen een vinger op. 'Wacht even.' Ze snelde naar de deur waarachter Estel was verdwenen en glipte de kamer in. Even later kwam ze terug met een wit batisten overhemd en een geplooide strikdas. 'Met een broek kan ik je niet helpen – Estel is zo mager als een tomatenstengel en zijn broeken zouden je niet passen, hoewel jij ook niet bepaald dik bent – maar ik neem aan dat je je wel met een overhemd van hem kunt behelpen. Probeer maar eens.'

Thad overwoog tegenwerpingen te maken, maar hoe kon hij zo'n grootmoedig aanbod afslaan? Hij ging naar de uitbouw en verkleedde zich. Het overhemd zat tamelijk strak om de schouders en de bovenste knoop knelde, maar het lukte hem zich erin te persen. Toen hij weer verscheen, stond de familie Hines al te wachten. Faye hield een versleten bijbel in de holte van haar arm. Haar gezicht lichtte op toen ze hem zag.

'Kijk eens aan, dat maakt een heel verschil. Je ziet er goed uit, Thad. Heel goed.'

Thad probeerde met zijn vinger de kraag wat losser te maken. Hij voelde zich behoorlijk bekneld. Maar hij wilde niet klagen. 'Dank u wel, mevrouw. Maar ik hoop dat niemand aanstoot zal

nemen aan deze broek. Als je hem rechtop zet, blijft hij staan.'
Hij snoof en trok een lelijk gezicht. 'En ik ruik niet al te fris.'

De vrouw lachte vrolijk. 'Nou, Thad, je moet onderhand weten dat God zich er niet al te veel om bekommert wat we aan onze buitenkant doen. Hij ziet het hart aan. En tenzij ik geen mensenkennis heb, geeft jouw hart je Maker een heleboel genoegen.'

Thad werd verlegen van Fayes lof. Hij hoopte dat haar oordeel juist was. Hij moest er niet aan denken dat God in hem teleurgesteld zou zijn.

'Laten we gaan.' Estel opende de deur en wenkte zijn vrouw. 'Het is maar een korte wandeling naar de kapel, maar ik wil niet te laat komen en de dienst verstoren.'

De 'korte wandeling' bleek acht straten te beslaan, maar Thad vond het niet erg. Het was lekker weer en het gaf hem de kans om zijn beenspieren los te werken na de lange rit van gisteren. Ze bereikten de overschaduwde binnenplaats van een witgeschilderd houten gebouwtje. Binnen dienden rijen gekraste banken als kerkbank. Vanaf het moment dat Thad binnenkwam, voelde hij zich welkom. Het onopgesmukte onderwijs van de dominee stichtte zijn verontruste ziel en bij de afsluitende zegen aan het einde was hij dankbaar dat hij de kans had gekregen om met Faye, Estel en hun gemeente de eredienst bij te wonen.

De zon stond boven aan het uitspansel toen ze op weg naar huis gingen, maar aan weerskanten van de straat stonden bomen die schaduw gaven. Ze liepen met z'n drieën naast elkaar, Faye in het midden, met haar hand weggestopt in de kromming van Estels knokige elleboog. Hun ongedwongenheid deed Thad denken aan de dagen dat Sadie en hij zo samen hadden gelopen, maar hij duwde de herinneringen weg. Het had geen zin om een mooie dag te verknoeien.

Halverwege vroeg Faye ineens: 'Thad? Voordat Estel vanmorgen binnenkwam met het slechte nieuws vertelde je me dat er heel wat mis was.' Ze legde haar hand op zijn arm. 'Kunnen we iets doen om te helpen?'

Kun je de klok terugdraaien en zorgen dat Sadie zich niet verbindt aan een illegaal drank stokende gokker? De vraag trilde op de punt van zijn tong. Hij kreeg een knoop in zijn maag van machteloosheid. Hij trok aan de das om zijn nek en maakte de bovenste knoop van het overhemd los, wat hem ruimte gaf om te slikken. 'Het is aardig dat je het vraagt, maar niemand kan erg veel doen.'

'Heeft het iets te maken met de kwestie waarvoor je naar de stad gekomen bent?' vroeg Estel, naar voren gebogen om langs zijn vrouw heen te kijken.

'Ja.' Thad schopte tegen een steentje, dat een eind weg huppelde. 'Ik reken op de hoofdsheriff om me te laten weten hoe het verder moet.' Hij lachte spijtig. 'Ik ben nogal nieuw in het vak en weet niet altijd precies wat goed is.'

'Je leest toch in de Bijbel?' Faye kreeg rimpeltjes om haar ogen toen ze opkeek naar Thad. Ze wachtte tot hij knikte. 'Nou, dan weet je natuurlijk wat goed is. Je doet gewoon wat in Gods Boek geschreven staat. Zolang je Zijn onderwijs volgt, loopt alles goed af.'

Thad zocht in zijn herinnering naar teksten die hem konden laten weten hoe hij met Sadie moest omgaan. Er kwamen er verschillende bij hem op – Schriftverzen die genade schonken, streden met teksten die gerechtigheid eisten. Maar welke tekst was toepasselijk? 'Ik denk dat ik toch beter met de hoofdsheriff kan gaan praten.'

'Maar...' begon Faye.

'Kom, Faye.' Estel onderbrak haar met een vriendelijke vermaning. 'Wij kennen niet het hele verhaal en het schijnt dat Thad dat voor zichzelf wil houden. Dus dring niet verder aan en laat hem met rust.'

Fayes gerimpelde wangen werden rood. Ze wierp Thad een berouwvolle blik toe. 'Neem me niet kwalijk als ik bemoeiziek scheen. Ik vind het gewoon vreselijk om een aardige jongeman als jij zo van de wijs te zien.' Ze klopte op zijn arm. 'Ga jij maar met de hoofdsheriff praten, Thad. Hij zal je vast en zeker alle hulp geven die je nodig hebt.' In de verte doemde de stal op en Faye versnelde haar tempo. 'Ik moet de lunch voor ons op tafel gaan zetten. Ik neem aan dat je bij je paard wilt gaan kijken. Terwijl je daarmee bezig bent, zal ik een gebed uitspreken voor jou en voor de hoofdsheriff, dat de manier waarop jullie besluiten het probleem aan te pakken God de meeste eer zal aandoen. Wat het probleem ook is.'

35

Thad steunde zijn enkel op zijn knie en haakte zijn elleboog over de rug van de spijlenstoel. De hoofdsheriff was zondagmiddag Clay Centre binnengereden, met een gevangene op sleeptouw, maar hij had Thad gevraagd tot maandagochtend te wachten met het bespreken van de situatie in Goldtree. Thad had toegestemd, maar hij was in alle vroegte op kantoor verschenen, gretig om het advies van de politieman met meer ervaring te horen.

Dankbaar dacht Thad aan Faye, die zo lief was geweest om te breken met haar gewoonte om te rusten op de Dag des Heren, en zondagmiddag zijn kleren had gewassen terwijl hij verlegen ineengedoken in Estels versleten badjas zat te wachten, zodat hij de hoofdsheriff kon ontmoeten zonder zich voor zijn uiterlijk te schamen. Toen hij het brandschone pak en de gepoetste laarzen van de hoofdsheriff zag, dacht Thad opnieuw dankbaar terug aan de grootmoedigheid van de familie Hines.

'Dus u zegt dat die man bier en wijn maakt in een grot en dat door heel Kansas vervoert?' Hoofdsheriff Abbots ogen fonkelden van boosheid.

Hoewel de hoofdsheriff een bruuske man was, voelde Thad zich bij hem op zijn gemak. Ze hadden een gemeenschappelijk doel: een eind te maken aan illegale ondernemingen. 'Dat klopt. Ik heb de bierbrouwerij zelf gevonden, maar zijn medewerker vertelde me over de wijn.' In een flits zag Thad Sids berouwvolle blik weer voor zich. 'Hij vertelde me ook dat er één avond per week gegokt wordt in de concertzaal... het schijnt dat er een tunnel van Baxters schuur naar de kelder onder de markthal leidt, waar het gokken plaatsvindt.' Thad kromp in elkaar als hij dacht aan Sadie die de gokkers vermaakte. Sadies betrokkenheid had hij nog niet genoemd. Hij was bang wat de hoofdsheriff zou zeggen.

'Nou, sheriff McKane, het ziet ernaar uit dat u genoeg bewijs hebt om Asa Baxter voor het gerecht te slepen. Ik zal een paar ondersheriffs sturen om zich morgenavond bij Baxters huis te verstoppen en de mannen die gebruik willen maken van die tunnel op te pakken. Maar u hoeft niet op hen te wachten. Ga maar terug naar Goldtree en neem Baxter in hechtenis.'

Thad hapte naar adem. 'En degenen die hem hebben geholpen?'

'Die ook,' zei Abbot krachtig. 'Een rechter ziet ze misschien niet allemaal als even verantwoordelijk – vooral die ene overloper die u vertelde wat er gaande was – maar het is niet aan ons om daarover te beslissen. Dus pak ze allemaal maar op.'

De moed zonk Thad in de schoenen. 'Ja, meneer.'

Hoofdsheriff Abbot fronste. 'Hebt u daar een gevangenis?'

'Zoiets. Gewoon een kleine cel onder mijn woonverblijf. Maar ik kan de deur afsluiten, dus als ik ze daar stop, zitten ze vast.'

'Mooi.' De hoofdsheriff opende de middelste la van zijn bureau en haalde er pen en papier uit. 'Ik zal vandaag een telegram sturen naar de rechter van het district om hem de situatie uit te leggen en hem te vragen contact met u te zoeken om een procesdatum af te spreken.'

Thad moest er niet aan denken dat Sadie lange tijd in die treurige cel opgesloten zou zitten. 'Wanneer denkt u dat dat zal zijn?'

'Hangt ervan af wat hij nog meer te doen heeft,' zei hoofdsheriff Abbot al schrijvend. 'Het kan een week zijn. Het kan een maand zijn. Maar te zijner tijd komt hij eraan toe... hij zal die daders graag hun gerechte straf zien ondergaan.' Hij lachte ironisch. 'Rechter Bradley heeft hard gewerkt om de drooglegging naar Kansas te halen. Die zet met plezier zijn tanden in dit proces.'

Thad wist dat hij het moest toejuichen als het recht werd gediend, maar zijn hart was zwaar toen hij het kantoor van de hoofdsheriff verliet en terug naar de stalhouderij slofte. Een rechter die streed voor drooglegging zou eerder op wraak uit zijn dan op genade. Sadie was bij voorbaat al veroordeeld.

Toen hij de stalhouderij naderde, hoorde Thad een schallend gekletter. Hij betrad de schuur en zag Estel gebogen over zijn aambeeld staan en de hamer laten neerkomen op een vurig rood hoefijzer. Thad keek toe hoe de man het hoefijzer in een klaarstaande emmer water dompelde. Een wolk stoom steeg omhoog en er klonk een hevig sissen. Zodra het geluid weg-stierf, noemde Thad Estels naam.

De man draaide zich om. 'Thad!' Hij hield de tang met het hoefijzer een eindje van zich af. 'Ik ben bezig met dat ijzer voor Thunder. Het is bijna klaar om te passen.'

Thad kwam dichterbij en bekeek het gebogen stuk ijzer. 'Dat is mooi, want ik moet zo gauw mogelijk terug naar Goldtree.'

Estel trok een lelijk gezicht. 'Nou, Thad, dat het ijzer bijna klaar is, wil niet zeggen dat Thunder klaar is.' Hij tikte met de punt van zijn gehandschoende vinger op de boog van het ijzer als om het te beproeven. 'De zwelling in zijn been is vanmor-gen gelukkig een stuk minder, maar ik zou hem niet terug naar Goldtree laten draven tot die helemaal verdwenen is.'

'Hoelang?' Het was niet Thads bedoeling om te snauwen, maar zijn vraag klonk scherp.

Estel haalde zijn schouders op. 'Moeilijk te zeggen.' Hij draai-de zich om en marcheerde naar de stal waar Thunder tevreden uit de voerbak at. 'Maar vandaag niet. Ik zou zeggen morgen op z'n vroegst.'

Thad stopte zijn handen diep in zijn broekzakken en gromde. Zonder een woord draaide hij zich om en verliet de schuur. Hij was al drie dagen weg uit Goldtree. Stel dat Asa wist dat Thad hem door had? De man kon onderhand in Nebraska zitten.

Hij bereikte het huis van Estel en Faye en klopte aan. Fayes vrolijke stem nodigde hem binnen. Ze zat aan tafel met een berg verstelgoed op haar schoot en hij liep langs haar heen. Hij greep de koffiepot en een beker van het fornuis, schonk zich koffie in en nam een grote teug. De vloeistof verbrandde zijn tong. Hij liet een geschrokken gesis horen.

Faye lachte zacht. 'Voorzichtig, hoor. Die pot staat al bijna een uur te koken.'

Thad zette de beker met een smak neer, zodat het zwarte brouwsel over het fornuis klotste. Hij moest het opruimen, maar in plaats daarvan beende hij naar het enkele raam en keek over het armzalige gras van de achtertuin uit naar de straat. Een kreun ontsnapte uit zijn keel.

'Gingen de zaken met de hoofdsheriff niet goed?'

Fayes meelevende stem drong door Thads irritatie heen. Hij draaide zich naar de oudere vrouw om. 'Mijn zaken met de hoofdsheriff gingen best. Ik weet wat me te doen staat.' Hij werd gedrukt door spijt en verdriet. Het zou niet meevallen, maar hij zou het doen. Het was zijn werk.

'Waarom dan zo terneergeslagen?'

Thad stampte naar de tafel en ging zitten, met zijn ellebogen op zijn knieën. 'Omdat ik moet wachten.' Het leek wel of hij altijd aan het wachten was. Wachten tot zijn pa ophield met drinken en een liefdevolle vader werd. Wachten op de kans om op de kansel te staan en te preken. Wachten tot een kreupel paard genezen was, zodat hij Asa Baxter kon arresteren en zijn plicht aan burgemeester Hanaman voldoen. Wachten tot zijn hart ophield met treuren om Sadie...

'Weet je, Thad,' zei Faye zacht terwijl de naald op en neer ging in het overhemd in haar handen, 'wachten dient een doel. Geduld is een deugd, maar die leren we alleen door haar te oefenen.'

Thad gromde.

318

De vrouw lachte. 'Ik leef al heel wat langer dan jij. Soms betekent ouder zijn wijzer zijn. Je zou me kunnen vertellen wat er aan de hand is. Wie weet kan ik je een beetje raad geven.'

Thad keek Faye onderzoekend aan. Veel vrouwen die hij was tegengekomen, wilden graag het naadje van de kous weten zodat ze konden roddelen, maar hij geloofde dat zij oprecht wilde helpen. En goede raad kon hij gebruiken. Hij knikte en vertelde alles. Behalve dat hij verliefd was geworden op een jonge vrouw die binnenkort gearresteerd werd en voor het gerecht gesleept. Daar wilde hij niet over praten.

Faye had haar handen laten rusten terwijl hij sprak. Nu leunde ze achterover en keek hem met grote ogen aan. 'Thad, ben je geroepen tot het ambt van de Heer?'

Thad knipperde twee keer met zijn ogen, geschrokken door de vraag. *Geroepen?* 'Nou… ja. Ik dacht van wel.'

Ze fronste haar wenkbrauwen. 'Dacht je het of weet je het?'

Deed dat er wat toe? Goed doen was goed doen, om welke reden dan ook. Thad haalde zijn schouders op.

Faye schudde haar hoofd. 'Thad, je moet het *weten*. Als je niet geroepen bent tot een bediening, zul je er niet gelukkig in worden. Het zal een beproeving zijn en geen zegen. En het zal je weerhouden te doen wat de goede God voor je bestemd heeft.'

Thad spreidde zijn armen wijd. 'Maar ik moet prediken.'

'*Moeten*, hè?' Ze trok haar kin in en keek hem verward aan. 'Waarom?'

Thad wendde zijn blik af en speelde met de ster die op zijn vest gespeld was. 'Ik heb een hoop zonden goed te maken.' Maar hij wilde die zonden niet toelichten. Deze lieve vrouw zou diep geschokt zijn als ze van het onwettige gedrag van zijn vader hoorde.

Faye klakte met haar tong en schudde langzaam haar hoofd. Het licht van de lantaarn vormde een stralenkrans om haar witte haar. 'Thad, Thad, Thad… je hebt me toch verteld dat je een gelovige bent?'

Thad knikte.

'Nou, dan, wat in het verleden gebeurd is, is weg.' Ze wees naar een smalle plank aan de andere kant van de kamer. 'Geef me mijn bijbel eens. Ik zal je iets laten zien.'

Thad pakte de bijbel en voorzichtig sloeg ze ritselend de dunne blaadjes om. Haar gezicht klaarde op. 'Ah, hier heb ik het. In Titus, hoofdstuk drie, het vijfde vers.' Haar vinger onderstreepte de woorden terwijl ze las. *'Niet op grond van de werken van rechtvaardigheid die wij gedaan zouden hebben, maar vanwege Zijn barmhartigheid maakte Hij ons zalig.'* Ze keek Thad doordringend aan met een hartstochtelijke blik. 'Onze liefdevolle Vader wast elke smet weg. Er is niets wat je kunt doen om wandaden uit het verleden goed te maken… en dat hoeft ook niet, want Jezus heeft er al mee afgerekend toen Hij aan het kruis hing.' Een tedere glimlach sierde haar rimpelige gezicht. 'Maar je moet die wandaden uit het verleden ook loslaten, anders houden ze je voor altijd gebonden.' Ze reikte over de tafel en legde haar hand op die van Thad. 'Soms, Thad, moeten we onszelf vergeven voordat we vrijheid kunnen vinden.'

Een flard uit een gesprek met Sadie schoot hem te binnen; ze had gevraagd of het mogelijk was om de zonden van iemand anders goed te maken. En ineens besefte hij dat het antwoord nee was. Waarom had hij de waarheid niet eerder ingezien? Om geheel verkeerde redenen had hij voor het ambt gekozen.

Vergeef me, God, dat ik zo kortzichtig ben geweest.

Hij draaide zijn hand om en gaf de vingers van de vrouw een zacht kneepje. 'Faye, je bent veel wijzer dan ik.'

Ze lachte, gaf een kneepje terug en maakte haar hand los. 'Fijn om te weten dat die grijze haren op mijn hoofd niet alleen maar voor de show zijn. Nou…' Ze legde haar verstelwerk opzij en stond op. 'Ik ga de lunch maar eens op tafel zetten. Estel komt zo binnen en hij heeft altijd honger als een paard na een ochtend hard werken in de stal.'

Thad stond ook op. Na zijn onbehouwen manier van doen

was hij de stalhouder wel een excuus schuldig. 'Ik ga maar even kijken of hij hulp nodig heeft.'

Faye wuifde met haar hand als antwoord en Thad stak vlug de binnenplaats over. De heldere lucht van de vroege ochtend was tijdens zijn gesprek met Faye veranderd. Een hete wind duwde bolle schapenwolken langs het blauwe uitspansel. Thad stond even stil om naar de lucht te kijken en vroeg zich af of de wind de wolken weg zou blazen of lang genoeg liet blijven om regen te laten vallen. Hij verheugde zich niet op een natte rit, maar de boeren konden wel wat vocht gebruiken.

Estel was bij Thunder in de box, de paardenvoet rustte op zijn knieën. Toen Thad dichterbij kwam, liet hij de paardenvoet op de grond zakken en richtte zich op, met een hand in zijn onderrug gedrukt. Hij keek Thad aan en grijnsde opgelucht. 'Past best. Heel best.' Hij klopte Thunder op de flank. 'En de zwelling ziet er nu nog beter uit dan vanmorgen. Ik zal jute gedrenkt in koud water op zijn been aanbrengen om de zaak te bespoedigen.'

'Kan ik dan misschien morgen wegrijden?' vroeg Thad hoopvol.

'Nee.'

Thad verschoot. 'Nee?'

Estel wipte op zijn hielen, een plagerig lachje speelde om zijn mond. 'Je kunt vandaag wegrijden.' Hij krabde op zijn hoofd en trok een verlegen gezicht. 'Ik had het eerder moeten bedenken. Ik ging zo op in de verzorging van je paard… maar als je wilt, mag je een van mijn paarden lenen om ermee naar Goldtree te rijden.'

Thad had de drie paarden in boxen aan de andere kant van de stal wel zien staan, maar hij had aangenomen dat de dieren bij Estel in pension stonden. Had hij maar geweten dat ze voor de uitleen waren, dan had hij al lang weg kunnen zijn. Maar als hij eerder was vertrokken, had hij dat gesprekje met Faye niet gehad. Haar woorden van wijsheid, gevoegd bij de waarheden uit

Gods woord, waren hun helende werking in zijn ziel begonnen. Hij wilde de Schrift opnieuw onderzoeken en een poosje bidden, maar hij geloofde dat hij binnenkort antwoord zou krijgen op brandende vragen die veel te lang onbeantwoord waren gebleven.

Hij sloeg zijn arm om Estels magere schouders. 'Estel, jij en je lieve vrouw zijn engelen op aarde. Er wacht me een hoop werk in Goldtree, dus ik zal een van die paarden lenen.' Hij kreeg een brok in zijn keel. 'Dank je wel voor alles wat jullie voor me hebben gedaan.'

36

Asa zwaaide zo snel uit Percivals zadel dat hij bijna op zijn achterwerk viel. Met een gesmoorde vloek zocht hij opnieuw zijn evenwicht en stormde toen de markthal binnen. Het belletje boven de deur klingelde woest en doordringend in zijn oren, maar hij schreeuwde boven het kabaal uit. 'Hebben jullie die misselijke, gemene, waardeloze niksnut gezien die ik mijn vervoerder noem?'

Twee klanten lieten hun mandje vallen en schoten de deur uit, omzichtig om hem heen sluipend alsof hij kon bijten. Hij hield een snauw binnen. Ze konden best eens gelijk hebben.

Zijn beide zussen kwamen uit verschillende hoeken van de winkel aanstuiven, hun handen met de lange vingers wapperend in de lucht en met precies dezelfde ongeruste blik op hun gezicht. Melva was het eerst bij hem. 'Asa, waarom ben je zo van streek?' Shelva kwam opgewonden aan zijn andere kant staan. Met z'n tweeën beklopten ze hem zoals vrouwen een baby met buikkrampjes probeerden te sussen.

Hij rukte zich los van hun nutteloze hulpverlening en wierp een kwade blik om zich heen. 'Waar is jullie winkeljuffrouw?'

De deken voor de deur van de opslagruimte bewoog en juffrouw Wagner stak haar hoofd om de hoek. 'Zocht u mij, meneer Baxter?'

Asa wees voor zich naar de grond. 'Kom hier, meid.'

Met een bleek gezicht snelde het meisje op hem toe.

Melva en Shelva klakten bezorgd met hun tong en schudden

ontzet hun hoofd. 'Asa, Asa,' zei Shelva, 'denk om je manieren.'

Melva voegde eraan toe: 'Ik weet niet wat er in je gevaren is, om zo tegen een dame te praten.'

Asa draaide zich met een ruk om naar zijn zussen. Het was niets voor hem om te schreeuwen – stil en rustig zijn was hem altijd goed van pas gekomen. Maar zijn longen snakten naar een beetje oefening. 'Ga aan je werk en laat ons met rust!'

Met geschrokken gilletjes haastte het stel zich achter de toonbank en stak hun hoofden bij elkaar om te fluisteren en zenuwachtige blikken in zijn richting te werpen. Asa snoof – dwaze vrouwen toch. Hij greep juffrouw Wagner bij de arm en sleurde haar naar de gang die naar de achterdeur leidde. Uit het zicht van zijn zussen gaf hij haar een harde duw.

'Waar is je neef?'

Ze wreef haar arm, tranen blonken in haar blauwe ogen. 'Ik… ik heb hem vandaag niet gezien.'

Asa boog zich dicht naar haar toe en kneep zijn ogen half dicht. 'Weet je dat zeker? Want als je tegen me liegt, dan…'

Ze deinsde achteruit. 'Ik lieg niet! Ik heb hem zaterdagavond voor het laatst gezien. Ik… ik maak me zorgen over hem.'

Asa balde zijn handen tot vuisten. 'En terecht. Als ik hem in mijn vingers krijg…' Hij greep in het haar aan zijn slapen en gromde. Het moest Sid geweest zijn die zijn distilleertoestellen ontmanteld had, zijn kruiken met bier kapot gegooid en zijn apparatuur om wijn te maken overhoop gehaald. Niemand anders wist ervan. Behalve die sheriff. Maar de sheriff zou niet alles verwoest hebben. Die zou het als bewijs willen gebruiken.

Hij pakte juffrouw Wagner weer bij de arm en schudde haar gemeen door elkaar. 'Als die neef van je hier zijn gezicht laat zien, dan vertel je hem maar dat ik achter hem aan zit. En zeg dat hij beter meteen naar me toe kan komen. Hoe langer het duurt, hoe kwader ik word. En meid, als ik driftig word…' Hij klemde zijn kaken op elkaar om het dreigement dat zich in zijn hoofd vormde niet uit te spreken. Hij schudde haar nog eens door elkaar en liet toen los. 'Vertel hem dat maar.'

Hij draaide zich om en stormde door de markthal. Melva en Shelva bleven achter de toonbank staan, hun lange, magere armen om elkaar heen geslagen. Hij wierp hun een moorddadige blik toe en stoof naar de deur, wat hem een stortvloed van ontzet gejammer opleverde. Toen hij bij de hordeur was, vloog die open en stapte burgemeester Hanaman naar binnen.

'Asa…' Hij nam zijn hoed van zijn grijze hoofd en keek de winkel rond. Zijn ogen lichtten op toen hij de tweeling zag en hij knikte. 'Dames, ik hoop dat u me kunt helpen. Ik heb overal in de straat navraag gedaan, maar niemand heeft hem gezien.'

Asa keek hem dreigend aan. 'Zit jij ook achter Sid aan?'

De burgemeester keek beduusd. 'Sid? Nee. Ik ben op zoek naar McKane. Cora zei dat hij zaterdagochtend meteen na het ontbijt was weggereden op een van Kimbroughs paarden. Maar sindsdien heeft niemand hem gezien.'

Asa wilde weggaan, maar de zware man versperde hem de weg. Dus hij bleef hippend op zijn plaats staan terwijl zijn zussen zenuwachtig bezorgde kreetjes slaakten.

'M-meneer Hanaman?' De aarzelende stem van juffrouw Wagner klonk achter Asa.

Hij keek over zijn schouder en zag haar langzaam naderbij komen, met haar hand tegen haar maag gedrukt alsof ze elk ogenblik kon gaan braken. Ze wierp hem een behoedzame blik toe en wendde zich toen tot de burgemeester.

'Ik… ik weet waar u Th… sheriff McKane kunt vinden.'

Hanaman boog zich met vlekkerige wangen naar haar toe. 'Waar dan?'

'Tenzij wilde dieren… aan zijn lichaam hebben gezeten, ligt hij in een bosje ongeveer anderhalve kilometer ten oosten van de stad.'

Asa's geschrokken uitroep werd overstemd door de schrille

kreten van zijn zussen. Melva en Shelva renden om de toonbank heen om zich over juffrouw Wagner te ontfermen.

Burgemeester Hanamans mond viel open. 'Wilt u me vertellen dat de sheriff... *dood* is?'

Juffrouw Wagner knikte. Tranen biggelden over haar bleke wangen. 'Ik meen van wel, meneer. Hij hield Sid en mij aan toen we een bezorging deden naar Macyville. En Sid...' Ze hapte naar adem. Haar lichaam trilde heviger dan een dubbeltje op de rails als de trein nadert. 'Sid heeft hem neergeschoten.'

De burgemeester, Melva en Shelva omringden juffrouw Wagner en praatten allemaal door elkaar. Asa sloop om het groepje heen en strompelde de stoep op. Hij drukte zijn handen tegen zijn borst toen het snelle bonken van zijn hart zijn ribbenkast haast kneusde.

Sid had de sheriff neergeschoten. Asa had hem verteld dat er iets gedaan moest worden en de jongen had het gedaan. Er borrelde een vrolijke lach in Asa's keel, maar hij hield hem binnen. Nu de sheriff er niet meer was, en iedereen zich concentreerde op de moordenaar, lette er niemand meer op hem. Hij kon zijn distilleertoestellen weer opbouwen. Met een beetje geluk kon hij genoeg drank produceren om zijn kopers tevreden te stellen voordat ze besloten naar iemand anders toe te gaan.

Hij klauterde op Percivals rug, grommend van inspanning. Hij hoefde niet meer achter Sid aan te zitten. Als de jongen slim was, zat hij onderhand in de volgende staat. Asa had belangrijker dingen te doen.

'Ik veronderstel dat het mogelijk is dat hij door dieren is weggesleept.'

Sadie kromp in elkaar op de zitplaats van het rijtuig en wenste dat ze de opmerking van de burgemeester niet had gehoord. De burgemeester en twee andere mannen hadden een rijtuig van meneer Kimbrough geleend en haar gevraagd hen naar de plek te leiden waar ze Sid en Thad in de bosjes had zien glippen. Het mooie rijtuig met de franje en twee dezelfde met tuiltjes versierde banken en zilveren versiering diende vaak als vervoer van treurende familieleden op weg naar de begraafplaats van het stadje. Sadie had er niet in willen stappen, maar de mannen hadden erop gestaan dat ze meeging. Terwijl Sadie in het rijtuig bleef zitten, doorzochten de mannen de bosjes. Maar na meer dan een half uur hadden ze nog geen stukje gescheurde stof gevonden als bewijs voor Sadies bewering.

Meneer Rahn keek Sadie boos aan. 'Weet u zeker dat dit de juiste plaats is?'

Sadie leunde een beetje opzij, zodat de leren zitting kraakte. 'Ja, meneer. Of anders heel dicht in de buurt.' Ze zou voor altijd het beeld meedragen van die onderbreking in de bosjes. 'Hebben jullie niets gevonden?'

Meneer Easterberg stapte de weg op en schudde zijn hoofd. 'Niet tenzij onze sheriff ineens een bontvacht heeft gekregen. Al wat ik gevonden heb, is het stoffelijk overschot van een dier – een das, zo te zien. Maar er is iets flink ingedrongen. Weinig meer van over.'

Meneer Hanaman en meneer Rahn voegden zich bij meneer Easterberg, hun mooie pakken waren bevuild met stukjes gedroogde bladeren en stof van hun zoekpartij in het kreupelhout. Meneer Rahn wreef over zijn neus. 'Nou, Roscoe, misschien is hij inderdaad weggesleept door dieren, zoals je zei. Maar dan zou er toch iets achtergebleven zijn... dieren eten geen botten of kleren.'

Sadie rilde bij het beeld dat de man met zijn woorden schetste. Het feit dat de mannen geen spoor van Thads overblijfselen hadden ontdekt, had haar moeten troosten, maar het bewees integendeel haar vermoeden dat Sid Thad had begraven om zijn misdaad te verbergen. Ze vond het verschrikkelijk om haar neef over te leveren, maar ze kon hem niet dekken. Ze had God beloofd dat ze de waarheid zou spreken en op Hem vertrouwen. Nu moest ze haar belofte houden.

Sadie haalde diep adem en verzamelde al haar moed. 'Meneer Hanaman, er valt nog meer te zoeken…'

De drie mannen keken haar vol verwachting aan.

'U kunt op zoek gaan naar iets wat op een graf lijkt.'

Meneer Rahns wenkbrauwen gingen omhoog terwijl de andere twee een geschrokken blik wisselden. 'Hebt u reden om te geloven dat hij misschien begraven is?'

Sadie knikte ellendig. 'Ik… ik zag Sid zondagmorgen heel vroeg. Hij was smerig… zat onder de aarde… en hij gaf toe dat hij gegraven had.'

De mannen schudden hun hoofd en mompelden onder elkaar. Sadies hart werd verscheurd, maar tegelijkertijd was een deel van haar last verlicht. Geheimen verloren hun macht als ze aan het licht van de zon werden blootgesteld, besefte ze. Als het vertellen van het geheim maar geen veroordeling van Sid inhield…

'Heren,' zei meneer Hanaman, met diepe en strenge stem, 'ik vind dat we moeten ophouden met het zoeken naar de sheriff en een zoektocht naar Sid Wagner moeten beginnen. Hij is de enige die ons kan vertellen waar we het lichaam van McKane kunnen vinden.'

Meneer Rahn en meneer Easterberg stemden met hem in. De mannen kwamen bij Sadie zitten en meneer Hanaman keerde de paarden en liet het rijtuig koers zetten in de richting van de stad.

Sadie keek van de een na de ander en haalde diep adem, klaar om de rest van haar verhaal te onthullen. 'Ik heb u nog niet alles verteld.'

Meneer Hanaman wendde zich met een ruk tot Sadie. 'Wat heeft Sid nog meer gedaan?'

'Niet alleen Sid, burgemeester.' Sadie slikte. 'Sid, en Asa Baxter, en… en ik.' Haar schouders werden lichter toen het gewicht van haar leugens eindelijk wegviel. Wat de gevolgen ook waren, ze zou elk stukje van het bedrog blootleggen en op God vertrouwen voor de uitkomst.

Sadie zat in elkaar gedoken in de cel met aarden wanden onder Thads woonverblijf. De burgemeester had haar een deken gegeven die ze om zich heen kon slaan, maar zelfs de dikke wol was niet afdoende tegen de kou in de ondergrondse ruimte. Tegen de ene muur stond een klein veldbed en er bleef een smalle ruimte over waarin ze heen en weer kon lopen. Aan een haak die in de muur geslagen was, hing een lantaarn die gelukkig wat licht verspreidde. Maar hij wierp ook licht op de overvloed aan spinnenwebben waarmee de smerige ruimte was versierd. Sadie probeerde er niet op te letten. Ze hield niet van spinnen.

Voordat hij de ladder weer opgeklommen was en het luik achter zich op slot had gedaan, had de burgemeester een po in de hoek gezet en op het voeteneind van het veldbed een klein mandje met crackers, kaas, gedroogde perziken en een kruik water neergelegd. Pijnlijk getroffen had hij haar zelfs niet aangekeken toen hij de boel neerzette, en toen had hij kortaf gezegd: 'Ik zal uitkijken naar een andere plek om je in te stoppen. We willen niet dat je hier beneden bij Baxter en Wagner zit, als we ze eenmaal gevonden hebben. Maar voorlopig…'

Sadie had hem bedankt en hij was weggegaan en had haar alleen gelaten. Ze keek naar het luik boven haar hoofd. Nog geen spoortje licht was zichtbaar langs de randen. Toen ze beneden kwam, was het etenstijd geweest, maar ze had geen idee hoeveel tijd er sindsdien was verstreken. Het leek uren, maar het had ook een paar minuten kunnen zijn. De stilte was bijna ondraaglijk.

Ze woelde op het veldbed om een comfortabele houding te vinden. Had ze maar gevraagd of ze een boek mee naar beneden mocht nemen. Ze hunkerde naar haar Bijbel. Papa had altijd gezegd: '*Wat je ook nodig hebt, Sadie-kind, God zal erin voorzien.*' Wat had ze de troost nodig die in Gods Woord te vinden was. Ze sloot haar ogen en nam in gedachten de Schriftteksten door die ze in de loop der jaren uit het hoofd had geleerd.

De teksten in het derde hoofdstuk van Johannes kwamen vlot naar boven en ontroerd herinnerde ze zich dat God Jezus niet naar de wereld had gezonden om haar te veroordelen, maar om haar te redden. Een tekst uit de tweede brief aan de Korintiërs over een overvloed aan genade zodat gelovigen overvloedig konden zijn in goed werk deed haar hart pijn van verlangen om haar God met meer vurigheid te dienen.

Er kriebelde iets op haar wang en ze sloeg ernaar. Ze deed haar ogen open en zag een zwarte spin over de plaid rennen die op het veldbed lag. Ze gaf een gil en trok haar knieën op tot onder haar kin.

Hoe graag ze ook wilde geloven dat God bij haar was en hoe graag ze ook dapper wilde zijn, haar hart bonsde van angst. Ze klampte zich vast aan de deken, vechtend tegen de aandrang om de ladder op te klimmen en zich door het luik heen een weg naar de vrijheid te bevechten. Ze kon het niet verdragen om helemaal opgesloten te zitten in een ruimte zonder ramen, zonder middelen om de tijd vast te stellen, met spinnen die over haar huid kropen. Ze had de waarheid verteld en haar geweten gevolgd... en dit was haar loon?

'*Daden hebben gevolgen, Sadie-kind... zowel goede als slechte.*' Papa's stem van lang geleden fluisterde door Sadies geheugen. Heel zelden had papa zijn hand opgeheven tegen zijn kinderen, maar ze herinnerde zich dat hij de corrigerende roede op haar achterste had toegepast toen ze mama flagrant ongehoorzaam was geweest. Naderhand had hij haar tranen gedroogd en haar stevig vastgehouden, terwijl hij haar verzekerde dat hij nog van haar hield.

Denkend aan papa's sterke armen om haar heen, het troostende kloppen van zijn hart in haar oor, ervoer Sadie weer wat vrede. Dat ze de gevolgen van haar daden onder ogen moest zien, wilde niet zeggen dat God haar had verlaten. Ze had toch de belofte van Zijn Woord? Hij had ook beloofd dat ze alle dingen kon doen door Christus, Die haar sterkte.

Met gevouwen handen mompelde ze: 'Als ik de gevangenis in moet, dan zal ik het doen, in het vertrouwen dat Uw kracht me er doorheen helpt.'

Zodra ze het gebed uitgesproken had, was er een lied in haar hart. Sadie ging rechtop zitten en hief haar gezicht naar het plafond. In plaats van vloerbalken en een stevig luik stelde ze zich een blauwe lucht voor, een bank witte wolken en helderwitte stralen die uit de buik van de wolk barstten. Ze deed haar mond open en begon te zingen: *'Een vaste burcht is onze God...'*

37

Krekels heetten hem sjirpend welkom toen Thad zijn geleende paard vlak voor zijn kantoor liet stilhouden. Hij bond de teugels vast en krabde de witte bles die over de neus van het paard liep. 'Rust maar een paar minuten uit, jongen. Voordat we weer gaan, neem ik je mee naar de stal van de smid om iets te eten voor je te zoeken. Ik denk niet dat Kimbrough het erg vindt om een beetje haver en hooi uit te delen aan een dier dat op bezoek komt.'

Hij haalde zijn sleutel uit zijn zak en ontsloot de deur. Hij stapte over de drempel en stond even stil om zijn blik langzaam door de nederige ruimte te laten dwalen. Er viel niet veel aan te zien, erkende hij. Ongepleisterde muren, een versleten planken vloer, tweedehands meubilair – maar het was van hem. Hij kon een gevoel van voldoening niet ontkennen terwijl hij verder de kamer in liep.

Onderweg vanuit Clay Centre had hij tijd in overvloed gehad om na te denken. Om met God te praten. Om de dingen op een rijtje te zetten. Dankzij zijn gesprek met Faye Hines en de gebeden die Estel en zij voor hem hadden opgezonden voordat hij om twaalf uur vertrok, had hij een duidelijk beeld van wat hem te doen stond. 'Ik ga niet prediken,' zei hij terwijl hij zijn hoed aan de wachtende haak hing, 'maar ik ga wel dienen. Hier in Goldtree, als de mensen besluiten me te houden.' Als burgemeester Hanaman besloot dat zijn dienst hier erop zat als hij Asa Baxter, Sid en Sadie voor het gerecht had gebracht, dan ging hij op zoek naar een andere baan als politieman.

Thad glimlachte, zijn borst zette uit van trots. God had hem stellig naar de familie Hines toe geleid. Zij waren Zijn pastorale engelen geweest, Zijn boodschappers. Thad wist misschien niet wat er met Sadie zou gebeuren, maar hij wist dat God de leiding had. Het bewijs van Gods hand tijdens de afgelopen dagen overtuigde hem ervan dat hij niets te vrezen had.

Maar hij had een hoop werk te doen. hij moest Asa, Sid en Sadie zien te vinden en arresteren. Hij kon morgenochtend het beste eerst met burgemeester Hanaman gaan praten over de voedselvoorziening van de gevangenen. Wie wist hoelang ze in de cel moesten zitten voordat de districtsrechter aankwam om de zaak tegen hen te horen en zijn vonnis te vellen.

Hij liep door het kantoor naar zijn slaapverblijf. Toen hij de deur opendeed, dreef een melodie, gedragen door een mooie, melodieuze stem zijn oren binnen. Hij bleef als aan de grond genageld staan en hield zijn adem in. Met zijn hoofd schuin spande hij zich in om de woorden van het lied te verstaan.

'Wees stil, mijn ziel, de Heer is aan uw zijde. Draag wat Hij oplegt, moeite, last of rouw. Laat God voorzien , u sterken en u leiden. Veel kan verand'ren, maar Hij blijft getrouw. Wees stil, mijn ziel, de Heiland die u leidt, heeft aan het einde vreugd' voor u bereid...'

Het lied ging door, maar Thads bloed bonsde in zijn oren. De muziek leek op te rijzen uit het donker en precies de conclusies te bevestigen die hij tijdens de rit naar huis had getrokken. Gretig om meer te horen, zette hij twee stappen vooruit en zijn hakken schuurden over de vloer. Abrupt stopte het lied. Toen riep een aarzelende stem beverig: 'Is daar iemand?'

Thad herkende de stem. Hij draaide zich zoekend helemaal om. 'Sadie?'

Er viel een lange stilte. Toen hoorde hij haar weer. 'Thad... ben jij dat?' In haar stem klonk een spoor van ongeloof.

Ze riep van onder zijn voeten. Hij liet zich op zijn knieën vallen en trok aan het kelderluik. Maar het werd met een hangslot op zijn plaats gehouden. 'Sadie, wat doe je daar beneden?'

'De burgemeester heeft me hier gestopt nadat ik bekend had dat ik voor de gokkers had gezongen.'

Ze huilde, haar stem begaf het. Thad dacht dat zijn hart zou breken. Al had hij zelf het besluit genomen om haar op te sluiten, de werkelijkheid van de situatie was verpletterend. Hij drukte zijn handpalmen tegen de houten planken en wenste dat hij haar vast kon houden. 'Het spijt me, Sadie.'

Het gesnik werd harder. 'O, Thad, je leeft! Je leeft!'

Je leeft? Wat had Hanaman haar in vredesnaam verteld? Het verscheurde hem haar verdriet te horen. Hij moest haar zien, vasthouden en geruststellen. 'Sadie, houd vol... ik ga de sleutel van dit hangslot halen. Ik ben zo terug.'

Hij wachtte geen antwoord af, maar rende het kantoor uit en om de hoek naar het huis van de burgemeester. Zijn verwoede bonzen op de deur leverde een boze stem op. 'Ik kom eraan, ik kom eraan. Je hoeft de deur niet af te breken.'

De deur ging open en daar stond de slaperige burgemeester met een gestreepte slaapmuts op die bij zijn nachthemd paste. Met wijd open mond geeuwend, deed hij open. 'Wie is daar...' Toen hij Thad zag staan, gaf hij een verstikte gil waardoor hij bijna achterover sloeg.

Thad stak zijn hand uit. 'Ik moet de sleutel hebben van het hangslot op mijn kelderluik.'

De burgemeester schudde zijn hoofd, het kwastje aan zijn muts zwaaide mee. 'W-w-wat?'

'De sleutel,' herhaalde Thad. 'Ik moet het kelderluik openmaken.'

Hanaman keek met een verward gezicht van links naar rechts. 'Waar kom jij vandaan?'

'Clay Centre. Kom op nou met die sleutel. Ik heb hem nodig als ik Baxter daarbeneden op ga sluiten.'

'Heb je Baxter opgepakt?'

Thad blies kort uit. 'Nog niet. Ik ga achter hem aan zodra ik iets heb om hem op te sluiten.'

Eindelijk scheen Hanaman wakker te worden uit zijn verdoving. 'O! De sleutel! Ja, ja, wacht hier. Ik zal hem pakken.' Hij snelde weg en Thad tikte met de neus van zijn laars terwijl hij ongeduldig wachtte. Eindelijk kwam Hanaman terug. 'We zijn aan het eind van de middag met een groepje naar Baxters huis gereden, maar hij was er niet. We denken dat hij er misschien vandoor is gegaan, het land uit.'

'Maak je maar geen zorgen. Ik vind hem wel,' beloofde Thad plechtig. Hij stak zijn hand uit.

De burgemeester liet de sleutel in Thads wachtende palm vallen. Zijn rode gezicht gloeide van verbazing. 'Fijn je te zien, sheriff. We dachten allemaal…'

Thad wist al wat ze allemaal dachten. Hij snapte alleen niet waarom. Maar hij wilde het verhaal liever van Sadie horen dan van de burgemeester. Hij draaide zich om en sprong van de veranda af, om naar zijn kantoor terug te rennen. Slippend kwam hij de bocht om en liet zich op zijn knieën vallen om het hangslot los te maken. 'Ik ben terug! Sadie, ik ben er!' Het ging een beetje lastig met trillende vingers, maar eindelijk lukte het hem het hangslot los te trekken. Thad rukte het luik open. 'Ik kom naar beneden!'

Hij nam maar twee sporten van de ladder en sprong. Op het moment dat hij zich omdraaide, dook Sadie in zijn armen. Hij hield haar dicht tegen zich aan, net als op de dag dat ze te weten was gekomen dat haar stiefvader overleden was. Net als toen raakte zijn overhemd doorweekt van haar tranen. Maar de vorige keer had ze gehuild van verdriet. Hij voelde dat deze tranen van opluchting en blijdschap waren. Maar hij kreeg er zelf tranen van in zijn ogen toen hij haar schouders voelde schokken en haar luide snikken hoorde. Hij wreef over haar rug en prevelde: 'Stil maar. Alles komt goed. Stil maar, Sadie.'

'Je leeft. Ik kan het niet geloven. Ik dacht…'

Hij leidde haar naar het veldbed en ging zitten, trok haar naast zich. Hij legde zijn arm om haar middel en ze nestelde haar hoofd tegen zijn schouder. Haar zachte blonde haar, glanzend in het licht van de lantaarn, bleef vastzitten in zijn bakkenbaarden, maar ze maakte geen aanstalten om het los te trekken.

'Sadie, hoe kwam iedereen op het idee dat ik dood was?'

De tranen bleven over haar wangen stromen terwijl ze vertelde van het schot dat ze had gehoord, Sids eenzame terugkeer en toen de andere aanwijzingen die hadden geleid tot de overtuiging dat Sid hem had gedood en begraven.

Ten slotte hikte ze en haalde een paar keer diep adem. 'Ik ben zo opgelucht dat Sid je niet... Ik ben zo opgelucht dat je leeft.'

Hij omhelsde haar nog eens en kuste haar haar. Diep betreurde hij de pijn die ze had geleden toen ze dacht dat hij gedood was door de hand van haar geliefde neef, maar hij kon geen spijt hebben van de tijd die hij in Clay Centre had doorgebracht. Die tijd had hij nodig gehad om te groeien.

'Kom, ga rechtop zitten.' Zacht duwde hij haar overeind, haalde zijn zakdoek uit zijn zak en veegde haar gezicht af. Vol vertrouwen liet ze zich aanraken, haar blauwe ogen vast in de zijne alsof ze niet genoeg van hem kon krijgen. Hij begreep het. Hij had zin om voor altijd hier met haar in zijn armen te blijven zitten, maar dat kon niet. Hij had een klus te klaren. Maar als sheriff had hij de macht om een kleine verandering aan te brengen.

'Zoals je ziet, ben ik levend en wel.' Ze beloonde hem met een beverige glimlach, en hij ging door. 'En het eerste wat ik ga doen, is jou hier weghalen.'

Ze deinsde ontzet achteruit. 'Nee, Thad! Ik heb verkeerd gedaan en ik moet ervoor boeten.'

Hij drukte haar tegen zijn borst. 'Sadie, ik weet dat je ervoor moet boeten.' *O, God, laat de rechter genadig voor haar zijn, alstublieft...* 'Maar ik kan je niet hier beneden in dit hol laten zitten.'

Hij stond op en trok haar met zich mee naar de ladder. 'Ik vertrouw erop dat je niet wegloopt. Ik breng je naar de markthal. Terwijl we op de districtsrechter wachten, kun je voor juffrouw Melva en juffrouw Shelva blijven werken.'

Onder aan de ladder bleef ze onzeker stilstaan. 'Weet je het zeker? Ik wil niet dat je last krijgt met de gemeenteraad.'

'De gemeenteraad zal op mijn oordeel moeten leren vertrouwen.' Hij gaf haar een zacht duwtje. 'Hup, naar boven nu.' Hij wachtte tot ze de ladder op ging voordat hij eraan toevoegde: 'Bovendien is er iemand anders die hier binnenkort zijn intrek zal moeten nemen. Zodra ik jou in je kamer heb geïnstalleerd, ga ik hem inrekenen.'

Asa draaide de laatste bout aan, oppassend om de koperen buizen niet te beschadigen. Toen deed hij een stap naar achteren om zijn werk te bewonderen. Het had hem het grootste deel van de dag gekost, maar eindelijk had hij alle drie zijn distilleertoestellen gerepareerd. Tegen de ochtend zou hij klaar zijn om weer kruiken te gaan vullen.

Hij keerde zich naar de achterste kamer van de grot om nog één blik te werpen op zijn grootste stokerij, zacht snuivend. Hij had geen kruiken om te vullen, dank zij Sid vernietigingswoede. Maar hij had vaten in zijn schuur. Die zou hij meenemen als hij een poosje geslapen had. Hij kon vaten vullen en dan het bier overgieten in kruiken als hij nieuw vervoer had geregeld.

Dat was nog iets wat hij te doen had – iemand zoeken om zijn vrachtwagen te besturen. Hij vloekte nog een keer. Het zou niet makkelijk zijn om iemand te vinden die zo makkelijk voor de gek te houden was als dat stomme joch uit Indiana, maar het lukte hem wel. Hem lukte altijd alles. Hij was net een kat – kwam altijd op zijn pootjes terecht.

Hij geeuwde krakend. Het was laat. Tijd om naar huis te gaan en een poosje te slapen. Hij kuierde naar de voorste kamer van de grot, zich inwendig erover verheugend hoe goed het allemaal lukte. Sid was allang weg, hij had zich ongetwijfeld verstopt nadat hij de bemoeizieke sheriff had omgelegd. Het kleine zangeresje was te bang om te vertellen wat ze wist.

Hij pakte een juten zak en liet er het gereedschap in vallen dat hij gebruikt had om de distilleertoestellen te repareren. De metalen instrumenten kletterden tegen elkaar op de bodem, het galmde door de grot. Een griezelig geluid. Asa gaf zichzelf een standje. Hij hoefde zich niet te gedragen als zijn malle zussen, die bang waren voor ondergrondse plaatsen. Hij slingerde de zak op zijn rug en begaf zich door de opening in de sterrennacht.

Een prairiewolf huilde, zijn eenzame stem gedragen op de lichte bries. Asa haastte zich de grot uit. Hij had een wapen aan zijn heup gegespt, maar gebruikte het net zo lief niet. Een 's nachts afgevuurd schot was mijlenver te horen en zou zeker iemand wakker maken. Hij betrad de open plek waar hij zijn paard en wagen had achtergelaten en bleef geschrokken stilstaan. In verwarring keek hij om zich heen, de zware onderkant van de zak sloeg tegen zijn knieholten. 'Waar is verdraaid nog aan toe mijn wagen gebleven?'

'Ik heb hem verzet.'

Asa gilde van schrik toen iemand uit het donker hem in de weg stapte. Hij tuurde door het zwakke licht. Toen gromde hij van ergernis. 'Sid Wagner! Wat loop jij hier stiekem uit te spoken? Ik dacht dat je onderhand in de buurt van Oklahoma Territory zat.'

Sid bleef een paar passen van Asa af staan. Zijn strakke gezicht glansde wit op in de gedempte licht van de maan. 'Ik zat in de buurt. Ik heb je in de gaten gehouden. Om zeker te weten dat je er niet vandoor zou gaan.'

Asa lachte hard. 'Waarom zou ik er vandoor moeten gaan? Ik heb geen reden om op de vlucht te slaan.'

'Jawel. Want ik ben van plan om je in te rekenen.'

Asa liet de zak vallen en balde zijn vuisten. Met een spottende grijns zei hij: 'Je vergeet dat je er net zo diep in zit als ik. Nu zelfs nog dieper.'

Sids fronste even zijn wenkbrauwen, maar toen klaarde zijn gezicht op. 'Je hebt gelijk. Ik zit er diep in. Ik heb het druk gehad... met je tunnel naar de gokhal in te laten storten...'

'*Wat* heb je gedaan?'

'... en je flessen stelen. Maar dat heb ik allemaal gedaan om je van nog meer misdaden af te houden.'

Woede welde in Asa op. Hij proefde bitter zuur op de achterkant van zijn tong. 'Jij ellendige, ondankbare lafbek. Na alles wat ik voor je heb gedaan. Ik heb je een goede baan gegeven en je nicht hierheen gehaald. En dit is mijn dank?'

Sid vervolgde kalm, alsof Asa niets had gezegd: 'Ik heb al aan de sheriff verteld wat je uitgehaald hebt. Nu ben ik bereid mezelf aan te geven. Om mijn straf te krijgen.'

De laatste bewering was onbegrijpelijk. 'De sheriff? Wat nou sheriff? Die is dood en begraven!'

Sid deinsde achteruit, zijn mond viel open als een vis die naar adem snakt. Alle kleur trok weg uit zijn gezicht. 'McKane... is dood?'

Asa snoof? Was die jongen geschift? 'Sadie heeft ons verteld... dat je hem zelf in de grond hebt gestopt!'

'Dat is nou waar iedereen zich in vergist.'

De stem klonk achter Asa. Hij draaide zich met een ruk om. Zijn laars bleef haken in de gevallen zak aan zijn voeten en hij struikelde. Bij de val schaafde hij zijn handen. Hij rolde om, drukte zijn pijnlijke handpalmen tegen zijn lijf en staarde met grote ogen naar een lange man met een cowboyhoed op, die tussen de bomen vandaan stapte. Maanlicht scheen op de zilveren ster die op zijn borst gespeld zat.

Asa snakte naar adem. 'McKane! Ben je niet dood?'

'Dat klopt, Baxter. Ik ben niet dood. En ik ben hier om je in te rekenen.'

38

'U bent schuldig bevonden aan het willens en wetens produceren van verboden alcoholische dranken met verkoop en winst maken als oogmerk, en voor het willens en wetens gelegenheid geven tot kansspelen. Derhalve leg ik voor de gemeente Five Creek beslag op al uw bezittingen, waaronder uw huis, uw bedrijven en uw persoonlijke bezittingen. Ook veroordeel ik u tot tien jaar harde arbeid in de federale gevangenis van Kansas in Lansing.'

Twee mannen met een sheriffpenning pakten meneer Baxters armen vast en leidden de snotterende man Thads kantoor uit. Achter Sadie braken juffrouw Shelva en juffrouw Melva in smartelijk gejammer uit. Sadies hart deed pijn voor hen. Kon ze haar geliefde werkgeefsters maar troosten; ze hielden zoveel van hun broer. Zijn straf zou hen ongetwijfeld net zoveel pijn doen als Asa. Maar ze mocht niet van haar stoel, waar ze aan het begin van het proces neergezet was als beklaagde.

De districtsrechter, die bij gebrek aan een rechterstoel achter Thads tafel had plaatsgenomen, keek de tweeling dreigend aan. Met een daverende klap liet hij zijn hamer neerkomen. 'Stilte!'

Onderdrukt snikkend gehoorzaamden de dames het bevel van de rechter en het gemompel van de verzamelde stadsbewoners hield ook abrupt op. Sadies hart begon steeds sneller te bonzen, ze werd er licht in haar hoofd van. Haar angst werd nog groter door de meedogenloze houding van de man. Ze klemde haar handen ineen en keek bijna zonder te durven ademen naar de rechter. Zouden de straffen voor Sid en haar net zo hardvochtig zijn als de straf voor meneer Baxter?

De rechter richtte zijn donkere blik op Sid. 'Sidney Wagner.'

Sid schoot overeind, zijn schouders naar achteren en kin hoog geheven. 'Ja, meneer.'

'En Sadie Wagner.'

Sadie stond onbeholpen op. Ze probeerde net zo fier rechtop te staan als haar neef, maar haar knieën beefden. Ze likte haar lippen en zei schor: 'J-ja, edelachtbare.'

De donkere wenkbrauwen van de rechter vormden een intimiderende V. 'Het ligt binnen mijn macht om u allebei verantwoordelijk te houden voor uw samenwerking met Asa Baxter en zijn illegale praktijken, en u een gevangenisstraf op te leggen.'

Sadies vingernagels drongen pijnlijk in haar handpalmen. Kon ze zich maar aan Thad vastklampen. *Wanneer u zult gaan door het water, Ik zal bij u zijn…* De belofte uit Gods Woord fluisterde door Sadies hart. Rust en vrede daalden over haar neer. Ze richtte haar blik vast op de rechter en gaf zich over in de handen van haar Vader.

De rechter schraapte zijn keel. 'Niettemin, de bereidheid van meneer Wagner om de illegale zaken aan de autoriteiten bekend te maken in aanmerking genomen, en het getuigenis gehoord hebbende met betrekking tot juffrouw Wagners aanvankelijke onschuld betreffende haar deelname, neig ik naar mildheid.'

Sid liet zijn schouders zakken en achter Sadie werd opgelucht uitgeblazen. Veel mensen waren opgelucht door de verklaring van de rechter.

'Ik veroordeel u beiden tot één jaar toezicht door de sheriff van Goldtree, Thaddeus McKane. Als hij, bij het afsluiten van dat jaar, kan bevestigen dat u zich gedragen hebt als eerlijke, gezagsgetrouwe burgers, zal geen verdere straf volgen.' De rechter liet zijn hamer neerkomen. 'Het hof gaat uiteen.' Hij pakte zijn spullen en snelde de deur uit naar zijn wachtende rijtuig.

De stadsbewoners stroomden luid mompelend achter de rechter aan naar buiten. Wie genoeg geluk had gehad om het vonnis van de rechter met zijn eigen oren te horen, zou het nieuws verspreiden aan hen die gedwongen waren op straat te wachten, buiten gehoorafstand. Alleen Sadie, Thad, burgemeester Hanaman, juffrouw Melva, juffrouw Shelva en Sid bleven achter in het kleine kantoor.

Sid wendde zich met een opgelucht gezicht tot Sadie. Maar voordat hij zijn armen naar haar uit kon steken, werd ze al tegen iemand anders aan getrokken. Ze hoefde niet te zien wie haar in zijn armen had gevangen; haar zintuigen werden gevuld met de vertrouwde geur die *Thad* zei. Ze klampte zich aan hem vast, terwijl tranen van geluk over haar gezicht stroomden.

'Hij heeft voor genade gekozen, Thad,' fluisterde ze, met haar gezicht in Thads hals gedrukt. 'Hij heeft genade gekozen.'

Thad zette haar neer en nam haar gezicht tussen zijn brede, warme handen, glimlachend door een glans van tranen. 'Dank God voor Zijn genade.' Op de een of andere manier wist ze dat ze allebei eerder Gods genade erkenden dan die van de aardse rechter.

Een aarzelend hummen drong tot haar door en ze wendde zich tot Sid, die verlegen terzijde stond. Hij stak één hand naar haar uit. 'Sadie, dit zal wel betekenen dat we allebei geen werk meer hebben. Het spijt me.'

Sadie klemde zijn hand tussen de hare. 'Het is jouw schuld niet, Sid. Jij kon niet weten dat we in dit alles verwikkeld zouden raken. Ik ben alleen maar blij dat de waarheid uit is gekomen.' Over haar schouder glimlachte ze naar Thad. 'Nu hoeven we ons niet te schamen.'

'Nou, maar ik voel me wel beschaamd.' Juffrouw Melva snufte en hield de hand van haar zus stevig vast.

Juffrouw Shelva voegde eraan toe: 'Hoe kunnen wij ons gezicht laten zien in de stad, waar iedereen weet wat Asa heeft gedaan? Niemand zal ons meer met dezelfde ogen bekijken.'

'We moeten het op de een of andere manier goed maken,' verklaarde juffrouw Melva.

Thad stapte naar voren en omhelsde het paar. 'Jullie hebben

niets verkeerds gedaan.' Zijn stem werd diep van emotie. Zijn warme blik vond die van Sadie en met zijn armen om de tweeling heen geslagen, bleef hij haar aankijken. 'Asa moet boete doen voor zijn eigen zonden. Jullie zijn niet verantwoordelijk voor de keuzes van jullie broer.'

Sadies hart fladderde in haar borst. In Thads ogen zag ze vrijheid. Ze was verrukt van blijdschap om de verlossing van zijn lang gedragen last. Ze sloeg haar armen om het middel van de tweeling, een cirkel vormend met de drie mensen die zo veel voor haar betekenden. 'Laten we een verdrag sluiten – geen spijt meer om gisteren.'

Haar ogen keken in die van Thad. De warme tederheid die weerspiegeld werd in zijn groene ogen deed haar bijna smelten. Hij knikte langzaam, instemmend. Met moeite scheurde ze haar blik los van Thad om de tweeling aan te kijken.

'Juffrouw Melva? Juffrouw Shelva?'

Hun schouders gingen eensgezind omhoog en eenzelfde zucht ontsnapte aan hun lippen. Toen knikten ze in precies hetzelfde ritme. 'Geen spijt meer,' zeiden ze in koor.

Toen giechelde juffrouw Melva zachtjes. 'Behalve één ding.'

Juffrouw Shelva fronste. 'Wat dan?'

Juffrouw Melva liet haar dikke wenkbrauwen wiebelen. 'We zijn niet meer bang om onder de grond te gaan.'

'Dat klopt. We hebben het gedaan, hè Zus?'

'Ja, we hebben het gedaan.' Het paar lachte samen.

Sadie keek Thad in verwarring aan en hij lachte. 'Juffrouw Melva en juffrouw Shelva zijn elke dag bij Asa op bezoek gegaan. Toen hij in de kelderruimte zat.'

Sadie keek de tweeling met open mond aan en ze keken voldaan terug. Ze schudde vol verbazing haar hoofd. 'Maar jullie zeiden dat jullie nooit in een ondergronds hol gingen... al kwam er een wervelwind aan!'

Het paar kromde opnieuw giechelend hun schouders. Ze stapten opzij en wisselden een veelzeggende blik. 'Ik denk dat angst wordt overwonnen,' begon juffrouw Melva.

'... als liefde dieper gaat dan de angst,' maakte juffrouw Shelva de zin af.

'*De volmaakte liefde drijft de angst uit*,' citeerde Thad en Sadies hart nam een hoge vlucht. Hij zou later een geweldige predikant worden. Alleen had de rechter Thad de verantwoordelijkheid gegeven voor het toezicht over Sid en haar. Minstens een jaar kon hij zijn penning niet afleggen. Had Thad zich dat al gerealiseerd?

'Zus, we hebben een winkel draaiende te houden,' zei juffrouw Melva.

'Laten we dan maar gaan,' zei juffrouw Shelva. De tweeling sloeg een arm om elkaars middel en kuierde het kantoor uit.

Na hun vertrek stapte burgemeester Hanaman naar voren en trok Sid met zich mee. 'Sheriff, deze jongeman zal in Goldtree onder jouw toezicht moeten blijven, maar hij schijnt zijn baan bij Baxter kwijt te zijn.'

Thad stopte een hand in zijn broekzak in de nonchalante houding die Sadie net zo vertrouwd was als ademhalen. 'Ik heb een voorstel.' Hij streek met zijn vingers over zijn snor. 'Aangezien de rechter ook al Baxters eigendommen aan de gemeente Five Creek heeft gegeven, moet er iemand aangesteld worden die de leiding heeft over het onderhoud van zijn huurhuizen, en die zijn huis en land buiten de stad verzorgt tot de raad besluit wat ermee gaat gebeuren. Wat vind je ervan om Sid voorman van die bezittingen te maken?'

De burgemeester gaf Thad een flinke klap op zijn rug. 'Tjonge, briljante gedachte, sheriff!' Hij wendde zich tot Sid en stak een vinger naar hem uit. 'Je bent al bekend met Baxters bezittingen, dus je zult geen moeite hebben met die taken, hè Sid?'

Sid stond perplex, maar hij knikte verwoed. 'Helemaal niet. Ik wil het graag doen.'

'Mooi, mooi.' De burgemeester sloeg zijn arm om Sids schouders. 'Ga mee naar de bank, dan kunnen we orde op zaken stellen.' Ze wilden naar buiten gaan, maar toen draaide meneer Hanaman zich om en richtte een ernstige blik op Sadie. 'Juffrouw Wagner? Er is iets van belang wat ik met u wil bespreken.' Hij schraapte zijn keel, een sluwe grijns verscheen op zijn gezicht. 'Als u hier klaar bent met de sheriff, kom dan naar me toe.'

Sadie knikte en de burgemeester en Sid vertrokken. Zodra ze weg waren, trok Thad haar stevig tegen zich aan. Ze nestelde zich, met een gevoel of ze thuisgekomen was. Ze had naar volle tevredenheid de rest van haar leven daar in zijn armen kunnen blijven, maar ze moest hem iets vertellen en ze wilde zich niet tegen zijn borst verstoppen terwijl ze het zei.

Ze trok zich een beetje terug en keek in zijn geliefde gezicht. 'Thad, over mijn straf… Het spijt me dat je gedwongen bent nog een jaar sheriff te blijven.'

Hij lachte. 'Mij niet.' Weer trok hij haar dicht tegen zich aan en liet zijn kin licht tegen haar slaap rusten. 'Zie je, God heeft tot mijn hart gesproken en Hij heeft me laten weten dat het niet voor Hem was dat ik predikant wilde zijn… het was alleen maar voor mij.' Zijn handen gingen op en neer langs haar ruggengraat, een warme en welkome aanraking. 'Ik heb gebeden of Hij me wilde laten zien hoe ik bestemd ben om te dienen, dus dat de rechter mij voor het komende jaar de leiding over Sid en jou heeft gegeven, was mijn antwoord. Ik moet politieman zijn, Sadie. Ik ben bestemd om het stadje Goldtree te dienen.'

Haar angst dat hij door haar niet zijn voorgenomen doel kon bereiken, smolt weg onder een golf van dankbaarheid. 'O, ik ben zo blij…'

'Ik ook. En wat jou betreft…' Zijn handen sloten om haar bovenarmen en trokken haar opzij.

Ze knipperde met haar ogen onder zijn ernstige blik. 'Ja?'

'Jij moet zingen.' Zijn milde frons loste op en er verscheen een vriendelijke glimlach op zijn gezicht. 'In de concertzaal.'

Nu Asa Baxter achter de tralies zat, bestond de concertzaal niet meer. 'Maar meneer Baxter…'

'Niet in de zaal onder de markthal, Sadie.' Thads snor bewoog, opwinding glansde in zijn ogen. 'In een *echt* concertgebouw.'

'Maar… maar…' Van verwarring kon ze de vragen die haar hoofd bevolkten niet adequaat onder woorden brengen.

'Sst.' Thad raakte haar lippen aan met een vinger. 'Luister maar. De gemeenteraad heeft vorige week vergaderd en toen ze zagen hoeveel mensen naar je optredens kwamen, hebben ze besloten dat een concertzaal een echte aanwinst zou zijn voor het stadje. Aangezien Asa er geen gaat bouwen, hebben zij het op zich genomen om er eentje neer te zetten op de open plek ten zuiden van de congregationalistenkerk. Het land is van meneer Hanaman en hij heeft het geschonken voor het nut van de stad.

Juffrouw Melva en juffrouw Shelva hebben toestemming gegeven om alle stoelen en verlichting uit de zaal in de kelder te halen en in het nieuwe gebouw te plaatsen. Roscoe Hanaman heeft al hout en steen besteld om het gebouw op te trekken en hij hoopt dat de bouw op tijd voltooid is voor een bijzonder kerstoptreden.'

Sadie luisterde geboeid. Ze had de drie weken dat ze onder arrest was doorgebracht met werken in de markthal of opgesloten in haar kamer, volgens instructie van Thad. De tweeling moest op de hoogte geweest zijn van de plannen, maar ze hadden geen woord tegen haar gezegd. 'Weet je zeker dat het meneer Hanamans bedoeling is dat ik ga zingen? Nadat ik… ik…' Ze hapte naar adem.

Thads gezichtsuitdrukking verzachtte. Teder legde hij zijn hand om haar gezicht. 'Meneer Hanaman heeft net als de hele stad door je muziek een blik op je ziel geworpen. Ze weten dat je niet opzettelijk betrokken raakte bij de illegale zaken. Ze zijn bereid te vergeven en vergeten.' Zijn stem daalde tot een hese fluistering. 'Dus nu moet je jezelf vergeven.'

Sadie boog haar hoofd en drukte haar wang hard tegen zijn handpalm. Haar ogen gingen dicht en ze dronk zijn evenwichtige persoonlijkheid, zijn tedere aanraking in. Ze snakte ernaar om te zeggen dat ze dolgraag in het nieuwe concertgebouw wilde zingen, maar er was iets wat ze eerst moest doen. 'Ik wil zingen, Thad... je weet hoe graag ik wil zingen. Maar ik moet erom bidden, om zeker te weten dat het Gods wil voor mij is.' Ze slikte tranen van geluk in en ervoer volkomen vrede in het wachten. 'Ik wil zingen voor Hem, niet om mezelf te behagen.'

De goedkeuring in Thads ogen vertelde haar dat hij het begreep.

Ze haalde diep adem. Nu de weken van spanning – en afwachten wat de rechter passend zou achten – voorbij waren, werd ze overvallen door moeheid. Ze verborg een geeuw achter haar hand. 'Tjonge... ik denk niet dat juffrouw Melva en juffrouw Shelva me een middagje vrij zouden geven om een dutje te doen.'

Thad lachte. 'Je hebt nog geen tijd om te slapen. Je moet met meneer Hanaman praten, weet je nog?' Hij pakte haar hand en bracht die naar zijn mond, streek met zijn lippen over haar knokkels. Het zachte kriebelen van zijn snor deed rillingen over haar arm lopen. Hij legde haar hand in de kromming van zijn elleboog. 'Ik loop met je mee naar de bank en als jullie uitgepraat zijn over het nieuwe concertgebouw, breng ik je terug naar juffrouw Melva en juffrouw Shelva. Dan geeuw je net zo wijd als daarstraks, en ze stellen vanzelf een dutje voor.'

Giechelend liep Sadie met Thad mee naar de stoep. Hij had gelijk; de tweeling gaf om haar. Ze hadden ten opzichte van haar een moederrol aangenomen, en al waren ze soms een beetje bruusk, ze twijfelde niet aan hun genegenheid.

Toen ze halverwege waren, werd Sadies naam geroepen. Meneer Rahn kwam aanhollen, zwaaiend met een stuk papier. Hijgend bleef hij stilstaan en drukte Sadie het papier in de hand. 'Dit telegram is net gekomen. Ik dacht dat u het meteen zou willen zien.' Hij raakte Sadies schouder aan. 'De vrouw en ik zijn dolblij dat u niet naar de gevangenis gaat, juffrouw Sadie.

Vooral nu…' Hij liep achteruit weg, zwaaiend met zijn handen. 'Nou, laat maar zitten. Lees zelf maar.' Hij draaide zich om en rende weg.

Sadie keek hem na, het telegram wapperde in de lichte augustuswind. Zijn felicitatie roerde haar. Ze hoopte dat de rest van het stadje net zo hartelijk zou zijn.

Thad gaf haar een zetje. 'Ga je je telegram nog lezen?'

Sadie kromde haar schouders en giechelde verlegen. 'Natuurlijk.' Ze vouwde het papier open en las de korte boodschap:

kinderen en ik komen naar goldtree stop arriveren eerste september stop kan niet wachten om je te horen zingen op toneel stop veel liefs mama

Een ogenblik staarde Sadie in verwarring naar het papier. Verhuisde mama met het gezin naar Kansas? Toen vermaande ze zichzelf. Waarom zou ze niet verhuizen? Nu papa er niet meer was, was er niets wat hen in Indiana hield. En hier konden ze allemaal een frisse start maken – een kans om weer samen te zijn.

Mama zou haar horen zingen op het podium van een echt concertgebouw. Er borrelde een lach omhoog in Sadies keel en haar ogen gingen dicht. *Dank U, God, voor een nieuw begin en nieuwe kansen.*

Haar gedachten werden onderbroken door Thads zachte stem. 'Sadie? Is alles goed?'

Sadie slaakte een juichkreet en sloeg haar armen om Thads hals, ze duwde zijn cowboyhoed scheef. 'Mijn mama en zusje en broertjes komen hierheen, naar Goldtree!'

'Wat?'

Ze lachte, nu om zijn geschrokken gezicht. Ze toonde hem het telegram, almaar vrolijk lachend. Zo'n innige blijdschap moest geuit worden.

Thad greep haar vast in een nieuwe omhelzing, wiegde haar en lachte in een heerlijke, eensgezinde verrukking met haar mee. Toen maakte hij zich los, een ondeugende grijns deed zijn snor trillen. 'Het is maar goed ook dat ze komt. Want je wilt vast dat ze getuige is van onze bruiloft.'

Sadie gaapte hem aan, haar lach eindigde in een geschrokken stokkende adem. 'W-wat?'

'Tenminste,' zei hij, terwijl hij zich midden in de stoffige Main Street op één knie liet vallen, 'als je me hebben wilt.'

Zijn beeld zwom in een stroom van tranen. Ze stak haar handen naar hem uit. 'Ja, Thad. O, ja!'

Hij stond op en trok haar in zijn omhelzing. Zijn lippen vonden de hare... warm, zacht en vochtig van gelukstranen. Opgesloten in zijn armen met haar lippen gevangen door de zijne, meende ze zich applaus te verbeelden. Maar toen tilde Thad zijn hoofd op en keek langs haar heen. Zijn wangen werden rood. Ze draaide zich om en keek ook. Langs de hele stoep stonden stadsbewoners, lachend van oor tot oor en goedkeurend klappend. Ze verborg haar vlammende gezicht tegen Thads borst. Thad maakte haar los en spoorde haar aan de verzamelde menigte aan te kijken. Ze deed het, haar lippen trillend in een verlegen, maar tevreden lach.

Meneer Hanaman riep vanuit de deuropening van de bank: 'Sheriff, verricht je een arrestatie of mogen we er vanuit gaan dat iemand jou gevangen heeft?' De hele straat schalde van het lachen.

Thad wreef met zijn vinger over zijn snor, met een verlegen gebaar dat Sadie aan het lachen maakte.

Toen riep een andere stem, een stem waarvan Sadies hart omdraaide: 'Hij is gek als hij niet gewillig meegaat.' Sids plagerige opmerking was het teken dat hij zijn zegen gaf aan Sadies keuze.

Sadie schonk hem een dankbare glimlach, die hij beantwoordde met een haast onmerkbaar knikje van zijn hoofd.

Langzaam begonnen de stadsbewoners in beweging te komen om terug te keren naar hun bedrijf of wachtende wagen.

Meneer Hanaman en Sid verdwenen in de bank. Een spotlijster dook uit een boomtop, een lied trillend dat hij geleerd had van een kardinaal. Zijn vrolijke wijsje, niet van eigen maaksel, weerspiegelde Sadies verlangen om de liederen te zingen die haar gegeven waren door haar Vader. *Voor U, lieve God. Altijd, alleen voor U...*

Sadie en Thad stonden midden op straat te kijken en te zwaaien totdat iedereen zich verspreid had. Toen sloeg Thad zijn arm om Sadies middel en drukte een kus op haar voorhoofd.

'Kom, juffrouw Sadie. Tijd om verder te gaan.'

Ja, beaamde Sadie, haar passen volmaakt afstemmend op die van Thad, tijd om verder te gaan. De toekomst in met God. Ze glimlachte op naar Thad, verrukt door de tedere lach die ze terugkreeg. Samen dienend, zou in hun leven een lied klinken van Gods genade en trouw.

Woord van dank

Papa en mama, Don en mijn meisjes – bedankt dat jullie deze weg met me zijn gegaan.

Kritiekgroep – bedankt voor jullie aanmoediging, jullie steun, jullie luisterend oor en jullie humor op de momenten dat ik die het hardst nodig had.

Mijn zielsverwante *Kathy* – bedankt voor die middag in Paxico, waar het zaad ontkiemde tot een verhaal. Een nieuwe herinnering...

Judy Miller – bedankt voor het lenen van dat boek van Jims 'nog te lezen' stapel – het bracht de achtergrond voor me tot leven. Ik koester je vriendschap.

Shelva, een vrouw die ik ontmoette tijdens een signeersessie in Ohio, en *Melva*, mijn koormaatje – bedankt dat ik jullie namen mocht lenen. De zenuwachtige personages in het boek lijken totaal niet op jullie!

Charlene en het personeel van Bethany House – bedankt voor alles wat jullie doen om me te helpen de mensen die in mijn hart wonen tot leven te brengen. Ik ben jullie erkentelijk!

Ten slotte, en het belangrijkste van alles, *God* – dank U voor de melodie van genade die door mijn ziel klinkt. Moge elke lof of glorie rechtstreeks opstijgen naar U.